호접몽전

호접몽전

청빙 최영진 장편소설

8

만남과 이별

폭스코너

- **관승** 노준의를 섬기는 천강위. 큰 키에 유물 참천언월도를 가지고 다니는 무력이 강한 여자 장수다.

- **조앙 자수** 조조의 장남. 약관의 나이지만 조조를 닮아 영리하면서도 용명해 조조로부터 사랑받는 인물.

- **장패 선고** 여포의 의동생이면서 팔건장의 한 사람. 정사에서는 한때 여포와 손을 잡았다가 그의 사후 조조의 가신이 되어 위나라 장수로 활약했다.

- **조순 자화** 조조의 먼 친척. 젊은 시절에는 학문을 즐겼으나 조조가 거병한 후 합류하여 전장을 누볐다. 훗날 위나라의 최정예 기병부대인 호표기의 지휘관 자리에 오른다.

(* 각 인물의 역사적 발자취에 대해서는 본문 안에 충분히 언급하고 있으므로, 여기서는 이 책 내에서의 특징만 설명하였습니다. 따라서 본래 역사와 다를 수 있습니다. -편집자 주)

차례

1

암살 명령

　용운은 낯선 상대가 '고착된 세계'에 나타났을 때부터 경계하고 있었다. 처음 이런 현상을 겪었을 때는 반쯤 무의식적인 상태였다. 아끼는 이들이 비참한 꼴로 전사하는 모습을 눈앞에서 봤으므로 제정신이 아니었다. 말하자면 '시공복위'는 폭주 상태에서 각성한 천기나 마찬가지였다. 그의 염(念)이 워낙 강하여, 원래 가진 게임 능력이 변형되며 그가 바라는 형태—실수를 수정하는—의 천기를 만들어낸 것이다. 하지만 이제 마음 한쪽에서 진궁의 죽음을 슬퍼하는 중에도 다른 한쪽으로 이성을 유지하고 주위를 살폈다. 마치 뇌와 감정을 두 개로 나눈 것 같았다.

그러다 '공손승'이란 단어를 듣자마자 주먹을 뻗었다. 《수호지》 인물의 이름이었기 때문이다. 이는 곧 상대가 위원회 소속이란 뜻이었다. 공손승은 《수호지》에서 무려 천강위 서열 4위였다. 이미 천강위들의 힘을 겪어봤으니 망설일 여유가 없었다.

용운은 최근 들어 신체가 급속히 강해지고 무공 실력도 비약적으로 향상했다. 진가의 특성이었다. 이런 근거리에서 그가 내지르는 정권은, 이제 그를 가르친 조운과 마초도 피하지 못할 정도였다. 퍽! 용운의 주먹이 공손승의 몸을 꿰뚫었다. 공손승은 검은 재처럼 부스스 흩어져 사라졌다. 그러더니 조금 떨어진 곳에서 금세 다시 뭉쳤다.

"그만두지. 날 해칠 존재는 이 세상에 없다. 생각보다 성질이 급하군."

"……나를 죽이러 온 건가요?"

"널? 내가 왜?"

공손승이 진심으로 어리둥절하니 용운도 당혹스러웠다.

"공손승이라면 위원회의……."

"아아, 거긴 어쩌다 보니 그냥 몸담고 있을 뿐이야. 나는 내가 원하는 대로 움직인다."

어깨를 으쓱해 보인 공손승이 말을 이었다.

"너의 그 이상한 천기는 위험해. 너무도 위력이 강대해서 주변의 힘을 필요한 만큼 빨아들여야 발동할 수 있다. 그대로 쓴다면 네가 아끼는 계집들이 미라처럼 되어버릴 거야. 현재 이 주변에서 가장 강한 기(氣)를 가진 건 그들이니까."

"하지만……."

"그뿐만 아니라, 세상의 균형 또한 무너진다. 다시 재구성될 때마다 이전의 세상과 아주 조금씩 달라지기 때문이지. 그 차이는 극히 미세하지만, 그 미세한 차이가 쌓여서 결국 균열을 만들어낸다. 세상에 균열이 생겼을 때의 부작용은 짐작조차 할 수 없다."

"균열……."

균열이란 말에 용운은 공간의 틈새로 자신과 이 세계를 엿보던 거대한 눈동자를 떠올렸다. 시선이 마주친 것만으로도 영혼이 날아갈 것 같은 느낌이었다. 부작용이란 혹시 그 눈의 주인과 관계가 있는 걸까. 그때 공손승이 덧붙인 말에 용운은 퍼뜩 정신을 차렸다.

"죽은 자는 쉴 수 있게 편해 보내줘라. 그리고 그의 죽음에 대해 복수하여 명복을 비는 편이 낫지 않겠나? 원한다면 그가 왜, 누구 때문에 죽었는지 알려주지."

묵묵히 진궁의 얼굴을 바라보던 용운이 고개를 들었다. 그 눈동자에 떠오른 빛을 본 공손승은 만족스러운 표정이 됐다.

"조조인가요?"

"아예 무관하진 않지만, 직접 손쓴 자는 조조가 아니야. 그의 밑에 있는 오용이다. 수송부대의 존재를 알아채고 발을 묶은 다음 노린 것도 그다. 지금 어디에 있는지도 말해줄 수 있다."

"오용……."

그러나 결국 오용도 조조의 책사 노릇을 하고 있다. 즉 이 사태의 근원은 조조였다. 잠시 생각하던 용운이 물었다.

"오용이라면 당신과 같은 위원회 소속인데, 왜 이런 정보를 알려주는 거죠?"

"뭐, 굳이 따지자면 거래라고나 할까."

"무슨 거래요?"

"아까도 말했다시피 나는 어쩌다 보니 거기 속해 있을 뿐이다. 내 원래 임무는 세상의 균형을 유지하는 것. 까놓고 말해서 네가 기어이 그 천기를 쓴다면 내가 막을 길은 없다. 이 자리의 사람들이 모조리 죽고 세상이 기이하게 변하는 건 논외로 치고 말이야. 그걸 쓰지 않음으로 해서 네 수하를 잃는 대신, 너도 뭔가 한을 풀 대상은 있어야 하지 않겠나. 같은 데 속한 동료 따위보다 세상의 안위를 택한 거지, 난."

한마디로 세계의 불균형을 초래하는 균열을 막는 대신, 용운의 분풀이를 도와주겠다는 뜻. 큰 설득력은 없으면서도 뭔가 묘하게 진실한 이유였다. 문득 좌자가 떠올랐다. 공손승 또

한 그와 비슷한 부류의 존재 같았다.

'느낌은 좌자보다 훨씬 어둡지만. 그러고 보니 이 세계에서의 이름이 우길이라고 했지? 확실히 좌자와 일맥상통하는 면이 있구나. 천강위와 지살위가 반목하듯, 천강위 안에서도 뭔가 분열이 일어난 건가? 아니면 이 공손승이라는 자가 특이한 걸까. 아무튼……'

공손승의 말이 사실임은 직감할 수 있었다. 세계를 되돌리는 천기를 처음 썼을 때도 어마어마한 힘이 흘러들어오는 걸 느꼈었다. 그런 후에야 비로소 천기 발동이 가능했다. 돌이켜 보니 그게 좌자의 힘인 듯했다. 그때는 좌자가 있었지만 지금은 사라졌다. 대신 다른 대상으로부터 기를 흡수할 것이다. 공손승이 말한 사태가 일어나지 말란 법이 없다.

용운은 결국 마음을 정했다. 진궁의 죽음은 하늘이 무너질 만큼 슬프다. 하지만 아버지나 사천신녀, 그리고 세상 모두와 바꿀 수는 없었다. 그렇다고 그냥 이대로 묻어둘 수도 없었다. 그랬다가는 가슴 한쪽이 터져버릴 것 같았으니까. 공손승은 용운의 그런 심리를 절묘하게 노렸다.

용운도 사람인지라 주위 사람을 다 똑같이 아끼진 못했다. 하다못해 한배에서 난 자식도 종종 부모로부터 차별받는다. 겉으로만 모든 이를 차별 없이 대하는 게 아니라, 마음까지 공평하게 갖기란 신이나 성자가 아니고서야 불가능한 일이었다.

일찍 알았다고 반드시 더 정이 쌓이는 건 아니고 늦게 곁에 둔 사람이라 해서 반드시 정이 얕지도 않다. 거기에는 각자의 기준이 작용했다. 기준은 성격, 외모, 상성, 가치관 등 다양했다.

용운의 기준에서 제일 소중한 이는 역시 아버지 진한성이었다. 유일하게 남은 혈육인데다 자신의 순간기억능력과 기억과다증후군을 이해하는 몇 안 되는 이들 중 하나였다. 무엇보다 피는 진했다. 그다음이 사천신녀와 조운, 진궁이었다. 이들은 따지자면 가족과 마찬가지였다. 가족이 죽었는데도 평정을 유지할 사람은 없다.

'어차피 먼저 건드린 쪽은 조조다. 늘 그랬듯이.'

용운은 오용과 조조에게 복수를 결심했다.

"정한 모양이군."

용운을 관찰하던 공손승이 스산하게 웃었다.

"잊지 마라. 그 천기를 쓰는 데는 강대한 힘이 필요하며 그것은 네 주변의 누군가를 죽게 할 수도 있다는 것을. 정 써야겠거든 너 자신이 충분한 힘을 갖춘 뒤에 쓰는 게 좋을 거다. 그럼, 지금 조조와 오용이 어디 있는지 알려주마."

말을 마치자 공손승의 모습은 홀연히 사라졌다. 동시에 멈췄던 세계도 원래대로 돌아갔다. 사람들이 죽은 진궁을 둘러싸고 애통해하고 있었다. 더 이상 진궁이 없는 냉엄한 세계는 아무것도 변하지 않았다. 용운의 눈에서 한 줄기 눈물이 흘러내렸다. 그는 지금껏 한 번도 해본 적 없는 일을 시도하기로 마음먹었다.

용운은 임시로나마 성의를 다해 진궁의 장례를 치렀다. 모두가 그의 죽음을 슬퍼했다. 진궁의 보급 임무는 저수가 대신하게 되었다. 남피 전투는 곽가, 희지재, 순유 등이 있으니 어떻게든 돌아갈 것이다. 물론 그들만 믿고 오래 자리를 비워선안 되었다. 총대장의 존재 자체가 사기와 직결되기 때문이다.용운은 관도로 올 때, 최대한 서두르기 위해 사천신녀 외에는아무도 데려오지 않았다. 사천신녀는 원래 전력에 계산하지않았으니, 용운군의 실질적인 전력 감소는 없는 셈이었다.

용운은 흑영대원 6호를 관도성으로 호출했다. 흑영대의1호는 흑영대장이기도 한 전예 자신. 가장 무력이 강한 2호는순욱을 경호 중이었다. 3호는 산양성에서 양봉과 함께 전사했다고 들었다. 4호는 손책에게 구원군을 요청하는 임무를 받아단양으로 떠난 참이었다. 5호는 작전 수행 중 전사했다. 다음이 6호였다.

이 6호는 원래 좀 특이한 존재였다. 순수한 무력만 놓고 따지면 2호와 맞먹었다. 그런데 성정이 문제였다. 사람 죽이길좋아하고 거기에 죄책감이 없었다. 그렇다고 멋대로 살육을저질렀다면 당연히 흑영대 소속이 되지 못했을 것이다. 그의 살인은 모두 명분이 있었다. 흑영대에 속하기 전, 그가 죽인 자들은 모두 흉악한 범죄자이거나 지독한 탐관오리였다.

'어쩌면 차라리 이자를 흑영대라는 울타리 안에 가둬두는 게 세상을 위해 좋을지도 모르겠군.'

전예는 고심 끝에 그를 2호가 아닌 6호로 정했다. 2호의 무력 수치는 92였다. 놀랍게도 최상급의 장수와 맞먹었다. 용운을 처음 만났을 때의 조운과 비슷한 수준이었다. 4호만 해도 무력 수치가 90에 가까웠다.

반면 각 세력에는 무력 수치가 60을 겨우 넘는 장수도 수두룩했다. 언뜻 보기에는 인재들을 흑영대에서 썩히는 것 같았다. 그러나 거기에는 이유가 있었다. 우선, 장수가 되기에 필요한 통솔력 수치가 낮았다. 개인으로는 잘 싸우지만 다수를 이끌 능력이 없는 것이다. 특기 또한 대부분 개인전에 특화되어 있었다.

일례로, 분기(奮起) 특기가 있었다. 용운이 그동안 확인한 바에 의하면 장수에게 거의 공통적으로 필수인 특기가 바로 분기였다. 자신뿐만 아니라 주위 병사들의 무력 수치와 사기를 일시적으로 올리는 효과가 있기 때문이다. 그 상승 정도는 장수의 역량에 따라 다르지만, 무력 수치가 낮은데도 장수가 된 자라면 거의 반드시라고 해도 좋을 정도로 이 분기 특기를 가졌다. 하지만 흑영대원들은 분기 특기 소유자가 없었다.

무력으로는 조조군 1, 2위를 다투는 맹장 전위가 마지막까지 조조의 경호실장 정도로만 활약하며 수백 명의 병사를 지휘하는 데서 그친 것도 비슷한 맥락이었다. 그는 대군을 통솔하여 적군을 치는 부류의 장수가 아니라, 직접 선두에 서서 자신의 용맹을 무기로 싸우는 부류였다. 그런데 그렇게 하기에는 흑영대 상위 번호들의 무력은 어정쩡한데다 특기가 또 발목을 잡았다. 이래저래 그들은 가장 능력을 잘 발휘할 수 있는 부서에 배정받은 셈이었다.

"부르셨습니까."

6호는 진궁의 장례식이 끝나기 전에 용운을 찾아왔다. 용운은 대인통찰로 그의 능력치를 보고 적임자임을 확인했다.

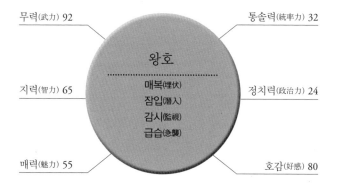

무력(武力) 92 　　　　　　　　　　　통솔력(統率力) 32

왕호

매복(埋伏)
잠입(潛入)
감시(監視)
급습(急襲)

지력(智力) 65 　　　　　　　　　　　정치력(政治力) 24

매력(魅力) 55 　　　　　　　　　　　호감(好感) 80

역사에 이름을 남긴 인물도 아닌데 무려 네 개의 특기를 가졌다. 그 특기들이 모두 암살에 특화되어 있었다. 이를 실행하기 위한 무력 수치도 충분했다. 그랬다. 용운은 오용을 암살하려 하고 있었다.

'조조를 암살하기에는 위험 부담이 너무 크다. 우선, 적 진영 한가운데 있을 게 뻔해. 그리고 아버지께서 말씀하신 시간의 수호, 그게 정말 존재한다면 조조를 암살하는 행위야말로 엄청난 반작용으로 돌아올 거다.'

즉 조조와는 정당한 대결을 펼쳐 무릎 꿇리거나 다른 세력의 손을 빌려 제거해야 했다. 어쩌면 이는 '천기'를 가진 시공이동자들로부터 이 세계를 보호하기 위해, 세계 스스로가 만든 법칙일지도 몰랐다. 그러나 오용은 얘기가 달랐다. 그는 애초에 이 시대에 존재하는 인물이 아니다. 용운은 그를 죽여 진궁의 원수를 갚음과 동시에 조조에게 타격을 줄 셈이었다. 마침 공손승이 오용의 위치까지 알려주었다. 아무리 생각해도 더 나은 방법이 떠오르지 않았다.

그게 아니더라도 오용은 이미 선을 넘었다. 조조의 아버지를 해친 후, 조운에게 덮어씌운 작전은 아마 그의 머리에서 나왔을 터였다. 원래 역사와 지금의 상황을 다 아는 사람만이 내놓을 수 있는 계책이기 때문이다. 즉 그는 제 목적을 위해서 일어나지 않게 할 수도 있었던 대학살을 다른 장소에서 일으킨 셈이었다. 거기다 이제 진궁까지 죽게 만들었다. 더 놔뒀다간 또 어떤 계책으로 용운 자신과 주위 사람들을 괴롭힐지 몰랐다.

'오용을 죽여야겠어.'

용운은 이 세계로 온 후 처음으로 구체적인 대상에 대한 뚜렷한 살의를 느꼈다.

"적진에 들어가서 제거할 사람이 있어요."

용운의 말에도 6호는 크게 동요하지 않았다.

"하명하십시오."

"오용. 조조의 책사입니다."

아무리 분노에 눈이 멀었어도 수하에게 자살 행위를 시킬 용운이 아니었다. 공손승으로부터 오용이 있는 곳을 듣고 나서 충분히 가능성이 있다고 여겼기에, 아니 지금이 아니면 안 된다고 느껴져서 결심한 것이었다. 그렇다 해도 그가 암살이라는 수단을 생각했다는 것 자체가 놀라운 일이었다.

"지금 있는 곳은……."

설명을 마친 용운이 덧붙였다.

"이번 일에 성공한다면 공석이 된 세 번째 자리를 당신이 맡게 될 거예요."

내내 무표정하던 6호의 눈빛이 번쩍 빛났다.

"맡겨주십시오."

공손승이 용운과 대화할 때, 월영은 기적을 숨긴 채 가까이에 있었다. 놀랍게도 그녀 또한 시공복위 발동 직전에 일어나는 시공정지 현상에 영향을 받지 않았다. 병마용군임에도 불구하고 주인을 거부하는 행동, 제갈량 옆에서 미래의 지식을 가르친 것 등 여러모로 특별한 병마용군임이 분명했다. 대화를 마친 공손승은 그녀와 함께 좀 떨어진 산속으로 이동했다. 월영이 궁금하다는 듯 물었다.

"왜 그런 거예요?"

"뭘 말이냐?"

대꾸하는 공손승은 어쩐지 기분이 좋아 보였다.

월영은 즐거워 보이는 이유가 궁금해 물어보았다.

"오용이 진궁을 죽게 했다는 것, 그리고 그가 있는 곳을 가르쳐준 거요. 당신은 회 내에서 딱히 파벌도 없잖아요. 그런데 왜……."

"그게 더 재미있으니까."

"네?"

"말했잖아. 난 무조건 재미있는 대상의 편이라고. 오용이 조조를 도와 왕으로 만들려는 것도 나쁘진 않은데, 영 창의성이 없어. 어차피 조조에게는 강운이 따르고 있어서, 얼핏 눌린 것처럼 보여도 곧 일어설 거였어."

"하, 하지만 덕분에 조조가 학살을 벌였잖아요. 사람들의 죽음이야말로 당신이 원하는 게 아닌가요?"

"그런 일방적인 학살은 아름답지가 않잖아. 물론 내가 한 곳에 오래 머물면 돌림병이 돌긴 하지. 그래도 관람용 죽음은 비장하고 치열해야 재미있다고."

말하던 공손승은 혀로 입술을 핥았다.

"이제 진용운이 오용을 제거하면, 과연 어떤 일이 벌어질까? 조조는 강운에 따라 새로운 책사를 얻을까, 아니면 회에서 도움을 줄까? 물론 그대로 몰락해 무너질 수도 있겠지. 이런 가능성을 만드는 자체가 재미있지 않아?"

월영은 고개를 설레설레 저었다. 그녀는 지성과 이성에 따라 움직이며 공익과 선(善)을 믿도록 만들어졌다. 그런 월영에게 타인의 손해나 결과는 염두에 두지 않고 철저히 본성과 흥미로만 움직이는 공손승은 미지 그 자체였다. 사실 그가 설명한 이유 자체도 믿기 어려웠다.

'그나마 공명이 무사히 진용운에게 갔으니 다행이야. 이제 그의 밑에서 올바른 방향으로 성장할 거야. 공명의 말을 빌리자면 좋은 바람이 부는 대로……'

"야, 뭘 그렇게 생각해? 또 달아날 궁리 하는 건 아니겠지?"

"아니에요."

"얼른 가자. 이번에는 북쪽으로. 그쪽에서 강한 절망이 느꺼진다."

공손승은 신나서 걸음을 옮겼다.

월영은 가볍게 한숨을 내쉬고 그의 뒤를 따랐다.

조조군과 손책군은 협곡에서 꼬박 이틀 동안 전투를 벌였다. 처음에는 진법 발동 및 기습에 성공한 손책군에게 우세하게 돌아갔다. 그러나 곧 조금씩 전세가 바뀌었다. 장수의 질은 비슷했다. 결정적인 차이는 역시 병력의 차이였다. 게다가 주유가 한 가지 미처 생각하지 못한 요소가 작용했다.

'추워. 지나치게.'

주유의 표정이 굳었다. 손책군 병사들은 대개 남쪽 출신이라 덥고 습한 기후에 익숙했다. 주유도 그 점을 염두에 두지 않은 건 아니었다. 봄이 다 지났기에 출전에 응한 것이다. 그런데 이 협곡은 기이하게도 살얼음이 얼 정도로 쌀쌀했다. 마치 이 안에만 겨울이 머물러 있는 듯했다. 오용이 한파를 사용한 지 오랜 시간이 지났지만, 지형적 특성으로 인해 냉기가 머물러 있었다. 손책군 병사들에게는 한겨울의 강추위나 마찬가지였다. 젊은 병사들 중에는 평생 이런 추위를 경험해본 적 없는 이들도 있었다. 자연히 몸이 움츠러들고 움직임이 둔해졌다. 반면 조조군은 기습의 충격에서 회복하여 점차 기세가 살아나기 시작했다.

"어이, 공근. 어째 영 분위기가 안 좋은데?"

손책이 농담처럼 주유에게 말했다.

조조군 장수들과 어우러져 싸우던 손책과 주유, 마초, 주태 등은 양측 병력이 뒤얽히면서 난전이 벌어지자 일단 자기 진영으로 돌아와 있었다. 이에 조조군의 허저, 조홍, 하후연 등도 각자의 부대를 찾아 돌아갔다. 전위는 다시 조조의 곁으로 향했다. 주태는 중상을 입어 후방으로 빠졌으나 마초는 멀쩡했다. 탁탑천왕술 덕이었다. 다만 손책, 주유, 마초 세 사람 모두 옷은 진흙과 피투성이가 되었고 피로한 기색이 역력했다. 협곡에서 얼마나 격렬히 싸웠는지 짐작하고도 남았다.

마초가 손책에게 물었다.

"덕분에 수송부대는 무사히 적을 떨쳐낸 듯합니다. 이제 적당히 물러나도 되지 않겠습니까?"

그 말에 주유가 굳은 얼굴로 답했다.

"그게 힘들게 되었습니다. 앞뒤로 적을 포위한 것까진 좋았는데, 조조군이 가운데에서 하나로 뭉치며 아군도 그만큼 협곡 안쪽으로 들어왔습니다."

"적이 뭉쳤으니 포위해서 공격하기 더 좋은 거 아닙니까?"

"한데 이 협곡 안이 유달리 춥습니다. 그 탓에 아군의 움직임이 현저히 둔해졌습니다. 지금은 적을 앞뒤로 포위했다기보다 아군이 둘로 나뉘어 각개격파당할 우려가 더 큽니다."

과연 조조군은 이제 둘로 나뉘어, 오히려 손책군을 양쪽으로 밀어내고 있었다. 마초는 황당하다는 투로 말했다.

"엥? 이게 몸이 굳을 정도로 춥다고요? 며칠 전보다 훨씬 나아졌는데."

"저희 고향은 한겨울에도 이것보다 따뜻합니다."

듣고 있던 손책이 덧붙였다.

"장수의 역량 차이도 있어. 돌아가면 좀 굴려야겠군."

손책은 이번에 장수로 능조와 진무, 동습을 데려왔다. 인정하긴 싫었지만, 그들은 조조군 장수와의 맞대결에서 개인적인 무력에서나 통솔력에서나 뚜렷이 밀렸다. 그나마 일대일 대결에서 상대를 패퇴시킨 건 조홍을 이긴 진무가 유일했다.

"수전(水戰)에 더 익숙한 사람들이라 그럴 겁니다."

주유의 변호에 손책이 거칠게 대꾸했다.

"천하가 모두 물로 되어 있나? 땅이 훨씬 많아. 그런 소린 변명거리조차 되지 못한다."

마초는 함성이 진동하는 협곡 안을 보며 입맛을 다셨다.

"여기에 철기 오천과 내 부장인 방덕만 있다면 쓸어버릴 수 있을 것을……."

그때였다. 협곡 바깥쪽에서부터 우렁찬 함성이 들려왔다. 익숙한 목소리였다.

"맹기 님! 여기 영명이 왔습니다!"

마초의 말을 듣기라도 한 것처럼 방덕이 원군을 이끌고 온 것이다.

놀라는 손책과 주유에게 마초가 신나서 말했다.

"원군입니다! 방금 제가 말한 부장 방덕입니다!"

진궁의 수송부대에도 척후병 역할을 맡은 흑영대원은 당연히 포함되어 있었다. 그들은 전투가 벌어지자마자 양 갈래로 나뉘어 필사적으로 도주를 감행했다. 달아난 게 아니라 본연의 임무를 다하기 위한 것이었다. 한쪽은 관도와 남피로, 다른 한쪽은 업성으로 돌아가서 수송대의 위기를 알린 것이다.

전갈을 받은 순욱은 크게 놀랐다.

'어쩐지 업성에 도착하는 게 늦는다 했더니, 수송부대를 노린 것이었나! 그 정보가 어떻게 새나간 거지?'

중간에서 수송대를 끊어 먹히면 업성뿐만 아니라 남피에 있는 용운의 본대까지 곤란해진다. 마침 업성에는 서황과 방덕 등이 남아 있었다. 순욱은 즉시 방덕에게 일만의 기병을 주어 협곡에 갇혔다는 수송대를 구원하도록 했다. 방덕은 진궁과 마초가 위험하다는 말에 밤낮없이 말을 달려 도착한 것이었다.

'저곳인가.'

방덕이 보니, 과연 협곡 사이에 큰 전투가 벌어지고 있었다. 그때만 해도 손책의 지원 여부는 몰랐기에, 방덕은 협곡에 있는 병력이 마초의 그것이라 여겼다. 한데 가까이 가보니 병사의 복색이 낯설었다.

'저게 조조군?'

방덕이 막 협곡 바깥쪽을 들이치려 할 때였다. 마초가 전속력으로 말을 달려와 그를 불렀다.

"영명 님!"

"맹기 님?"

"휴, 늦지 않아 다행입니다."

방덕의 원군에 기뻐하던 마초는 문득 한 가지 사실을 깨달았다.

'잠깐, 업성에서는 손책의 원군이 협곡으로 왔다는 사실을 모르지 않나?'

분명 수송대가 협곡 가운데 갇혔다는 사실만 듣고 원군을 보냈을 가능성이 높았다. 다급히 달려 나와보니, 과연 방덕의 부대는 돌격 태세를 취하고 있었다. 이에 마초는 필사적으로 방덕의 깃발을 향해 달려온 것이다.

"영명 님의 목소리가 커서 살았습니다."

마초는 그간의 사정을 간단히 설명했다.

방덕은 크게 놀라는 한편, 곧바로 다음 전술을 제안했다. 전령이 손책 진영으로 바삐 달려갔다. 잠시 후, 협곡 입구에서 지리멸렬하던 손책군이 양옆으로 갈라졌다. 그리로 방덕이 끌

고 온, 상태가 쌩쌩하고 수송부대가 기습받았다는 소식에 분기탱천한 기병이 송곳처럼 치고 들어갔다. 방덕과 마초는 맨 앞에서 나란히 달렸다.

"이렇게 싸우니 옛날 생각이 나네요, 영명."

마초의 외침에 방덕이 웃으며 대꾸했다.

"옛날이라 하긴 뭐하지요. 고작 이삼 년 전이 아닙니까."

"그런가? 하하, 어쩐지 엄청 오래전의 일 같아서. 아무튼 오랜만에 같이 날뛰어보자고요."

"좋습니다!"

곧 두 장수의 얼굴은 언제 웃었냐는 듯 악귀처럼 변했다.

"오우!"

손책은 주유와 함께 협곡 중턱에 올라가 전황을 살피고 있었다. 잠시 내려다보던 손책이 휘파람을 불었다. 방덕은 기병대 맨 앞에서 악귀처럼 검을 휘둘러대고 있었다. 미적대던 손책군의 사기도 덩달아 올랐다. 협곡 안이 인마로 가득 찬 덕에 추위도 점차 사그라지는 중이었다. 기습에도 굴하지 않던 조조군의 기세가 꺾이며 차츰 진형이 무너졌다. 손책은 방덕의 활약에 감탄을 금치 못했다.

"이야, 이거 주태도 그렇고, 저 방영명이라는 친구도 엄청난 걸? 기병 전체가 마치 한 자루 창이 된 것처럼 조조군 진영을 관통해버렸군. 기주목은 대체 어디서 저런 장수들을 계속 찾아내는지……."

주유는 굳은 표정으로 그 광경을 바라보며 생각했다.

'처음에는 갑자기 수십만 대군을 만들어낸 조조의 저력에 놀랐으나 역시 위험한 건 기주목……. 생각해보면 원소를 치기 위한 대군을 편성하고서도 이리로 저 정도의 장수를, 저런 정예병을 보낼 여력이 남았다는 뜻이 아닌가. 기주목이야말로 주공이 중원으로 진출하는 데 가장 큰 걸림돌이 될 것이다.'

그가 정예병이라고 여긴, 방덕이 데려온 기병들이 사실 업성에서는 예비병에 불과하다는 사실을 주유는 까맣게 몰랐다. 알았다면 그의 경계심은 더욱 높아졌을 것이다.

결국 조조군은 견디지 못하고 와해되었다. 원래 황건적 잔당으로 이뤄진 병력이라 기세를 타면 무서우나 위태롭다 싶으면 흩어져 달아나기 바빴다. 급기야 청주병은 산등성이를 타고 넘어가 도망치는 추태까지 보였다.

"주공, 피하셔야 합니다!"

전위의 외침을 들으며, 조조는 눈을 감았다.

'이제 기주가 내 손에 들어왔다 여겼는데, 하늘은 아직 이조조의 비상을 허락하지 않는가?'

생각하던 그가 눈을 번쩍 떴다.

'아니, 아직 다 끝난 게 아니다. 이미 복양성은 내 손에 들어왔지 않은가.'

조조는 패국에서의 치욕을 겪으며 몸과 마음이 한층 성장해 있었다.

"협곡 동쪽 강변의 적 병력이 허술합니다. 그리로 빠져나가면 될 듯합니다."

하후연의 보고에, 조조는 고개를 끄덕였다. 그는 직접 병력을 진두지휘하며 침착하게 퇴각하기 시작했다.

오용은 높은 곳에서 전투를 지켜보고 있었다. 결국 조조군이 퇴각하기 시작하자 그는 가슴을 쳤다.

"빌어먹을! 다 잡은 거였는데 저 손책 놈 때문에……."

퇴각하려는 조조군과 손책군이 뒤섞여서 천기를 쓰기에도 애매했다.

'가만. 그러고 보니 협곡 입구 쪽에는 이제 손책군만 남았구나. 저놈들이라도……'

오용이 다시 천기를 발하려 할 때였다. 왼쪽 등허리에서 뭔가 선뜻한 느낌이 들었다. 그 차가움은 곧 몸서리쳐지게 뜨거워졌다.

"헛?"

고개를 돌리는 오용의 귓가에 서늘한 목소리가 들려왔다.

"오용, 맞지?"

2

내부의 독

오용은 평소에 뒤를 거의 신경 쓰지 않았다. 투명한 병마용군 '경'이 곁에 있었기 때문이다. 뿐만 아니라, 오용 자신부터가 역사에 실존하는 인물이 아닌 까닭에 조조 진영을 제외한 대부분의 세력에서 그에 대해 모르고 있었다. 그에 대해 알 법한 진용운은 쓸데없이 심성이 약해서 암살이란 수단을 떠올릴 위인이 못 되었다. 적어도 오용이 생각하기에는 그랬다. 다른 사람으로 교체하면 그만인 가신들이 죽거나 다치는 것도 못 견뎌 하는 자가 아닌가. 즉 목표가 될 일 자체가 없다는 의미였다. 이런저런 이유로 그는 암습을 걱정할 필요가 없었다. 경의 기적을 감지하진 못했지만, 대신 경 또한 그의 기적을 못

느낄 정도의 암살자가 찾아오기 전까지는.

"오용, 맞지?"

6호는 일단 대상의 왼쪽 뒤 허리에 단도를 찔러 넣은 다음에야 물었다. 신장을 찌르면 어지간한 무인도 힘을 못 쓴다. 거기서 비스듬히 칼을 올려 밀어 넣어서 허파까지 찢으면 비명도 제대로 못 지르게 된다. 대상을 잘못 짚었을 확률은 거의 없었다. 용모가 정확히 일치할뿐더러 이런 협곡에 학사가 덩그러니 혼자 있을 이유가 없으니까. 이름을 물은 건 딱히 확인하려는 의도라기보다 민간인이었을 때의 습관 때문이었다.

"으, 허억……."

오용의 입에서 바람 빠지는 소리가 흘러나왔다.

동시에 6호는 뭔가가 얼굴로 날아옴을 느꼈다.

"……!"

그는 반사적으로 고개를 젖혀 피했다. 복면 아래 턱 끝의 살점이 조금 잘려나가 피가 튀었다. 그러나 뭐가 날아왔는지는 여전히 보이지 않았다. 암기라면 어딘가에 꽂혔어야 정상이었다. 무기가 휘둘러진 후 제자리로 회수된 것이다.

'뭐야? 호위가 있나? 분명 혼자였는데.'

재빨리 주위를 둘러봤지만 아무것도 없었다. 다행히 6호는 위원회에 대해서 교육을 받았다. 이런저런 기묘한 술법들에 대해서도 적응했다. 이 또한 그런 술법의 일종이라 짐작되었다. 6호는 오용을 붙잡은 채 목에 단도를 대고 뒤로 물러나며 말했다.

"날 공격하면 곧바로 영감의 목을 자르겠다."

밑져야 본전. 어차피 오용을 죽이려던 차였다. 그렇다고 여기서 자신까지 죽을 순 없었다.

'모처럼 주공께 인정받고 세 계단이나 올라갈 기회인데 말이야.'

예전에 주위 사람들은 모두 그를 두려워했다. 그가 열세 살때, 산적 무리가 마을에 내려왔다. 산적들은 저항하는 동네 사람들을 닥치는 대로 죽이고 식량과 물건을 빼앗았다. 백정 일을 하던 6호의 아버지도 그때 죽었다. 6호가 처음 살인을 저지른 건 그날이었다.

6호는 살아 있는 짐승의 살을 가르고 뼈를 분리할 때, 쾌감을 넘어서서 어떤 경건한 감정을 느꼈었다. 표면적으로는 아버지를 돕기 위해서였으나 도축을 진심으로 즐겼다. 그러면서 점차 어떤 장기를 베면 출혈이 심한지, 어떻게 하면 생명체를 가장 효과적으로 죽이게 되는지 터득했다. 닭, 소, 돼지, 개, 고양이, 쥐 등 무수한 생물을 죽이고 갈라보았다. 주변에서 그러지 못한 대상은 인간이 유일했다. 여기서 잘못 나가면 피에 미친 살인귀가 된다. 실제로 인간을 해체하고 싶기도 했다. 그러나 매일 짐승을 도살하면서 욕구를 풀고 순박한 부모에게서 사랑받은 덕에, 6호는 아슬아슬하게 사람으로서의 선을 지키고 있었다.

산적들이 눈앞에서 부모를 잔인하게 살해하는 순간, 그 선이 끊어졌다. 그를 제어할 사람도 사라졌다. 산적들은 열세 살의 소년에 불과하고 체구도 작은 6호에게 완전히 방심하고 있었다. 슉! 그 틈에 6호가 움직였다. 그는 제 손처럼 익숙하게 다루던 발골칼(뼈와 고기를 발라내는 도축용 칼)을 집어 들고 맨 앞의 산적을 덮쳤다. 공포에 찬 비명과 고함이 푸줏간을 뒤덮었다. 뒤늦게 출동한 관군이 6호의 집을 찾아왔을 때, 안에는 원래 몇 명이었는지조차 알 수 없게 해체된 산적들의 잔해와, 발골칼을 쥔 채 전신이 피투성이가 된 소년이 덩그러니 서 있었다. 부모가 살해당했기에 정당한 복수로 인정되어 처벌은 받지 않았다. 그런 시대였다.

그럼에도 불구하고 그 참혹한 광경은 사람들을 놀라게 하기에 충분했다. 조금만 덜 잔인했다면 오히려 칭송을 받았을 것이다. 그 후로 마을 사람들은 알게 모르게 6호를 두려워하고 경원시했다. 이에 마을을 떠난 6호는 위군의 한 고을에 정착했다. 거기서 적성을 살려 청부업자의 길을 걷기 시작했다.

6호가 전예의 관심을 끌었을 무렵, 그가 사람을 죽여 사욕을 채우는 평범한 살인 청부업자였다면 일찌감치 제거됐을 것이다. 6호는 명분이 있는 청부만 받았다. 대체로 보편적인 관점에서의 악인만 처단했다. 단, 그 수법이 여전히 상대를 조각 조각 나누다시피 하는 잔인한 것이라, 같은 청부업자들에게서도 기피 대상이었다.

'저 부분은 아무리 교육하고 징벌을 내려도 안 되는군. 세상에 내보내자니 위험할 것 같고 그렇다고 죽일 수도 없고.'

고심하던 전예는 6호를 '칼'로 쓰자고 결심했다. 다른 대원들이 잘 맡지 않는 암살 전문이 됐다. 6호는 흑영대에 발탁되고서야 비로소 자신의 자리를 찾았다. 용운과 전예는 그에게 믿을 수 있고 존경스러운 상관이자 머물 곳을 만들어준 은인이었다. 그런 그들에게 인정받을 수 있을 뿐만 아니라, 모처럼 승진까지 할 수 있는 기회가 왔다.

'그런데 죽으면 너무 억울하잖아.'

6호는 뒤에서 오용의 목을 감은 자세로 뒷걸음질 치며 질질 끌고 갔다. 도중에 옆구리에다 몇 차례 더 단검을 찔러 넣었다. 습관적인 동작이었다. 칼끝이 내장에 간신히 닿지 않을 정도의 깊이. 치명적인 급소는 아니었지만 엄청난 고통을 주었다. 아예 저항할 힘을 빼놓기 위해서였다.

"크윽! 컥!"

그때마다 오용이 꿈틀대며 경련했다. 입에서 피거품이 새어나와 앞섶을 물들였다. 다음 순간 6호는 뒤에서 섬뜩한 살기를 느꼈다.

'보이지는 않지만 뭔가 있는 건 분명하군.'

그는 재빨리 몸을 회전하여 오용을 들이댔다. 그러자 다가오던 뭔가가 멈칫하는 게 느껴졌다. 그러더니 이번에는 옅은 살기가 왼쪽 관자놀이로 날아왔다. 안 보이는 상대가 오용을 피해 어깨너머로 공격을 가해온 것이다.

'공격 전환이 빠르다! 더구나 이 궤도는……. 줄 달린 무기인가?'

6호는 힘껏 목을 움츠리며 다리를 굽혔다. 투명한 칼날 같은 게 정수리를 스치고 날아갔다. 그 서슬에 두건이 썩둑 잘리며 머리가 풀어헤쳐졌다. 6호의 등 뒤로 식은땀이 흘렀다.

'젠장, 공격할 때만 살기가 느껴질 뿐, 형체나 기척, 냄새도 없다. 이런 놈을 어떻게 상대하지?'

눈치를 보아하니 여기서 오용을 죽였다간 곧바로 6호 자신도 죽을 듯했다. 오용을 죽이라는 임무를 받았는데, 그의 목숨을 붙여놔야 달아날 수 있는 역설적인 상황이 벌어진 것이다.

"날 공격할 때마다 이자의 손가락을 자르겠다."

미지의 상대를 향해 내뱉은 6호는 말과 함께 오용의 왼손 새끼손가락을 쳐내버렸다. 동시에 6호의 뒷목에 날카로운 뭔가가 박혔다.

"윽!"

순간 6호는 자신의 판단 착오를 깨달았다. 이 안 보이는 상대가 오용을 살리려는 건 맞다. 그러나 그의 부상도 어느 정도 각오하고 있었다. 목표물은 다름 아닌 책사가 아닌가. 손가락, 더 나아가 사지가 잘려도 상관없을 터. 눈과 입, 귀 그리고 책략을 짜낼 머리만 멀쩡하면 되는 것이다. 손가락을 자른다고 할 게 아니라, 대뜸 목을 찌르기라도 했어야 했다.

'숨골을 정확히 당했다.'

6호는 점차 몸이 굳어지며 호흡이 가빠오는 걸 느꼈다. 죽기 전에 목표물의 숨통을 확실히 끊어야 했다.

"크으으!"

6호의 발골칼이 오용의 목을 그으려는 찰나였다. 챙! 칼이 형체 없는 쇠붙이에 가로막혔다. 이어서 발골칼을 쥔 팔목이 절단되어 땅에 떨어졌다. 6호는 그대로 왼팔에 힘을 주었다. 오용의 목을 졸라 죽이려는 심산이었다. 그러자 이번에는 왼팔마저 어깨에서부터 잘려 떨어져 나갔다.

'난 끝났다. 하지만 주공을 실망시킬 순 없다.'

6호는 뒤로 넘어가는 와중에도 악착같이 발끝으로 오용의 척추 가운데를 찌르려 했다. 그가 신은 가죽신발 끝에 한 뼘 정도 길이의 칼날이 삐죽 튀어나와 있었다. 쩡! 그 칼날 끝은 오용과 6호 사이를 가로막은 투명한 형체에 부딪혔다.

'넌 대체 뭐냐?'

6호는 넘어지는 와중에 잘린 팔을 휘둘러 피를 흩뿌렸다.

그러자 상대의 몸에 튄 피를 따라, 인간의 형상이 얼핏 드러났다. 그것도 여자였다.

"제길, 안 보이는 여자라니……. 가지가지 하는군."

그게 6호가 남긴 마지막 말이었다.

"주인님!"

6호의 죽음을 확인한 경이 다급히 오용을 살폈다. 그는 이미 정신을 잃은 상태였다. 맨 처음에 왼쪽 신장을 뒤에서부터 찔린 게 타격이 컸다. 출혈이 심해, 백색 장포가 온통 붉게 물들어 있었다. 피습 당시, 경은 오용의 옆에 서서 함께 협곡 아래를 내려다보고 있었다. 이 장소로 찾아올 인간이 있을 거라고 생각지도 못했을뿐더러 접근도 전혀 눈치채지 못했다.

'바로 뒤에 다가와 단검을 찌를 때까지 기척을 못 느꼈어. 지살위도, 병마용군도 아닌데…….'

경은 입술을 깨물었다. 치명적인 실책이었다. 그녀의 방심으로 오용이 목숨을 잃게 생겼다. 충성도 충성이지만, 당장 오용이 죽으면 그녀의 존재도 사라진다. 그녀는 급한 대로 오용의 장포 소매를 찢어 지혈했다. 뒤이어 그를 업고 일어섰다가 다시 내려놓았다. 생각해보니 투명한 상태의 그녀가 오용을 업은 채 움직였다간 난리가 날 것이다. 그가 허공에 축 늘어져 비스듬히 엎드린 채 떠다니는 것처럼 보일 테니 말이다. 투명의 권능이 도리어 장애가 될 줄이야.

'어쩌지?'

초조해하던 경의 시선이 6호의 시체에서 멎었다.

'저거다.'

그녀는 6호의 흑색 무복을 모두 벗겨 입었다. 장갑을 끼고 신발을 신은 후 두건까지 덮어썼다. 6호는 체구가 작은 편이라 마침 크기도 맞았다. 경은 오용을 업고서 협곡 아래로 뛰어내려갔다. 퇴각하는 조조군을 따라붙기 위해서였다.

조조군은 협곡에서 타격을 입고 퇴각했다. 의양성까지 물러난 조조는 분통이 터질 지경이었다. 다 잡은 먹이를 갑작스러운 손책군의 개입으로 놓쳤기 때문이다.

"손책, 그 망할 놈은 왜 갑자기 끼어든 거지?"

조조는 다음 행동을 의논하기 위해 오용을 찾았다. 손책까지 얽혔으니 일이 더 복잡해졌다. 그때, 수하가 막사로 다급히 들어와 알렸다.

"주공! 군사가 중상을 입어 목숨이 위태롭습니다."

"뭐라고? 지금 어디 있느냐?"

크게 놀란 조조는 곧장 오용이 누워 있는 곳으로 향했다. 오용은 의식이 없고 호흡도 약한 상태였다. 그를 내려다보던 조조의 표정이 어두워졌다. 의원들이 여럿 붙어 치료하고 있으나, 겉으로 보기에도 생명이 위태로운 것 같았다.

"이게 어찌 된 일인가?"

조조가 문자 막사에 있던 병졸 중 하나가 답했다.

"협곡에서 전황을 보던 중에 암습을 당한 듯합니다. 호위 하나가 업고 왔습니다."

"암습?"

"예."

오용을 암습할 세력이라면 용운 아니면 여포였다. 혹은 손책 쪽일 수도 있었다.

'이 비열한 놈들. 군사를 암습하다니! 그나저나 여기서 오용에게 변고가 생기면 안 되는데.'

조조는 분노와 더불어 조바심이 일었다. 현재 유엽은 책략이 부족한 하후돈과 조인에게 붙여준 상태였다. 의양성에서 전열을 가다듬어 다시 업성을 도모해야 할 터인데, 오용이 이리 되고 말았다. 조언을 구할 책사 하나 없이 싸우게 생겼다. 물론 조조 자신도 머리가 좋고 지략이 있었다. 그러나 혼자의 생각대로 움직이는 건 위험했다.

'할 수 없구나. 일단 병력을 재정비하면서 군사가 회복하길 기다리다가, 안 되면 내 나름대로 지휘해보는 수밖에.'

조조는 수하에게 명을 내려, 인근의 실력 좋은 의원은 모조리 불러들이도록 했다.

그러자 수하가 난감한 표정으로 말했다.

"저, 이 주변의 사람은 의원이고 뭐고 다 죽었습니다."

바로 조조 자신이 행한 일의 결과였다. 그는 쓴웃음을 짓고 사주(장안과 낙양 등을 포함하는 주) 쪽으로 사람을 보내, 돈을 아끼지 말고 의원을 찾아 데려올 것을 명했다.

금쪽같은 며칠이 지났다. 오용은 금세 숨이 넘어갈 듯하면서도 용케 버텨내고 있었다. 성혼마석의 힘을 얻으며 강해진 신체와 생명력 덕분이었다. 그게 아니었다면 진작 죽었으리라. 하지만 여전히 의식은 없는 상태였다.

그사이 조조는 부상자를 복양성으로 후송하고 보급기지를 구축하는 등 나름대로 바쁘게 움직였다. 다행히 하후돈과 조인 등이 산양성 공략에 성공하고 적장 양봉을 죽였다. 나아가 산양성 북쪽의 범, 늠구현까지 점령했다는 희소식이 전해졌다. 여포의 수하 장수인 설란과 이봉을 물리치고 두 곳 현을 차지한 것이다.

조조는 크게 기뻐했으나, 정작 업성 공략은 시작하지도 못한 상황이라 조급한 마음이 드는 건 어쩔 수 없었다. 그때 예상치 못한, 조조에게는 더없이 반가운 인물이 찾아왔다. 사내다운 얼굴에 총기가 흐르는 진등이라는 사내였다.

"아니, 원룡(元龍)! 여기까지 어쩐 일인가!"

조조는 그를 알아보자마자 뛰어가 손을 잡았다.

"도겸의 행태가 마음에 안 들어서 관직을 내놓고 아버지께

갔더니, 집에서 놀지 말고 맹덕 님이나 도우라고 하셔서 말입니다."

진등이 싱글싱글 웃으며 말했다.

진등, 자는 원룡. 패국상 진규의 아들이다. 조조가 패국에 머무를 때 종종 찾아와 담소를 나누고 교분을 나눴다. 서로 상대가 범상치 않은 인물이라 여겨 성의를 다했으므로 둘의 친분은 자못 깊었다.

진등은 어려서부터 백성을 구제하고 세상을 바로잡으려는 원대한 뜻을 품었다. 25세에 광릉군 동양현의 현장으로 임관했는데, 혼자 사는 노인을 봉양하고 고아를 길렀으며, 몸이 상할 정도로 백성을 보살피니 크게 인망을 얻었다. 그의 명성에 해적이 스스로 포박하여 투항해올 정도였다. 《삼국지연의》에서는 여포의 밑에 있다가 그를 배신하고 조조를 따른 것으로 묘사된다.

진등은 평소 생선회를 매우 좋아하였는데, 어느 날 속병이 나서 화타에게 치료를 받았다. 화타가 준 탕약을 먹자 붉은색을 띤 벌레가 몸에서 나왔다. 화타는 진등에게 일렀다.

"삼 년 안에 재발할 것이며, 그때 주변에 뛰어난 의원이 없다면 생사를 장담할 수 없소."

하지만 진등은 식습관을 고치지 못했다. 과연 삼 년 후에 같은 증상이 일어났으나 화타는 이미 죽은 후였고 그만한 의

원도 없었다. 결국 진등은 39세의 나이로 요절하고 말았다. 그의 질병은 민물고기 회를 즐겨먹은 데서 오는 기생충(간디스토마) 감염으로 추정된다.

훗날 배송지(裴松之)는 진등을 평하길, "진등은 웅기와 장절을 지니고 있었으나, 수명이 다해 요절하면서 대업을 다 이루지 못했다"고 하였다. 조조는 장강을 지날 때마다 진등의 죽음을 탄식했으며, 조비는 진등의 공을 기려 아들 진숙을 낭중으로 삼았다. 또한 유비는 유표와 더불어 천하인을 논할 때 진등을 이렇게 평가했다. "원룡처럼 문무와 담력을 고루 갖춘 자는 응당 고대에서나 구할 뿐, 창졸간에 그와 비견될 자를 찾기 어려울 것입니다."

이런 여러 가지 행적과 평가 등으로 미뤄보아, 진등은 학문, 행정, 책략, 군사에 고루 능한 절세의 인재라 할 만했다. 마침 오용의 부재로 난감할 때 그런 인재가 스스로 찾아왔으니, 조조에게는 가뭄의 단비였다. 그가 괜히 반색한 게 아닌 것이다. 도겸이 실정을 편 데 감사하고 싶을 지경이었다.

원래 역사에서 진등은 도겸 밑에서 일하다가, 유비가 서주를 차지한 후 그를 섬긴다. 유비가 여포에게 서주를 빼앗긴 후에는 어쩔 수 없이 여포를 따랐는데, 그를 매우 싫어했다. 이에 조조에게 사신으로 갔을 때, 여포를 반드시 쳐야 한다고 진언하여 광릉태수로 임명되었다. 광릉을 잘 다스려 안정시켰으며, 훗날 조조가 여포를 토벌할 때 조조에게 귀순하여 공을 세웠다.

이 세계에서는 유비가 서주를 차지하기도 전에 진등과 조조 사이에 강력한 접점이 생겼다. 이에 진등은 아버지의 권유대로 조조를 따르러 온 것이다. 여포에게는 상극의 기운을 가진 자였다.

주위를 물리고 둘만 남게 되었을 때, 진등이 대뜸 말했다.

"맹덕 님, 어쩌자고 그런 짓을 저지르셨습니까?"

"뭐 말인가?"

조조는 시치미를 떼려 했으나 진등의 서늘한 눈빛을 마주하기 어려웠다.

진등은 여기까지 오는 도중에 복양성을 거쳤다. 거기서 조조가 벌인 학살의 현장을 목격하고 충격을 받았다. 이전에 알던 조조의 모습과 사뭇 달랐으며, 진등 자신이 백성을 사랑하는 부류의 관리였기에 더 그랬다.

잠시 망설이던 조조가 말했다.

"원룡, 세상 사람들이 다 날 욕해도 자네는 날 이해해줬으면 하네."

"이해하고 싶어서 여쭙는 겁니다."

"……선친께서 기주목의 간계에 걸려 돌아가셨네. 그 복수를 하려는 걸세."

"사정은 아버님께 들었습니다만, 그렇다면 기주목에게 죄를 물어야지 아무것도 모르는 백성들을 해치면 어떡합니까? 모두 나중에 맹덕 님의 자산이 될 이들입니다. 기주를 평정하시는 데 성공한다면 더더욱 그렇고요."

조조와 가장 가까운 하후돈이나 조인도 이 문제에 대해서는 눈치를 보며 함부로 말하지 못했다. 진등의 거침없는 지적으로 보아, 조조가 평소에 그를 얼마나 친근하게 대했는지 짐작이 갔다. 몇 차례의 학살과 전투를 겪으며, 조조의 화기가 어느 정도 풀린 까닭도 있었다. 만약 진등이 며칠만 빨리 찾아왔다면, 조조가 내뿜는 살기에 눌려 저렇게까지 말하긴 어려웠을 것이다.

"난, 난…… 그렇게라도 하지 않으면 가슴이 터져서 죽어버릴 것 같았네."

조조의 대답에 진등은 한숨을 내쉬었다. 겉으로는 냉정, 침착해 보이는 이 사내가 실은 엄청나게 격정적이라는 사실은 짐작하고 있었다. 그러나 그런 감성이 예술적 기질로 발휘된다고 생각하여 크게 꺼리지 않았다. 실제로 조조가 지은 시를 보고 크게 감탄한 적도 있었다. 한데 그 격정이 친인의 죽음 앞에 이런 식으로 나타날 줄이야.

"맹덕 님, 심정은 물론 이해합니다. 허나 이는 먼 후세까지 맹덕 님의 오점으로 기록될 겁니다. 아니, 굳이 후세를 들먹이지 않더라도 공격받을 빌미가 됩니다."

"내가 벌인 일이니 내가 감당하겠네."

"설마 앞으로도 계속 같은 행위를 하실 겁니까?"

"업성이 마지막이네. 아니, 처음부터 업성이 목표였네."

조조는 힘주어 말했다. 즉 업성의 사람만은 모두 죽이겠다는 소리였다. 이렇게까지 말했는데도 마음을 바꾸지 않는다면 어쩔 수 없었다.

'이 일이 나중에 분명 맹덕 님의 발목을 잡을 것이다.'

진등은 무겁게 고개를 끄덕였다.

"자, 모처럼 만났는데 일단 한잔하세나."

조조는 수하를 불러 주안상을 내오게 하여 분위기를 전환했다.

주안상에 있는 생선회를 본 진등이 씩 웃었다.

"제 식성을 기억하셨군요."

"받게."

조조는 진등과 술잔을 나누며 이제까지의 전황을 설명했다.

"첩자의 말에 의하면, 업성은 성벽이 높고 튼튼하며 해자도 깊어 매우 공략하기 어려운 성이라 하더군. 어떤 식으로 풀어 나갔으면 좋겠나?"

잠시 생각하던 진등이 답했다.

"밖에서의 공략이 어렵다면 내부에서부터 공략해야겠지요."

"내부에서?"

"듣기로 기주목은 어지간해서는 오는 사람을 내치지 않는다고 들었습니다. 현재 태수 대행으로 있는 사람은 순문약입니다. 맹덕 님을 따르면서도 순문약이 의심하지 않을 만한 이를 들여보내, 야음을 틈타 불을 지른 후 성문을 열게 하면 제아무리 성벽이 높고 튼튼하다 한들 무슨 소용이겠습니까?"

"오, 과연!"

조조는 무릎을 탁 쳤다. 저런 공작을 행하려면 개인으로는 어려우니 제 세력을 이끌고 투항시킬 인물을 찾아야 했다. 마침 진등의 말을 듣자마자 퍼뜩 떠오르는 사람이 있었다.

"고맙네, 원룡. 자네가 내 복덩이네."

조조는 진등의 어깨를 두드리며 웃었다.

위군, 업성.

순욱은 손책군을 맞아들여 사의를 표하는 한편, 업성의 방비를 더욱 단단히 했다. 두 번째 성벽도 이때쯤 완공했다. 이제 적이 설령 해자를 건너 성문을 지나오더라도, 또 하나의 성벽을 마주하게 될 터였다. 두 번째 성벽의 문은 외성벽 문과 정반대편에 있었다. 거기까지 향하는 동안, 적군은 성벽과 성벽 사이의 공간에서 온갖 공격을 당하게 되는 것이다.

'한데 조조군이 이상할 정도로 잠잠하구나. 혹 복양성에서 겨울을 난 후 내년 봄에 공격하기라도 할 셈인가?'

생각하던 순욱은 금세 고개를 저었다.

'아니지. 그랬다가는 주공께서 원정을 마치고 돌아오셔서 앞뒤로 공격받게 될 텐데. 조조 입장에서는 어떻게든 그 전까지 업성을 무너뜨리고 싶을 터.'

순욱은 첩자를 풀어 조조군의 동태를 감시하고 있었는데, 수상한 움직임은 전혀 보이지 않았다. 그사이 흑영대원 4호가 협곡에서 6호의 시신을 수습해왔다. 진궁의 죽음과 그에 분노한 용운이 조조군 책사를 죽이도록 명한 사실은 순욱도 알고 있었다. 곧바로 전예에게 전달됐기 때문이다. 어쩌면 6호가 책사를 암살하는 데 성공한 까닭인지도 모르겠다고 순욱은 생각했다.

암살이라니, 처음 그 얘길 들었을 땐 깜짝 놀랐다. 평소의 용운답지 않은 명령이었으니까. 하지만 곧 수긍이 갔다. 다른 사람도 아닌, 진궁이 죽었다. 제 사람의 죽음에는 누구보다 예민하게 반응하고 분노하는 사람이 용운이었다.

'지금쯤 주공께서 크게 상심해 계시겠구나. 건강이라도 해치지 않으셔야 할 터인데……'

순욱이 집무실에서 이런저런 상념에 빠져 있을 때였다. 수하가 뜻밖의 보고를 해왔다.

"문약 님, 지금 성문 앞에서 어떤 자가 병력을 이끌고 와 투항을 요청하고 있습니다."

"뭐? 투항을?"

"예. 장맹탁이라는 자입니다. 한데 몰골이 말이 아닙니다."

그 이름에 순욱은 깜짝 놀랐다. 장막 맹탁. 청류파 팔주의 일인이자, 원소와 조조의 절친한 벗이었다. 기도위를 지냈으며 반동탁연합군에 참가하기도 했으니 순욱이 모를 리 없는 명사였다.

'맹탁이 어째서? 분명 원소에게 의탁해 있다고 들었는데……'

마냥 성 밖에 세워둘 수도 없는 노릇. 잠시 고민하던 순욱은, 일단 장막을 맞아들이도록 했다. 그리고 마초와 서황 등으로 하여금 병력을 거느리고 빈틈없이 포위하도록 한 후 그를 대면했다.

"받아주어 고맙습니다, 문약 님."

장막은 오백여 명의 병사를 거느리고 있었는데, 과연 수하의 말대로 꼴이 엉망진창이었다. 머리는 풀어헤쳐진 봉두난발에 얼굴과 몸 여기저기 상처가 났고 갑옷은 진흙과 긁힌 자국투성이였다.

"맹탁 님께서 여기까지 어쩐 일이십니까?"

순욱이 묻자 장막은 울분을 터뜨리며 말했다.

"저는 본래 원본초를 돕기 위해 남피에 가 있었으니 기주목과는 대적하는 입장이었습니다. 한데 본초는 제 조언을 고깝게 받아들여 오히려 저를 해치려 하였습니다. 그렇다고 바로 기주목에게 붙을 수도 없고 몰래 빠져나가자니 성이 포위된 상태라, 천신만고 끝에 조맹덕을 찾아갔습니다."

실제 역사에서도 장막은 원소가 자신을 죽이려 하자 조조를 찾아갔었다. 지금의 상황과 비슷한 일이 있었던 것이다.

순욱은 하소연하는 장막을 찬찬히 바라보았다. 시기가 시기인 만큼 조조의 첩자일 수도 있다는 점을 염두에 둔 것이다.

그의 의심스러운 눈길을 아는지 모르는지, 장막은 계속 말을 이었다.

"한데 가는 길에 보니 동군에서부터 남녀노소 가릴 것 없이 시신이 그득했습니다. 신세 지는 처지에 입바른 소리를 하기 어려워 참으려 했으나, 그것만은 넘어갈 수 없어 몇 마디 하였더니 조맹덕마저 저를 죽이려 드는 게 아니겠습니까? 이에 저를 따르겠다는 자들만 데리고 부랴부랴 맹덕의 진영에서 도망쳐 나와 업성까지 이른 것입니다. 염치없지만 저를 받아주시면 후일 반드시 보답하겠습니다."

장막은 부끄러움과 분함에 눈물을 흘렸다. 한때 제일가는 친구였던 둘에게서 차례로 목숨을 위협받을 줄은 몰랐다고

하며, 허무하고 비참하다는 심경을 이야기했다. 그나마 조금 위안이 된 건 조조의 수하들 중에도 자신과 같은 생각을 가진 자들이 적지 않았다는 점이라고 장막은 덧붙였다. 하여 그들을 모두 데려왔다는 것이다.

어느새 전예도 전갈을 받고 나와 있었다. 그는 존재감을 감추고 유심히 장막을 관찰했다. 첩보와 공작은 물론, 고문에도 통달한 전예다. 그러면서 인간의 표정과 몸짓, 목소리 등을 보고 말의 진실 여부를 가릴 수 있게 되었다.

전예가 보니, 장막의 말은 모두 사실이었다. 또한 흑영대 내부에 보고된, 장막의 행보에 관한 정보와도 일치했다. 그는 순욱에게 다가가 귓속말을 했다.

"거짓을 말하는 것 같진 않습니다. 흑영대의 내부 정보와도 일치하고요. 만약 받아들이실 거라면 혹시 모르니 감시를 붙이겠습니다."

"음……."

고민하던 순욱은 장막을 받아주기로 했다. 만약 용운이었다면 그렇게 했을 테니까. 또 세간에 퍼진 장막의 인망과 평판은, 용운에게 좋게 작용함과 더불어 조조의 악명을 높이는 데 도움이 될 터였다. 그런 학살을 저지른 것으로도 모자라 절친한 벗마저 해치려 하니, 그의 주변에 어찌 사람이 남아나겠는가, 하는 식으로 말이다. 물론 장막의 재산이 적지 않게 남아 있다는 점도 작용했다. 지금은 많을수록 좋았으니까.

순욱은 울먹이는 장막의 손을 잡고 좋은 말로 달랬다.

"고생하셨습니다. 거처를 내드릴 테니 마음 편히 쉬십시오. 여기에 있는 한 원소든 조조든, 그 누구라도 맹탁 님을 해칠 수 없을 것입니다."

"아, 정말 고맙습니다!"

장막은 감격한 어조로 말했다.

같은 시각, 조조의 진영.

조조에게 찾아온 진등이 불만스런 어조로 말했다.

"그렇게까지 하실 필요는 없지 않습니까?"

조조는 읽던 책을 덮으며 대꾸했다.

"또 뭐 말인가? 자네는 내게 핀잔만 주는군그래."

"맹탁 님 말입니다. 원소에게 크게 실망하여 찾아온데다, 제가 알기로 주공을 물심양면으로 후원하여 재기에 도움을 준 분입니다. 그런데 동군의 일을 충고하신 걸로 그렇게 매질하고 쫓아내시다니요. 그럼 저한테도 그리하셨어야지요."

조조를 따르기로 한 후, 진등은 그와 밤새 대화한 끝에 완전히 의기투합했다. 이에 그를 부르는 호칭도 더 이상 맹덕 님이 아닌, 주공으로 바뀌어 있었다. 한데 그새 조조가 또 일을 벌였다. 자꾸 제 편을 잃을 짓만 하니, 진등은 속이 탔다.

진등의 말에 조조가 답했다.

"원룡. 맹탁이 바로 자네가 제안했던, 내부의 독 역할을 할 사람이네."

"그렇다면 더더욱 어르고 달래어 협조를 구해야 하지 않겠습니까? 그 전까지만 해도 맹탁 님은 주공께 고마움을 느끼고 있었습니다. 사실대로 말했다면 분명 기꺼이 도왔을 것입니다."

"그랬겠지."

"그랬겠지, 라니요?"

"하지만 만약 그랬다면, 과연 업성에 있는 순욱이나 다른 책사들이 순순히 속아 넘어가줄까? 맹탁은 사람됨은 좋으나, 기가 약하고 감정이 얼굴에 곧바로 드러나는 위인일세. 날 돕겠다고 업성에 제 발로 들어갈 정도로 담이 크지도 못하지만, 그래봐야 곧바로 탄로 났을 걸세. 난 일부러 그를 핍박한 후 몰래 달아나도록 내버려둔 게야."

잠시 생각하던 진등은 경악 어린 얼굴로 말했다.

"맹탁 님을 따라 함께 달아난 자들, 진짜 독은 그들이었군요. 진류에서부터 맹덕 님을 따르던 자들이 섞여 있기에 이상하다 했더니……."

조조는 만족스레 웃었다.

"과연 원룡. 맞아. 그들의 3할은 정말로 맹탁을 따른 자들이지만, 나머지는 내 사람들이지. 맹탁의 성품상 동군에서 백성들을 죽인 일로 언젠가 내게 한소리 하리라는 건 예상했네. 마침, 자네가 계책을 내놓고 얼마 되지 않아 그 일이 벌어졌지. 자, 그럼 이 상황에 그가 나한테서마저 죽음의 위협을 느낀다면 어디로 가겠나?"

"주공과 원본초에게 있어서 공동의 적…… 기주목에게 투항을 결심할 가능성이 크지요."

"맞네. 허나 그건 어디까지나 가능성일 뿐. 확실히 하기 위해 맹탁에게 딸려 보낸 사람들에게 은근히 업성행을 권유하도록 명해두었네. 마음 약한 맹탁은 분명 거기 휩쓸리겠지. 이제 우린 부대를 전진시킨 후, 업성에서 불화살이 두 번 올랐을 때 곧장 쳐들어가면 되는 거야."

진등은 조조의 치밀함에 혀를 내둘렀다. 순욱은 장막과 더불어 그에게 딸린 독마저 품어버린 것이다. 분명 고육지계(苦肉之計, 적을 속이기 위해 자신 혹은 아군의 고통을 무릅쓰고 꾸미는 계책)인데, 정작 계략의 주체가 되는 자는 진심으로 사실이라 믿으니 어찌 걸려들지 않을 수 있겠는가.

3

업성의 마왕

패국 사람 사환(史渙)의 자는 공유(公劉)로, 조조에 대한 충성심이 매우 강한 장수였다. 그는 마른 얼굴에 날렵해 보이는 체구를 갖고 있었다. 날카로운 듯하면서도 깊고 차분한 눈빛이 특징이었다. 조조의 최측근 몇몇을 제외하곤 그를 아는 이가 거의 없어서, 숨겨진 칼 역할을 했다. 거기에 걸맞게 사환은 감찰관, 그중에서도 장수를 감찰하는 직책을 맡고 있었다.

실제 역사에서도 사환은 조조의 두터운 신임을 받아, 근위대 지휘관으로 활약했다. 관도대전에서는 서황과 함께 원소군의 수송부대를 급습하여, 수천 대의 수레를 태우는 전공을 세웠다.

장막이 조조군 진영을 이탈하여 순욱에게 투항하기 얼마 전이었다. 조조는 사환을 불러, 장막과 함께 업성에 들어가 파괴 공작을 해줄 것을 부탁했다.

"공유, 부탁하네. 자네 말고는 이 일을 맡길 사람이 없네. 이게 아군의 희생을 최소화하면서 업성을 함락시킬 수 있는 최선의 방법일세."

말수가 적은 사환은 간단하지만 진심 어린 어조로 답했다.

"부탁까지 하실 필요도 없습니다. 그저 명하십시오."

"고맙네."

조조는 계책을 간략히 설명했다.

앞서 장막은 양민학살 건에 대해 조조에게 충고했다가 매를 맞았다. 조조는 거기서 그치지 않고 그를 죽이겠다며 칼을 들고 설쳤다. 주변의 가신들이 말려준 덕에, 장막은 겨우 목숨을 건져 달아났다. 이는 조조의 연극이었다.

하지만 자라 보고 놀란 가슴 솥뚜껑 보고 놀란다고, 가뜩이나 원소에게 봉변당했던 장막은 생명의 위협을 느꼈다. 그런 장막을, 미리 언질받은 사환이 꼬드겼다.

"저도 같은 문제를 지적했다가 매 맞고 죽임당할 뻔했습니다. 이대로 있다가는 필시 조맹덕이 우리를 죽일 것입니다. 차라리 그 전에 달아나는 게 어떻습니까?"

"어디로 달아난단 말이오?"

"당연히 기주목 아니겠습니까? 그는 인정이 많고 마음이 약하다고 들었습니다. 또 지금 기주목은 원본초와 조맹덕을 상대로 싸우고 있는데, 맹탁 님 또한 그 둘 모두와 척지게 생겼으니 사정을 설명하면 분명 받아줄 것입니다."

"으음…… 기주목이라."

"기도위께서 마음을 정하시면 저도 적으나마 제 수하들을 데리고 동참하겠습니다."

잠시 고민하던 장막이 입을 열었다.

"하지만 지금은 전시라 감시망이 만만치 않을 텐데."

이렇게까지 말했다는 건 이미 마음을 정했다는 의미였다. 사환은 마음속으로 장막을 속인 데 대한 미안함과 안쓰러움, 이토록 쉽게 조조를 저버리려는 데 대한 분노 등을 동시에 느끼며 답했다.

"염려 마십시오. 그건 제가 해결할 수 있습니다."

조조는 사환에게 미리 말했었다. 이 계략을 실행했을 때 만약 장막이 거절하면 솔직히 사과하고 자신에게 데려오라고.

장막은 마침내 마음을 굳힌 듯 말했다.

"그럼, 부탁하겠소."

그의 운명을 결정짓는 순간이었다. 그리고 이틀 뒤, 결국 그는 업성으로 들어갔다.

장막 일행은 전예에게 하루 정도 조사를 받았다. 그 후 별다른 조치 없이 풀려났다. 장막과 그가 데려온 수하들에게는 마음 편히 지낼 수 있는 거처도 주어졌다. 그 인원 안에는 사환도 포함되어 있었다. 그나마 그에게는 장막 정도의 검증 과정조차 없었다. 사환은 주위를 살피며 업성 내부를 자유로이 돌아다녔다. 그 또한 감찰반 출신이라 감시와 미행에 민감했는데, 다니는 내내 그런 기척이 전혀 느껴지지 않았다.

'이거 너무 허술한 것 같은데. 그만큼 믿는 건가, 아니면 순진한 건가?'

오죽하면 적인 사환이 이런 생각을 할 정도였다. 또 한 가지 사환을 놀라게 한 것은, 다른 곳과 전혀 다른 업성의 분위기였다. 백성들은 전시임에도 불구하고 활기차고 밝았다. 거리는 냄새조차 안 날 정도로 깨끗했으며, 성안 곳곳에 처음 보는 기이한 시설들이 있었다.

'기주목이 정말 소문대로 성군감이란 말인가?'

사환은 조조에 대한 충심으로 동요를 극복했다.

'아니. 그저 백성들에게 잘해주는 것만으로는 천하의 주인이 될 수 없다. 맹덕 님이야말로 중원의 패자에 어울리는 분이다.'

그리고 그는 마침내 업성의 빈틈을 발견했다. 알아보면 볼수록 업성의 방비는 과연 놀라웠다. 무엇보다 인상적인 것은 두 겹의 성벽이었다. 바깥쪽 성벽과 약 열 자(3미터) 정도 간격을 두고 한 겹의 성벽이 더 있었다. 성문을 열고 들어오더라도 두 개의 성벽 사이에 갇혀 공격받게 되는 구조였다. 거기다 심지어 두 성벽은 입구까지 반대였다. 제일 외곽 성벽의 문과 그 바로 안쪽 성벽의 문은 정반대 쪽에서 마주 보는 형상이었다. 성안에 들어가기 위해서는 성벽 반 바퀴를 돌아야 했다. 그러는 동안 성벽 위에서 온갖 공격이 비처럼 쏟아질 게 뻔했다.

해자 또한 이제까지 어떤 성에서 본 것보다 더 깊고 넓었다. 안은 서호에서 끌어온 물로 반쯤 차 있었다. 해자와 성벽 사이의 간격은 한 치 정도에 불과했다. 어찌 건너와도 서 있을 공간조차 없었다. 헤엄쳐서도, 배를 띄워서도, 다리를 놔서도 건널 수 없는 절묘한 높이로 관리되고 있는 것이다.

'대단하군.'

언뜻 보기에는 난공불락처럼 느껴졌다. 하지만 성도 결국 사람이 만든 구조물이었다. 빈틈을 아예 없앤다는 건 불가능했다. 사환이 찾아낸 틈은 바로 위병 교대 시간이었다. 성벽 중간중간에는 네 명이 한 조로 된 위병이 순찰을 돌았다. 각 조의 거리는 큰 소리로 외쳤을 때 들릴 정도로 유지되어, 한 개 조를 공격하면 곧 열두 명을 상대해야 하는 구조였다.

'중요한 건 성문이다.'

성문은 여덟의 병사에 장수 한 사람이 포함된, 총 아홉 명이 한 조가 되어 경비했다. 사환이 주목한 건 그 부분이었다.

'의심받지 않고 움직일 수 있는 건 나를 포함해 두 명. 장수 쪽은 내가 맡고 부관이 병사 셋을 감당한다면, 장수를 해치운 뒤에 부관과 합류하여 나머지 병사 다섯도 금세 처리할 수 있다. 그런 다음 성문을 열고 불을 지르면 돼. 그리고 화재로 인해 안에서 혼란이 일어난 틈에, 반대쪽 입구까지 전속력으로 달려가는 수밖에 없다.'

사환이 방침을 정하고 공작을 준비할 무렵. 의양성을 나온 조조군은 조금씩 진영을 전진시키며 신호를 기다리고 있었다. 그렇게 며칠이 지난 후였다.

'믿는다, 공유.'

이제나저제나 애태우던 조조가 눈을 부릅떴다. 어슴푸레한 새벽하늘을 밝히며 불화살 두 대가 연이어 솟아오른 것이다. 사환과 약속한 신호 그대로였다. 얼마 후, 도개교 형태로 된 업성의 거대한 성문이 굉음을 내며 해자 위를 가로질러 놓였다.

"전군 진격하라!"

조조는 즉각 병력을 전진시켰다.

그때, 옆에서 임시 참모 역할을 하던 진등이 조심스레 말했다.

"적의 계략일 수도 있으니 조심하십시오. 성문을 탈취당한 것치곤 성벽이 너무 조용합니다."

그 말에 조조는 멈칫했다. 과연 성벽 위에서 병사들 몇이 허둥대는 기색 외에, 안에서는 불과 연기는 고사하고 비명조차 없었다.

그때, 사환이 열린 성문으로 뛰쳐나오며 외쳤다.

"주공, 성공입니다! 지금 들이치면 업성은 그대로 무너질 것입니다!"

"오오, 공유!"

조조는 크게 기뻐했다.

사환은 곧장 조조 옆으로 와 말했다.

"수비병들은 저와 수하들이 처리했습니다. 한창 잘 시간에 은밀히 움직였기에 업성 안에서는 아직 무슨 일이 벌어졌는지 모릅니다. 곧 불길이 오를 것입니다."

그 말에 조조는 조금 남은 의혹마저 떨쳤다.

사환이 계속해서 말을 이었다.

"업성은 성벽이 두 겹으로 되어 있어 잘못 움직였다간 낭패를 당합니다. 제가 두 번째 문으로 안내하겠습니다."

"어서 앞장서게."

사환은 대열의 맨 앞에 서서 달리기 시작했다. 조조가 진등, 전위와 함께 그 바로 뒤를 따랐다. 조조군은 사환을 따라

길게 늘어진 형태가 되어 성벽 안으로 진입했다. 성벽과 성벽 사이는 말 두 필이 겨우 나란히 달릴 수 있을 정도로 좁았다. 그 사이를 지나는 조조는 등골이 서늘했다.

'무리해서 성문을 뚫어봐야 여길 지나야 했던 게 아닌가. 엄청난 손실을 입을 뻔했구나.'

간간이 성벽 위에서 화살이 날아왔지만 큰 위협은 되지 못했다. 이제야 이상을 느꼈는지, 맞은편에서 소수의 병력이 달려 나오기도 했다. 그들은 조조의 대군을 보자 기겁하여 등을 돌리고 도망치기 바빴다. 이를 본 조조가 말했다.

"좁고 긴 형태로 된 성벽은 외부의 적을 방어하기엔 좋으나, 일단 성벽 사이로 들어오니 속수무책이로구나. 나 같으면 양쪽 성벽 위에 촘촘히 병사를 올려서, 적이 성벽 사이를 지나는 내내 공격했을 터인데. 순욱이란 자의 명성은 아무래도 헛소문이었나 보군."

전위가 맞장구를 쳤다.

"그런가 봅니다."

"뭐, 사환이 워낙 은밀하고 빠르게 공작한 덕도 있겠지. 안 그런가, 원룡?"

"……."

진등은 인상을 찌푸린 채 어쩐지 말이 없었다.

조조는 기분이 한껏 고조되어 다시 입을 열었다.

"공유, 이번 업성 공략의 일등 공신은 자네일세. 내 반드시 큰 상을 내리겠네."

그 말에 사환이 답했다.

"헤헤, 그 말씀 잊지 마십시오. 기대하겠습니다."

거침없이 돌진하던 조조가 갑자기 멈춰 섰다. 그의 움직임에 뒤따르던 병사들도 모두 멈췄다. 조조는 언제 들떴냐는 듯 차갑게 가라앉은 투로 말했다.

"넌 사공유가 아니로구나."

"으잉? 무슨 말씀이십니까? 제가 사환……."

"좋아. 진짜 공유는 내가 죽으라면 묻지도 따지지도 않고 기꺼이 죽을 사람이다. 난 네놈을 못 믿겠으니 이 자리에서 죽어 보여라."

조조의 눈짓을 받은 전위가 사환을 향해 쌍철극을 휘둘렀다.

날렵한 몸놀림으로 철극을 피해낸 사환이 혀를 찼다.

"아, 젠장. 거의 다 됐는데. 또 어디서 들통난 거야? 세상에, 죽으란다고 죽는 병신이 어딨담."

그의 뒤쪽, 땅 밑에서부터 한 사내가 갑자기 불쑥 솟아올랐다. 불타는 듯 새빨간 머리카락을 가진 외팔이 사내. 바로 유당이었다. 유당이 가짜 사환에게 말했다.

"어디서 들통나긴. 성격 때문이지. 과묵한 자인 것 같다고 내가 분명히 말했잖아. 그런데 알랑방귀는 왜 뀌는 거냐?"

"으으…… 조조한테 잘 보이려고 무심결에."

들고 있던 전위의 얼굴이 굳어졌다. 그는 사환을 아는, 몇 안 되는 이들 중 하나였다. 둘 다 조조를 가까이서 호위한 까닭이었다. 조조가 사환에 대해 한 말은 과장이 아니었다. 전위가 아는 사환은 목에 칼이 들어와도 조조니 뭐니 이름을 함부로 부를 리가 없었다. 처음에 조조가 사환을 공격하라고 했을 때는 일말의 의문이 있었다. 생김새와 목소리가 완벽하게 똑같았기 때문이다. 그러나 이제 그 의문은 사라졌다.

"네놈은 누구냐?"

전위가 은은한 살기를 뿜으며 나직하게 물었다. 그의 눈앞에서 사환의 모습이 서서히 변해갔다. 두건이 터져나가고 상투가 풀렸다. 순식간에 어깨 위까지 풍성해진 머리카락이 붉은색으로 물들었다. 가슴이 봉긋해지고 엉덩이가 둥글어졌으며 허리는 잘록하게 들어갔다. 잠시 후, 그 자리에는 낯선 여인이 서 있었다. 천강위 적발귀 유당의 누이, 병마용군 유라였다.

조조와 전위 등은 크게 놀라 순간 멍해졌다. 아는 이의 모습이 타인으로, 그것도 여자로 변했으니 무리도 아니었다. 유라는 그 틈을 놓치지 않고 조조에게 쇄도했다. 그녀의 머릿속에서 유당의 다급한 텔레파시가 울렸다.

─야, 뭐하는 거야! 우리 임무는 적을 성벽 사이로 끌어들

이는 것까지였잖아!

—조조 아저씨만 없애면 이 전쟁 끝나는 거 아냐? 쉽게 갈 수 있는 길을 왜 멀리 돌아가?

—이제 곧 이 성벽 샛길은 불바다가 된다. 퇴각해야 돼!

—그 전에 죽이면 됨.

슈욱! 유라가 내지른 단도는 섬뜩한 빛을 뿜으며 조조의 목덜미를 노렸다. 챙! 순간 날카로운 굉음과 함께 철극이 끼어들어 공격을 막았다. 전위의 솜씨였다. 고개를 돌리는 유라의 눈썹 끝이 치솟았다.

"곰탱이. 보기보다 빠르네?"

"다시 묻겠다. 넌 누구냐? 그리고 공유는 어디 갔나?"

"응, 난 유라라고 해. 공유인지 석유인지는 죽었고. 됐어?"

쉬익! 유라는 신경질적으로 대꾸하며 뛰어올라, 단도를 전위의 미간으로 찍어갔다. 놀랍도록 빠르고 날쌘 움직임이었다. 전위는 뒤로 빠지면서 반대로 철극을 내찔렀다. 팔은 물론 무기 길이도 전위 쪽이 길었기에, 유라의 공격이 빗나감과 동시에 반격이 들어왔다. 분명 반응 속도는 느렸는데, 유리한 점을 이용해 대처한 것이다.

"아, 너 짜증난다고!"

유라의 왼편 손목에 찬 보호대 아래에서 단도 한 자루가 더 튀어나왔다. 단도를 쌍수에 든 그녀는 자세를 낮춰 전위의 철극 아래로 파고들면서 팽이처럼 회전했다.

"큭!"

전위의 겨드랑이와 옆구리에서 피가 튀었다.

"전위!"

놀란 조조가 외쳤다. 전위를 공격하고 지나간 유라의 의기
양양하던 표정이 서서히 일그러졌다.

"어느 틈에?"

말하는 그녀의 입에서 선혈이 뿜어져 나왔다. 명치로 철극
끝이 삐죽 튀어나와 있었다. 유라가 전위를 베고 지나가는 사
이, 그는 그녀의 등에다 철극을 내리꽂은 것이다.

"제길!"

한발 늦게 유당이 전위에게 쇄도했다. 전위는 그의 검을 쳐
내자마자 곧바로 자세를 바꿔 철극을 비스듬히 내질렀다.

"읏!"

겨우 공격을 막아낸 유당이 비틀거렸다. 양팔이 다 있었다
면 해볼 만했겠지만, 한 팔로는 무리였다. 힘은 둘째 치고 균형
이 맞지 않았다. 반면 원래 쌍철극을 쓰는 전위는 양손잡이였
다. 게다가 강하기로는 《삼국지》에서 열 손가락 안에 심심찮게
꼽히는 무인이 아닌가. 유당으로서는 상성조차 최악의 상대였
다. 물론, 천기 '지둔비술'을 발동하여 땅을 파고 달아나면 그
만이었다. 전위 아니라 여포 할아비라도 쫓아오지 못한다. 그

러나 심각한 부상을 입고 주저앉은 유라가 문제였다.

"네놈들이 감히 얕은 수로 사환을 죽이고 주공마저 해치려 들다니."

분노한 전위는 태풍처럼 공격을 가해왔다. 유당의 전신이 순식간에 상처투성이가 되었다. 성혼마석의 힘을 받으면서 강인해진 육체로도 전위는 감당키 어려웠다.

'내 팔이 멀쩡했어도 못 이겼겠다. 과연 이게 전위의 힘이구나.'

철극 한 자루를 유라에게 꽂아 넣지 않았다면, 진작 죽었으리라. 유당은 씁쓸하게 웃었다.

'뭐, 이런 거지.'

여기 붙었다 저기 붙었다 한 첩자의 말로는 소모품으로 쓰이는 것뿐. 하다못해 여동생을 구하고 죽으려 해도, 자신이 죽으면 어차피 그녀도 소멸하니 그럴 수도 없다. 그래도 마지막에 용운을 택한 게 후회되진 않았다.

'위원회의 숙적이 가장 좋은 아군이었다니.'

일단 한편으로 인정하고 나자, 유당과 유라 남매에 대한 용운 측의 태도는 백팔십도로 달라졌다. 둘이 마음 놓고 살 집이 주어졌으며 녹봉도 제대로 지급되었다. 또한 누구도 배신자라고 손가락질하지 않았다. 직속상관 격인 전예는 엄했으나 자상한 상사였다. 늘 합당한 임무를 주었으며, 성공하면 후한 칭찬과 포상이 내려졌다. 이 세계로 온 후, 아니 현대에서의 삶까지 포함해도 가장 평온한 시간이었다.

콰직! 잠깐 집중력이 흐트러진 사이, 전위의 철극이 유당의 어깨를 내리쳤다. 그 충격에 유당은 한쪽 무릎을 꿇고 말았다.

'한 방에 빗장뼈가 나갔군.'

이제 양팔을 다 못 쓰게 된 셈이었다.

유라는 오빠의 위기에 피를 뿜으며 일어섰다.

"오빠!"

"멍청아, 얌전히 있어!"

유당이 애타게 외쳤을 때였다. 조조의 바로 옆에 있던 부장 하나가 별안간 몸을 뒤집으며 말에서 떨어졌다. 그게 시작이었다.

슉! 슉! 슈슈슈슉! 성벽 위에서 화살비가 쏟아져 내리기 시작했다. 조조는 황급히 말 등에서 뛰어내려, 말의 배 밑으로 들어가 숨었다. 화살 박힌 안장이 순식간에 밤송이처럼 됐다.

"주공!"

놀란 전위는 유당을 버려두고 조조에게로 달려갔다. 유당은 큰 소리로 웃었다.

"하하, 그래. 차라리 이게 낫지. 같이 죽자!"

"죽긴 누가 죽습니까?"

갑자기 등 뒤에서 들려온 목소리에 유당은 깜짝 놀랐다.

"2, 2호 님?"

흑영대원 2호가 그의 뒤에 서 있었다. 유라의 옆에도 어느 새 다른 흑영대원이 서 있었다. 그는 화살이나 비수 등을 막도록 특수 처리된 피풍의(망토)를 덮어쓰고서 유라를 부축하고 있었다.

"2호 님, 어떻게……."

"만일을 대비해서 지켜보라는 문약 님의 명이 있었습니다."

"문약 님께서……."

순욱은 행여 유당과 유라가 위험에 빠질 것을 대비, 자신의 호위인 2호를 둘에게 붙였다. 대신 순욱의 경호는 진한성이 맡았다. 현재 용운에게 가장 중요한 가신 중 하나이니, 처음에 약속한 대로 그가 나선 것이다.

"작전은 성공입니다. 저 전위를 상대로, 시간을 잘 끌어주었습니다."

말하는 2호의 얼굴에 보기 드문 미소가 스쳤다.

그 미소를 본 유당이 저도 모르게 말했다.

"저, 저를 버리는 패로 쓰신 게 아닙니까?"

"주공은 사람을 그렇게 쓰시지 않습니다."

확신에 찬 2호의 답에 유당은 코끝이 시큰했다.

현대에서도, 이 세계에서도 모두 자신과 유라를 쓰고 버리면 그만인 부속품처럼 여겼었다. 거기 맞서 남매가 함께 살아남기 위해 발버둥 쳐왔다. 2호는 실질적으로 흑영대의 무력 최강이자 최고 정예 요원이었다. 종요와 같은 중요 인물을 구할 때만 움직인다. 그런 그가 유당 남매를 구하려고 나선 것이다. 말뿐만이 아니라 행동으로 아군임을 보여준 건 이들이 처음이었다. 이 순간, 유당은 진심으로 용운의 수하가 됐다.

"자, 갑시다. 이 안은 곧 불바다가 될 테니."

2호는 유당을 옆구리에 끼고 빠른 속도로 달렸다. 유라를 업은 대원이 그 뒤를 따랐다.

조조가 탔던 말은 고슴도치 꼴이 되어 죽었다. 전위는 말의 사체를 짊어지고 조조를 덮듯이 하여 보호했다. 그 위로 화살이 계속해서 박혔다. 전위의 품 아래에서 조조가 탄식했다.

"큭, 역으로 고육계에 당하다니! 놈들, 그런 사술을……."

"주공, 우선 여길 벗어나셔야 합니다."

전위는 어디까지나 침착하게 말했다.

"온통 화살인데 어디로 피한단 말인가."

"제게 딱 붙어서 따라오십시오."

전위는 말 시체를 등에 인 채 걷기 시작했다. 그야말로 놀라운 괴력이자 투지였다. 조조는 그에게 바짝 붙어 함께 걸음을 옮겼다. 사방에 널린 청주병의 시신을 보며 조조는 피눈물을 흘렸다.

"내 이 치욕을 잊지 않으리라."

"주공만 살아 계시면 언제든 설욕할 수 있습니다."

그때 갑자기 화살 공격이 멈췄다. 이어서 철퍽철퍽 하는 소음과 함께, 물컹거리는 삼베주머니 같은 것이 사방에 떨어졌다. 이어서 지독한 냄새가 코를 찔렀다. 무슨 일인가 의아해하던 조조의 안색이 창백해졌다.

'이건 기름? 아니, 역청이다. 이놈들, 우릴 불태워 죽일 생각이구나!'

좁은 성벽 사이에는 몸을 숨길 곳조차 없었다. 순간, 전위가 주위를 둘러보더니 온 힘을 다해 어깨로 성벽을 들이받았다. 그사이에도 역청이 든 삼베주머니는 계속해서 떨어져 내렸다. 주변의 땅이 시커멓고 끈끈한 액체로 뒤덮였다. 전위의 한쪽 팔이 어느 순간 축 늘어졌다. 어깨 근육이 터지고 뼈가 부러졌기 때문이다. 그러나 그는 포기하지 않고, 이번엔 머리로 성벽을 들이받기 시작했다.

지켜보던 조조가 처연한 목소리로 말했다.

"그만하게, 전위. 그 정도면 충분해. 그러다 자네가 먼저 죽겠네."

"전 타고난 돌머리라 이 정도로는 끄떡없습니다."

"어차피 빠져나가긴 그른 것 같네. 못난 주인 때문에 비명

횡사하게 되어 미안하네."

연신 성벽을 들이받던 전위가 고개를 돌렸다. 머리가 깨져, 얼굴이 온통 피로 뒤덮여 있었다. 검붉은 가면을 쓴 것 같은 얼굴에서 두 눈만이 무섭게 번쩍였다. 전위가 입을 열었다.

"포기하지 마십시오. 천하에 이 전위는 없어도 되지만, 조 맹덕이 없어선 안 됩니다."

"……전위!"

전위의 말에, 조조의 생존 의지가 다시 타올랐다. 그는 다 급히 주위를 두리번거렸다. 천행으로 굴러다니는 무기 중에 자루 끝에 쇠공이 달린 형태의 철퇴 한 자루가 보였다. 조조는 얼른 그것을 주워 전위에게 내밀었다.

"이걸로 해보게."

철퇴를 받아든 전위는 온 힘을 다해 성벽을 내리쳤다. 이미 금이 가 있던 성벽이 쩍 갈라졌다. 업성의 성벽은 큰 벽돌로 쌓 아올린 다음, 쇠똥을 섞은 진흙을 물에 개어 틈을 메운 방식 이었다. 어지간한 충격에는 부서지지 않을 강도였다.

그러나 목숨을 내던진 맹장의 힘은 엄청났다. 그 단단한 성 벽에 균열이 간 것이다. 전위는 손톱이 빠지는 것도 모르고 정 신없이 벽돌을 뜯어내기 시작했다. 곧 한 사람이 들어갈 만한 틈이 만들어졌다. 온통 역청투성이가 된 성벽 샛길로 불화살 이 쏟아져 내리기 시작한 건 그때였다.

"주공, 어서 이리로!"

전위는 성벽에 난 구멍으로 조조를 밀어 넣고 앞을 가로막고 섰다. 불길로부터 그를 지키기 위해서였다.

그 순간 화륵! 사나운 불꽃이 순식간에 사방으로 퍼졌다.

"으아아악!"

"부, 불이다!"

조조군은 비명을 지르며 이리 뛰고 저리 뛰었다. 화살 공격은 무서웠지만, 그래도 상당수의 병사가 살아남았다. 워낙 수가 많았던데다 죽은 말이나 방패 등으로 몸을 숨긴 덕이었다. 하지만 그들도 불길 앞에서는 살아남지 못했다. 그저 좁은 성벽 사이에서 속절없이 타 죽어갈 수밖에.

조조는 성벽 구멍 안쪽에 등을 딱 붙인 채 정신없이 전위의 등을 두드렸다.

"전위! 전위! 비키게!"

전위에게서는 대답이 없었다. 그는 몸이 타들어가는 중에도 버티고 선 채 꼼짝도 하지 않았다. 사람의 살이 타는 매캐한 냄새가 구멍 안을 가득 메웠다.

"전위……."

코앞에서 충성스러운 용장이 자신을 살리기 위해 산 채로 타 죽고 있었다. 그런데도 신음소리 한 번 흘리지 않았다. 조조는 못 견디고 흐느꼈다. 구멍 바깥, 성벽 샛길은 병사들의 끔찍한 절규로 귀가 먹먹해질 정도였다. 그야말로 지옥이 따로 없었다.

한편, 안쪽 성벽 위에서는 크고 작은 인영이 아래를 내려다보고 있었다. 순욱과 사마의였다. 수만에 달하는 인간이 말 그대로 익어가고 있었다. 그 참상에 순욱의 얼굴이 굳었다.

"이 악업을 어찌 감당할지 모르겠구나."

그의 입에서 저도 모르게 탄식이 새어나왔다.

사마의는 재미있다는 듯 대꾸했다.

"악업이요? 하지만 저들을 막지 못했다면, 복양성에서 그랬던 것과 마찬가지로 업성의 백성을 모조리 참살했을 것입니다. 그것보다는 백번 낫지 않습니까?"

"……그건 그렇다만."

장막은 미끼이며, 진짜 공작원은 따로 있음을 순욱과 전예는 이미 간파하고 있었다. 문제는 그게 누구냐 하는 것이었다. 적을 완전히 방심시키기 위해 표면적으로는 감시를 붙이지 않았다. 그러나 용운의 세력에는 유당이 있었다.

우선 전예가 의심스러운 자 몇 명을 추렸다. 유당은 땅 밑에 몸을 숨긴 채 그들을 감시했다. 땅속에서 누군가 자신들을 따라다니고 있으리라곤 짐작조차 못했을 터였다. 그 결과, 한 사람이 수상한 행적을 보였다. 바로 사환이었다. 우연을 가장하여, 성문과 성벽 등을 구석구석 조사하고 다닌 것이다. 심복 둘과 나눈 대화로 그의 혐의는 확신으로 변했다.

'위병 교대시간을 이용해 성문을 열려 하는군.'

하지만 사환을 잡아내면, 그저 용감한 적장 하나를 제거할 수 있을 뿐이었다. 이는 자칫 조조군의 사기만 높여줄 수도 있었다. 이제 역으로 함정을 파 조조군을 끌어들일 차례였다. 이 임무에서는 사환을 제거하고 그의 모습을 복제한 유라가 활약했다.

사마의는 예상보다 일찍 유라의 정체가 탄로 나고, 전위의 무위가 예측을 초월하는 바람에 조조군을 더 깊숙이 끌어들이지 못한 게 아쉬웠다. 수십만이라던 병력 중 수만이나 들어왔을까. 그래도 이 정도면 훌륭한 성과였다. 무엇보다 아군은 유당과 유라의 부상 외에는 피해가 전무하다시피 했으니.

"결정적으로 조조를 제거하게 됐지 않습니까."

사마의가 담담한 투로 말했다. 원래 작전은 화살 공격까지였다. 그다음에는 성문을 닫은 다음, 앞뒤로 적을 틀어막고 항복을 종용하려던 게 원래 계획이었다. 거기에 화공을 추가하자고 제안한 장본인은 사마의였다. 처음에 사마의는 적을 확실하게 격멸할 방법이 있다며 순욱을 찾아왔었다.

"어차피 청주병은 독하기 그지없어, 항복을 받아내기가 쉽지 않을 것입니다. 좁은 틈에서 화살로 입힐 수 있는 피해에도 한계가 있고요. 그러다 조맹덕과 장수들을 놓치면 후일 큰 화가 될 터."

"네게 그들을 놓치지 않고 몰살할 계책이 있단 말이냐?"

"예. 대신 저도 그 현장에서 지켜볼 수 있게 해주십시오. 태학에서 배운 책략이 어디까지 통할지 제 눈으로 직접 보고 싶습니다."

사마의는 주군 용운 다음가는 권력자인 순욱에게, 맹랑하게 조건을 제시했다. 그러나 그의 말 자체는 정론이었다.

"좋다. 그리 해줄 테니 어디 말해보거라. 가부는 듣고 나서 결정하마."

순욱은 그 계책이 어떤 것인지 궁금했기에 조건을 수락했고, 듣고 나선 경악했다. 그러나 오랜 고민 끝에 결국 실행에 옮겼다. 확실히 사마의의 책략이라면, 아군의 피해를 최소화하면서 적에게 치명적인 타격을 입힐 수 있었다.

'조조의 손속으로 보아, 이번에 패하고 달아나면 분명히 보복하려 들 것이다. 아예 여기서 제거하는 게 주공과 천하를 위해 이로운 일이다.'

열여섯 살의 소년이 내놓은 계책이라고는 생각하기 어려운, 확실하고도 잔혹한 방법이었다.

"너는……."

뭔가 말하려던 순욱이 놀라서 말을 삼켰다. 불꽃이 반사되어 붉게 일렁이는 사마의의 옆얼굴은, 분명 웃고 있었다. 제 계책이 적중하여 기분이 좋았던 걸까? 그렇다고 쳐도 오싹한 모습이었다. 어찌 저런 참상을 보며 웃을 수 있단 말인가. 이제 성벽 위까지 올라오기 시작하는 시커먼 연기에 둘러싸인 채 웃는 사마의의 모습은 어떤 미지의 존재처럼 보였다.

'마왕(魔王).'

문득 이 생소한 단어가 순욱의 뇌리를 스쳤다.

"뭐라고 하셨습니까?"

사마의가 몸은 그대로 둔 채 고개만 반 이상 돌려 순욱을 바라보며 물었다. 익히 아는 모습인데도 오늘따라 기괴해 보였다. 아지랑이 같은 열기가 성벽 위까지 올라왔다. 그럼에도 불구하고 순욱은 이상하게 오한이 들었다. 그는 천천히 고개를 저었다.

"아무것도 아니다."

4

고심하는 용운

그때 순욱과 사마의의 머리에 차가운 물방울이 떨어졌다. 비였다. 한두 방울씩 떨어지던 빗방울은 곧 폭우가 되어 쏟아지기 시작했다. 그토록 거세던 불길이 자연의 힘 앞에 금세 꺼져버렸다. 사마의는 미소를 지우고 눈살을 찌푸렸다.

"다 된 밥에 비라니……."

순욱의 표정도 좋지 않았다. 이왕 야차가 될 각오를 하고 벌인 일, 성공이라도 해야 하지 않나.

'그래도 불길이 타오른 시간이 제법 됐으니, 선두에 있던 조조도 죽었을 게다. 하필 이때 비가 내린 게 마음에 걸리지만. 마치 하늘이 아직 조조가 죽을 때가 아니라고 말하는 듯해

서…….'

　조조는 장수일 때 직접 진두지휘하여 병사들의 사기를 올리는 유형이었다. 그러나 그렇다고 함정이 의심되는 곳에 앞장서서 뛰어들어가진 않았다. 그가 성문 안쪽으로 거침없이 들어온 건, 우선 자신의 작전이 성공했다는 착각에서 온 자신감이고 두 번째는 유라 때문이었다. 신뢰하는 심복이 직접 인도하는데 걸려들지 않을 사람이 얼마나 되겠는가. 더구나 회심의 계략을 맡긴 당사자였으니.

　'유당과 유라의 힘은 활용하기에 따라 정말 무섭다. 성혼단에 대한 둘의 충성심이 그리 깊지 않았던 게 다행이야. 내 호위인 2호를 보내서 구해올 가치가 충분해.'

　뜨거운 열기와 차가운 비가 만나면서 수증기가 생성됐다. 수증기는 성벽 위쪽에 구름처럼 어려, 순간적으로 시야를 방해했다.

　"잘 안 보이는군."

　순욱의 말에 사마의가 답했다.

　"이제 땅이 식었을 테니, 소탕조를 투입해도 될 듯합니다."

　"그러세."

　생존자를 처리하기 위한 기병이 성벽 사이로 뛰어들어갔다.

　한편, 조조는 전위의 희생에도 불구하고 절체절명의 위기에 빠져 있었다. 온몸이 익는 듯한 열기에 순간적으로 정신을 잃은 탓이었다. 뿐만 아니라 산소가 부족해서 호흡도 불규칙했다. 그의 수염과 눈썹은 물론 앞머리까지 타버렸다. 그러다 한 가닥 서늘한 기운에 눈을 떴다.

"으으, 여긴⋯⋯."

신음하던 조조는 전위의 등을 보았다. 동시에 쏴아 하는 소음도 들려왔다. 비가 내리는 모양이었다. 정신이 번쩍 들었다.

'전위를 봐서라도 여기서 죽을 순 없다!'

조조는 전위를 밀어내고 성벽 밖으로 나왔다. 신기하게도 그때까지 꿈쩍 않고 서 있던 전위가 힘없이 앞으로 쓰러졌다. 조조는 잠시 그의 시신을 내려다보았다. 눈물이 빗물과 섞여 하염없이 흘러내렸다.

'미안하네. 그리고 고맙네, 전위. 내 남은 평생 이 일을 잊지 않겠네.'

전위의 명복을 빈 조조는 출구를 찾아 헤맸다. 성벽 샛길이 타 죽은 병사로 가득해, 말 그대로 시체의 산을 헤집고 다녀야 할 정도였다. 그 꼴을 보자니 기가 막혀 한숨만 나왔다.

"주공! 주공! 어디 계십니까!"

그런 와중에 익숙한 목소리가 귓가에 들려왔다. 허저였다. 조조는 반색하며 답했다.

"중강, 나 여기 있네!"

한달음에 달려온 허저는 눈물을 뿌리며 기뻐했다.

"주공, 무사하셨군요!"

그는 막판에 후위를 맡은 덕에, 성문 안쪽으로 늦게 진입하여 무사했다. 안에서 불과 연기가 일어나는 걸 보고 달려왔으나 불길이 너무 거세어 발만 구르고 있었다. 그러다 폭우가 내리자 바로 뛰어들어 미친 듯 조조를 찾던 차였다.

"제게 업히십시오."

허저는 조조를 업은 뒤, 허리띠로 자신과 단단히 묶었다. 그리고 성문을 향해 달리기 시작했다.

"놈을 잡아라!"

"조조가 저기 있다!"

순욱이 투입한 병사들이 조조를 알아보고 추격해왔다. 허저는 조조를 업은 채 성난 범처럼 싸우며 돌진했다. 그의 분투에 힘입어 둘은 마침내 지옥 같던 업성을 빠져나올 수 있었다. 엉덩이에 화살 한 대가 날아와 꽂혔으나 허저는 아픔도 느끼지 못했다.

청주병의 꼬리 부분은 성안에 채 들어가지 못했었다. 수가 워낙 많았기 때문에 좁은 성벽 샛길이 포화상태가 되어서였다. 그게 오히려 전화위복이 됐다. 성안에서 타 죽은 청주병은 전체의 3할 정도였다. 나머지는 변고가 일어나자 진형을 갖추고서 대기하고 있었다. 그러다 조조와 허저가 나오자마자 둘을 감싸듯 하며 후퇴했다. 움직임이 물 흐르듯 유려했다.

조조는 급박하고 경황없는 와중에도 감탄하여 허저에게 물었다.

"지금 지휘하는 자가 누구인가?"

"저도 잘……. 주공을 구하러 뛰어드는 바람에 남은 병력을 누가 수습했는지 모르겠습니다."

그때 장수 한 사람이 조조의 곁으로 달려왔다. 조조가 보니, 갑옷 차림이었으나 얼굴이 희고 귀티가 흘렀다. 표정은 얼음처럼 냉랭했다.

"그대는 누군가?"

조조의 물음에 장수가 답했다.

"저는 만총 백녕이라 합니다. 유엽의 서신을 받고 임관을 청하러 복양성으로 찾아갔는데, 조 공께서 이미 출진하셨다는 말에 이리로 왔습니다. 제가 보니 병력이 성문 앞에서 중구난방이라 오히려 퇴각을 방해할 듯했습니다. 이에 관인도 없이 주제넘게 나서서 통솔했습니다. 이 벌은 달게 받겠습니다."

조조는 크게 기뻐하며 그 자리에서 만총을 종사로 삼았다.

만총(滿寵), 자는 백녕(伯寧). 열여덟 살 때 군의 독우가 되어 탐관오리를 벌했다. 정사에서는 관직을 버리고 귀향했다가, 조조가 연주를 평정했을 때 유엽의 추천으로 등용된다. 법을 집행하는 데 엄정했으며 문관 성향이 강한데도 전술 또한 뛰어나 여러 차례 공을 세웠다. 특히, 여남태수로 임명되었을 때 원술의 잔당을 소탕한 일과 번성에서 조인과 함께 관우를 격파한 사건이 대표적이다. 조조의 아들 조비와 손자 조예 대에 이르러서는 오나라의 침공을 여러 차례 막아냈다. 그 공으로 녹읍이 일만 호에 가까웠으며 태위 자리에까지 올랐다. 녹읍이란 관료들이 보수 대신 특정 지역에서 일정한 경제적 이득을 취할 수 있는 제도다. 즉 녹읍 이천 호라 하면 백성 이천 가구의 소득 일부를 세금의 형태로 녹봉 대신 받는 것이다. 만총의 녹읍 구천육백 호는 위나라를 통틀어 다섯 번째로 많았으니, 그의 공을 짐작할 수 있다.

조조는 만총을 얻었으나 맹장 전위와 많은 병사를 잃고 말았다. 진등은 행방불명됐으며 조조 자신도 엄중한 화상을 입었다. 도저히 싸울 상태가 아니었다. 조조는 이를 갈며 후퇴를 지시했다.

"내 비록 지금은 물러나지만, 결코 이대로 끝내지 않겠다. 업성 놈들의 살을 찢고 뼈를 갈아 마셔 전위의 넋을 위로하리라."

퇴각하는 조조군의 뒤를 서황 부대가 추격했다.

"아저씨, 죽여요, 죽여!"

요원이 서황의 주위를 날아다니며 신나서 외쳤다. 그 모습에 조조군은 더욱 겁에 질렸다.

"알았으니 그만하고 돌아오시오."

서황이 대부를 휘두르며 대꾸했다. 허저의 부상으로 인해, 현재 조조군 본대에는 서황에게 맞설 이가 없었다. 사기도 바닥이었다. 서황은 이 싸움에서 본신의 무력뿐만 아니라 유물 '해골파쇄기'의 힘을 유감없이 발휘했다. 그가 다루는 대부에 걸린 자는 어김없이 죽었다. 업성의 화공으로 죽은 자와, 퇴각하던 중에 죽은 병사를 합치면 무려 삼만에 달했다.

조조군은 큰 타격을 입고 의양성으로 향했다. 그런데 조조의 수난은 이걸로 끝이 아니었다. 손책과 주유 그리고 마초와 방덕이 지휘하는 두 개 부대가 의양성에 매복해 있었던 것이다. 주유는 조조가 업성 공략에 실패할 경우, 의양성으로 돌아올 것을 예측하고 이리로 향했다. 부상당한 주태가 업성으로 회군할 때, 마치 협곡에서 싸웠던 부대 전체인 양 꾸몄으므로 조조군은 이 매복을 전혀 예상치 못했다.

"조조를 잡아라!"

"이번에야말로 끝장내주마!"

손책, 마초, 방덕 세 맹장이 말머리를 나란히 하고 돌진해 왔다. 기겁한 조조군은 제대로 정비도 못하고 퇴각하기 바빴다. 여기서 또 이만의 병사를 잃었다. 한동안 쫓아오던 손책 등은 조조군이 강을 건너 남하하자 비로소 되돌아갔다.

조조는 복양성까지 퇴각해와서 침잠했다. 아무리 청주병의 수가 십만을 넘는다 하나, 오만에 달하는 손해는 결코 작지 않았다. 그나마 며칠 후 진등이 살아 돌아온 것이 조조에게 작은 위안이 되었다. 조조는 그의 손을 잡고 말했다.

"그대가 무사하니 천만다행일세."

"운이 좋았지요. 정말 지독한 계략이었습니다."

진등은 업성의 화공을 떠올리고 치를 떨었다. 그는 말 시체의 배를 가르고 들어가 불길을 견뎌냈다. 그 탓에 몰골이 엉망진창이었다. 하지만 타 죽은 것보다는 백번 나았다. 그가 성문 밖으로 무사히 나와 청주병에게 섞여든 것은 그야말로 천운이었다.

진등과 해후의 기쁨을 나누던 조조가 문득 크게 웃었다. 온몸에 붕대를 감은 진등이 걱정스레 말했다.

"어찌 그리 웃으십니까?"

"내 꼴이 우스워서 그러네. 진용운을 비롯한 주력부대가 원정을 떠나 성을 비운 상황. 압도적인 병력을 가지고서도 그런 상태의 업성마저 무너뜨리지 못하고 아끼는 장수만 잃다니."

"적의 사술과 간계에 걸린 까닭이 아닙니까."

진등의 위로에 조조가 대꾸했다.

"맞아. 간계에 걸렸지. 둔갑하는 사술이야 어쩔 수 없었으니 그렇다 치고…… 이제 나도 간계를 좀 부려야겠네."

"간계라 하심은?"

조조는 진등의 물음에, 그의 귓가에다 뭔가를 속삭였다. 듣고 있던 진등이 눈을 부릅떴다.

그로부터 며칠 후였다. 복양성에 틀어박힌 조조군의 동태가 심상치 않았다. 정찰하고 온 흑영대원이 보고했다.

"조조군은 여전히 상복을 입은 채 울고 있습니다. 조조의 모습은 어디에도 보이지 않습니다."

"으음……."

순욱은 고민에 빠졌다. 분명 조조가 달아났다고 들었는데, 복양성에서 그의 장례가 치러졌다. 혹시나 하고 계속 지켜봤으나 복양성의 애도 분위기는 여전했다.

'혹시 그 후에 화상이 악화되어 죽은 것인가?'

물론 적의 연극일 가능성도 있었다. 그렇다고 모른 척하기에는 아까운 기회였다.

'이때 들이치면 조조군을 단숨에 복양성에서 몰아낼 수 있다. 태수 왕굉이 전사했으니, 조조만 쫓아내면 복양성은 고스란히 주공의 것이 된다.'

그 달콤한 유혹이 순욱을 자꾸 흔들리게 했다. 시간을 끌었다간 곧 후임이 와서 복양성에 눌러앉을 것이다. 자칫 세력이 고착화될 수 있었다. 그는 고심 끝에 제갈근과 최염을 불러 의논했다.

"이러한 상태라는데 어떻게들 보십니까?"

제갈근과 최염도 선뜻 정하기 어렵긴 마찬가지였다. 한동안 생각하던 최염이 조심스레 말했다.

"설마 멀쩡히 살아 있는 자가 자신이 죽었다고 꾸며서까지 함정을 파겠습니까? 저라면 꺼림칙해서라도 못할 것 같은데…… 불길하니까요."

순욱은 한숨을 내쉬며 답했다.

"조조는 그런 상식에서 벗어난 자라는 게 문제입니다. 이번 침공만 해도 그렇지요."

듣고 있던 제갈근이 절충안을 내놓았다.

"전군을 동원하기에는 위험 부담이 크니, 만일의 경우 치고 빠질 수 있도록 날랜 기병만 투입해보는 게 어떻습니까? 그래서 낌새가 이상하다 싶으면 바로 퇴각하도록 하지요."

순욱과 최염이 동의하였으므로, 복양성으로의 병력 파견이 결정되었다. 마초와 방덕이 이 임무를 맡았다. 협곡에서의 활약으로 기세가 오른 마초는 의기양양하게 말했다.

"설령 조조가 살아 있다 해도, 다시 제대로 죽여버리고 오겠습니다."

두 장수는 휘하의 기병 일만씩을 이끌고 질풍처럼 복양성으로 진격해갔다.

한편, 용운은 아직 관도성에 머무르고 있었다. 진궁의 장례를 치르고 보급거점을 안정화하기 위해서였다. 그런 와중에 연이어 충격적인 소식을 접했다. 충신의 죽음으로 인한 슬픔이 채 가시기도 전이었다.

"노성이 넘어갔고……. 덕조(양수)가 배신했다고요?"

용운의 떨리는 목소리에, 보고하던 흑영대원 33호는 일이 잘못된 것이 제 탓인 양 송구함을 감추지 못했다.

"네. 주공을 모욕하는 말을 하고 노성의 성문을 열려다 발각되어 체포됐습니다."

"아니, 그게 무슨……."

배신이라곤 하나 너무도 무모한 행위였다. 천재라 불리는 양수답지 않게 허술하고 즉흥적이었다. 아연해진 용운에게 33호가 보고를 이었다.

"그런 뒤 노성은 적의 맹공과 책임자로 온 공손기라는 자의 무능으로 함락됐습니다."

"노성이 함락됐다고? 여건은 무사한가요?"

"제가 직접 구출해서 유주성으로 피하도록 했습니다. 거기서 백안 공을 도와 농성 중입니다."

용운은 안도의 한숨을 내쉬다가 흠칫 놀랐다.

"잠깐, 농성 중? 그렇다면 설마……."

"예……. 적은 노성을 빼앗고 그대로 진격, 유주성에 맹공을 퍼붓는 중입니다. 여건 님이 분투하고 탁성의 선우보 님까지 불러들여 버티곤 있지만, 이대로라면 위태로울 듯합니다."

"그럼 덕조는요?"

"덕조 님은 흑영대원 34호에 의해 호송되어오던 도중, 그를 해치고 노성의 성혼단에게로 달아났습니다."

"맙소사."

용운의 얼굴이 파랗게 질렸다. 양수는 전형적인 지략 올인형 책사로, 무력은 바닥을 기다시피 했다. 그런 그가 흑영대원 34호를 죽이고 달아났다는 것 자체가 말이 되지 않았다.

'회의 인물이 나서서 양수를 데려간 거겠지.'

그 부분은 얼추 맞게 추리했다. 그러나 양수의 배신이 이해가 가지 않았다. 아무리 용운의 능력이 뛰어나도, 피폐해진 상태의 양수가 병마용군 '궁기'의 정신 공격에 당했다는 사실까진 알 도리가 없었다. 용운은 유주에서 보이는 위원회의 움직임이 몹시 꺼림칙했다. 위원회는 이제까지 기존 세력에 붙어 조력하는 형태를 취해왔다. 산양성에서 싸웠던 최상위의 천강위들도, 표면적으로는 원소에게 속해 있었다. 그런데 지금 유우를 공격하는 자는 어디 소속도 아니었다. 독단으로 북부를 점령해가고 있었다. 마치 자신이 이 세계의 군웅이 되기라도 한 것처럼.

'노준의.'

이름대로라면 아마도 위원회 서열 2위인 자다. 그가 나서서 북평을 차지하더니, 연이어 유주까지 밀고 들어간 것이다.

'이제 전면으로 나서겠다, 이건가?'

하필 행보를 북쪽에서 시작한 것도 심상치 않았다. 용운이 하북에서 전쟁을 시작한 사이, 그의 가장 큰 우방인 유우를 노리는 모양새였다. 이미 진궁을 오용에게 잃은 후였다. 거기 분노해 암살을 지시하기까지 했다. 그런데 여태 6호가 돌아오지 않는 걸 보니, 아무래도 암살은 실패한 모양이었다.

'공손승이라는 자의 감언이설에 넘어가서 괜히 아까운 부하만 잃었다. 더 신중했어야 하는데.'

거기다 양수가 떠나고 유우까지 위태로워졌다. 용운은 분노와 상실감에 가슴이 답답했다.

'더는 안 돼! 하지만 병력이……'

대부분의 전력을 원소와의 전쟁에 투입했을뿐더러 갑작스런 조조의 침공을 막느라, 더 빼낼 여력도 없었다. 오죽하면 손책에게까지 도움을 청한 판이었다. 그렇다고 이제 와서 원소 공략을 포기하고 회군할 수도 없는 노릇.

'그러기에는 너무 멀리 왔어.'

이 싸움은 이미 용운 혼자만의 것이 아니었다. 아군으로는 유비와 여포, 거기에 조조와 원술까지 깊숙이 얽힌 상태였다.

'적이 너무 많다. 반면 날 도울 세력은 부족해. 그나마 있던 왕굉도 전사했고. 탁군은 할아버지께 돌려드렸으니. 북부의 공백을 어떻게 막지?'

이럴 거면 차라리 탁군 점거를 유지하면서, 거기서 따로 병력을 키울 걸 그랬다는 후회마저 들었다.

"후…… 다른 특이사항은 없나요?"

"문약(순욱)이 보낸 서신이 있습니다."

용운은 양피지 두루마리를 받아들고 말했다.

"멀리 오느라고 고생했어요. 다음 명령이 있을 때까지 대기해요."

"존명!"

정중히 포권한 33호가 집무실을 나갔다.

머리가 복잡해진 용운은, 저수를 불러 북부의 상황을 설명하고 의견을 청했다. 심각한 표정으로 들은 저수가 말했다.

"유주목은 그렇게 쉽게 패하진 않을 겁니다."

"왜죠?"

"북부의 이민족들과 긴밀한 관계를 유지하고 있기 때문입니다."

저수는 유우와 이민족들의 관계를 설명했다.

"오환 등이 북쪽 국경을 넘어와 침공한 것은 그들이 호전적인 탓도 있지만 이제까지 북부를 담당했던 관료들이 핍박한 탓도 있습니다. 대표적으로 공손찬이 있지요."

저수의 말에, 용운은 고개를 끄덕였다. 공손찬은 오환과 선비에게 혹독하기로 유명했다. 북부 정벌로 유명세를 탔으나 그만큼 악명도 쌓았다. 용운 또한 초창기에 그를 따라 선비족 토벌을 나선 적이 있었다.

"허나 백안 공께서 유주목이 된 후로 선비족 및 오환과의 충돌이 사라졌습니다. 그들을 진심으로 포용하여 감복시켰기 때문입니다."

"아……."

용운은 나직한 감탄의 소리를 내뱉었다. 이미 책을 통해 아는 내용이었지만, 직접 들으니 새삼 유우의 인덕이 훌륭하게 느껴졌다.

"만약 유주성이 위험에 처하면 십만에 달하는 이민족들이 결코 가만히 있지 않을 겁니다. 그 상대가 조정의 관료도 아닌, 성혼단이라는 사교 세력이라면 거리낄 것도 없지요. 백안 공의 가신 중에도 지략가는 있을 테니, 이미 그쪽에 원군을 요청했을지도 모릅니다."

용운은 저수의 말을 듣자 조금 안심이 됐으나 완전히 마음이 놓이진 않았다. 특히, 믿고 보낸 양수의 배신이 컸다. 아직 정확한 사정을 몰라 저수에게는 얘기하지 않았다. 흑영대를 통해 좀 더 알아보고 처분을 결정할 생각이었다. 지금 입 밖으로 내면 양수의 배신이 공론화돼버린다.

'장수로는 선우보와 여건이 있다 치고, 부족한 지략은 양수로 하여금 메우게 하려 했는데……. 대체 그가 왜 날 배신한 거지? 심지어 채염도 업성에 있는…….'

그때 문득 한 가지 생각이 용운의 뇌리를 스쳤다. 설마 채염 때문에? 얼마 전, 용운은 채염을 만나고 나오는 길에 양수와 마주친 적이 있었다. 그때 그의 표정이 매우 미묘했던 게 기억나서 튀어나온 생각이었다.

양수는 처음부터 채염의 보호자 역할을 자처했었다. 한데 채염의 말을 들어보면, 둘은 친한 남매 그 이상도 이하도 아니었다. 채염은 분명 양수를 은인으로 생각했지만 이성으로 보진 않았다.

'하지만 양수는 그게 아니었다면?'

여기까지 생각한 용운은 고개를 저었다. 양수의 평소 성품을 생각했을 때, 여자 때문에 그런 극단적인 선택을 했을 것 같진 않았다. 만일 그렇다 해도, 우선 채염부터 빼돌리고 일을 벌였을 터였다.

'유우 할아버지를 구하기 위해서뿐만 아니라, 양수를 잡아 이유를 들어보기 위해서라도 노성의 위원회 세력을 반드시 쳐부숴야 해. ……아!'

용운은 문득 한 가지 사실을 깨달았다. 원래부터도 유주에는 대군을 지원한 적이 없었다. 대신, 장수와 책사 그리고 식량을 보냈다. 소위 일당백인 그들이 유우를 도와 병력 파견 이상의 효과를 내게 했었다. 실제로 여건과 양수는 이미 원소를 격퇴한 바 있었다. 마음이 조급해지니 그 당연한 사실을 떠올리지 못했다. 용운은 저수에게 말했다.

"어차피 지금 대군을 보내기에는 늦었고 그럴 병력도 없지요. 그대의 말대로 이민족들이 할아버님을 지원할 가능성도 크고요. 그렇다면 역시 도움이 될 만한 사람을 보내는 게 최선이겠군요. 여건과 양수 때처럼 말입니다."

저수도 그 의견에 찬성을 표했다.

"현재로서는 그게 최선의 방책인 듯합니다. 확실히 유주에는 인물이 부족하다는 느낌이니까요."

"그래요, 고마워요. 큰 도움이 됐어요, 저수."

"아닙니다. 그럼 저는 업무를 볼 테니, 또 필요하시면 언제든 불러주십시오."

"그럴게요."

진궁이 갑작스레 죽는 바람에 저수의 업무량은 포화상태가 되어 있었다. 지금도 눈 밑이 거무스름한 것이 피로한 기색이 역력했다. 용운은 문득 그 모습이 걱정되었다.

"저수, 많이 바쁘겠지만 그래도 쉬어가며 하세요. 건강이

최우선입니다. 더는 내 사람들을 떠나보내고 싶지 않아요."

용운의 진심 어린 말에 감복한 저수는 허리를 깊이 숙였다.

"염려 마십시오. 몸을 살펴봐가며 일하겠습니다."

저수가 집무실을 나간 후, 용운은 유주로 보내기에 적합한 인물을 골라보았다. 의외로 선뜻 결정하기가 어려웠다.

'지금 업성에 있는 장수가 누구누구였지? 마초, 방덕 그리고 서황과 주태……'

용운은 적오가 주태임을 이미 알고 있었다. 대인통찰로 본명과 능력치를 확인했기 때문이다. 강남의 수적 출신에 불과한 그를, 괜히 적극적으로 영입하고 대우해준 게 아니었다. 그렇다고 검증 안 된 상태에서 갑자기 관직을 주면 기존 수하들의 반발을 살 우려가 있었다. 생각보다 능력치가 다소 부족한 면도 있어 이래저래 청무관에 입학시킨 것이다. 결과는 대성공이었다. 그 과정을 거치며 주태의 무재(武才)는 만개했고 지력 등도 높아졌다.

'사실 방어만 생각한다면 업성은 순욱 하나로도 충분해. 업성의 장수 자원은 차고 넘치는 셈이다. 거기에 책사도 한 사람 딸려 보냈으면 좋겠는데.'

진림이나 최염, 사마랑 등으로는 어쩐지 부족한 느낌이었다. 제갈근도 마찬가지였다. 그들은 책사라기보다 행정관에 가까웠다. 물론 제갈근은 정사에서 오나라의 중신이 된 후, 적지 않은 전공을 세우기도 했다. 하지만 지금의 제갈근은 백면 서생에 불과했다. 아직 임관조차 한 적이 없지 않은가.

'제갈량은 어린애일 뿐이니 통과. 저수는 관도성에서 진궁의 공백을 메워줘야 하니 안 돼. 아아, 분명 나한텐 인재가 많은데 왜 이럴 때마다 뭔가 부족한 느낌이지? 이럴 줄 알았으면 곽가나 희지재 둘 중 한 사람은 업성에 두고 올 걸 그랬어.'

산양성에서 퇴각해온 종요가 무사히 업성에 돌아왔다고 했다. 그러나 용운의 성에 차지 않았다. 그는 점령하고 다스리는 데는 타의추종을 불허하지만, 노준의를 상대로 책사 역할을 맡기기에는 불안했다.

'당장 하후돈, 조인 콤비에게도 패했으니까.'

그때, 순욱이 보냈다는 서신이 눈에 들어왔다. 용운은 봉인을 뜯고 양피지를 펼쳐 읽었다. 조조의 침공을 격퇴시킨 일과 그 전투의 논공행상에 대해서는 이미 보고를 받은 바 있었다. 아깝게 조조를 놓쳤지만 큰 피해를 입혔으므로 당분간 도발해오기 어려우리라고 하였다. 용운의 마음을 조금이나마 가볍게 한 소식이었다. 그런데 무슨 일로 추가 서신을 보냈는지 궁금했다. 읽어내려가던 용운의 눈이 점점 커졌다. 업의 수성전에 대해 덧붙인 서신이었는데, 생각지도 못했던 내용이 쓰여 있었다.

"사마중달의 제안을 받아들인 결과, 아군의 피해는 거의 없다시피 하면서 조조의 청주병을 격파했다고?"

뜻밖이었다. 사마의가 벌써 활약하리라곤 예상치 못했다.

"사마의. 사마의라⋯⋯."

용운은 정사에서의 사마의와, 지금 업성에 있는 실제 사마의에 대해 생각해보았다. 그의 나이가 올해 열다섯, 아니 열여섯이었나. 원래 《삼국지》에서의 사마의는 늦게 두각을 드러낸 편이었다. 조조에게 처음 출사한 때가 서른 살이었으니.

하지만 지금의 사마의는 정사 속의 그와 달랐다. 일단, 일찍부터 업성에 와서 용운의 영향을 받았으며 태학에서 학문을 배웠다. 아버지와 형이 둘 다 업성에서 요직을 맡은 까닭에 직간접적인 경험은 오히려 제갈근보다 풍부하다고 할 수 있었다. 순욱은 공과 사가 분명하며 공정한 성품이었다. 그가 일부러 사마의의 일을 따로 알려올 정도라면, 수성전에 크게 기여한 게 분명했다.

'마음에 조금 걸리는 부분이 있으나, 기재임이 분명합니다. 마음에 걸린다는 게 뭐지? 음⋯⋯ 역시 사마의의 나이가 어려서 그러는 걸까.'

용운은 한 가지 가능성을 떠올리고 있었다. 바로 사마의를 유주성에 파견하는 방법이었다. 처음엔 말도 안 된다고 생각했지만 자꾸 그쪽으로 마음이 기울었다.

'유주의 싸움 또한 수성전 양상이라고 했지. 사마의의 재능을 믿고 보내봐? 하지만 고작 열여섯 살인데 괜찮을까? 《삼국지》게임에서는 열여섯 살부터 인재 등용이 가능하긴 하지만…… 그건 게임이잖아. 이건 현실이고. 그러다 자칫 사마의를 잃기라도 하면?'

너무 어리다는 우려가 있는 반면, 이번 경험으로 사마의의 재능이 더 일찍 꽃피우지 않을까 하는 기대도 있었다. 한참 고민하던 용운은 마침내 마음을 정했다.

'책사로 사마의와 사마랑 그리고 종요를 함께 보낸다.'

용운이 이런 결정을 내린 데는 이유가 있었다.

'사마랑이 담당하고 있는 교육 부분은 태학 학장인 사마방혼자서도 감당할 수 있어. 그러니 형인 사마랑으로 하여금 사마의의 보호자 역할을 맡게 하자. 또 종요의 연륜과 경험은 사마의의 미숙한 부분을 메워줄 거야. 산양성을 무력하게 내준데 대한 징벌도 되고 말이야.'

장수는 서황을 보내기로 했다. 상대가 상대이니만큼 여건혼자서는 아무래도 힘에 부칠 터였다. 마초와 방덕은 성향으로 보나 호흡으로 보나 함께 부대를 운용할 때 제일 강했다. 그렇다고 그 둘을 다 빼냈다간 업성 쪽의 부담이 커질 듯했다. 이에 단독 작전이 가능한 서황을 택한 것이다.

'서황은 이미 천강위를 상대로 싸워 이겨본 경험이 있다. 게다가 삭초에게서 얻은 유물은 물론, 요원이라는 병마용군도 있지. 위원회에 대해 잘 아는. 우리 세력 중 현재로서는 서황이 천강위를 상대하기에 가장 적합해. 물론 정면대결은 절대 안 된다고 당부해야겠지. 그리고 마지막으로……'

아버지, 진한성. 그가 있었다. 사실상 용운이 사용할 수 있는 최강의 패였다. 마음대로 움직이지 않는다는 점이 문제였지만.

'아버지에게는 내 주변의 소중한 이들을 지켜달라고 부탁드렸다. 유우 할아버지 또한 그런 소중한 사람 중 하나이며, 그를 공격하고 있는 적이 위원회임을 알려준다면 응하시지 않을까? 업성 쪽은 당분간 잠잠할 듯하니까. 아버지가 가주신다면 사마의를 보내도 안심할 수 있어.'

상대가 위원회 서열 2위라는 거물 노준의였다. 더구나 역사에도 없던 유주 침공을 감행 중이었다. 그런 상황이라면 역사를 바꾸길 꺼려 나서지 않는 진한성도 응할지 몰랐다. 위원회를 제거하고 역사의 뒤틀림을 막는, 그야말로 진한성이 좋아할 만한 일이니까.

'밑져야 본전이다.'

용운은 아버지에게 전할 서신을 쓰기 시작했다.

5

천하대전의 불씨

조조군을 한 차례 격퇴한 업성에는 잠시나마 평화가 찾아왔다. 단, 전쟁 중이라는 사실은 여전했으므로 다소 불안한 평화였다. 출진한 마초와 방덕 부대도 아직 돌아오지 않았다. 그래도 업성의 백성들은 어느새 각자의 삶으로 돌아가 있었다. 사실, 모든 전투는 성벽 밖에서 벌어졌고 전사자도 거의 없다시피 했다. 전쟁과 일상을 완전히 분리하는 게 용운의 목표이자 원칙이었다. 영향이 적은 게 당연했다.

'여긴가……'

제갈량은 성벽 위에 올라 샛길을 내려다보았다. 두 겹의 외성벽 중 안쪽 성벽이었다. 전투가 끝나고 며칠의 시간이 지나

올라갈 수 있게 된 것이다. 바깥쪽 외성벽은 특성상 늘 출입이 통제되었지만, 안쪽 외성벽은 제한적으로 개방되어 있었다. 단, 오르는 계단 입구에서 신분 확인 절차를 거쳐야 했다.

'어리다고 안 들여보내주려는 걸 형님 이름을 판 덕에 겨우 올라왔네. 허가된 시간도 딱 일 다경. 하지만 꼭 봐두고 싶었어.'

성벽 안쪽에 여기저기 그을음이 묻어 있었다. 불에 탄 사람과 말의 시체 등은 모조리 치웠으므로 말끔해졌다. 그러나 탄내와 누린내는 여전히 진동했다. 제갈량은 그 참상이 눈앞에 그려졌다. 그의 표정이 자연히 굳었다.

'타는 냄새에 섞여 역청 냄새가 난다. 내가 적의 공성병기를 태우기 위해 준비하라고 조언한 역청과 기름으로, 설마 적병을 끌어들여 태워버릴 줄이야. 효과적이지만 무서운 계책이다. 이건 순욱 님의 방식과는 사뭇 다른데…… 그리고 조조는 어쩌다 이런 유인책에 걸린 걸까?'

제갈량은 '병마용군'이란 존재를 아직 몰랐다. 그때 등 뒤에서 누군가가 제갈량을 불렀다.

"공명?"

뒤를 돌아본 제갈량이 천천히 답했다.

"중달 형……."

"여기서 뭐 해?"

사마의는 빠른 걸음으로 제갈량에게 다가왔다. 노육과 함께였다. 노육은 반가운 낯빛으로 손을 흔들었다.

"공명 형아!"

"육이도 왔구나."

제갈량은 얼마 전부터 태학에 등교하기 시작했다. 제갈근이 임관한 덕이었다. 제갈근은 업성 방어에 공헌한 점을 인정받아 기주종사 직을 얻었다. 그는 자신이 입궁하고 나면, 어린 두 아우가 종일 집에 남게 되는 게 마음에 걸렸다. 그가 아직 미혼이었기에 끼니를 챙겨줄 사람조차 없었다. 이에 제갈량은 태학에, 뜻밖에도 의술에 관심과 재능을 보이는 제갈균은 청낭원에 입학시켰다. 식사 제공에, 업성 관리의 친인척은 교육비도 무료였으므로 큰 도움이 되었다.

제갈량은 비슷한 또래인 사마의나 노육 등과 많이 친해졌다. 종일 부대끼다시피 하니 자연스러운 일이었다. 단, 가끔 무서울 정도로 냉소적인 표정을 짓곤 하는 몇 살 위의 형 사마의는 어쩐지 불편할 때도 있었다.

"아니, 그냥. 여기서 싸움이 일어났다고 해서 흔적을 살펴보려고."

제갈량의 말을 듣자 사마의의 눈이 반짝 빛났다. 사마의는 나이에 비해 비정상적으로 어른스러운 편이었다. 태학에서의 별명이 '애늙은이'인 제갈량조차 그의 앞에선 제 또래 아이로 보일 정도였다. 하지만 그런 사마의도 가끔 소년다운 면을 보일 때가 있었다. 주로 제 자랑을 할 때가 그랬다.

"흐흠, 그 싸움 말이야, 사실 나도 참전했었어."

사마의의 말에 제갈량과 노육은 깜짝 놀랐다. 노육이 감탄 어린 투로 물었다.

"와! 진짜? 그럼 형아도 막 활 쏘고 그랬어?"

"아니지. 난 참모 자격으로 싸운 거야. 내가 제안한 책략으로 수만의 조조군을 여기서 태워 죽였다고. 조조도 여기서 죽일 수 있었는데……."

사마의가 좀체 드러내지 않는 아이다운 치기였다. 그는 어떤 경로로 순욱에게 책략을 상신할 수 있었는지, 마음에 드는 동생들에게 자랑스레 얘기했다. 사마의가 태학에서도 우등생이며 어느 정도 나이도 있었기에 가능한 일이었다. 물론 아버지와 형의 후광도 다소 작용했다. 듣고 있던 제갈량이 입을 열었다.

"화공을 제안한 게 중달 형이었어?"

"응. 끝내주지?"

"……굳이 그렇게까지 할 필요가 있었을까?"

싱글벙글하던 사마의의 얼굴이 살짝 굳었다.

"무슨 소리야? 그럼 너였다면 어떻게 할 건데?"

"성벽 틈새에 박힌 화살이 간혹 남아 있는 걸 보니, 아군이 먼저 화살 공격을 한 것 같던데. 그거로 이미 적의 기세는 크게 꺾였을 거야."

제갈량은 샛길의 제일 바깥쪽, 즉 성문 근처를 가리키며 말을 이었다.

"나였다면 그런 후 저기에 불을 질러서 퇴로를 막고, 투항하지 않으면 고슴도치가 되거나 숯덩이가 될 거라고 협박했겠지. 그거로 부족하다면, 적군에게 역청까지 뿌린 다음 위협했거나. 그럼 항복하지 않았을까?"

"조조군이 어떤 부대인데. 그런 공갈로 항복할 것 같아?"

"공갈이 아냐. 불응할 경우 불을 질렀어도 되는 거잖아. 항복 권유는 해봤고?"

"……."

사마의는 입을 다물었다. 그러고 보니 아예 투항을 권고하지조차 않았다. 기회가 왔을 때 여기서 조조를 죽여야 한다는, 그와 순욱의 생각이 암묵적으로 일치한 까닭이었다.

"불필요한 살상이야. 그러면 우리가 조조군과 다를 바가 없어지잖아."

제갈량의 말에, 사마의는 발끈하여 대꾸했다.

"조조군은 병사야. 죽음을 각오하고 나온 거라고. 반면 그들이 학살한 사람은 모두 양민이었고."

"그 병사들도 어차피 양민 중에서 징발한 거야."

"황건의 잔당이 모인 놈들인걸?"

"황건적 자체가 양민들이 모여 만든 거잖아."

"양민이라도 모여서 관리에게 대적하면 도적이다."

"애초에 양민을 핍박하던 탐관오리가 대부분이야."

"그래서 약탈과 살인, 방화가 잘했다는 거야? 희생자 중에는 같은 양민이 더 많았어."

"물론 폭력적인 행위는 백번 잘못했지만 그들로서도 한계였어. 황건적 사태는 양민들의 잘못이라기보다 쌓여가던 불만을 장각 삼형제가 교묘히 건드려서 터뜨린 거라고 봐. 종교를 이용해 군중을 선동하기란 의외로 쉬우니까."

제갈량과 언쟁하던 사마의는 화가 나는 중에도 묘한 쾌감을 느꼈다.

'이것 봐라?'

이제까지 태학 안에서는 그와 이 정도로 논쟁할 수 있는 또래 학생이 없었다.

'주목님도 공명의 이런 재능을 꿰뚫어보고 총애하시는 걸지도.'

제갈량의 반론은 소년답게 미숙한 점이 있었다. 하지만 억지로 우기는 게 아니라 날카로운 근거를 동반했다.

노육은 조금씩 언성이 높아지는 두 사람을 안절부절못하며 번갈아 바라보았다.

마지막으로 제갈량이 일침을 가했다.

"과연 주목님이라면 이렇게까지 했을까?"

그 말에 사마의의 표정이 딱딱하게 굳었다.

제갈량은 그런 그를 남겨두고 성벽을 내려갔다. 초병에게 약속한 일 다경이 다 되어서였다.

"나중에 태학에서 봐."

머뭇거리던 노육도 제갈량의 뒤를 따랐다.

혼자 남은 사마의는 석양을 받으며 서 있었다. 잠시 후, 그가 표독스레 중얼거렸다.

"주목님의 방식이 나와 다르다면, 같게 하면 되지. 내 책략이야말로 주목님을 위한 거야. 제일 빠르고 효과적으로 적을 제압해서 그만큼 주목님의 천하가 빨리 가까워지게 하는 거니까!"

노육은 빠른 걸음으로 멀어지는 제갈량을 뒤쫓으며 외쳤다.

"형아, 공명 형아! 잠깐만!"

제갈량이 멈춰 서자 겨우 따라잡은 노육은 숨이 턱에 차서 푸념했다.

"어휴, 무슨 걸음이 그렇게 빨라?"

"네가 느린 거야."

"그나저나 공명 형아는 중달 형이 싫어?"

그 물음에 제갈량은 움찔했다. 그전까지는 딱히 싫다고까지 생각해본 적은 없었다. 그런데 노육의 질문을 받자 감정이 뚜렷해지는 기분이었다. 제갈량은 솔직하게 답했다.

"싫다기보다 꺼림칙해. 불편하고."

"왜?"

"음…… 뭐라고 해야 하지? 나와는 다른 종류의, 혹은 정반대 성향의 인간 같아서라고 해야 하나?"

노육은 고개를 끄덕였다.

"뭔지 알겠어. 하지만 중달 형을 그렇게 대해선 안 돼. 그랬다가는 더 타올라버리거든."

"무슨 소리야?"

"말하자면 중달 형아는 불 같은 사람이야. 불은 모든 걸 태워. 쉽게 타올랐다가 꺼지고 무서운 재앙이 되기도 해. 하지만 그렇다고 불이 없으면 안 되잖아. 잘 쓰면 유용한 점이 훨씬 많고."

노육의 말에 제갈량은 깜짝 놀랐다. 설마 이 아이도 자신처럼 타인의 본질이 보이는 걸까?

"너, 어떻게 알았어?"

"뭘?"

"중달 형이 불 같다는 걸."

"그냥 같이 놀다 보니까? 중달 형은 어쩐지 친구가 없는데 나한테는 솔직하게 이런저런 얘길 다 하거든. 그런 얘기들을 듣다 보니 자연스럽게 불이라고 느껴졌어."

"으음……."

그냥 느낌을 말한 것이었나. 그래도 사람의 기질을 거의 정확히 감지했다는 건 놀라웠다. 제갈량은 호기심이 일어 다시 물었다.

"그럼, 나는?"

노육은 기다렸다는 듯 대답했다.

"형아는 구슬이지. 구슬 중에서도 밝게 빛을 내는 여의주. 모르긴 해도 용의 자질을 가진 사람이 형을 손에 넣는다면 하늘로 날아오를 수 있을걸?"

제갈량은 자신을 향해 생글생글 웃는 노육을 새삼스러운 시선으로 바라보았다. 그의 이름 량(亮)은 밝다는 뜻 외에 타인을 보좌하거나 밝힌다는 의미도 있었다.

'단순한 어린아이는 아니라 이건가.'

노육. 정사에서는 조조에게 임관했으며 그 아들인 조비와 손자 조예 대까지 활약했다. 당시 그를 천거한 최염은 노육을 이렇게 평했다. "노육은 청렴해 사리에 밝고 끊임없이 연마하니 삼공의 재능을 가진 인물이다." 노육은 특히 인재를 보는 눈이 밝아, 선발과 등용을 관장했다. 사마의도 그를 중히 썼으며 훗날 최염의 말대로 삼공의 지위에까지 올랐다.

제갈량의 눈에 비친 노육은 산(山)이었다. 산은 산이되 살아 있는 것처럼 자라나는 산이었다. 폭우가 내려도 떠내려가지 않고 불이 나도 표면의 풀과 나무는 탈지언정 산 자체는 굳건하리라. 제갈량은 노육의 머리를 쓰다듬었다.

"알았어. 나도 경솔하게 말한 것 같아. 중달 형을 대할 때는 좀 더 주의하도록 할게."

"헤헤. 난 형아 둘 다 좋단 말이야. 사실 내가 제일 좋아하는 사람은 주목님인데, 형아들이 장차 주목님의 양 날개가 돼 줘야 하거든. 그러니 서로 싸우면 안 돼!"

"녀석……. 알았어."

어쩌면 노육이야말로 제일 먼 곳까지 바라보고 있는지도 모르겠다고 제갈량은 생각했다.

'중달 형과 함께 주목님을 보좌한다라……. 상상이 잘 안 가네.'

다음 세대의 재능들이 서로를 제대로 의식한 첫 순간이었다.

한편, 진한성은 팔짱을 낀 채 한 통의 서신을 내려다보고 있었다. 내용은 이미 읽은 후였다.

'음…….'

용운이 보낸, 참전을 부탁하는 서신이었다. 지켜야 할 대상은 유주목 유우, 목표물은 노준의와 그 수하들이었다. 일부러 찾아가서라도 위원회를 말살하려는 그였다. 서열 2위를 제거할 수 있는 기회는 당연히 환영. 문제는 유우가 여전히 살아 있는 것으로도 모자라 그를 구해야 한다는 사실이었다.

'그래도 괜찮은 건가? 어차피 유우를 죽였어야 할 공손찬은 먼저 죽어버렸고 손을 쓴 자 또한 용운이가 아니라 여포라 하니, 여기서 내가 유우를 다시 구한다 해도 상관없을까?'

서신을 가져온 사람은 순욱이었다. 진한성의 눈치를 보던 그가 말했다.

"유주목은 주공께 매우 소중한 분입니다. 마치 친조부님처럼 여기신다고……. 그런 개인 감정을 떠나, 전략 면에서도 북부가 성혼단의 손에 넘어간다면 우린 상당히 곤란한 처지가 됩니다."

진한성은 툭 내뱉듯 대꾸했다.

"알고 있소. 이미 동쪽에서는 원소와의 전쟁이 한창인 바. 남에선 조조가 쳐들어왔고 서쪽은 원술이 호시탐탐 기회를 노리고 있지. 형주의 유표는 관망만 할 뿐이고. 이런 상황에서 북쪽에까지 적을 두게 된다면, 업성은 망망대해의 무인도 같은 신세가 될 거요."

그의 말에 순욱은 속으로 적이 놀랐다. 거구의 진한성은 겉보기에 영락없는 무인이라, 이렇게 천하 정세를 간략하면서도 정확히 꿰고 있을 줄은 몰랐다.

'문무겸비……. 내 생각이 짧았군. 역시 주공의 부친답구나.'

이유는 모르겠지만, 진한성은 조조와의 싸움에 전면으로 나서길 꺼려했다. 그러나 성혼단과의 전투에는 큰 관심을 보였다. 순욱은 더더욱 그를 유주로 보내야 한다는 확신이 들었다.

"저 개인적으로, 북부는 주공께서 처음 임관하여 세를 펼치기 시작한 곳이라 꼭 지켜내고픈 욕심도 있습니다."

순욱의 말에 진한성은 퍼뜩 뭔가가 떠올랐다. 그가 손견에게 의탁해 있을 때부터 사람을 부려 틈틈이 찾아 헤매던 것. 어쩌면 그게 북부에 있을지도 몰랐다. 그럴 가능성이 매우 높았다. 그는 마침내 마음을 정했다.

"알았소. 내가 유주로 가도록 하지."

위원회 입장에서는 움직이는 것 자체가 재앙인, 살아 있는 천재지변이 꿈틀거리기 시작했다. 목표는 북쪽이었다.

"오오, 그래 주시겠습니까! 진공께서 가주신다면 북부의 시름은 사라질 것입니다."

순욱은 크게 기뻐하며 즉각 원군을 꾸렸다. 지휘부 구성은 용운의 의견을 모두 수용했다. 즉 원군 총사령관에 서황, 총군사로는 종요를 임명하고 거기에 사마랑과 사마의를 딸려 보내기로 한 것이다. 원군이라곤 하나 총규모는 삼천 정도로 조촐했다. 중요한 건 그걸 지휘하는 사람이었다. 순욱은 그 부분을 꿰뚫어보았다.

'성혼단의 기이한 사술이나 상식을 초월한다는 무력은 진 공이 막아줄 게다. 이러면 주공 없이도 해볼 만하다.'

하북에서 시작된 전쟁의 불씨는 이제 북쪽, 유주에까지 옮겨 붙을 참이었다.

더불어 서쪽에서도 불길이 타오르기 시작했다. 그야말로 형주를 제외한 온 천하가 싸움에 휘말리다시피 하니, 후세인 들은 이를 두고 첫 번째 천하대전(天下大戰)이라 불렀다. 그 시 발점은 바로 한동안 잠잠하던 원술이었다.

원술은 울화병이 나서 죽을 지경이었다. 눈엣가시 같던 여 포와 진용운이 남피 원정을 떠났다. 이는 제 존재를 무시하는 거나 마찬가지였다. 그러면서 또 방비는 철저히 해두고 간 게 더 분통이 터졌다.

'그때 상당에서 진용운을 붙잡거나 죽였어야 했는데. 그랬 다면 지금쯤 업성은 내 것이 됐겠지. 여포 놈을 진류로 쫓아 보 낸 건 통쾌했지만, 나도 산양성을 빼앗겼으니⋯⋯.'

현재 진류성은 여포의 제일가는 모사인 가후가 철통같이 지키고 있었다. 어떻게 근거지를 털어보려 해도 팔건장의 한 사람인 장패가 허창에 버티고 있는 참이었다. 어느 쪽을 공격 하더라도 합공받게 되고 동쪽으로 진출하기도 어려운 형국이었다. 문제는 애초에 이를 실행할 변변한 장수가 없다는 점이었다.

'아끼던 기령마저 산양성에서 포로가 된 후 생사를 알 수 없으니. 정립(정욱)의 지략이 아무리 신묘하다 한들 실행할 장수가 있어야 할 게 아닌가.'

물론, 아예 사람이 없는 건 아니었다. 악취(樂就), 이풍(李豊) 등이 장수로 쓸 만했다. 하지만 가후와 장패를 상대하기엔 조금 모자랐다.

그때, 화흠이 직접 장수 둘을 천거해왔다. 익주에서부터 원술을 모시고 싶다며 찾아왔다고 하였다.

"제가 확인해보니 빼어난 무력과 지략을 다 갖춘 장수 감입니다. 반드시 주공의 마음에 들 것입니다."

"그래서, 어디 있는가?"

"성 바깥에서 주공을 기다리고 있습니다."

"성 밖에서? 이리로 데려오라."

"그게, 실력을 직접 보여드려야 하는데 자칫 성이 무너질 우려가 있습니다. 수고스러우시더라도 주공께서 직접 그리로 가셔야 할 듯합니다."

원술은 화흠의 말에 크게 웃었다.

"후하하! 자어(子魚, 화흠의 자), 그대도 제법 허풍을 떨고 농을 할 줄 아는군."

"하하……."

그 정도로 강한 자라는 뜻이렷다. 화흠의 말을 다 믿진 않았지만, 조금 기분이 좋아졌다. 원술은 그들을 보기 위해 화흠이 안내하는 장소로 향했다.

'번거롭지만 쓸 만한 자들이라 하니. 내 성의를 보여주는 것도 나쁘진 않겠지. 이런 기회에 어가를 타보는 것도 좋고.'

그는 하내를 왕광과 장수(張繡)에게 맡기고 주로 낙양성에 머물렀다. 어딘가로 나갈 때는 꼭 황제의 것과 흡사하게 만든 어가를 이용했다. 그러면 마치 자신이 황제가 된 것 같은 기분이 들었기 때문이다. 장수는 동탁의 수하 장제의 조카로, 여포와의 싸움 직전 화흠의 권고로 원술에게 의탁했었다. 그 싸움에서 아끼던 장수 호거아를 잃고 기가 죽었지만, 장수 본인도 제법 실력 있는 자라 하내태수 왕광의 보좌 격을 맡고 있었다.

화흠은 내성을 벗어나 한참이나 말을 몰았다.

"대체 어디까지 가는 겐가?"

원술의 짜증 섞인 말에, 화흠은 웃으며 달랬다.

"조금만 더 가시면 됩니다."

그러고도 제법 더 가서야 비로소 목적지에 닿았다. 화흠이 원술을 데려간 곳은 낙양성 외곽의 황무지였다. 척박한 땅에 바위산이 늘어서 있으며, 거기서 떨어져 나온 바윗덩어리들만 굴러다녔다. 사람이 살 수도, 농지로 쓸 수도 없는 불모의 대지였다. 원술이 근위병들과 함께 도착해보니 거기서 두 사람이 그를 기다리고 있었다.

"무송과 노지심이라 합니다."

화흠이 두 장수를 소개했다.

그들을 본 원술은 실망스럽다는 투로 말했다.

"이건 둘 다 여인이 아닌가."

당사자가 화흠이 아니었다면 자신을 우롱한다 여기고 노발대발했을 터였다. 여자라니! 그나마 무송은 떡 벌어진 어깨에 근육질이라 힘깨나 쓸 것처럼 보였다. 여인다운 고운 눈썹에 미소 지은 얼굴이, 건장한 몸과 기묘한 부조화를 이뤘다. 반면 노지심은 유난히 피부가 희고 몸집도 자그마했다. 그녀는 철봉 한 자루를 들고 있었다. 노지심의 체격과 근골로 보아 자기보다 큰 철봉을 든 게 신기할 지경이었다.

화흠이 어느 때보다 진지한 어조로 말했다.

"주공, 절대 단순한 여인들이 아닙니다. 이제 보시면 알 겁니다. 제가 일부러 모셔온 것도 직접 안 보시곤 믿기 어렵기 때문입니다."

"뭘 보라는 거지? 검무(劍舞, 칼춤)라도 추나?"

원술의 말에 근위병들이 킥킥 웃었다. 그러거나 말거나 무송과 노지심은 무표정했다. 두 여인의 옆에는 각각 커다란 바윗덩어리가 있었다. 지름은 장정 여러 명이 손에 손을 잡고 둘

러싸도 모자랄 정도였으며 높이는 거의 열 자(3미터)에 달했다. 바위라기보다는 작은 언덕에 가까웠다. 이 바위들을 실을 만한 수레가 없어, 굳이 여기까지 원술을 데려온 것이었다. 원술도 바위를 보는 순간 그 사실을 깨달았다.

"그럼 시작하겠습니다."

화흠의 신호에, 먼저 무송이라 불린 여인이 주먹으로 바위를 때렸다. 별로 힘준 것 같지도 않고 툭 쳤을 뿐이었다. 그러자 집채만 한 바위가 산산조각이 나 무너졌다. 바위의 잔해가 흙먼지를 피우며 우르르 쏟아져 내렸다.

"허어!"

원술의 입이 저절로 떡 벌어졌다.

"대체 어떻게 한 건가?"

무송이 처음으로 입을 열어 답했다.

"바위의 내부에 기파를 쏘아 안에서부터 파괴한 거다."

당황한 화흠이 서둘러 설명했다.

"이민족의 여인이라 예절에 서툽니다. 주공께서 부디 이해해주십시오."

"괜찮네. 기파라……. 대단한 권사로군!"

원술의 놀람이 채 가시기 전이었다. 이번에는 노지심이 철봉 끝으로 바위를 쿡 찔렀다. 그러나 바위는 아무 변화가 없었다. 이미 무송의 파괴력을 본 원술은 노지심에게도 비슷한 것을 기대하고 있었다. 그가 약간 실망한 투로 말했다.

"이번에는 뭔가 실수한 게 아닌가?"

원술의 물음이 끝난 직후였다. 바위 앞으로 다가간 화흠이 품에서 우선(羽扇. 깃털 부채)을 꺼내 부채질을 했다. 그러자 철봉이 꽂혔던 자리에서부터 먼지가 피어오르더니, 바위 전체가 흙먼지로 변해 흩어지기 시작했다. 바위가 있던 자리에는 수북한 흙더미만 남았다. 원술은 눈이 찢어질 듯 부릅떴다.

"어, 어찌 이런 일이……."

이번에는 노지심이 차분한 음성으로 말했다.

"철봉을 극한까지 회전하여 바위의 핵을 찔러서 분쇄했어요."

"허어……."

말이 쉽지, 인간의 재주라고 보기 어려웠다.

화흠은 신나서 말했다.

"두 사람의 실력은 이게 다가 아닙니다. 책략은 정립 님께 맡기면 되니, 노지심과 무송은 아군의 창과 검이 되어 싸울 겁니다. 여포가 와도 무섭지 않을 판에 장패 따위는 어린애나 마찬가집니다."

원술의 입이 헤벌어졌다. 이 정도면 진용운이 거느린 여무사들이 부럽지 않았다.

그때, 근위병 중 한 사내가 나섰다. 원술의 상장이자 근위

대장을 맡고 있는 주호라는 장수였다. 그는 개인적인 무력은 높지만 전술 이해도가 낮아서, 부대를 이끄는 대신 경호원 역할을 했다. 한마디로 머리가 나쁘다는 의미였다. 그는 노지심과 무송을 보며 생각했다.

'계집의 몸으로 저런 일이 가능할 리 없다. 어차피 눈속임이겠지. 그렇다면 내가 여기서 눕혀주고 장군 자리를 차지하리라.'

주호가 투지를 불태우며 원술에게 청했다.

"가만히 있는 바위를 깨부수는 일은 누구나 할 수 있습니다. 사람은 바위가 아니니, 공격을 피하면 그만입니다. 저들의 실력을 제가 시험해봤으면 합니다."

순간, 무송과 노지심이 서늘한 안광을 뿌렸다. 원술 또한 내심 궁금했으므로 이를 허락했다.

"좋다. 어디 여기서 비무를 한번 해보거라."

무송이 고개를 양쪽으로 비틀며 앞으로 나섰다.

"비무를 하는 건 좋아. 다만, 일부러 살살 하진 못하니까 목숨을 장담할 수 없어."

그 말에 주호의 눈에서 불꽃이 튀었다. 그는 무송을 향해 버럭 소리를 질렀다.

"그런 걱정은 안 해도 되니 어서 무기나 들고 오거라. 어디서 계집 따위가!"

"무기는 필요 없다."

무송은 말을 마치자마자 이미 주호의 앞에 서 있었다.

"내 몸 전체가 바로 무기니까."

콰득! 주호가 정신을 차리기도 전에 무송의 주먹이 이미 그의 몸을 꿰뚫고 등으로 튀어나와 있었다.

"이런 빌어먹……."

주호는 말을 채 끝맺지도 못하고 절명했다.

놀란 화흠이 무송을 책망했다.

"무송! 아군 장수를 함부로 죽이면 어떡하오?"

"그래서 내가 목숨을 장담할 수 없다고 하지 않았나."

원술은 크게 웃음을 터뜨렸다. 주호 따위는 이미 그의 안중에 없었다.

"우하하! 괜찮네, 자어. 무송이라 했나? 그의 말대로 분명 경고했으니까. 아주 좋아. 여포의 졸개 놈들이 꽁무니를 뺄 모습이 기대되는구나."

원술은 그 자리에서 무송과 노지심에게 술을 내리고 각각 편장군, 비장군에 임명했다. 장군직 중에서는 아래였으나, 중간 단계조차 거치지 않은 파격적인 인사였다. 그만큼 원술이 장수에 목말랐다는 증거였다. 이어서 정립을 불러 즉각 출정 준비를 명했다.

정립은 우선 허창을 공격 목표로 정했다. 배후의 화근을 먼저 없애려는 생각이었다.

'가후는 진류성을 지켜야 하니 함부로 움직이지 못한다. 즉 무조건 장패를 먼저 쳐야 한다. 그걸 알면서도 이제까지는 장패의 무력과 통솔력이 걸려 그렇게 하지 못했다. 허나 이제 두 장수를 얻었고 주공의 적극적인 지원도 있으니 승산은 충분하다.'

원술로부터 오만의 군사를 얻은 정립은 무송과 노지심을 앞세워 허창으로 진격했다.

촉, 익주성. 중국 대륙의 서쪽 끝에 위치한 땅.

위원회 수장인 송강의 근거지다. 중원에서 영웅들이 뒤얽혀 싸우는 사이, 송강은 익주를 완벽하게 평정했다. 익주는 이미 독립된 작은 나라라 해도 과언이 아니었다. 송강은 익주의 입구에 해당하는 한중에다가 요새를 짓고 무투파 천강위와 촉 출신의 장수들을 대거 배치했다. 장임이 후자의 대표 격이었다. 이제 어지간한 세력이 정벌해와도 익주에 발을 들이기조차 어려울 지경이었다.

송강은 익주성 대전의 화려한 의자에 앉아, 병마용군 가영으로부터 보고받고 있었다.

"무송과 노지심이 원술 진영에 합류했습니다. 곧 원소 쪽으로 보낸 형제들도 움직일 겁니다."

송강은 고개를 끄덕였다. 가영이 말을 이었다.

"노준의는 여전히 북부에서 유주를 공략 중입니다."

무표정하던 송강이 피식 웃었다.

"결국 참지 못하고 직접 나서더니 호기에 비해 오래 걸리네."

"그냥 놔두실 겁니까? 노준의뿐만 아니라 오용도 조조를 적극적으로 돕기 시작했습니다. 고스트 공손승이야 원래 통제가 불가능한 존재였다 해도……. 이제 진명과 호연작까지 사사로이 움직이고 있습니다."

송강은 가영의 말에 답했다.

"바라던 바잖아. 내가 억지로 막아봐야 소용없지. 자신들의 착각을 모두 스스로 깨닫지 못하는 한."

태사의에서 일어선 그녀는 대전 가운데로 천천히 걸어 나갔다.

"진정한 천년 제국을 만들기 위한 준비는 이제 시작이야."

"뜻대로 하십시오."

가영은 그녀의 등 뒤에서 정중히 허리를 굽혔다.

6

조운 대 천강위

용운이 관도로 향한 사이, 남피성 공략전은 정체에 빠진 상태였다. 앞서 용운은 화타의 힘을 빌려 두 지살위 소녀, 신화장군 위정국과 성수장군 단정규를 치료해주었다. 그 보답으로 여포에게서 군량을 빌려 급한 불을 껐다. 그 후 용운군과 여포군이 시선을 끄는 사이, 이제까지 쭉 소극적인 대응으로 일관하여 원소를 방심시킨 유비군이 총공세를 가하기로 했었다.

그러나 이 작전은 예고 없이 연기되고 말았다. 갑작스러운 진궁의 병사로, 용운이 빠진 탓이었다. 그렇다고 기병 위주인 여포군만 공격하기에는 전력이 부족했다. 곽가와 희지재에게 뒷일을 맡겼다곤 하나, 총사령관인 용운이 없는 상태에서의 작전 지시는 어려웠다. 또 여포 및 유비와의 연합 체제이다 보니, 두 군사가 움직일 수 있는 병력에도 한계가 있었다.

설상가상으로 희지재의 건강이 급격히 나빠졌다. 약한 몸에 긴 원정으로 무리한 탓인 듯했다. 그를 진찰해본 화타는 아무래도 업성으로 돌아가 오래 쉬어야 할 것 같다는 소견을 내놨다. 하지만 희지재는 막무가내로 무시하고 있었다.

'주공께서 빨리 돌아오셔야 할 텐데.'

곽가는 시름에 잠겼다. 좋은 동료였던 진궁의 죽음은 그도 물론 슬펐다. 하지만 그렇다고 전쟁까지 패할 순 없었다. 아니, 오히려 반드시 승리해서 진궁의 넋을 위로해줘야 할 게 아닌가. 만약 조조였다면 수하의 죽음과 상관없이 계속해서 남피성을 몰아쳤을 것이다. 자신의 사람들을 아끼는 용운의 정(情)이 뜻밖의 약점으로 드러나고 있었다. 이런 상황이다 보니 전투는 대개 소규모의 국지전 형태로 이뤄졌다. 가끔 원소군이 성안에서 화살을 날리면 거기 대응하거나 적 정찰대를 붙잡는 식이었다. 혹은 연합군이 한 번씩 형식적으로 공성전을 시도하는 일도 있었다.

그나마 다행스러운 점은 저수의 활약이었다. 그는 관도성에 자리 잡고 보급선 구축에 힘을 쏟았다. 그 덕에 군량 부족 사태가 해소된 것이다. 자연히 전쟁은 장기전의 형태를 띠어갔다.

그렇게 두어 주가 지난 후의 어느 날이었다.

마침, 용운이 드디어 관도성을 떠나 남피로 향한다는 전갈이 온 날이기도 했다. 남피성을 감시하던 정찰병이 수상한 움직임을 포착하고 조운에게 보고해왔다. 소수의 적 병력이 몰래 성문을 빠져나와 북동쪽으로 이동 중이라는 것이다. 이를 놓고 용운의 진영에서는 분분한 의견이 나왔다. 먼저, 희지재는 적 수뇌부의 도주설을 내놨다.

"전쟁이 길어지고 전황도 좋지 않으니, 아무래도 원소가 제 자식들을 피신시키는 듯하오. 북동쪽으로 향한다는 게 그 중거요."

순유가 의아하다는 듯 물었다.

"북동쪽에 원소가 기댈 만한 게 있습니까?"

"얼마 전에 성혼단이 북평성을 차지했다고 하지 않았소? 그리로 가는 게 뻔하오."

"흠…… 지나친 비약이 아닌가 싶습니다만."

희지재는 용운이 부재중일 때 특별한 성과를 내지 못한 데 대해 다소 조급해져 있었다. 건강한 육체에 건강한 정신이 깃든다고, 몸이 약해지자 생각도 전보다 깊게 하지 못했다. 그는 답답하다는 어조로 설명했다.

"원소는 이미 성혼단과 손잡은 전력이 있소. 안전한 북평성으로 자식들을 빼돌려 후일을 도모하거나, 혹은 그들로 하여금 원군을 청하려는 걸로 보이오."

하지만 곽가의 생각은 좀 달랐다. 그는 이 움직임이 적의 유인인 듯하다고 여겼다.

"움직임이 너무 뻔한 게 뭔가 이상합니다."

"어차피 빠져나갈 길이 북쪽뿐이니 그런 게 아니겠소? 그리고 흑영대가 워낙 뛰어나서 그렇지, 충분히 은밀한 움직임이었소."

"어쩐지 예감이 좋지 않기도 하고……."

희지재는 혀를 찼다.

"봉효, 또 그 감이오? 남피의 병력을 다 끌어 모아도 연합군만 못하오. 한데 유인이라니? 더구나 성을 나온 병력은 많아야 오십 명 정도라고 하오. 그 인원으로 대체 무슨 유인을 하겠소?"

곽가는 잠자코 입을 다물었다. 논리 정연한 희지재에 비해, 곽가의 근거는 막연한 예감뿐이었다. 이에 수뇌부의 여론은 점차 그들을 추격하여 붙잡거나 격멸하자는 쪽으로 흘렀다. 원정군 총사령관은 조운이었다. 용운이 없을 때의 최종 결정은 그가 내려야 했다. 고심하던 조운은 양쪽을 절충하는 방안을 택했다.

"놔두기에는 마음에 걸리는 것도 사실입니다. 적의 함정이 우려되기도 하니, 제가 직접 청광기 일백을 이끌고 추격하겠습니다. 우리 또한 소수로 움직인다면 금세 따라잡을 것입니다."

"장군께서 직접 나서주신다면 걱정 없겠습니다."

희지재와 순유 등은 조운의 제안에 수긍했다. 오십 명을 상대로 청광기 일백, 거기다 용운 진영 최강의 무인인 조운이 직접 나섰으니 충분한 전력이었다. 그런데도 곽가는 뭔가 찜찜한 기분을 지울 수가 없었다. 그는 마지못해 고개를 끄덕였다.

"그럼, 서둘러 출발하겠습니다."

조운이 청광기를 이끌고 진영을 떠난 후였다. 잠시 뭔가 생각하던 곽가는 은밀히 태사자를 불렀다.

"자의 장군, 아무래도 추격대 쪽이 마음에 걸립니다. 자룡 장군의 뒤를 따라가주실 수 있겠습니까?"

"그러지요."

어차피 남피성의 성문은 굳게 닫힌 채 응전할 태세가 아니었다. 혹 싸움이 벌어진다 하더라도 이제까지와 같은 국지전이라면 장합과 장료가 충분히 대응할 터였다. 이에 태사자 또한 소수의 직속부대와 함께 조운의 뒤를 따랐다.

얼마나 말을 달렸을까. 조운은 반나절이 지나지 않아, 남피성에서 빠져나온 병력을 거의 따라잡았다. 해가 뉘엿뉘엿 넘어가는 시각이었다. 그는 적의 부대를 보며 생각했다.

'오십이라더니 스무 명도 안 되어 보이는데? 게다가 말조차 안 타고 이동 중이었군. 대체 무슨 꿍꿍이로?'

그들은 추격대를 보자 멈춰 서서 기다리고 있었다. 그 모습에 조운은 이상한 위화감이 들었다.

'전혀 겁먹은 기색이 없다. 마치 우리를 기다리고 있었던 것처럼.'

유인일 수도 있다는 곽가의 말이 뇌리를 스쳤다. 조운은 신호를 보내 청광기의 속력을 늦췄다. 추격대가 어느 정도까지 접근했을 때였다. 적 부대의 제일 후미에 있던 자가 가볍게 손짓을 했다. 유난히 큰 키에 팔도 길어 무릎에 닿는 사내였다. 또한 전신에 피풍의(망토)를 덮어쓰고 있었다. 그러자 갑자기 조운의 옆에서 달려오던 수하의 머리가 퍽 하고 터져나갔다. 조운은 깜짝 놀라 외쳤다.

"암기다. 흩어져라!"

청광기들은 달려오던 그대로 즉각 흩어졌다. 평소의 혹독한 훈련에 더해 속도를 줄였기에 가능한 대응이었다.

"킥킥!"

긴 팔 사내의 오른팔이 연신 움직였다. 그럴 때마다 어김없이 청광기 중 한 명이 낙마했다. 나머지 이십여 명의 적도 심상치 않은 실력자들이었다. 놀랍게도 그들 한 명이 정예 청광기 서넛을 상대로 대등하게 싸우고 있었다. 말을 안 탔다는 점을 감안하면 놀라운 일이었다.

더 큰 문제는 긴 팔을 휘두르는 괴인이었다. 그는 아군이 불리하다 싶으면 어김없이 뭔가를 던져 청광기를 쓰러뜨렸다. 그 탓에 청광기는 자꾸 진형이 무너지고 전력의 이점을 살리지 못했다.

'이상한 암기를 쓰는 자. 저자를 먼저 쓰러뜨려야 한다.'

보다 못한 조운은 이를 악물고 직접 긴 팔의 사내에게 돌진했다. 그때였다. 슝! 주먹만 한 덩어리가 그의 머리로 날아왔다. 이미 무수한 청광기를 쓰러뜨린 예의 암기였다. 조운은 재빨리 옆쪽으로 미끄러지듯 누우며, 말의 옆구리에 몸을 밀착했다. 사내가 처음으로 입을 열어 말했다.

"허! 그걸 피해?"

풋! 다음 공격은 말의 머리로 날아왔다. 안타깝게도 말의 반응은 조운처럼 빠르지 못했다. 머리가 단숨에 폭발하듯 터졌다.

"쳇!"

조운은 아끼던 전투마의 죽음을 슬퍼할 겨를도 없이, 말이 쓰러짐과 동시에 등자를 박차고 몸을 날렸다. 이어서 그대로 사내에게 창을 내찔렀다.

"이건 신체 능력이 거의 천강위 수준인데?"

암기 사내는 감탄을 발하며 뒤로 미끄러지듯 빠졌다. 동시에 그의 긴 팔이 채찍처럼 휘었다. 팟! 파팟! 그러자 조운의 미간으로 또 정체불명의 덩어리가 연이어 날아들었다. 조운은 잽싸게 목을 기울여 피했다. 순간, 덩어리 하나가 허공에서 휘어져 그의 관자놀이에 적중했다. 둔탁한 파열음과 함께 조운의 몸이 휘청했다. 쓰고 있던 투구가 산산조각 나 허공에 흩어졌다.

"윽!"

조운은 짧은 신음을 토하며 바닥에 나뒹굴었다. 몇 바퀴를 구르고 자세를 바로 한 그의 왼쪽 귀에서 피가 흘러나왔다. 긴 팔의 사내가 아깝다는 듯 혀를 찼다.

"변화구는 위력이 약해서 말이지……."

조운은 앉은 자세로 그에게 창을 겨누고 말했다.

"네놈은 누구냐?"

"나? 그러는 넌 누군데? 여긴 희한하게 꼭 상대방 이름을 알고 싶어하더라."

"난 기주목을 모시고 있는 상산의 조자룡이다."

피풍의 아래에서 사내가 눈을 둥그렇게 떴다. 그는 피풍의에 붙은 두건을 젖혀버리고 말했다.

"헐, 댁이 조자룡이야? 와, 생각보다 잘생겼네. 나 완전 당신 팬이거든. 사인 좀……. 아, 이때는 그런 게 없나?"

드러난 사내의 얼굴은 생각보다 훨씬 젊었다. 게다가 악의라고는 찾아볼 수 없이 선량해 보이기까지 했다. 짧은 머리카락이 빳빳이 선, 이 시대의 기준으로는 죄인이나 할 법한 특이한 머리 모양이었다. 조운은 사내를 바라보며 눈살을 찌푸렸다. 이 이상한 언행과 외모는 이미 경험한 바 있었다. 그가 중얼거렸다.

"위원회……."

조운의 말에 사내가 반색했다.

"맞아! 조자룡이 알 정도라니, 회도 나름 열심히 활동했군. 아참, 내가 누군지 물었지? 난 위원회 서열 16위, 몰우전 장청이라고 해."

스스로 위원회임을 밝히는 사내, 장청의 말에 조운은 아연 긴장했다. 더구나 서열도 높았다. 그러거나 말거나 장청은 신나서 떠들어댔다.

"현대에서는 프로 야구선수 출신이었지. 이래봬도 중국 최초로 메이저리그 투수가 될 예정이었다고. 성혼마석의 선택을 받는 바람에 물 건너갔지만."

"……."

"아, 미안. 뭔 소린지 모르겠구나. 조자룡을 실제로 보니 흥분해서 그만. 에이, 노준의 형한테 붙었던 걸 위원장에게 걸리는 바람에 시키는 대로 원소를 도우러 오긴 왔는데. 하필 적이 조자룡이라니. 안타깝네."

자신을 장청이라고 칭한 사내가 히죽 웃었다.

"내가 《삼국지》에서 제일 좋아하는 캐릭터가 조운인데. 내 손으로 죽여야 되잖아. 개 아깝네. 그나저나 수상하게 여겨서 쫓아올 거라더니, 큰 게 걸리긴 했구나. 진용운이 아니어서 아쉽지만."

장청은 쉴 새 없이 떠들었다. 원래 수다스러운 자인 듯했다.

조운은 상대의 말을 절반 넘게 이해하지 못했지만, 두 가지는 확실히 알 수 있었다.

'원소를 도우러 왔다고 했지. 꼭 그게 아니더라도, 위원회는 주공과 내게 불구대천의 원수. 저자의 말로 보아 본래는 주공을 유인하려 했던 게 확실하다.'

이렇듯 하나는 상대가 명백한 적이라는 것. 또 한 가지는 그 적이 매우 강하다는 거였다.

"제52구!"

말하던 장청은 느닷없이 팔을 뒤로 크게 젖혔다가 내질렀다.

"안녕, 조자룡. 명령은 명령이라서."

천기 발동, 무한마구(無限魔球)

서열 16위, 천첩성 몰우전 장청. 소설 《수호지》에서는 암기의 달인으로 등장한다. 비황석이라는 돌을 던지는데 백발백 중이었다. 그 팔매질 솜씨로 여러 전장에서 활약했다.

별명에 이런 내력을 가진 장청의 특기는, 기(氣)를 공처럼 둥글게 뭉쳐서 던지는 일종의 기환(氣丸)이었다. 무한마구는 그 기환을 수백 개로 늘려, 가로세로 약 3미터 범위를 꽉 채워 던지는 천기다. 거기다 날아오는 속도는 프로 야구선수의 강속구와 비슷했다. 대략 150킬로미터 정도. 즉 보통 인간은 절대 피할 수 없었다. 조운도 눈앞을 가득 메운 기의 덩어리들을 보는 순간, 그 사실을 깨달았다.

'못 피한다.'

조운이 절체절명의 위기에 처한 그때. 청광기들 또한 고전 중이었다. 그들은 이 상황이 도무지 이해가 가지 않았다.

'어째서……'

겨우 이십 명 남짓한 적을 상대로 일백의 청광기가 도무지 승기를 점하지 못했다. 아니, 서서히 밀리기까지 했다. 이 무리의 우두머리인 듯한 장청이 조운을 상대하느라 더 이상 청광기들을 공격하지 않았는데도 밀리기 시작한 것이다. 이 난해한 적들은 모두 키와 체격이 똑같았다. 비슷한 정도가 아니라 완벽하게 같아서, 마치 이십 쌍둥이 같은 느낌이 들 지경이었다. 움직임도 거의 비슷하여 누가 누군지 분간이 가지 않았다. 그리고 전원이 한가운데 문양이 그려진 가면으로 얼굴을 가렸다. 코나 입은 물론 눈구멍조차 뚫리지 않은 괴상한 가면이었다. 앞을 볼 수나 있는지 의심스러웠다. 이 괴부대는 이상하게 수가 줄어들질 않았다. 처음에는 청광기들도 착각이려니 했다.

"뒈져라!"

청광기 고참이자 조운의 부관인 '이휴(李休)'가 적 하나의 미간에 맹렬히 창을 꽂았다. 또 다른 청광기가 옆을 스쳐 지나가며 검을 휘둘러 목을 쳐서 날려버렸다. 청광기의 특기인 연계 공격이었다. 적은 고목이 쓰러지듯 땅에 얼굴을 처박았다. 순간, 이휴의 표정이 멍해졌다.

"저건 대체……"

좀 떨어진 지표면에서 사람이 스윽 솟아올랐다. 주변의 다른 적들과 똑같은 자였다. 검은 복장에 아무런 구멍 없이 문양 하나만 덩그러니 그려진 가면. 청광기들은 그 문양의 의미를 몰랐지만, 그것은 퀘스천마크, 즉 물음표였다. 새로운 적이 솟아나자 쓰러졌던 자는 땅속으로 빨려들듯 흔적도 없이 가라앉았다. 하나가 쓰러지면 똑같은 하나가 땅속에서부터 솟아올랐다. 이러니 수가 줄어들 리가 없었다.

'이게 무슨 사술인가.'

청광기들은 산양성에서 천강위들을 상대하며 다수가 전사했다. 그러나 몰살한 건 아니어서 여기엔 천강위와의 전투를 겪어본 인원이 제법 섞여 있었다. 이휴도 그들 중 한 사람이었다. 그는 비교적 빨리 놀란 마음을 수습하고 외쳤다.

"당황하지 마라! 적이 묘한 수를 쓰지만 스무 명에서 더 늘어나지는 않는다. 포위망을 유지하면서 압박하라. 나머지는 대장님을 도와라!"

이휴의 명은 적절해서, 과연 오십 정도의 병력만으로도 이십 인의 괴인들을 묶어둘 수는 있었다. 이에 나머지 절반은 조운과 장청이 싸우는 곳으로 말머리를 돌리려 했다. 그런 청광기들의 앞을 누군가 가로막았다.

"과연 진용운의 정예부대라는 청광기답네. 내 꼭두각시들을 손쉽게 무력화하다니. 판단이 빨라."

실로 기묘한 복장을 한 여인이었다. 손끝부터 발끝까지 전신이 몸에 착 달라붙는 검은색 천으로 싸여 있었다. 그런 까닭에 뇌쇄적인 몸매가 고스란히 드러나 보였다. 입술을 과장되게 크게 그리고 눈가에는 흰색 칠을 했다. 머리에 두 개의 뿔 같은 것이 돋았는데, 그 끝에는 방울이 달렸다. 가슴께에는 괴인들의 가면에 있는 것과 같은 문양이 커다랗게 그려져 있었다.

청광기들이 현대의 사람이었다면 그 복장이 어릿광대, 즉 피에로의 그것과 흡사함을 눈치챘을 것이다. 그러나 피에로라는 존재 자체가 없는 시대였다. 청광기들에게는 그저 기괴한 차림새로 보였다. 상대가 그 무서운 성혼단임을 안 이상 아무리 여인이라 해도 방심하지 않았다. 선두에 섰던 청광기는 일언반구도 없이 삭을 찔러갔다.

"어머, 거칠기도 하지."

특기 발동, 저글링(juggling)

피에로 여인이 양손을 어지러이 휘저었다. 그러자 그녀를 공격하던 청광기 대원은 말과 함께 허공으로 떠올라 마구 회전하다가 추락했다.

"이 요망한 계집!"

청광기들이 앞다퉈 여인을 공격했다. 하지만 다가가는 족족 공중에 떠 허우적대다 곤두박질쳤다. 청광기 대원과 대원이, 말과 말이 떠오른 상태에서 마구 뒤얽혔다. 전투가 벌어지고 있던 분지는 순식간에 아수라장이 됐다.

"깔깔깔! 완전 재밌네!"

여인은 즐거운 듯 폭소를 터뜨렸다. 그녀는 바로 장청의 병마용군, 매드 클라운(mad clown, 미친 어릿광대)이었다.

장청은 천기 무한마구를 발동함과 동시에, 조운의 죽음을 확신했다. 그의 기환은 하나하나가 현대의 라이플보다 강한 위력을 가졌다. 한마디로 코앞에서 산탄총으로 일제사격을 한 격이었다. 속도가 총알보다 느린 대신, 위력은 야구공보다 훨씬 강력했다. 그러나 다음 순간, 장청은 어안이 벙벙해졌다.

"어라?"

조운의 몸이 갑자기 눈앞에서 사라져버렸다. 그가 너무도 빨리 허공으로 솟아오른 탓에 마치 사라진 것처럼 느낀 것이었다.

곧 장청의 얼굴에서 웃음기가 사라졌다. 조운은 땅에 꽂아 세운 자신의 창끝에 표표히 서 있었다. 그의 발을 본 장청이 욕설을 내뱉었다.

"뇌횡의 부츠잖아. 이런 썅…… 너, 그 신발 어디서 났어?"

"전리품이다."

마초는 목홍의 글러브를 사용하여 활약한 적이 있다. 조운 또한 뇌횡이 신었던 중력 조절의 부츠를 신고 있었다. 처음에는 신기 어색했지만 곧 익숙해졌다. 아니, 기의 운용에 능숙한 무인인 만큼 오히려 뇌횡보다 더욱 자유자재로 사용할 수 있었다. 사용법은 의외로 간단했다. 그저 가벼워진다, 무거워진다 하는 생각만 떠올리면 끝이었다.

자고로 대부분의 무예는 보법이 절반이었다. 이 유물 덕에 조운은 더욱 강해졌다. 그는 날아오는 기환들을 보자마자 중력을 줄여 뛴 다음, 창을 내던지고 거기 올라선 것이다.

"아, 머저리들. 당한 거로도 모자라서 유물까지 뺏기다니."

장청이 팔을 젖히면서 한쪽 다리를 들어올렸다. 야구에서 와인드업이라 칭하는 투구 자세였다. 그의 몸을 중심으로 대기가 휘몰아쳤다.

"내가 되찾아서 써주지."

심상치 않은 기세에 조운은 바짝 긴장했다.

'떨어져서 암기를 던져대니 상대하기가 까다롭구나. 어떻게든 접근해야 한다.'

장청이 또 다른 천기를 발한 것과, 조운이 창날 끝을 박차고 돌진한 건 거의 동시였다.

천기 발동, 부선전구(不旋转球, 너클볼 knuckle ball)!

조운은 주먹만 한 기환 하나가 자신에게 날아오는 걸 보았다. 좀 전 수백 개의 기환을 날렸던 것에 비하면 평범해 보이는 공격이었다. 그는 허공을 박차 몸을 뒤틀며 조가창법의 초식, 비룡세(飛龍勢)를 시전했다.

"으억?"

"헛!"

장청과 조운은 동시에 크게 놀랐다. 장청은 조운의 창끝이 마치 길게 늘어난 것처럼 갑자기 쭉 뻗어오는 바람에, 조운은 비껴나가는 듯하던 기환이 기이하게 흔들리며 머리 쪽으로 정

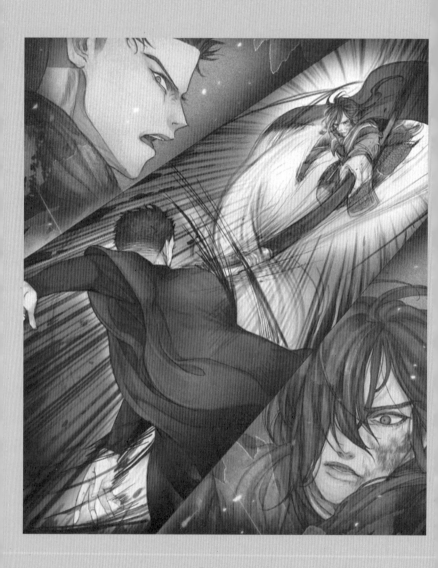

확히 날아온 까닭에 기함한 것이다.

"아악!"

어깨를 찔린 장청이 비명과 함께 피를 뿌리며 뒤로 나자빠졌다. 조운은 유물의 힘으로 다시 한 번 허공에서 방향을 틀었으나 기환을 완전히 피하진 못했다. 기환이 그의 오른쪽 어깨를 스치고 지나갔다. 그것만으로도 어깨의 갑옷과 근육이 뜯겨나갔다. 그 충격에 조운 또한 바닥에 나뒹굴었다.

장청이 벌떡 일어나 앉았다. 그의 눈동자가 분노로 활활 불타올랐다.

"이런 쌍. 원시인 주제에 감히 내게 상처를 입혀?"

장청이 쓰러지자 움찔하던 병마용군 매드 클라운은, 일어난 그를 보고 안심하여 다시 청광기들을 상대했다. 그녀의 공격은 그저 말과 사람을 띄워 올려 흔들었다가 떨어뜨리는 게 다였다. 그러나 전신에 육중한 갑옷을 입은 상태로, 평형감각을 잃고서 맨땅에 추락하는 충격은 엄청났다. 대개 어딘가의 뼈가 부러졌다. 그렇지 않다 해도 한동안 정신을 못 차릴 지경이었다. 한꺼번에 여러 명이 뒤엉켰다 떨어지면서 부상이 더욱 심해졌다. 서너 마리의 말에 깔린 운 나쁜 청광기 대원은 목숨을 잃기도 했다. 이게 매드 클라운이 혼자서 오십의 청광기를 상대하는 비결이었다. 매드 클라운은 최소한의 힘으로 최대의 효과를 거두고 있었다.

본래 장청과 매드 클라운은 적의 척후병이나 장수 혹은 진용운과 사천신녀를 붙잡을 셈이었다. 업성에서 비정상적으로 극소수의 병력이 이탈했음을 알면, 상대도 소수정예로 따라오거나 척후병을 보내 상황을 파악하려 들 거라 여긴 것이다. 한데 뜻밖에도 일백에 달하는 정예 철기가 추격해올 줄은 미처 몰랐다. 조운과 일대일로 싸우는 중인 장청은 그렇다 치고 매드 클라운은 조금씩 힘에 부치기 시작했다. 적을 막으면서 동시에 '꼭두각시'들까지 조종하자니 더욱 그랬다.

'주인, 이제 슬슬 끝내고 이쪽 좀 도와달란 말이다.'

그녀는 초조한 눈빛으로 장청 쪽을 곁눈질했다.

"크윽……."

한 팔을 축 늘어뜨린 채 일어나던 조운이 다시 넘어졌다. 장청의 기환이 날아와 명치를 때린 것이다. 이번에는 직구, 그중에서도 강속구였다. 갑옷의 가슴 부위가 움푹 들어갔다.

"쿨럭!"

기침하던 조운이 피거품을 토했다. 명치에 구멍이 나지 않은 건, 어디까지나 장청이 힘을 조절한 덕이었다. 장청은 현대에서의 자신의 경력과 이 세계에서의 전투력에 대해 상당한 자부심을 가졌다. 그는 명성 높은 조운을 천기로 우아하게 쓰러뜨리고 여기저기 뽐낼 셈이었다. 그런데 오히려 창에 찔려 가볍지 않은 상처를 입었다. 장청은 속된말로 꼭지가 돌았다.

조운을 절대로 곱게 죽이진 않을 셈이었다.

'실컷 괴롭히다 죽인 다음, 아예 시체를 짓이겨서 진용운에게 보내주지. 그건 그것대로 효과가 있을걸?'

픽! 또 한 번 기환이 날아왔다. 커브였다. 공중에서 비스듬히 휘어진 기환은 조운의 성한 왼팔을 때렸다. 팔꿈치가 이상한 방향으로 구부러졌다. 기환에 맞은 팔이 부러진 것이다.

"크악!"

조운의 입에서 고통에 찬 비명이 터져나왔다.

장청은 쓰러진 채 꿈틀거리는 조운에게 다가가 번들거리는 눈으로 신발을 벗기기 시작했다.

'그러고 보니 유물을 회수하는 걸 깜빡했네. 죽일 때 죽이더라도 이건 가져가야지. 이놈이 몸부림치다가 기환이 발에 맞기라도 하면 유물을 못 쓰게 돼버리잖아.'

조운의 창이 근처에 떨어져 있었지만, 장청은 신경도 쓰지 않았다. 조운이 양팔을 다 못 쓰는 상태였기 때문이다. 오른팔은 어깨가 으스러지고 추락하면서 손목까지 부러졌다. 왼팔은 팔꿈치에서부터 부서져 비틀렸다. 창잡이가 양팔, 양손을 다 못 쓰게 됐으니 겁낼 이유가 없었다.

곽가의 지시로 조운을 뒤쫓던 태사자가 도착한 건 그때였다. 그는 사방에 널려 신음하는 청광기와, 쓰러져 있는 조운을 보고 한눈에 사태를 파악했다.

"이놈!"

태사자는 노호성을 지르며 장청에게 달려들었다.

"저건 또 뭐야."

장청은 조운을 버려두고 돌아섰다. 태사자를 본 그가 오른 손을 들었다. 기환을 날려 한 방에 처리할 셈이었다.

'어쩐지 상대하기 피곤해 보이는 놈이다. 빨리 정리하고 유물이나 회수해야지.'

장청이 막 천기를 발동하려는 찰나였다. 푸슉! 가벼운 파육음이 그의 귓가에 울렸다. 소리는 작았지만 여파는 결코 작지 않았다.

"어⋯⋯?"

장청은 제 눈앞에 왜 피 묻은 창날이 보이는지 의아했다. 고개를 숙여보려고 애썼지만 목이 안 움직였다. 창끝이 뒤에서부터 그의 목을 관통하여, 목젖을 뚫고 튀어나온 탓이었다. 그는 고개 숙이길 포기하고 목에다 창을 매단 채 힘겹게 뒤로 돌아섰다.

조운은 여전히 양팔을 늘어뜨리고 누워 있었다. 장청은 이 상황이 도무지 이해가 가지 않았다.

'대체 어떻게 날 공격한 거지?'

조운은 의아한 기색이 가득한 장청의 눈빛을 봤다. 그가 턱 끝으로 자기 발 쪽을 가리켰다.

'아아.'

장청은 비로소 이해가 갔다. 발등에 창대를 얹어 차 올린 다음, 떠오른 창의 창대 끝을 발바닥으로 밀어 찌른 것이다. 그러면서 적절히 중력을 조절하면 그만이었다. 팔을 못 쓴다면 발이라도 쓴다. 이게 전장에서 스포츠맨과 군인의 차이였다.

"이런 지독한……"

중얼거리던 장청이 털썩 무릎을 꿇었다. 그런 그의 목으로, 분기탱천하여 달려오던 태사자의 철극이 날아들었다.

"안 돼!"

휘잉! 순간 태사자는 크게 헛발질하더니 땅을 뒹굴었다. 필사적으로 달려온 매드 클라운이 특기, 저글링을 발동한 까닭이었다. 철극은 장청의 목 옆쪽을 스치는 데 그쳤다. 철극에 베인 부분에서 피가 흘러나왔다.

"우우, 주인! 네놈들…… 나중에 다 죽여버릴 거다."

조운과 태사자를 표독스레 노려본 매드 클라운은 장청을 업고 달아나기 시작했다. 스무 명의 꼭두각시는 흔적도 없이 사라졌다. 청광기 몇이 부랴부랴 뒤를 쫓았지만, 도중에서부터 산비탈 위로 올라가버린 그녀를 따라잡지 못해 끝내 놓치고 말았다.

"으으, 뭐 저런 것들이 다 있어. 하여간 성혼단 놈들은 상대하기 까다로워."

투덜대며 일어난 태사자가 조운에게 다가왔다.

"자룡, 꼴이 말이 아니군."

조운은 쓴웃음을 지으며 대꾸했다.

"그러게 말이오."

"서둘러 돌아가서 화 선생에게 보여야겠어."

조운을 안아든 태사자가 외쳤다.

"부상자와 전사자를 챙겨라. 최대한 빨리 정리하고 돌아간다."

갑작스러운 전투는 이렇게 막을 내렸다. 언뜻 손해만 본 싸움 같았지만, 이는 시사하는 바가 컸다. 조운은 서열 16위의 천강위와 단기전을 벌여 살아남은 것으로도 모자라 이겼다. 태사자가 나타난 바람에 장청이 한눈을 팔지 않았다면 오히려 조운이 죽임을 당했을 상황이긴 했다. 하지만 이는 아무리 천강위라도 방심하면 한순간에 당할 수도 있음을 의미했다. 상대가 강한 만큼 이 시대의 무인들도 강해진 것이다. 손에 넣은 유물 몇 점과 용운의 영향이 이런 현상을 더욱 가속화했다.

물론, 기습이나 임기응변, 요행 따위가 통용되지 않는 극소수의 천강위도 있었다. 노준의의 부탁으로 마침내 유주성 전투에 모습을 드러낸 관승이 바로 그런 존재였다.

7
용운의 다짐

오환의 부족장이며 오천 개의 부락을 이끌고 있는 구력거(丘力居)라는 자는 스스로 오환왕이라 칭했다. 그는 휘하 부족의 군사 오만을 이끌고 유주로 진격해가고 있었다. 오환의 병사들은 짐승 가죽을 댄 갑옷을 입고 있었다. 장수들 또한 철모처럼 둥근 모양의 투구에다 표범이나 범 가죽 등을 둘러 이국적인 느낌을 물씬 풍겼다. 그런 사내들이 황량한 북부의 황무지를 가로질러 다가오고 있었다. 모르는 사람이 본다면 오환족의 침공인 줄 알고 기겁할 것이다.

그러나 구력거는 유우에게서 정식으로 구원 요청을 받아오는 중이었다. 그는 보통 사람보다 체격이 몇 배나 큰 거인이었다. 키도, 덩치도 작은 산을 연상케 했다. 이 풍채는 그가 오천 개 부락의 우두머리가 되는 데 한몫했다. 거기에 걸맞게 힘도 세고 무거웠다. 그렇다 보니 그를 태울 말이 없어서 네 마리 말이 끄는 수레에 타고 있었다. 보통의 수레가 아니라 특별히 만든 전투용이었다. 양옆에 던지는 창 수십 자루를 매달고 앞쪽에는 화살 공격에 대비해 방패를 세워두었다.

"자, 서둘러라! 곧 북평이다!"

진형 한가운데서 병력을 지휘하던 구력거는 오랜만에 눈앞에 펼쳐지는 한나라의 땅을 바라보며 생각했다.

'그로부터 거의 사 년, 아니 오 년 만인가?'

구력거는 오 년 전, 유주 중산국을 다스리던 중산상 장순과 함께 후한에 반란을 일으켰었다. 한때는 유주의 주도(州都)인 계(薊)를 함락했으며, 반란을 진압하러 온 공손찬을 오히려 위기에 몰아넣을 정도로 세력을 떨쳤다. 하지만 위기감을 느낀 조정에서 인망 높은 황족 유우를 유주목으로 임명하면서 상황은 달라졌다.

유우는 거친 공손찬과는 달리 친화정책을 폈다. 먼저 주둔한 군사를 물린 후, 사절을 보내 상황과 이해관계를 알아듣게 설명했다. 오환과 선비족 등이 국경에서 약탈을 하는 주된 이유는 식량 문제였다. 유우는 오환족의 특산물인 말과 짐승가죽 등을 식량과 바꿔주겠다고 제안했다. 특별히 사정이 어려울 때는 무상 지원할 의사도 보였다. 또 앞으로 오환과 선비족 등 북방 민족이 국경에서 노략질을 하지 않는다면 그들을 탄압하지 않을 것이며, 정식으로 교역하겠다고 약조했다. 이제까지 한 제국이 오환을 대해온 태도와 비교하면 파격적이기까지 한 대우였다. 당시 오환의 대인(大人)이었던 구력거는 조약의 내용보다 그 태도에 감복했다. 이에 스스로 유우에게 귀순하여 물러갔다. 장순은 선비족에게 달아나다가 자객의 손에 죽어 반란은 그대로 종결됐다.

구력거는 그 뒤로도 오환족을 인간적으로 대해주고 교류하는 유우와 좋은 관계를 유지하고 있었다. 이익을 따지지 않고 그의 구원 요청에 흔쾌히 응한 것도 그래서였다.

'공손찬도 죽은 마당에 유주목께서 내게 구원을 요청하시다니. 황건적 때도 이런 일이 없었는데. 그 성혼단이라는 사교 집단의 힘이 만만치 않나 보구나.'

그러나 크게 걱정하지는 않았다. 유우는 정치가로서는 최고였지만, 군사 지휘가 서툴렀다. 또 싸울 때면 백성들의 피해를 줄이는 데 지나치게 신경을 쓰다가 제대로 공격을 못하곤 했다.

'이번에도 분명 그러셨겠지. 늘 백성은 내 자식이나 마찬가지라고 하는 분이니. 사교에 빠진 백성은 더 이상 자식이 아니거늘.'

구력거의 세력이 미치는 범위는 요서지방이었다. 대륙의 북동쪽, 우북평과 요동의 중간쯤에 위치한 지역이다. 그렇다 보니 자연히 요동을 다스리던 공손탁에 대해서도 알고 있었다. 오환족이 함부로 도모하기 어려울 만큼 강한 군사력을 가진 자였는데, 하루아침에 일족 전체가 풍비박산 났다. 그리고 갑자기 요동과 북평의 주인이 바뀌었다. 구력거는 변고가 일어난 사실은 들었지만 그게 위원회, 즉 성혼단의 짓이라곤 상상조차 못했다.

구력거가 유우에게 부탁받은 임무는 요서에서 곧바로 우북평으로 진격하여 북평성을 탈환하는 것이었다. 유우가 파악한 노준의의 근거지가 북평성이었다. 근거지를 공격받으면 자연히 유주성의 포위를 풀고 후퇴하리라 본 것이다. 오환의 군사 오만이 배후에서 근거지를 공격해온다, 생각만 해도 아찔한 상황이었다.

'확실히 효과적인 전략이다.'

멀리서 다가오는 오환군을 보며 관승은 생각했다. 이 작전이 노출되지만 않았다면. 그녀는 나직하게 읊조렸다.

"과연 양수의 말대로구나."

관승은 청룡산에서 오환군을 기다리고 있었다. 요서에서 사하(沙河)를 건너 얼마간 전진하면, 두 개의 산맥이 북평 동쪽에 위아래로 관문처럼 자리했다. 청룡산은 그중 아래쪽에 있는 산이었다.

　노준의는 관승을 직접 참전케 하지 않는 대신, 북평성을 지켜줄 것을 부탁했다. 그리고 얼마 후, 양수가 북평성으로 잡혀왔다. 양수는 관승의 병마용군 궁기에게 정신 공격을 당하여 반역을 꾀하다 체포된 상태였다. 노성이 함락되기 전, 흑영대원 33호는 양수를 탁군으로 보내려 했다. 거기 감금해뒀다가 장세평의 상단을 통해 업성으로 압송하려던 참이었다. 그러나 도중에 위원회의 한 인물에게 죽임을 당하고 양수도 빼앗기고 말았다.

　이제 양수는 북평성에서 관승의 참모 노릇을 하고 있었다. 그는 유우가 반드시 오환족을 움직여 노준의의 뒤, 그러니까 북평성을 쳐올 거라고 경고했다. 그 말에 따라 관승은 요서에서 북평으로 향하는 길목인 청룡산에서 기다리고 있었던 것이다.

　위원회에는 '언랭커(unranker)'라 분류된 자들이 존재했다. 무력은 강하나 제어가 어려워 '서열이 의미 없다'는 뜻으로 붙은 별명이다. 회의 서열은 무력의 비중이 크나, 오직 그것만으로 정해진 건 아니었다. 그랬다면 오용이 서열 3위가 되긴 불가능했으리라. 그 서열의 요소 중에는 충성심이나 지략, 상급자 입장에서 명령 수행의 용이성 등도 포함됐다. 언랭커에는 대표적으로 이규, 무송, 노지심 등이 있었다.

이 언랭커들은 대부분 송강 편에 남길 택했다. 무슨 꿍꿍이인지는 알 수 없으나, 송강이 그들을 딱히 통제하지 않고 대부분 풀어놨기 때문이다. 가끔 내려오는 명령만 수행하면 그 외엔 자유. 언랭커들에게 이보다 달콤한 미끼는 없었다. 정부도, 경찰도, 과학도 없는 고대 중국에서 멋대로 날뛸 수 있다니! 물론 개중에는 그냥 노준의가 싫어서 남은 자도 있고, 익주를 떠나기 귀찮아서 남은 자도 있었다. 이런 언랭커의 공통적인 특징은 무력에 비해 서열이 현저히 낮다는 것이었다.

그들 중 노준의에게 붙은 극소수의 천강위 중 하나. 흑영대원 33호를 손쉽게 살해하고 양수를 탈취해 데리고 온 장본인. 위원회 서열 천강 23위, 구문룡(九紋龍) 사진이 관승에게 말했다.

"그쪽이나 나나 병마용군은 전투용이 아니고…… 준의 형이 딱히 병력도 안 남기고 갔으니 우리 둘이서 상대해야 할 판인데. 그러기에는 좀 많지 않아?"

"우리라고 하지 마라."

"우리를 우리라고 하지, 뭐라 그래. 그대와 나?"

사진은 익살스러운 말과는 달리, 표정과 자세에서 폭력적인 분위기가 배어나오는 사내였다. 딱히 우락부락 험상궂게 생겼다거나 거구인 것도 아니었다. 오히려 호리호리한 편이었다. 검은 상하의 슈트에 검은 머리를 잘 빗어 넘겼다. 겉보기에는 부잣집 도련님 같은 단정한 생김새. 그런데도 그에게서는 위험한 냄새가 풍겼다. 분명 웃으면서 가벼운 말을 하고 있어도, 갑자기 품에서 칼을 꺼내 찔러버릴 것 같은 분위기였다.

현대에서 그는 세계 최대 규모이자 중국의 대표적인 폭력조직, 삼합회(三合會)의 간부였다. 구문룡이라는 별명대로, 양팔과 손등에 각각 한 마리씩 네 마리, 양 어깨에 한 마리, 가슴과 배에 한 마리, 마지막으로 등에 한 마리, 총 아홉 마리 용의 문신을 새겼다. 자세히 보면 용은 모두 생김새와 색깔이 달랐다.

"흥."

관승은 가볍게 콧방귀를 뀌었다. 그녀는 이 사진을 매우 싫어했다. 조직원 출신이었던 것부터 해서, 마음에 드는 구석이 하나도 없었다. 성향 자체가 맞지 않았다. 지금만 해도 그랬다. 노준의에게서 성을 부탁받아놓고 적이 많으니 발뺌하려는 기색이지 않은가.

'무책임한 자.'

관승이 노준의를 택한 건 송강의 행보가 의문스러웠던 까닭도 있지만, 자신들만의 땅을 만들어 거기서 이상을 이룩하자는 취지에 공감해서였다. 한데 사진은 단지 노준의가 남자여서 택했다. 여자를 두목으로 모실 수는 없다는 것이었다. 관승에게도 그런 태도는 마찬가지여서, 그녀가 훨씬 서열이 위였음에도 불구하고 전혀 상급자 대접을 하지 않았다. 관승 쪽에서도 그런 건 어차피 안 바랐지만. 그런 이상한 가치관에 더해, 쓸데없이 말도 많았다. 관승은 수다스러운 사람은 질색이었다. 이래저래 좋아할 구석이 한 가지도 없었다. 무표정한 얼굴이 된 관승이 대꾸했다.

"둘이 상대하지 않아."

"그렇지? 역시 무리……."

"나 혼자 처리한다."

"응?"

관승은 당황하는 사진을 버려두고 봉우리 아래로 훌쩍 뛰어내렸다.

"에이, 젠장. 성가시게."

사진은 머리를 긁적이다 곧 그녀의 뒤를 따랐다. 관승이 걱정돼서라기보다 잘 수행하라는 노준의 명을 받았기 때문이다. 송강 일파에 비해 무력이 달리는 노준의 일파에게 관승은 매우 귀한 존재였다. 하지만 사진의 시각에서는 이런 조무래기들을 상대하면서 관승을 걱정한다는 것 자체가 우스웠다.

'미친개 같은 이규나 사이코 호연작도 저 여자 앞에서는 얌전해질 정도인데, 누가 누굴 돌보라는 거야?'

오환군이 막 청룡산 어귀를 지나려 할 때였다. 전령이 구력거의 수레 앞으로 달려와 보고했다.

"왕이시여, 이상한 자가 아군 앞을 막아서고 있습니다."

"이상한 자? 성혼단의 북평성 수비군인가, 아니면 한군(漢軍)인가?"

"잘 모르겠습니다."

"수는 얼마나 되느냐?"

"그것이, 혼자입니다. 게다가 여잡니다."

"뭐라고?"

여자 한 사람이 막아섰다고 오만 대군이 멈출 리가 없다. 너무 황당한 상황이니, 오히려 뭔가 함정이나 속셈이 있지 않을까 경계한 것이다. 구력거는 수레를 몰아 앞으로 나갔다. 과연 초승달처럼 휘어진 창날에 긴 자루가 달린, 기이한 형태의 무기를 든 여인이 길 가운데에 버티고 서 있었다. 키가 워낙 커서 풍만한 가슴과 잘록한 허리가 아니었다면, 여인이라 믿기 어려웠을 것이다.

'어라? 제법 괜찮은 여자가 아닌가.'

구력거는 체구가 워낙 커서 맞는 짝을 찾기 어려웠다. 신혼을 보내는 도중에 새신부가 죽어버리는 일이 다반사였다. 이에 기골이 장대한 여자를 보면 유독 관심을 보였으나, 건장함과 미인이란 조건은 겹치기가 매우 어려웠다. 그는 장신의 여인을 유심히 살폈다.

'피부도 갈색으로 가무잡잡한 게 건강해 보이는구나. 누구

지? 한족은 아닌 것 같은데.'

그때, 여인 관승이 우렁우렁한 목소리로 외쳤다.

"물러가라, 오환이여. 지금 돌아가면 아무도 다치지 않을 것이나, 억지로 북평성을 치려 하면 피바람이 불 것이다."

구력거는 어이없다는 듯 웃었다.

"저게 뭐라는 거냐?"

그를 따라 주위의 수하들도 낄낄 웃었다. 이미 정찰병이 돌아와, 주위에 어떤 군사의 흔적도 보이지 않는다고 보고한 후였다.

"허세 작전인가? 하지만 귀엽구나. 꽤 미인이기까지 하고."

입맛을 다신 구력거가 명했다.

"되도록 다치지 않게 내 앞에 사로잡아 오라."

"옛!"

죽이라고 명했다면, 아무나 혼자 나섰을 것이다. 그러나 사로잡기는 죽이기보다 어려웠기에 장수 두 명이 나섰다. 장군급은 아닌, 교위 정도 되는 장수였다. 그래도 구력거는 충분하다고 여겼다. 최상위 장수의 능력은 다소 모자랐으나, 끊임없이 싸우며 거친 환경에서 오래 생존해온 까닭에 중하급 지휘관및 병사의 무력은 한군의 그것보다 훨씬 강인하고 뛰어났다.

자신에게 다가오는 오환의 장수 둘을 본 관승이 조용히 말했다.

"아직 늦지 않았다. 돌아가라."

두 장수는 히죽히죽 웃으며 대꾸했다.

"뭐라는 거야, 이 계집이."

"손에 든 무기나 내려놓아라. 그러면 우리 대왕께서 귀여워 해주실 게다. 잠자리에서 말이지."

"어이쿠, 가까이에서 보니 가슴도 제법……."

관승의 짙은 눈썹 끝이 꿈틀했다. 슝! 한줄기 서늘한 바람이 일었다. 그러자 웃던 두 장수는 뭔가 이상함을 느꼈다. 앞으로 걸어가려고 하는데 몸이 말을 듣지 않았다. 그러더니 갑자기 세상이 빙글 돌았다. 이어서 눈앞이 캄캄해졌다. 상체가 분리된 두 오환 장수의 허리 아래쪽이 앞으로 풀썩 엎어졌다.

관승은 여전히 그 자리에 미동도 않고 있었다. 그녀가 무기를 휘두르는 걸 아무도 보지 못했다. 단 한 사람, 뒤에 떨어져 있던 사진만 빼고. 그녀는 오환 장수의 말을 듣는 순간, 고개를 설레설레 저었다.

'저런. 관승이 제일 싫어하는 게 저런 류의 성적 발언인데……'

아니나 다를까, 기어이 일은 벌어졌다.

잠깐 어안이 벙벙해졌던 구력거가 이를 갈았다.

"이년이……"

관승이 만만치 않은 상대임을 깨닫자, 이번에는 장수 넷이

나섰다. 그래도 결과는 마찬가지였다. 네 장수가 고혼이 되는 데는 숨 몇 번 쉴 시간밖에 걸리지 않았다. 이때까지도 구력거와 오환군은, 관승이 혼자 길을 막은 행동의 의미를 여전히 이해하지 못하고 있었다.

"에잇, 뭣들 하는 거냐! 냉큼 치워버려라!"

구력거는 관자놀이에 핏대를 세우고 호통쳤다. 여자를 차지하려던 생각은 이미 날아가버렸다. 비로소 백 명의 병사와 그들을 지휘하는 백인대장이 움직였다. 한나라 부대를 본떠, 장창을 앞세운 병사들이 일제히 관승을 향해 달려왔다.

"살생은 최대한 자제하려 했으나⋯⋯."

말로는 안 통함을 깨달은 관승이 중얼거렸다.

"여기까진가. 어차피 변방의 오랑캐. 우리 선조가 관여됐을 일은 없겠지. 뭐니 뭐니 해도 그분이 멀쩡히 살아 계시니."

관승은 유물, 참천언월도(斬天偃月刀)의 자루 끝을 잡고 팔과 나란히 수평으로 들었다. 사진이 그녀의 등 뒤에서 놀란 목소리로 외쳤다.

"어이, 설마 그걸 쓰려고?"

"미개한 자들에게는 압도적인 힘을 보여주는 게 시간을 절약하는 길이다."

대꾸한 관승이 천기를 발동했다.

천기 발동, 대기 가르기—2할!

그 공격은 느리고 묵직했지만, 피하기 매우 어려웠다. 상상하기 어려운 거리에서 정확히 인간의 허리 높이를 베어오는 까닭이었다. 더구나 안 보이기까지 했다.

구력거의 부관 중 유독 감이 좋은 자가 있었다. 그는 관승을 처음 본 순간부터 불길함을 느꼈다. 그리고 그녀가 기이한 형태의 무기를 쳐드는 순간, 그 불길함은 시커멓게 형체를 갖췄다. 죽음. 형체의 본질은 죽음이었다. 부관은 반사적으로 구력거를 수레에서 밀어냈다. 그는 부족 간의 살육전에서 구력거 덕에 일가족이 목숨을 건졌다. 그 후 충성을 바쳐왔다. 체격 차이가 엄청나서, 평소라면 구력거의 몸은 미동도 하지 않았을 것이다. 하지만 목숨을 걸고 일순간 모든 힘을 쏟아낸 덕일까.

"대왕, 피하십시오!"

구력거는 수레에서 굴러떨어져, 볼썽사납게 바닥을 뒹굴었다.

"이게 무슨 짓……."

버럭 화를 내며 일어나 앉은 그가 소리치던 그대로 입을 떡 벌렸다. 그의 눈앞에는 기이하기 짝이 없는 광경이 벌어지고 있었다. 멈췄다. 말 그대로 대열에서 그가 탄 수레의 앞쪽에 위치해 있던 병사와 장수들 전원이 미동도 하지 않고 있었다. 그를 수레에서 밀어낸 부관 또한 양손을 힘껏 앞으로 뻗은 자세 그대로 정지한 상태였다.

그러다 말 한 마리의 목이 피를 뿜으며 떨어졌다. 그게 시작이었다. 구력거를 밀친 부관의 상체가 앞으로 스르르 미끄러지더니 수레 안으로 반 바퀴 돌아 툭 떨어졌다. 후두두두둑. 사방에서 허리 혹은 신장 차이에 따라 가슴이나 양 허벅지를 잘린 병사들이 절단되어 허수아비처럼 쓰러졌다. 그 수는 어림잡아 이천 이상이었다. 너른 평야가 순식간에 피바다로 변했다.

"으악!"

"크아아악!"

대부분 절명했으나 큰 키 덕에 허벅지 어림을 잘려 숨이 붙은 자들이 처절한 비명을 질렀다. 구력거는 끝 마디 일부가 잘려나간 중지와 약지를 멍하니 바라보았다. 덩치가 워낙 커서 뒤로 넘어지는 와중에 팔을 허우적대다가 잘린 모양이었다. 그는 땅에 주저앉은 채 중얼거렸다.

"어찌 이런…… 말도 안 되는…….."

이 말도 안 되는 일을 저지른 장신의 여인은 여전히 처음 그 자리에 서 있었다. 그녀를 중심으로 반경 약 180자(약 55미터) 이내의 것이 모조리 같은 높이로 절단되었다. 그것이 사람이

든 말이든 혹은 나무나 바위든. 웅크리고 앉아 있던 사진이 투덜대며 일어섰다.

"아니, 그렇게 갑자기 쓰면 어떡해. 설마 나도 자르려고 한 건 아니겠지?"

"눈치는 있군."

"그쪽, 나한테 왜 그래……."

관승은 사진의 넋두리를 가볍게 무시하고 엄포를 놓았다.

"이건 경고일 뿐이다. 다음에는 더 먼 거리에 있는 자들을 베겠다. 물러가라!"

구력거는 비로소 자신들이 사신(死神)을 마주했음을 깨달았다. 그가 천천히 일어서자 뒤쪽의 군사들이 외쳤다.

"대왕!"

"대왕께서 무사하시다!"

그 소리를 듣자 구력거의 마음이 흔들렸다. 그의 뒤에는 아직 수만의 병사들이 건재했다. 이들이 일제히 덤벼들면 설마 한꺼번에 벨 수 있으랴 싶었다. 그랬다가 수레 안에 상체가 떨어진 부관과 눈이 마주쳤다. 그는 마지막 남은 힘을 짜내어 천천히 고개를 저어 보였다. 그리고 눈을 뜬 채 죽었다.

"……."

잠시 그를 내려다보던 구력거는 이를 악물고 차마 하기 힘든 말을 내뱉었다.

"모두 물러간다."

"대왕!"

"말 들어라."

구력거는 수레를 돌리고 오던 길을 되짚어갔다.

관승은 참천언월도를 짚고 서서 물러가는 오환군을 바라보고 있었다. 그녀 옆에 와서 선 사진이 히죽대며 말했다.

"유우 놈, 오환의 원군이 왜 아무리 기다려도 오지 않는지 꿈에도 모를 테지?"

"……."

관승은 대답 대신, 미간을 살짝 찌푸리고 주위를 둘러보았다.

사진이 의아해서 물었다.

"멋지게 이겨놓고 왜 그래?"

"아니. 누군가 지켜본 듯한 기분이 들어서."

"으잉? 그럴 리가. 가까이에서 지켜보면서도 우리 이목을 속일 수 있는 자가 있을 리 없잖아."

"우리라고 하지 마라."

흑영대원 21호는 남쪽을 향해 필사적으로 달아나고 있었다. 그는 유우 쪽에 붙어 요인 경호 및 기밀 전달 등을 담당했던 대원이었다. 유우가 오환에게 원군을 요청했음을 알고, 북평성의 동태도 살필 겸 안내를 위해 나와 있던 참이었다. 그러다 믿기 어려운 광경을 보고 말았다.

'이걸 대주님께, 그리고 주공께 전해야 해.'

청룡산 근방을 벗어나 얼마나 달렸을까. 이제 한숨 돌려도 되나 싶었을 때였다. 21호는 이상한 위화감에 아래를 내려다보았다.

"헉!"

그가 숨을 들이켰다. 그의 그림자가 어느새 이상한 모양으로 변해 있었다. 그것은 마치 한 마리의 용과 같았다. 콰득! 검은 용 모양의 그림자가 땅에서 솟아올라 21호를 삼키더니, 그대로 땅속으로 스며들었다. 그걸로 끝이었다. 21호는 물론 그림자까지 흔적도 없이 사라져버렸다.

"정말이잖아?"

청룡산 어귀에서 눈을 감고 서 있던 사진이 한쪽 눈을 뜨며 말했다.

"그 사이 멀리도 갔네. 하마터면 놓칠 뻔했어. 덕분에 영룡(影龍, 그림자 용)으로 처리했다."

"다행이군."

"배신했다던 지살위도 아니고 평범한 이 시대의 사람 같은데, 잠시나마 우리……."

눈치를 보던 사진이 다시 말을 이었다.

"그쪽과 내 이목을 속이다니. 어디서 나온 놈이지?"

"위원회도 성혼단도 지살위도 아니라면 양수가 말했던 진용운의 첩보 조직일 거다. 진용운은 유우에게 상당한 호감을 가졌다고 들었다. 그의 동태를 확인하고 보호하기 위해 이쪽으로 사람을 보냈다고 해도 이상한 일은 아니지."

"큭, 겁 좀 먹게 그냥 가도록 둘 걸 그랬나?"

실소하는 사진을 향해, 관승이 정색하고 말했다.

"잊었나? 그쪽에는 진 사부, 아니 몬스터가 있다는 걸?"

"그건 우리가 성혼마석의 힘을 얻기 전 일이고. 지금의 당신은 아무리 몬스터라도 못 이길걸?"

"아니. 아무리 나라도 천강위 여섯에 병마용군 여섯을 상대할 자신은 없다."

관승의 대답에 사진은 입을 다물었다. 산양성 전투의 결과는 이제 이쪽에도 알려져 있었다.

"북평성으로 돌아간다."

오환을 상대로 무위를 떨친 관승은 자신의 임무를 계속 수행하기 위해 등을 돌렸다.

관도성, 내성 후원.

관도성은 급히 만든 성이었지만 용운의 취향을 고려해 작은 뒷마당까지 갖춰져 있었다. 그곳은 또 진궁이 묻힌 곳이기도 했다. 그는 평소 늘 입버릇처럼 자신이 싸우다 죽은 장소에 묻히고 싶다고 말했었다. 전투 끝의 죽음은 아니지만, 소원대로 그가 눈을 감은 장소에 묘를 마련해주었다.

누구보다 가슴이 뜨거웠던 충신, 잠들다.

비석에 쓰인 글자를 읽은 용운은 하늘을 우러러보았다. 늦은 가을을 향해 가는 하늘은 무정히도 파랬다. 그는 눈을 감고 마음속으로 진궁을 향해 말했다.

'공대, 나는 처음부터 그대를 속여왔음에도 불구하고 그대는 마지막까지 날 위해 일하다가 결국 이렇게 갔군요.'

진궁의 넉넉한 웃음소리가, 용운을 염려하던 따뜻한 목소리가 귓가에 들리는 듯했다.

'주공, 계속 그렇게 슬퍼하시면 몸 상합니다. 주공을 애타게 기다리는 이들이 있습니다. 이제 저 같은 것은 잊고 어서 돌아가셔야지요.'

이어서 복양성에서 전사한 왕굉과 무영의 목소리도 들려왔다.

'허허, 기주목. 아니, 용운. 그대 같은 벗을 알게 되어 즐거웠소. 왕독좌라 불리던 내 삶의 유일한 온기였다오.'

'주공, 모실 수 있어 영광이었습니다. 너무 빨리 떠나게 되

어 송구합니다.'

용운의 감은 한쪽 눈에서 눈물이 흘러내렸다.

'그래요. 이제 돌아가야겠습니다. 그리고 그대들을 보내야 겠지요. 약속합니다. 그대들이 바라고 보고 싶어하던, 백성들이 사람답게 살 수 있는 세상, 내가 반드시 만들게요. 그게 목숨까지 바쳐가며 싸운 그대들에 대한 보답일 테니.'

잠시 꼼짝 않고 서 있던 용운이 눈을 번쩍 떴다. 그는 관도에 머무르는 동안, 시름에 잠겨 시간만 허비한 건 아니었다. 유주, 업성, 하내, 남피성 쪽에서 흑영대원들이 바삐 나른 연통을 모두 읽고 기억해두었다. 지금 그 정보들을 취합하여 순식간에 상황을 파악했다.

'수성전 중이라는 유주에는 사마의와 사마랑, 서황 그리고 종요를 보내기로 했지. 거기에 안전장치로 아버지도. 아버지는 아마 노준의와의 싸움 외에, 전쟁 자체에는 끼어들지 않을 거다. 부족한 병력은 오환의 원군으로 대체되리라 예상되나, 양수의 배신이 불안요소다. 만약 양수가 완전히 돌아선 거라면 오환의 도움을 충분히 예측할 수 있다. 만약을 대비하여 서황에게 소수의 병력이라도 딸려 보낼 필요가 있어. 다행히 흑산적 대부분이 장연의 임관 덕에 완전히 귀순했다. 거기서 좀 빼낼 수 있을 거야.'

용운의 머릿속에서 전체 가용 병력과 여유 병력, 식량 상황,

보급로, 가신들의 면면 등이 번갯불처럼 떠올랐다가 사라졌다.

'업성은 다행히 순욱이 잘 방어하고 있는 듯해. 조조를 물리쳐 퇴각시킨데다 손책과 주유까지 와줬으니 당분간은 걱정 없겠군. 마초와 방덕, 주태 등도 건재하고. 그래도 혹시 모르니, 손책에겐 미안하지만 한동안 복양성에 주둔하면서 상황을 지켜봐달라고 해야겠어.'

다음은 원술이 있는 하내, 낙양 쪽이었다.

'어째 잠잠하다 했더니 역시 움직이는구나, 원술. 쓸 만한 장수가 없을 텐데 뭘 믿고? 역시 정욱의 책략에 의지하는 건가? 그게 다라면 가후와 장패를 상대하기 쉽지 않을 거다. 하지만 만약 진류성을 노릴 경우, 배후의 안전을 위해 연진과 양무현을 먼저 점령하려고 들 수도 있어. 여포는 현재 나와 동맹이니, 그의 근거지가 넘어가면 나까지 곤란해진다. 조조의 위협이 한풀 꺾인 이때, 장연으로 하여금 삼만의 흑산적 부대를 거느리고 연진을 수비하면서 원술군의 동태를 살피게 하자.'

마지막은 남피성 쪽의 전황이었다. 포위한 채 밀어붙이곤 있으나, 용운의 부재와 유비의 몸 사림 등으로 지루한 공성전만 이어지고 있다 하였다. 조운과 장청의 싸움은 아직 용운에게 전달되지 않았다. 보급로를 모두 끊고 압박하려 해도 남피성 안에 자체적으로 몇 년을 버틸 식량이 저장되어 있고 우물도 여러 개 있어 어렵다는 첩보였다. 몇 년이 아니라 당장 겨울이 오면 불리해지는 쪽은 연합군이었다.

'북의 노준의, 서쪽의 원술, 남쪽의 조조. 그야말로 사방이 적. 어차피 시작한 전쟁이니 서둘러 원소를 처리하고 활로를 열어야 한다.'

이 상태라면 심리적인 문제뿐만 아니라, 실제로 어려워질 터였다. 당장 사방이 막혀버리니 장세평의 상단이 활동하지 못하고 있었다. 자금의 반이 끊긴 것이다. 업성은 가뜩이나 소비되는 자금이 어마어마했다. 전쟁이 이런 형태로 계속 길어졌다간 자칫 경영 파산 사태가 올 수도 있었다. 동쪽의 원소라도 해결하면 그 일족의 재산과 토지를 몰수하여 충당하고 움직일 길도 열린다. 용운은 유비의 능글맞은 얼굴을 떠올렸다.

'현덕 님, 무슨 꿍꿍이인지는 몰라도 계속 미적대기만 하면 전후에 평원성을 얻기 어려울 겁니다.'

용운은 돌아가는 길로 유비를 독촉하고 여포와도 제대로 힘을 합쳐, 최대한 빨리 남피성을 무너뜨리기로 결심했다.

"검후, 청몽, 성월, 사린. 다들 있지?"

용운의 부름에 근처에서 그를 지켜보던 사천신녀가 쭈뼛거리며 후원으로 나왔다. 검후가 일행을 대표하여 조용한 어조로 물었다.

"마음이 정리되셨습니까?"

"응. 걱정시켜서 미안해. 남피성으로 가야겠어."

"바로 준비하도록 하겠습니다."

"아, 잠깐만."

용운의 시선이 청몽에게 닿았다. 그녀는 움찔 놀랐다. 그 전에는 눈을 마주치면 열이 오르고 부끄러워졌다. 그런데 이 제 그의 눈길이 닿는 곳이 타는 듯 뜨거워지고 있었다. 이어서 성월과 사린을 차례로 본 용운이 말했다.

"이 전쟁, 이제 그만 끝내자. 다들 힘들더라도 날 좀 도와 줘."

"언제고 마음대로 쓰십시오. 저희는 주군의 검입니다."

검후의 말에, 성월이 불쑥 내뱉었다.

"난 활인데요?"

사린도 질세라 끼어들었다.

"난 망치!"

청몽이 어이없다는 듯 고개를 저으며 말했다.

"바보들아, 비유한 거잖아."

"하하!"

용운은 가볍게 웃었다. 진궁이 죽은 후, 아니 원소와의 전 쟁을 시작한 이래 처음 보이는 웃음이었다.

"어, 주군이 웃었다!"

성월과 사린이 신나서 떠들어댔다. 검후와 청몽도 각각 따 스하고 수줍은 미소를 보였다. 이 순간, 그녀들이 곁에 있다는 게 얼마나 고마운지 몰랐다.

"가자, 다들."

"옛, 주군!"

용운은 슬픔에서 몸을 떨쳐 일어나 전선에 복귀했다.

다수의 사가(史家)들이 천하대전의 발발일로 꼽는 원술의
벼락같은 허창 침공.

그 하루 전날이었다.

8

·

남피 함락전

용운은 진궁의 장례식을 마친 후, 마음을 추스르고 남피성 진영에 돌아왔다. 그러나 거기서도 좋지 않은 소식이 기다리고 있었다.

"자룡 형님이 다쳤다고요?"

수하의 보고를 듣고 용운은 소스라치게 놀라 사색이 되었다. 옆에 있던 검후도 움찔했다.

"어디죠? 빨리 안내하세요."

바쁜 걸음으로 한 막사에 들어서자, 양팔에 '기부수'를 한 조운이 침상에 누워 있었다. 먼저 부목을 대고 깨끗한 광목으로 만든 붕대를 환부에 감는다. 그 위에, 물에 갠 진흙을 덮듯이 발라 굳힌다. 물은 술을 섞어서 펄펄 끓인 뒤 식힌 것을 쓴다. 부러진 팔다리를 그렇게 고정해두면 훨씬 빨리 나았는데, 이를 기부수라 했다. 용운이 알려준 방법을 화타가 개량한 것이었다. 마침 화타도 조운 옆에 있었다. 먼저 용운을 본 화타가 정중히 묵례했다.

"주공, 돌아오셨군요!"

조운은 반가운 기색으로 일어나 앉으려 했다.

손짓으로 막은 용운이 화타에게 물었다.

"상태가 어떻습니까?"

화타는 염려스러운 기색을 내비치며 답했다.

"오른팔은 어깨 살점 일부가 떨어져나가고 손목이 부러졌습니다만, 그건 괜찮습니다."

어깨의 살점이 떨어지고 손목이 부러진 게 괜찮은 거라니. 용운은 아연 긴장했다.

"문제는 왼팔입니다. 팔꿈치의 뼈가 오른쪽 손목처럼 깨끗이 부러진 게 아니라, 뭔가에 맞아 부서지다시피 해서……. 살을 찢고 뼛조각을 최대한 꺼내긴 했는데, 뼈가 제대로 붙을지 걱정입니다. 회복된다 해도 예전처럼 자유자재로 창을 쓸 수 있을지……."

"후유증이 남는다는 건가요?"

조운이 죄스러운 표정으로 말했다.

"주공, 괜찮습니다. 그래도 오른팔은 빨리 낫는다니까요. 왼팔도 수련하면 다 원래대로 돌아가게 되어 있습니다. 중요한 임무를 맡겨주셨는데 이 꼴이 되어 송구합니다."

"형님……."

수련한다고 나을 리가 있나. 조운에게 창술이 얼마나 큰 의미인지 아는 용운은 가슴이 아팠다. 동시에 분노가 치밀었다.

"형님을 이 정도로 다치게 할 자는 많지 않을 텐데, 누구한테 당한 거죠?"

"회의 일원인 듯합니다."

"역시 그랬군요."

"말이 많은 자였습니다. 제 입으로 서열 16위의 장청이라고 밝히더군요."

"장청!"

용운은 《수호지》에 묘사된 장청에 대해 떠올렸다. 용맹한 장수이자 팔매질의 명수다. 조운이 뭐에 당했는지 알 듯했다.

조운은 자신의 팔만 하염없이 바라보는 용운의 시선에 당황하여 말했다.

"전 양팔이 부러졌지만, 그자는 창에 목이 관통됐으니 아마 살기 어려울 겁니다."

"이겼어요?"

"으음…… 사실, 자의(태사자)가 때맞춰 와준 덕에 요행에 가깝게 이기긴 했지만…….."

"이겼다고요?"

"예. 결론은 이겼지요. 목을 뚫린 채 수하에게 업혀서 달아났으니 말입니다."

"오, 큰 공을 세웠군요!"

용운은 흥분했다. 요행이든 뭐든 서열 16위, 게다가 명백한 무투파를 상대로 이겼다니. 한 번 이겼으니 앞으로도 이길 수 있을 것이다. 사천신녀 없이, 이 세계의 장수들만으로도!

'역시, 천강위도 무적은 아니었어.'

그보다 위원회가 왜 또 원소의 편에 서서 싸우러 나왔는지가 신경 쓰였다. 그러고 보니 서열 3위의 오용은 조조에게 가 있다고 했다. 원술 또한 두 명의 천강위를 장수로 부린 적이 있었다. 지살위가 변절하기 전에는 여포의 곁에도 있었으니, 그야말로 내로라하는 제후는 다 건드린 셈이었다.

'원소에 원술, 거기다 조조. 이 셋은 한편이 아니지만, 공통점이 있어. 모두 나를 적대시하는 세력이라는 것. 반대로 손책이나 유우 할아버지에게는 천강위가 없었지.'

위원회의 수령, 송강이라는 자의 최종 목적은 여전히 정확히 알 수 없었다. 유당의 말에 의하면 왕을 찾아 천년 왕국을 세울 거라고 했다는데, 그렇다고 하기에는 천강위들을 파견하는 방식이 너무 중구난방이었다. 게다가 서열 2위 노준의가 반기를 들고 독자적으로 행동하고 있다고 했다.

'그 독자적인 행동도 결국 날 적대시하는 모양새라는 게 문제지만. 어쨌든 위원회 내부도 평온하지는 않다는 거지.'

천년 왕국이 뭔지 모르니 위원회 중심의 나라라고 가정해 보면, 제후들을 찔끔찔끔 돕는 것보다는 어딘가 좋은 위치에 자리를 잡는 게 우선. 그런 후에 천강위들의 막강한 힘을 이용해 세력을 키워나가는 편이 훨씬 나을 터였다. 적어도 용운 자신이라면 그랬을 것이다.

'뭔가 다른 노림수가 있는 건가?'

잠시 생각하던 용운은 고개를 저었다. 그래봐야 어차피 송강의 속셈은 알 수 없는 것. 지금은 눈앞의 원소에게 집중해야 했다.

"그럼, 염려 말고 푹 쉬세요. 이제 얼굴도 뵈었으니 후방으로 호송하겠습니다."

조운은 풀죽은 표정으로 말했다.

"면목이 없습니다."

"그런 말 마시라니까요."

마음 같아서는 벽옥접상을 이용해 팔을 고쳐주고 싶었는데, 큰 외상에는 효과가 없었다. 일단 상처가 아물기만 하면 빨리 회복시키는 건 가능할 것이다.

"전 자룡의 옆에 잠시 있어도 되겠습니까?"

검후가 조운 옆에 남길 조심스럽게 청했다.

용운은 흔쾌히 허락하고 두 사람이 회포를 풀 수 있도록 막사를 나왔다.

"그럼, 이제 저도 본연의 임무로 돌아갈게요."

청몽은 이렇게 말하고 평소와 마찬가지로 모습을 감췄다. 용운의 근처 어딘가에 숨어 경호하기 위해서였다.

성월은 궁병대 쪽으로, 정확히는 조운을 대신해 총지휘를 맡은 장합에게로 향했다.

혼자 덩그러니 남은 사린이 말했다.

"우웅, 언니들 다 가버렸어. 난 할 게 없네…… 주군, 같이 다녀도 돼요?"

"그러렴."

용운은 사린의 머리를 쓰다듬었다. 그녀는 헤실헤실 웃었다. 업성에서의 수많은 업무와 바로 이어진 전쟁. 그야말로 눈코 뜰 새 없이 바빠서, 사천신녀에게 너무 소홀했다는 자책감이 들었다.

그때, 용운을 따라 나온 화타가 말했다.

"주목님, 자룡 장군은 겉보기에는 중상이지만, 결국은 나을 부상입니다. 무엇보다 생명에는 지장이 없고요. 한데……."

"그런데요?"

"오히려 더 위험한 쪽은 희지재입니다."

화타의 설명을 듣던 용운은 점점 표정이 어두워졌다. 원래 희지재는 마른 겉모습에 비해 엄청난 정력가였다. 아무리 오랜 시간 회의해도 지치지 않았으며, 하루에 두 시진(네 시간) 정도만 자면 멀쩡했다. 술은 말술이요, 여색도 마다하지 않았다. 그러던 자가 최근 화타에게만 심한 피로감을 호소한다고 했다.

'거기다 늘 배가 부른 것 같아서 식욕이 줄었고 종종 윗배가 아프다고 한다. 배에는 물이 찬 듯하며 피부와 눈 흰자위가 누렇게 됐다고…….'

용운은 화타가 알려준 희지재의 증세를 곱씹었다. 그의 상식에 의하면 이는 간경화나 간암, 즉 전형적인 간질환의 증상이었다. 피부와 눈이 누레지는 황달이 결정적이었다. 이 시대에도 그 정도는 알려져 있었는지, 화타가 자기 소견을 말했다.

"아무래도 중증의 간종(肝腫, 간이 붓는 증상. 간암) 같습니다."

간종이 어떤 병을 의미하는지 깨달은 용운은 또 한 번 가슴이 덜컹했다. 이식수술 같은 건 꿈도 꿀 수 없는 세상이었다. 화타가 못 고친다면 포기하는 수밖에 없었다.

"그대의 의술로 고칠 수 없나요?"

"지금부터라도 푹 쉬면서 제가 처방한 탕약을 매일 거르지 않고 먹으며 음식을 가리면 살 수도 있습니다."

"아, 그나마 다행이네요."

안도하는 용운에게 화타는 한마디를 덧붙였다.

"희지재가 도통 말을 안 들어서 문제지만 말입니다."

다분히 의도적인 고자질이었다.

용운은 성난 기색으로 희지재를 찾아갔다. 희지재의 막사에 들어간 그는 기겁했다. 희지재는 얼굴이 싯누렇게 뜨고 복수(腹水)가 차서 배가 볼록해져 있었다. 이미 화타에게서 얘길들었을 때 짐작은 했다. 현대에서 어머니가 입원해 있던 병원에는 더 참혹한 모습의 중환자들도 많았다. 용운이 진정 놀란이유는 희지재의 외양이 아니었다. 그런 꼴을 하고서도 의자에 길게 몸을 펴고 앉아 술을 퍼마시고 있는 모습 때문이었다. 사린조차 경악하여 입을 떡 벌릴 지경이었다.

"헐, 희아재 술 먹네……."

희아재는 희지재라는 이름을 장난스럽게 바꿔, 사린이 그에게 붙인 별명이었다. 오만하고 불량스러운 그였으나 묘하게 사린에게는 친절했다.

희지재의 앞에 놓인 탁자에는 양피지 두루마리와 죽간이산더미처럼 쌓여 있었다.

용운은 저도 모르게 큰 소리로 호통을 쳤다.

"희지재, 지금 뭐하는 겁니까!"

"오오, 주공. 오셨습니까? 사린이도 왔구나."

비틀거리며 의자에서 일어서려던 희지재가 탁자에 부딪히

면서 쓰러졌다. 용운은 급히 다가가 그를 부축했다. 희지재의 손등에 용운의 시선이 가닿았다. 방금 부딪힌 곳인데 벌써 시커 멓게 멍이 들었다. 이 또한 간질환, 주로 간암 환자의 증세였다.

"헤헤에, 송구합니다, 주공. 오시기 전에 뭔가 성과를 내보려 했는데……."

해롱대는 희지재의 입에서 술 냄새와는 다른, 지독한 썩은 냄새가 풍겼다.

용운은 한숨을 내쉬었다. 화낸다고 될 일이 아니다. 그는 막사 구석의 침상에다 희지재를 눕히며 조곤조곤 잔소리했다.

"몸도 아픈 사람이 술까지 퍼마시면 어떡해요?"

"괜찮습니다. 아픈 곳 없습니다."

"아픈 곳이 없긴……. 화 선생한테서 다 들었어요. 그리고 지금 그대의 모습은 누가 봐도 병자입니다. 오늘부로 당장 술을 끊고 관도성으로 가서 요양하도록 해요."

"이대로 한 것도 없이 이탈하란 말씀입니까? 죽어도 그렇게는 못합니다. 시간과 병력 그리고 물자만 허비했는데. 저는 쓸모없는 군사입니다."

정확히 알려져 있진 않으나, 원래 정사에서 희지재가 죽은 걸로 짐작되는 시기는 이 무렵부터 196년 사이였다. 순욱의 천거로 조조를 섬기다가 병을 앓아 일찍 죽었다. 문란한 생활로 인해 주독이 올랐거나 성병이라는 설도 있었다. 당시 조조는 "희지재가 죽으니, 나와 더불어 계략을 논할 자가 없구나!" 라고 탄식했다고 한다. 이에 순욱이 그 후임으로 다시 추천한 사람이 바로 곽가였다.

용운은 희지재가 하는 꼴을 보니 왜 요절했는지 알 만했다. 희지재는 오만하고 자존심이 강한 쾌락주의자이자 완벽주의 자였다. 무능력함을 경멸하며, 실수라도 하면 자기 자신을 용서하지 못했다. 늘 엄청난 압박감과 긴장, 현대식으로 말하자면 스트레스를 받고 있을 터였다. 그런 스트레스를 술과 여자로 풀려는 것이다. 어찌 보면 곽가와 동류였다. 용운은 좋은 말로 그를 달랬다.

"적은 충분한 물자를 가지고 거북이처럼 머리를 집어넣은 채 단단히 틀어박혀 있으니, 꺼내기가 어려울 겁니다. 공의 잘 못이 아닙니다."

순간, 희지재가 반쯤 감긴 눈을 번쩍 떴다.

"방금 뭐라고 하셨습니까?"

"공의 잘못이 아니라고……."

"아니, 그 전에 말입니다."

"거북이처럼 머리를 집어넣은 채 단단히 틀어박혀 있으니, 꺼내기 어려울 거라고요?"

"하하, 바로 그겁니다!"

희지재는 손뼉을 치며 웃었다.

"알아듣게 설명 좀 해줘요."

"거북이가 머리와 다리를 집어넣고 웅크리면 꺼낼 도리가 없지요. 아무리 사나운 맹수라도 속절없이 등과 배딱지만 긁다가 포기하기 일쑤입니다. 하지만 거북이 머리를 나오게 하는 방법이 몇 가지 있습니다."

"그게 뭐죠?"

"물에 던져넣는 겁니다. 거북이가 헤엄을 잘 치긴 하지만, 물고기처럼 물속에 사는 짐승이 아니라서 숨을 쉬어야 하니까요."

용운은 희지재의 말을 이해했다. 수공이었다. 그 또한 과거 업성을 공략할 때 서호를 끌어들여 성을 침수시킬 것처럼 하여, 불안해진 한복의 수하들이 반란을 일으키게 했다. 하지만 그 방법을 쓰기에는 문제가 있었다.

"희지재, 수공은 좋은 책략이지만 남피성에는 쓸 수 없어요. 근처에 물길을 끌어들일 만한 강이나 호수가 없으니까요. 그래서 적들도 우물을 여러 개 파놓은 것이고."

"과연 주공, 영민하십니다. 수공을 연상하셨다니요. 그런데 거북이 머리를 나오게 하는 방법은 하나만 있는 게 아닙니다. 어차피 저 또한 요즘 날씨가 지독하게 가물어서 수공은 생각지도 않았습니다."

"그럼?"

"산 채로 거북이를 불에 굽는 것입니다. 전 어릴 때 물가의 작은 촌락에 살았는데, 그때 거북이를 잡은 동네 어른들이 그놈을 구워 먹는 걸 종종 봤습니다. 즉 수공 대신 화공을 쓰면 됩니다. 곧 실행에 대한 세부사항을 정리해서 보고드리지요."

희지재는 황달기에 누레진 얼굴로 히죽 웃었다.

용운은 그런 그를 물끄러미 내려다보았다. 간암으로 짐작되는 병에 걸려 죽어가면서도 적을 무너뜨릴 책략만 궁리하고 있었다. 희지재 또한 천생 책사였다. 용운은 몸을 굽혀 그의 머리를 끌어안았다. 놀라서 얼어붙은 희지재가 중얼거렸다.

"주, 주공. 이, 이게 무슨……?"

"약속해요. 그 책략을 수용할 테니, 보고가 끝나는 대로 돌아가서 매일 탕약을 먹으며 쉬겠다고. 아니, 이건 명령입니다."

"하지만 결과를 봐야……."

"지금 당장 보낼까요?"

"……알겠습니다."

용운은 그제야 빙긋 웃으며 희지재를 놔줬다.

"아, 보고는 천천히 해도 됩니다. 어차피 날씨가 건조해질수록 뭐든 더 잘 탈 테니."

"예……."

"그럼 쉬세요."

용운은 돌아서서 막사를 나갔다.

사린은 희지재를 향해 술 마시는 시늉을 하더니 인상을 찌푸리고 양팔을 교차해 보였다. 술은 안 된다는 무언의 압박이었다.

희지재는 그 모습이 귀여워서 피식 웃었다. 두 사람이 나간 뒤, 희지재가 중얼거렸다.

"아니, 그런데 주공은 왜 사내인데도 그렇게 좋은 향이 나는 거야. 얼굴에 열 올라서 혼났네."

누군가의 체온을 그렇게 따뜻하게 느껴본 건 처음이었다.

"이런 엉망이 된 몸뚱이를 서슴없이……."

희지재는 제 몸 상태를 어느 정도 짐작했다. 그리고 스스로 이미 가망이 없다고 여겼다. 그는 용운이 나간 쪽을 바라보며 생각했다.

'마지막 선물로 제가 남피성을 안겨드리고 가지요, 주공.'

조운과 희지재가 사실상 전선을 이탈하여, 용운 진영은 전력의 감소를 피할 수 없게 됐다. 그러나 용운은 두 사람의 몸을 걱정할지언정 싸움에 대해 염려하진 않았다. 어차피 전면전으로 갈 가능성이 적은데다 병력은 여전히 연합군이 압도적으로 우세했다.

바로 다음 날, 희지재는 수하를 통해 죽간을 바쳐왔다. 화공의 구체적인 실행 방안이 적혀 있었다. 용운은 죽간을 받아

들며 쓴웃음을 지었다.

'하여간 말은 지지리도 안 듣는군. 하긴 그만큼 빨리 쉬라고 보낼 수 있게 됐으니 다행인가.'

용운은 즉시 화타에게 명해, 탕약용 약재를 지어서 싸주고 희지재를 관도성으로 보내도록 했다. 업성이 아닌 관도성을 택한 건 업성까지 갈 체력이 없다고 판단해서였다.

"병졸이 탕약을 제대로 끓일 수 있을까요?"

용운의 걱정에 화타가 웃으며 말했다.

"염려 마십시오. 관도성으로 청낭원의 제자 하나를 보내두도록 하겠습니다."

"아, 그러면 되겠군요."

"그럼, 희지재에게 가보겠습니다."

"부탁해요."

잠시 후, 막사를 찾아온 화타에게 희지재가 단도직입적으로 말했다.

"선생, 난 이제 얼마나 남았소?"

화타는 그에게 다가가 명치 어림과 윗배를 만져보고 답했다.

"부드러워야 할 간이 이미 돌처럼 단단해졌습니다. 길어야 한 달을 못 넘길 겁니다."

"한 달이라……. 어차피 죽을 거라면 굳이 관도성에 갈 필요가 없지. 거기서 공대의 옆에 묻히는 것도 나쁘진 않지만."

희지재는 잠시 뭔가 생각하다가 입을 열었다.

"혹시 고통을 덜어주는 약이 있소?"

"……아편과 몇 가지 약재를 섞은 마비산이란 약이 있습니다. 원래 뼈를 맞추거나 살을 찢는 등 수술할 때 쓰려고 만든 약입니다만, 성분을 조금 바꾸면 되겠지요. 어차피 중독을 염려할 필요도 없으니."

"크흐, 그렇지. 어차피 곧 죽을 테니 아편쟁이가 되든 말든 상관없지. 그거 한 달 치만 지어주시오. 주공께서 하북의 패자가 되는 모습만이라도 보고 가고 싶소."

"알겠습니다."

"이 정도면 사내의 죽음으로 괜찮지 않소?"

누워서 껄껄 웃는 희지재에게 화타가 말했다.

"괜찮은 죽음이란 없습니다."

"크크. 그 사람 참, 고지식하긴."

희지재가 바친 죽간을 읽은 용운은 그것을 곽가에게 건넸다. 보고 의견을 말해달란 의미였다. 이어서 내용을 본 곽가는 찬성을 표했다.

"주공의 투석기를 이용하는 방법이군요. 확실히 시도해볼 만합니다."

용운이 설계한 계량형 발석차는 이 시대의 일반적인 투석기보다 사정거리가 훨씬 길었다. 그런데도 투석용 바위로 남피성 성벽을 넘기기가 어려웠다. 그만큼 성벽이 높아서였다. 그러나 바위 대신 좀 더 가벼운 것을 실으면? 예를 들어, 심지에 불을 붙이고 밀봉한 기름주머니나 역청탄 같은 것 말이다. 현대식으로 말하자면 일종의 화염병이었다. 단, 폭발력과 비거리는 화염병을 훨씬 상회했다.

"성벽 자체에는 불이 붙지 않겠지만, 안쪽의 건물은 짚과 나무로 된데다 최근의 가뭄으로 바짝 말랐습니다. 거기에 기름주머니가 떨어지면 순식간에 타오를 겁니다."

곽가의 말을 순유가 받았다.

"설령 그 화재 자체로는 큰 피해를 못 준다 해도, 그것만으로도 신경이 분산되겠지요. 화를 입은 백성들은 모두 성을 방어하는 병사들의 가족일 터이니. 또 불을 끄러 인력을 분산하면 그만큼 적의 전력도 약해지는 셈입니다. 운 좋게 식량창고에 불이라도 붙으면 잘된 일이고."

잔인한 책략이었다. 꼭 눈앞에서 사람을 찌르고 베어야만 잔인한 게 아니었다. 삶의 터전을 뺏고 병사들의 가족을 위협하는 일이었다. 그러나 이기기 위해서는 어쩔 수 없었다. 의논 끝에 순유가 감탄한 어조로 말했다.

"투석기를 이렇게 쓸 생각을 하다니, 그야말로 발상의 전환입니다. 희지재 그 사람이 역시 뛰어나긴 합니다."

곽가도 말없이 고개를 끄덕여 동의했다. 그의 얼굴에 약간 분한 빛이 떠올라 있었다.

두 군사가 동의하자, 용운이 입을 열었다.

"그럼 화공을 시작하지요. 여포군과 유비군 쪽에도 알리세요. 아군끼리 피해를 입히면 안 되니."

"화공과 동시에 일제히 세 방향에서 각개공격하면 먹힐 것 같습니다."

곽가가 자신의 생각을 간단히 설명했다.

듣고 난 용운은 감탄하며 그의 어깨를 두드렸다.

"좋아요. 빨리 끝내는 게 우리나 남피성의 백성들이나 피해를 줄이는 길이겠죠. 잘 생각해줬어요."

"하지만 아군의 충차(성벽을 부수기 위한 뾰족한 기둥이 얹힌 수레)와 정란(높은 망루에 올라 화살을 쏘는 공성차의 일종), 운제(성벽에 사다리를 걸어 병력을 올려 보내는 공성병기) 등을 양쪽에 빌려줘야 하는 게 걸립니다. 행여⋯⋯."

용운 진영의 공성병기는 곽가가 보기에도 특별했다. 사람 속은 본인 외에는 누구도 모르는 것. 지금이야 동맹이지만, 남피성을 함락한 후 그 공성병기들이 관도성이나 업성을 공격하는 데 쓰이지 않을까 염려스러운 것이다.

잠깐 생각하던 용운이 말했다.

"그래봐야 설계도가 없으면 우리 것처럼 만들긴 어려울 거예요. 아니, 일단 이기는 것부터 생각합시다."

"알겠습니다."

용운 진영은 밤낮없이 공성병기와 기름주머니 제작에 돌입했다. 그렇게 보름 정도가 지난 후였다. 다시 조립한 네 대의 발석차가 모습을 드러냈다. 이를 본 원소군 장수가 비웃으며 말했다.

"실컷 태워먹고도 아직 정신을 못 차렸구나. 역청주머니를 날리고 불화살을 쏴줘라!"

그러나 이번에는 결과가 좀 달랐다. 같은 수에 또 당할 용운이 아니었다. 그는 완성한 발석차에 물을 뿌려두도록 했다. 더불어 발석차를 보호하는 일에 사천신녀를 투입했다. 특히, 성월의 활약이 눈부셨다. 그녀는 마주 화살을 쏴, 날아오는 역청주머니를 도중에 떨어뜨려버렸다. 덕분에 네 대 중 한 대의 발석차를 잃는 정도로 끝이 났다.

그러는 사이 성한 발석차들은 바위 대신에 기름주머니를 남피성 안으로 연신 쏴 보냈다. 기름을 가득 채운 양가죽 주머니의 주둥이를 묶고 끝의 심지에 불을 붙인 다음 쏘는 것이다. 심지는 역청과 송진을 바른 삼줄로 만들어졌다. 덕분에 거세게 날아가면서도 불이 잘 안 꺼졌다. 추락과 동시에 주머니가 터지며 기름이 퍼졌다. 거기에 심지의 불이 바로 옮겨 붙었다.

맨땅이어도 한동안 탈 만한데, 하물며 마른 나무로 된 건물이나 짚 지붕에는 즉효였다.

"어억!"

"부, 불이다!"

세 대의 발석차가 부지런히 기름주머니를 날린 얼마 후, 드디어 성벽 안쪽에서 연기가 올랐다. 수성하던 원소군 병사들이 동요하는 게 눈에 보였다.

"신호를 보내라!"

순유는 짧은 막대를 쥔 손을 들며 위엄 있는 목소리로 외쳤다.

뿌우— 긴 뿔피리 소리가 세 번 울려 퍼졌다.

준비하고 있던 여포의 부장, 고순이 말했다.

"신호가 왔습니다."

여포는 묵직하게 고개를 끄덕였다.

"음. 시작하라."

끼이이이, 우르르르릉. 육중한 소리와 함께 충차가 서쪽 성문으로 돌진했다. 이미 지난 보름간 남피성 서쪽 성벽 아래의 해자는 메워둔 후였다. 그 일을 하다 여포군 병사 수백이 죽었다.

'무너뜨린다. 이번에는 반드시.'

여포는 돌진해가는 충차를 보며 이를 갈았다.

"충차다!"

"적이, 여포가 공격해온다!"

여포군이 공성병기를 사용한 건 처음이었다. 용운은 병사 백 명과 공병 여덟 명으로 하여금 해체한 충차 부품을 여포에게 보내두었다. 그들은 여포 진영에 도착하자마자 병기 조립을 시작했다. 며칠 후, 거대한 충차가 모습을 드러냈다. 차체에는 철판을 덮어씌우고 양옆에 나무 선반이 달렸다. 화살을 막기 위한 장치였다. 그 아래에서 각각 오십 명의 장사들이 충차를 끌었다.

서쪽 성벽 위의 원소군 병사들이 바빠졌다. 그들은 이제까지 해오던 것과 마찬가지로, 부지런히 돌을 내던지고 불화살을 쏴댔다. 하지만 그 기세가 예전만 못했다. 성내의 화재로 신경이 분산된 탓이었다.

'방금 불난 쪽은 우리 집 방향이잖아. 어머니는 한쪽 다리가 불편해서 거동을 잘 못하시는데…… 괜찮을까?'

'저대로 놔두면 불이 계속 번질 거다. 진화할 수 있는 장정들은 죄다 성벽에 올라와 있는데 어떡하지? 빌어먹을!'

머릿속으로는 이런 고민을 하며 움직이니, 미묘하게 대응이 늦었다. 병사들 중 일부는 불 끄는 작업에 투입되어서 실제로 머릿수가 줄기도 했다. 게다가 여포군에는 공성병기 외에도 이전에 없던 또 하나의 무기가 늘어나 있었다. 바로 신화장군 위정국, 그녀였다.

원소군은 충차가 성문을 들이받는 사이 부지런히 불화살을 날려댔다. 아무리 철판으로 뒤덮었어도 아예 불이 안 붙진 않았다. 예를 들면 바퀴가 그랬다. 바퀴의 축은 쇠로 되어 있었지만, 쇠바퀴, 즉 휠을 만드는 기술은 이 시대에 아직 없었다. 위정국은 화살이 닿지 않을 만한 거리에서 충차를 지켜보다가, 불이 붙기라도 하면 곧바로 천기를 발했다.

천기 발동, 화염조종(火焰操縱)

위정국의 머리가 곤두서며 눈동자가 시뻘겋게 변했다. 그러자 충차에 붙었던 불이 한 덩어리로 뭉치더니, 오히려 성벽 위로 날아올랐다.

"으, 으아악!"

"도깨비불이다!"

이 괴사에 원소군 병사들의 사기는 더욱 떨어졌다.

분전 중인 건 여포군 쪽만이 아니었다. 같은 방식으로 충차와 운제를 넘겨받은 유비군 또한 대대적인 공세를 가하고 있었다. 일전에 논했던 총공세의 일환이었다.

유비는 운제에 올라선 관우를 보며 걱정스레 말했다.

"관 형, 괜찮겠어?"

유비가 맡은 동쪽 성벽의 수비병은 상대적으로 적었다. 그렇다 해도 사다리를 오르다 눈먼 화살에 맞아 떨어지기라도 하면 천하의 관우라도 목숨을 장담할 수 없었다.

"염려 마시오."

관우는 청룡언월도를 오른손에 들고 왼손만으로 사다리를 오르기 시작했다. 이를 눈치챈 원소군 병사들이 집중적으로 돌을 던지거나 화살을 쐈다. 그러나 관우가 휘두르는 청룡언월도에 맞아 모조리 튕겨나갔다. 병사들이 질린 표정을 지었다.

"뭐 저런……."

그러는 사이, 마침내 관우가 사다리 끝에 다다랐다. 그는 성벽 위로 훌쩍 뛰어올랐다.

"죽어라앗!"

원소군 병사 몇 명이 그를 향해 다급히 창을 찔러왔다.

"흠!"

관우는 기합과 함께 빙글 반 바퀴를 돌았다. 딱히 현란하거나 힘 있어 보이는 동작도 아니었는데, 그 한 수에 창대가 모조리 잘려나갔다.

"어어……."

당황해 주춤거리는 병사들을, 긴 수염의 사신이 덮쳤다.

"부덕한 자의 밑에 있었던 탓이니, 날 원망 말거라."

"으아아!"

원소군 병사의 시체가 순식간에 성벽 위를 뒤덮었다. 관우가 원소군 수비병을 참살하는 사이, 장비는 충차를 지휘하여 성문을 부수고 있었다.

　다급한 보고가 연이어 들어오자 원소는 두려움 반, 참담함 반의 심정이 되어 부르짖었다.

　"이놈들, 감히…… 이 나를! 으으, 맹덕은 어찌 됐는가! 원술은? 그놈은 안 움직이는 것이냐?"

　남쪽에서는 용운군의 발석차가 연신 불주머니를 쏴 넣었다. 서쪽 성벽은 충차에 의해 성문이 부서지기 직전이었는데, 수비병이 성문을 막는 틈에 마침내 여포가 성벽 위에 올랐다. 동쪽 성벽 위에서는 관우가 날뛰는 동안, 장비가 성문을 착실하게 파괴해갔다. 화공과 공성병기, 지살위의 천기, 각 세력의 맹장 등 모든 힘을 이용하여 일제공격을 개시한 연합군의 힘은 무서웠다. 몇 달을 버텨오던 남피성은 하루 반 만에 함락될 위기에 처했다.

　그러나 원소군도 당하고 있지만은 않았다. 원소와 순심 그리고 봉기의 지휘 아래 병사들은 물 흐르듯 움직였다. 위태롭다 싶은 쪽으로 여분의 병력이 이동했으며, 어느새 관우와 여포를 포위했다. 원소의 세 아들, 원담, 원희, 원상도 각자 성벽을 맡아 필사적으로 방어했다. 그동안 곽도는 호위병 수십을 모아 남쪽 성문 앞에 대기하고 있었다. 좀 전부터 발석차의 화공이 멈추고 용운군 또한 충차를 이용해 성문을 부수는 중이었다. 곽도는 성문이 부서져 열리자마자 들어오는 적장에게 항복할 셈이었다. 손에는 백기를 들고 있었다.

'원소는 끝났다. 어떻게든 살길을 찾아야 해.'

패하여 붙잡히면 혼자 죽는 게 아니었다. 그에게 딸린 수하들은 물론 일가친척까지 몰살당할지도 몰랐다. 그들을 살리기 위해서라면 포로가 되는 굴욕도 감수할 수 있었다. 하물며 후세에 비겁자라고 욕먹는 일 따위는 아무렇지도 않았다.

곽도는 핏발 선 눈으로 남문을 노려보았다. 그 모습을, 성 안의 건물 사이에서 일남일녀가 바라보고 있었다. 다급한 주변 상황과는 달리 이상하게 여유로워 보였다. 검은 도사복 차림의 젊은 사내가 중얼거렸다.

"아, 이거 힘들겠네. 원소가 지겠어."

그는 바로 사신 혹은 유령이라 불리는 자, 공손승이었다.

공손승의 옆에 있던 여인, 월영이 말했다.

"그럼 전쟁이 끝나겠군요."

"그러게. 이렇게 싱겁게 끝나면 재미없는데."

공손승은 혀를 내밀어 입술을 핥았다.

"이건 너무 일방적이니까 조금 끼어들어야겠어. 더 많은 죽음과 혼란을 원해."

"뭘 할 셈이죠?"

"보면 알아."

히죽 웃은 공손승이 성문 앞의 곽도를 향해 가볍게 손가락질을 했다.

곽도는 찬물이라도 맞은 것처럼 몸을 부르르 떨었다. 곧 그의 눈빛이 어둡게 가라앉았다. 그가 평소와 달리 낮게 깔린 목소리로 말했다.

"내가 백기를 흔들면 일제히 노를 쏴라. 그게 신호다."

호위병들은 잠시 주춤거렸지만 곧 명을 따랐다. 곽도의 목소리에는 거역하기 어려운 이상한 힘이 담겨 있었다. 병사들은 각자 가진 노에 살을 매긴 뒤 늘어뜨려 들었다. 이제 방아쇠를 당기기만 하면 치명적인 화살이 성문을 향해 날아갈 터였다. 빗맞히려야 빗맞힐 수도 없는 거리였다.

쾅! 마침내 남문이 굉음을 내며 부서져나갔다. 말을 탄 용운군의 장수 하나가 그리로 뛰어들었다. 곽도는 그를 향해 백기를 흔들어 보였다.

"살려주시오! 항복하겠소!"

백기를 본 장수가 멈칫할 때였다. 파파파파팟! 그를 향해 수십 개의 노가 일제히 발사되었다.

9

남피 함락전, 종장

성문이 부서지자 가장 먼저 뛰어들어온 장수는 다름 아닌 태사자였다. 원래 돌격 성향이 강한데다 진궁의 죽음과 조운의 중상 등으로 상당히 격앙되어 있기도 했다. 그런데 갑자기 적의 수뇌부로 보이는 자가 백기를 들고 투항하겠다고 외치자 멈칫했다. 그 찰나의 망설임이 대응을 늦게 만들었다.

파파팟! 퓨퓻! 한 발 한 발이 치명적인 화살 수십 대가 불과 몇 장 거리에서 태사자를 향해 날아왔다.

'아뿔싸!'

태사자는 자신의 전신 급소를 향해 날아오는 화살들이 이상하게 똑똑히 보였다. 마치 시간이 느리게 흐르는 것처럼 느껴졌다. 그러나 그의 몸은 감각에 따라주지 못했다.

'못 피한다.'

태사자는 자신의 실수와 죽음을 직감했다.

지켜보던 공손승이 나직하게 환호성을 질렀다.

"오, 제법 큰 운명의 굴레를 가진 자야. 그 반작용이 더욱 크게 돌아오겠군. 증오! 혼란!"

순간, 태사자의 앞에서 금빛 광채가 번쩍였다. 동시에 화살들이 모조리 튕겨나갔다. 느리게 흐르던 시간이 다시 원래대로 돌아갔다.

"아이참, 태 아저씨, 그렇게 막 뛰어들면 어떡해요?"

태사자는 익숙한 목소리에 퍼뜩 정신을 차렸다. 거대한 망치를 든, 잘 아는 소녀가 어느새 그의 앞에 서 있었다.

"사린…… . 고맙다."

금빛 광채는 사린이 뇌신추를 팽이처럼 휘둘러 일어난 현상이었다. 그녀는 용운의 명으로 충차를 보호하고 있었다. 그러다 성문이 부서지자마자 안달복달하던 태사자가 돌진하는 모습을 봤다.

'태 아저씨? 엄청 서두르네.'

알 수 없는 불안감이 사린의 뇌리를 스쳤다. 이에 즉각 뒤따라간 덕에 태사자를 구한 것이었다.

신나서 지켜보던 공손승이 탄식했다.

"젠장, 저건 화염의 아귀……. 다 된 밥에 재를 뿌리는군."

반면 월영은 몰래 안도의 한숨을 내쉬었다.

곽도의 눈에서 흐릿하고 음산한 빛이 사라졌다. 그는 어리
둥절해서 주위를 두리번거리다가 태사자와 사린을 보고 기겁
했다.

"히익! 항복, 항복이오."

곽도는 열심히 손에 든 백기를 흔들어댔다.

태사자가 씹어뱉듯 말했다.

"이게 장난하나."

그가 아무리 마음이 넓어도 기본적으로 무장이었다. 게다
가 투항을 받아주려다 죽을 뻔했다. 그런데 이제와 항복을 외
치니 열이 뻗치는 게 당연했다. 픽! 태사자의 단극이 곽도의
가슴을 가차 없이 꿰뚫었다.

'장난? 내가 뭘…….'

흐릿해지는 그의 의식으로 지난 세월이 주마등처럼 스치고
지나갔다. 곽도는 분명 뛰어난 머리를 가져, 초기에는 원소에
게 많은 책략을 진언했다. 그러나 원소 진영에 인재들이 속속
모여들자 입지가 좁아졌고 점점 초조해졌다. 결국 언젠가부터
곽도는 그 재주를 책략이 아니라 권력 다툼과 자리보전에만
썼다. 그가 다른 책사들과 화합하고 원소를 섬기는 데만 온 힘
을 다했다면 상황은 더 나아졌으리라. 그는 마지막 의문을 풀

지 못하고 눈을 감았다. 이어서 사린이 노를 들고 당황하는 병사들을 도륙하기 시작했다.

"아저씨들이 항복한다 해놓고 화살을 쐈다 이거지?"

거기까지 지켜보던 공손승은 휙 돌아서서 반대편 성문으로 향했다.

"에잉, 기분 잡쳤다. 가자."

그는 인파 사이를 여유롭게 헤치고 걸었다. 수많은 병사들이 있었지만, 기이하게도 누구 하나 그와 월영을 주목하는 자가 없었다. 공손승의 천기, 유유자적(悠悠自適)의 효과였다.

막강한 그가 자리를 뜨는 데는 이유가 있었다. 그는 어둠이자 죽음이고 독이었으며 질병이었다. 그런 의미에서 불은 그의 유일한 천적이었다. 전염병에 걸린 시체는 불에 태워 화장한다. 어둠 또한 활활 타오르는 불로 밝힌다. 대부분의 독성은 고열에 의해 사라진다. 그 불의 속성 자체에 어둠과 상극인 유물 '뇌신추'까지 지닌 사린은 매우 껄끄러운 상대였다. 순수 전투력으로만 따지만 당연히 공손승이 위겠지만, 상성이 극히 나쁘다고 할 수 있었다.

"어디로 가려고요?"

월영의 물음에 공손승이 답했다.

"다른 전쟁터로."

그의 발끝은 북쪽을 향했다.

월영은 태사자와 함께 날뛰는 사린을 돌아보며 생각했다.

'거기서 돌아올 때쯤이면 많은 게 달라져 있겠지. 불의 소녀여, 당신의 주인과 나의 보물을 잘 지켜줘요.'

사린은 막 곽도의 호위병 하나를 망치로 날려 보낸 참이었다. 그녀가 고개를 갸웃거렸다.

"웅?"

얼핏 다른 사천신녀와 흡사한 기운을 느낀 듯해서였다. 그러나 그녀가 바라본 쪽에는 적 병사들뿐이었다.

'착각인가?'

사린은 곧 잊어버리고 전투를 재개했다.

한편, 관우는 동쪽 성벽 위에서 뜻밖에도 구석에 몰려 있었다. 아직 큰 부상은 없었으나 지친 기색이 엿보였다. 갑자기 나타나 공격해온, 기묘한 여자와 그 수하들 탓이었다.

"그대는 누군가?"

관우가 묻자 여인이 히죽 웃으며 대꾸했다.

"매드 클라운."

매드 클라운. 조운과 혈투를 벌였던 천강위, 장청의 병마용군이었다. 그녀가 멀쩡하다는 건 장청 또한 살아 있다는 의미였다.

"매……드? 이상한 별호와 이름이로구나."

"지금 시대대로 표현하면 실성한 광대 정도 될까요?"

"그것도 이상하긴 마찬가지다만."

"뭐, 별로 중요한 문제는 아니니까요. 그나저나 과연 몸이 녹을 것 같은 멋진 중저음에 찰랑이는 긴 수염까지……. 관승님이 오매불망 그릴 만하네요. 관우 운장님."

여인의 입에서 제 이름이 정확히 나오자, 관우는 멈칫했다.

"날 아나?"

"호호, 당연히 알지요."

"관승은 또 누구지?"

"당신이 모르는 당신의 일족이라고 해두죠."

"묘한 말을 하는군. 일족이라니. 난 고향에 두고 온 자식 하나가 전부……."

관우는 말을 다 끝맺지 못했다. 매드 클라운이 신호를 보내자, 기괴한 문양의 복면을 쓴 괴인들이 일제히 공격해왔기 때문이다. 좁고 긴 성벽은 공간이 제한적이었다. 전면과 위 그리고 등 뒤에서 공격해올 수 있는 인원은 모두 여섯이 한계였다. 그렇다 해도 한 번에 여섯 명의 합공을 막아낸다는 게 쉬운 일은 아니었다.

"흠!"

관우는 한 바퀴 회전하며 그중 넷의 목을 쳐버렸다. 그리고 곧장 머리 위에서 청룡언월도를 풍차처럼 돌려 공중 공격을 차단했다. 머리가 잘린 괴인들이 성벽 아래로 떨어졌다. 잠시 후, 관우는 슬쩍 눈살을 찌푸렸다. 똑같은 체구에 똑같은 복면을 쓴 괴인 네 명이 다시 성벽 위로 기어올라왔기 때문이다.

'분명히 목이 떨어져나가는 걸 내 눈으로 봤으니, 같은 자는 아닐 터. 이런 괴사가 있나……'

관우의 생각은 거기서 잠시 멈췄다. 순식간에 파고들어 양손의 단도로 매서운 공격을 가해온 매드 클라운 때문이었다. 청룡언월도의 파괴력은 절대적이었지만, 상대적으로 근거리에 약했다. 더구나 이 정도로 코앞까지 파고들어 공격해오는 적은 경험해본 적이 없었다. 대부분 감히 청룡언월도의 간격 안에 들어올 엄두를 못 내는 까닭이었다.

'빠르고 과감하다.'

그러나 역시 관우는 관우였다. 그는 성급히 무기를 휘두르는 대신, 자루 가운데를 잡고 딱 필요한 만큼만 움직여 찌르기를 막아냈다. 챙! 챙! 채채챙! 짧은 시간 동안 무수한 불꽃이 튀며 단도가 튕겨나갔다.

"쳇."

가볍게 혀를 찬 매드 클라운이 괴인들의 뒤쪽으로 물러났다.

관우가 다시 입을 열었다.

"가볍긴 하나 매섭다. 한 호흡에 스무 번, 아니 스물두 번을 찔렀나? 여자의 몸으로 그런 경지까지 오르다니 대단하구나."

"칭찬 감사요. 그걸 다 막은 운장 님도 세네요."

"그대 같은 인재가 왜 원소에게 있나?"

"그냥 어쩌다 보니 그렇게 됐네요."

"내가 알기로 그대만큼 강한 여인은 단 한 사람뿐이었다."

"그게 누군데요?"

"화웅을 쓰러뜨려 명성을 떨쳤으니 알지도 모르겠군. 검후라는 여인이다."

"하!"

가소롭다는 듯 웃은 그녀가 다시 공격하려고 상체를 낮춘 순간이었다.

"형님! 익덕이 갑니다!"

맡았던 성벽을 부순 장비가 우렁찬 외침과 함께 달려왔다. 그쪽을 바라본 매드 클라운은 입술을 깨물었다.

'칫!'

관우 운장. 천강위 관승이 신처럼 떠받드는 자. 그래봐야 삼국시대, 소설 속에서나 신처럼 묘사되는 무인이라 여겼다. 그런데 직접 칼을 맞대본 관우의 힘은 명불허전. 꼭두각시 부대와 협공해도 무너뜨릴 수 없었다. 장청이 오면 몰라도 혼자 이기긴 불가능했다.

'그런데 거기에 장비까지? 무리, 절대 무리.'

매드 클라운은 아무 미련 없이 달아나는 길을 택했다. 어차피 남피성은 끝났다. 그녀가 싸운 이유는 중상을 입은 주인, 장청이 몸을 피할 시간을 조금이라도 벌기 위해서였다. 원소에겐 아무 미련도, 의미도 없었다.

'이 정도면 빠져나가셨겠지.'

스무 명의 꼭두각시 병사가 장비의 앞을 장벽처럼 막아섰다. 그사이 매드 클라운은 성벽 아래로 훌쩍 뛰어내려 쏜살같이 달아났다. 장비는 남은 병사 몇을 흩어버리고 관우 옆에 다가왔다. 그는 순식간에 멀어지는 매드 클라운의 뒷모습을 보며 물었다.

"형님, 대체 저 여자는 뭡니까? 형님과 맞서 그 정도까지 싸우다니요."

"나도 알고 싶구나."

같은 배를 탄 화영과는 싸울 일이 없으니, 관우는 천강위나 병마용군을 처음 접하는 셈이었다. 그러나 장비는 예전에 한 번, 함곡관에서 위원회를 상대한 적이 있었다. 천강위가 아닌 지살위이긴 했지만. 여자에게서 그때와 비슷한 느낌이 들었다.

'수상쩍은 무리가 배후에 있는 것 같은데……'

장비는 의문을 품었으나, 뭔가 더 알아내기에는 배경 지식과 증거가 부족했다. 둘은 성벽을 내려가 유비에게로 달려갔다.

잠시 몰렸던 여포도 포위를 풀어내고 있었다. 그는 저항하는 적병을 닥치는 대로 쳐 죽였다.

그런 여포를 향해 주무가 외쳤다.

"주공, 원소를 잡아야 합니다!"

"알았다. 가자."

여포는 호위병 팽기와 초선을 거느리고 내성 쪽으로 달렸다.

입성한 용운 또한 장수들을 불러 명했다.

"원소를 찾으세요. 그를 포획해야 이 전쟁이 끝납니다."

이미 병사들을 북문으로 보내두었다. 그런데 아무 소식도 없는 것으로 보아, 다른 길을 통해 빠져나간 듯했다. 용운은 점점 초조해졌다. 단 몇 개월의 전쟁으로 벌써 중신 진궁을 비롯한 인재들을 잃고 재정이 바닥을 보였다. 한데 여기서 원소를 놓쳐 전쟁이 계속된다면? 그런 일은 생각하기도 싫었다.

"옛, 주공."

눈짓을 주고받은 장합과 장료는 각자 다른 방향으로 흩어졌다.

원소는 북동쪽으로 말을 달리고 있었다. 일단 오환족의 땅으로 들어가 고비를 넘길 셈이었다. 오환족의 철천지원수는 공손찬이었다. 그런 까닭에 공손찬과 적대했던 원소에게 호의적이었다. 원소도 만일을 대비해 그들과 우의를 다져두었다. 그 인연을 요긴하게 활용할 날이 온 것이다.

'오환족이 존경하는 유우를 공격했던 일이 마음에 걸리지만, 그를 치려던 게 아니라 진용운 때문이었다고 둘러대면 되겠지.'

생각하던 원소는 문득 주위를 둘러보았다. 세 아들과 심복들이 부지런히 뒤를 따르고 있었다. 그건 다행이나, 한때 십만에 달하던 병사 중 남은 인원은 일만 정도에 불과했다. 물론 다른 지역에 흩어져 있는 병력도 있지만 그들을 다 모아 규합하는 것도 일이었다. 원소의 입에서 절로 탄식이 나왔다.

"내가 이런 꼴이 되다니……."

옆에서 말을 몰던 장남 원담이 좋은 말로 그를 위로했다.

"너무 심려치 마십시오, 아버님. 아버님과 저희 삼형제가 건재하고 뭣보다 중신들이 무사하니, 얼마든지 후일을 도모할 수 있습니다."

"하지만 공칙(곽도)과 우약(순심)을 잃은 게 뼈아프구나."

"우약의 희생을 헛되이 하지 않기 위해서라도 아버님께서 반드시 무사하셔야 합니다."

"그래, 그래야지."

원소는 순심의 마지막 모습을 떠올렸다.

몇 시진 전, 남피성 내성의 궁 안. 원소의 궁에는 몇 년에 걸쳐 판 땅굴이 있었다. 사람은 물론 말과 수레도 지나갈 수 있을 정도로 넓고 튼튼했다. 땅굴을 지나 지상으로 나오면 발해군 북쪽 끝으로 이어지게 되어 있었다. 위험해질 경우 도주로로 쓰거나, 전술적으로도 활용하기 위한 시설이었다. 패색이 짙어지자, 원소는 그 땅굴을 통해 피신하기로 결정했다.

그러나 순심은 따르지 않고 남으려 했다.

"우약, 어서 가세."

원소의 채근에 순심은 숨찬 목소리로 말했다.

"주공, 누군가 여기 남아서 적들을 방해한다면 주공께서 가시는 길이 더 편하지 않겠습니까?"

"안 돼. 날 따라오게. 난 앞으로도 계속 자네가 필요해."

"……지금 그 말씀만으로 충분합니다. 쿨럭!"

말끝에 순심은 격렬하게 기침을 토해냈다. 입을 막았다 뗀 소맷자락이 피로 물들어 있었다. 원소뿐만 아니라, 초조하게 지켜보던 그의 아들들과 다른 가신들이 모두 놀라 숨을 삼켰다.

"자네……."

순심은 처연하게 웃어 보였다.

"주공, 보십시오. 전 얼마 남지 않았습니다. 어차피 죽을 몸, 주공을 위해 마지막을 불사를 수 있다면 여한이 없겠습니다. 평생의 소원입니다."

"우약!"

원소는 순심을 당겨 힘껏 끌어안았다. 그는 눈물을 참으며 목멘 소리로 말했다.

"이 원본초, 눈감는 순간까지 잊지 않겠네. 우약이라는 벗 덕분에 목숨을 건졌음을."

"주공……."

이 순간, 순심은 여한이 없다는 말을 실감했다.

봉기가 조심스레 원소에게 말했다.

"주공, 이제 그만 피하셔야 합니다. 성문이 무너지기 일보직전이라고 합니다."

원소는 마지막으로 순심의 손을 한 번 꽉 쥐었다 놓고는 땅굴 속으로 들어갔다. 순심에게 묵례해 보인 아들 삼형제가 뒤를 따르고 이어서 병사들이 움직였다. 봉기 또한 순심과 마지막 인사를 나눴다.

"고맙소, 우약. 잘 가시오."

"주공을 부탁합니다. 공인(동소) 님도, 자원(허유) 님도, 좌치(신비)와 중치(신평)도 없으니, 이제 주공께서 믿고 의지할 사람은 원도 님뿐입니다."

순심은 진심을 담아 말했다. 동소는 항복하여 용운의 수하가 됐고, 허유는 전황이 불리해지자 유비에게로 달아나 투항했다. 신비와 신평은 이미 한참 전에 전사했다. 그 밖에도 무수한 책사와 장수들이 죽거나 달아나버렸다. 그 많던 가신을 다 잃고 이제 곁에 남은 이는 봉기가 거의 유일하다시피 했다.

"알았소. 맡겨두시오."

두 사내의 시선이 뜨겁게 얽혔다. 순심은 죽어가고 있었지만 눈빛은 한없이 맑고 뜨거웠다. 둘은 한때 정적이 되어 싸우기도 했으나 이제 다 의미 없는 일이었다. 마지막까지 연신 뒤를 돌아보던 봉기가 땅굴 밑으로 내려가자, 순심의 눈빛이 돌변했다.

죽기 전, 사람이 마지막으로 생생해지는 순간이 있는데 이를 회광반조(回光返照)라고 한다. 본래는 해가 지기 전, 일시적으로 햇살이 강하게 비추어 하늘이 잠시 밝아지는 자연현상이다. 지금 순심은 마지막 햇살을 불태우려 하고 있었다. 접혔던 흑주작의 날개가 다시 펼쳐졌다. 대전 안을 시커먼 악의가 가득 채웠다.

"혼자 죽진 않겠다. 주공을 이토록 몰아붙였으니, 대가를 치르게 해주지."

그는 이런 사태를 예견하고 이미 만반의 준비를 해두었다.

"함께 지옥으로 가자, 진용운."

순심은 피에 물든 입으로 웃었다.

용운은 사천신녀를 거느리고 내성으로 향했다. 오는 길에 불타는 가옥과 백성들의 참상을 봤다. 죽은 아내를 안고 울부짖는 사내, 피투성이가 된 채 식어버린 엄마의 품 안에서 칭얼

대는 어린아이. 애써 외면하려 했지만, 이미 눈에 들어온 광경은 그의 기억에 평생 남을 터였다.

'남피성의 백성들 또한 양민일 뿐인 것을.'

현대에서도 전쟁의 가장 큰 피해자는 민간인인데, 하물며 이 시대는 더 심하지 않았겠는가. 이런 일이 없게 하려면 결국 전쟁이 일어나지 않아야 했다. 모든 전란의 불씨를 꺼뜨려야 한다. 이 순간, 구체적인 목표가 처음으로 용운의 뇌리에 떠올랐다가 가라앉았다.

'일단 지금은 원소부터.'

그는 한시라도 빨리 이 싸움을 끝내고 싶었다. 조금만 더 나아가면 끝이 보일 것 같은데, 좀체 잡히지 않았다. 용운이 달리는 속도가 더욱 빨라졌다. 옆에서 검후가 조심스럽게 말했다.

"주군, 함정이나 흉수가 있을지도 모르니 좀 천천히 가시는 게……."

"이미 성은 끝났는데 함정을 파서 뭣해. 그리고 옆에 너희들이 있잖아."

검후는 이상하게 불길한 예감이 들었다. 그러나 용운이 서두르는 이유를 알기에, 더 제지하지 못했다. 대신 경계심을 더욱 높였다.

내성 안은 그야말로 아비규환이었다. 여포의 부하로 보이는 병사들이 시녀들을 희롱하고 재물을 약탈했다. 원래 여포 군에는 양주에서 온 거친 자들이 많았다. 몹시 거슬렸지만 그들을 막을 틈이 없었다.

"쯧."

용운은 내성을 지나 활짝 열린 궁으로 들어섰다. 순간, 그 뿐만 아니라 사천신녀 모두가 멈칫했다. 대전 뒤쪽으로 커다란 굴이 뚫린 게 보였다. 그 앞을 흑색 장포 차림에 유난히 창백한 사내가 막아서 있었다. 용운 일행을 본 그가 천천히 입을 열었다.

"기주목이십니까?"

"당신은 누구죠?"

"저는 발해태수의 가신으로 있는 순심, 자는 우약이라 합니다."

"아, 당신이……."

순욱의 형 순심. 정사에는 크게 부각된 기록이 없는 자였다. 대인통찰로 살펴보니 전체적인 수치가 매우 낮았다. 이는 그가 죽음을 목전에 둔 까닭이었다. 호감도는 45. 적장을 마주한 셈이니 당연했다. 그런 것치곤 오히려 상당히 높은 편이었다. 용운은 그를 보며 생각했다.

'크게 다쳤거나 중병에 걸린 모양이네.'

순심은 후— 불기만 해도 쓰러질 듯 보였다. 검후에게 한 대답과는 달리 용운도 경계를 안 한 건 아니었다. 원소가 겁나서라기보다 위원회의 존재 때문이었다. 바로 얼마 전에만 해도 상당히 높은 서열의 천강위인 장청이 나타나 조운을 다치게 했다. 원소가 달아나는 이때 방해하지 말란 법이 없었다. 한데 걱정과는 달리 위원회는 코빼기도 비치지 않았다.

용운의 시선이 병색이 완연한 순심과 동굴 입구를 오갔다. 눈앞에 훤히 보이는, 아마도 원소가 달아났으리라 짐작되는 땅굴의 입구. 순심이, 용운이 가장 신뢰하는 순욱의 형이라는 점. 그리 낮지 않은 호감도 수치. 어린아이조차 해칠 수 없을 것 같은 그의 상태. 이런 것들이 순간 경계심을 늦췄다.

"발해태수는 어디로 갔습니까?"

"굴을 통해 몸을 피하셨습니다."

"목적지는요?"

"신하 된 몸으로 차마 그것까진 밝히지 못하겠으니 이해해 주십시오."

순심의 완곡한 거절이 오히려 용운의 의심을 누그러뜨렸다. 그는 동굴 쪽으로 한 발 다가섰다.

"당신은 왜 여기 남았지요?"

"보시다시피 먼 피난길을 감당할 몸 상태가 아닙니다. 차라리 제가 일하던 이곳, 남피성에 뼈를 묻고 싶었습니다."

"비켜주시죠. 이들은 당신이 감당할 상대가 아니니."

"안 그래도 그럴 생각입니다. 전 문관이니까요."

순심은 순순히 옆으로 비켜섰다.

사천신녀와 용운은 그를 지나쳐 동굴로 들어가려 했다. 순간, 용운은 순심의 머리 위에 떠오른 붉은 글자를 보았다. 입가를 스치는 섬뜩한 웃음도.

함정(陷穽)

대인통찰로 본 정보에는 없던 특기가 발동했다. 이는 순심이 마지막에 심혈을 다하여 용운을 잡을 함정을 준비하면서 특기를 체득한 결과였다. 또한 어차피 죽음을 각오했기에 용운에 대한 원한도 그리 깊지 않았다. 호감도가 45인 이유다. 그는 용운을 증오해서가 아니라, 원소를 보호하기 위해 자신이 죽기 전 마지막으로 할 임무로서 죽이려는 거였다.

그러고 보니 장연이 말했었다. 평원성에서 청야전술을 펼쳤던 게 바로 순심이라는 책사였다고. 그래서 유비도 텅 빈 성을 갖게 됐다고 했다. 즉 목적을 달성하기 위해서는 수단과 방법을 가리지 않는 성향이라는 의미였다.

"잠깐, 모두 기다려!"

용운이 사천신녀를 제지하며 멈춰 섰을 때였다.

"하하하, 이미 늦었다, 진용운!"

순심이 광기 어린 웃음을 터뜨렸다. 동시에 검후가 휘청거렸다.

"검후?"

다음 순간, 용운은 숨이 꽉 막히는 감각을 느꼈다. 구역질이 났다.

청몽이 큰 소리로 외쳤다.

"이런 썅, 독이다!"

청몽은 이미 지살위 진달의 독 안개에 한 번 당해본 경험이 있었기에 빠르게 사태를 눈치챘다. 검후는 등의 화상이 계속해서 기력을 갉아먹고 있었다. 이에 제일 먼저 독에 반응한 것이다.

"주군, 당장 나가야 해요!"

청몽이 용운을 둘러업으려 하자 그는 안타깝게 말했다.

"하지만 저 길만 따라가면 원소가……."

"아, 원소고 나발이고 이러다 다 죽는다고요!"

언제 뿌렸는지 대전 안은 미세한 분말 형태의 독으로 꽉 차 있었다. 알고 나자 비로소 보였다. 사방이 무너지고 불타는 판이었기에, 대전에 감도는 연기 같은 기운을 수상하다고 생각하지 못한 것이다.

이제 순심은 숫제 피를 콸콸 토하는 중이었다. 망가진 폐에 독이 치명적인 작용을 한 것이다. 그는 그러면서도 웃었다. 뜻을 이룬 자의 만족스러운 웃음이었다.

"주공, 부디 무사히……."

털썩 하고 순심이 엎어졌다. 그리고 절명했다. 때와 주인을 잘못 만난, 일그러진 천재의 최후. 하지만 본인은 만족했으니 여한이 없을 것이다. 그러거나 말거나 청몽은 용운과 검후를 구하느라 정신이 없었다.

"막내야, 내가 주군을 맡을 테니 넌 큰언니를 업어!"

"알아쩌!"

사실 이 정도 독기는 몸이 약해져 있는 검후를 제외한 사천 신녀에게 그리 큰 위협은 아니었다. 그저 몇십 초만 숨을 참으면 그만이니까. 하지만 순심의 함정은 독이 전부가 아니었다. 그들이 갑작스러운 독연에 당황하여 잠깐 시간을 지체했을 때였다. 순심의 명으로 매복해 있던 수하들이 훨훨 타오르는 횃불과 기름주머니를 대전으로 던졌다. 모두 해독환을 먹고 죽음을 각오한 자들이었다.

"아니?"

용운은 뜻밖의 매복에 깜짝 놀랐다. 무력이 약한 자들이었다. 세작(간첩)이나 정찰이 그들의 주 임무였다. 그게 용운 일행에겐 오히려 화가 되었다.

사린이 울상을 지으며 말했다.

"저 아찌들, 너무 약해서 못 느꼈어요……."

차라리 직접 용운을 죽이게 하려고 강한 자들을 배치했다면 사천신녀가 살기를 감지했을 터였다. 쓸 만한 자들은 이미 원소와 함께 달아난 후였다.

"죽어라, 기주목!"

그들 모두 연합군의 침공에 가족을 잃었다. 이에 불을 질러 용운과 함께 죽을 셈이었다. 그러나 공교롭게도 대전을 꽉 채우다시피 하고 있던 독 가루와 먼지가 이상 현상을 일으켰다. 용운은 작은 불꽃이 번쩍 하고 허공에 튀는 광경을 봤다. 그가 나직하게 중얼거렸다.

"이런, 제길."

대기 중을 떠돌던 농도 짙은 입자가 열과 에너지를 받아 급격히 연소하며 폭발하는 현상. 바로 분진 폭발이었다.

쾅! 콰앙! 콰아아아아아앙! 거대한 연쇄폭발이 일어나 대전 안에 있던 모든 사람을 집어삼켰다. 원소의 궁이 육중한 소리를 내며 그 위로 무너져 내렸다.

10

또다시 이별

2008년 2월, 미국 조지아 주에 위치한 '임페리얼 슈거'사의 공장에서 분진 폭발이 발생했다. 그 사고로 무려 열세 명이 사망하고 약 마흔 명이 부상을 입었다. 설탕이나 밀가루 입자는 특히 공기 중의 산소와 접촉하는 면적이 크며, 잘 연소하여 분진 폭발이 쉽게 일어난다. 그 위력은 상상을 초월했다.

순심이 쓴 독은 '백린산(白鱗散)'이라 하여, 맹독 있는 동물들의 독주머니를 말려서 빻은 다음, 거기에 밀가루를 섞은 거였다. 물에 갠 후 화살촉에 바르기 위해서였다. 독 있는 동물 중 비늘 달린 것이 많았고 밀가루 때문에 흰색으로 보여 백린산이라 칭했다. 순심은 성에 남은 백린산 몇 포대를 모조리 대전 안에 흩뜨려놓았다. 거기에 횃불이 날아들자 맹렬히 폭발한 것이었다.

콰아아앙! 우르릉!

피신용 땅굴은 궁의 지반과 균형을 무너뜨려 불안정하게 만들었다. 벽과 큰 기둥 곳곳에 균열이 생겨 있었다. 거기다 전쟁 통에 화재까지 일어나, 가뜩이나 약해져 있던 궁이 붕괴되어버렸다. 장합과 장료는 용운이 원소의 내궁으로 향했다는 말을 듣고 그리로 향하던 차였다. 그러다 굉음과 함께 궁이 무너지는 광경을 보고 소스라치게 놀랐다.

"주공!"

두 장수는 전력을 다해 궁전으로 달려갔다.

캄캄했다. 귀가 먹먹하고 숨이 막혔다.

용운은 무슨 일이 벌어졌는지 잠깐 멍해졌다.

'아, 맞아. 폭발이 일어났었지.'

그는 자신이 누운 자세임을 깨달았다. 일어나려 해봤지만 몸이 움직이지 않았다.

'궁이 무너지는 것 같았는데, 설마 거기에 깔린 건가?'

그런 것치곤 특별히 느껴지는 통증이 없었다. 큰 잔해 더미 사이의 공간에 절묘하게 누운 듯했다. 뭔가 부드러운 것이 누운 그의 위를 덮다시피 하고 있었다. 그 어둠 속에서 늘 용운을 안심하게 만드는 차분한 목소리가 들려왔다.

"주군, 괜찮으십니까?"

"……검후?"

바로 검후였다. 그녀가 용운을 몸으로 막아 보호한 것이다. 용운은 안도하며 물었다.

"으응, 난 괜찮아. 검후는?"

"저도 괜찮습니다."

"휴, 다행이다. 다른 애들도 다 무사한……."

말하던 용운은 이상함을 느꼈다. 뭔가 뜨거운 액체가 얼굴에 뚝뚝 떨어졌다. 그것은 엎드린 검후의 머리와 입에서 쏟아지는 피였다.

"검후……."

그러고 보니 가슴 쪽이 유난히 뜨겁고 축축했다. 검후의 배가 위치한 자리였다.

"움직이지 마십시오."

검후가 만류했으나, 용운은 억지로 팔을 뻗어 그녀의 등허리 쪽을 만져보았다. 그리고 기겁했다.

"헉! 이, 이거 어떡해……."

궁이 무너지면서 부러진 대들보가 그녀의 등 쪽을 관통하여, 그 일부가 배로 튀어나와 있었다. 보통 사람이었다면 즉사했어도 이상하지 않을 상처였다.

"검후!"

용운은 몸부림치며 일어나려 했다. 검후가 그런 그를 막았다.

"잘못하면 다칩니다. 폭발음이 컸으니 사람들이 구하러 올 거예요. 조금만 기다리십시오."

그 목소리가 평소와 다름없이 침착하여, 혹시 괜찮은 건가 싶었다.

'그래, 참. 이들은 보통 사람이 아니니까.'

용운의 염원에 의해 게임 속 캐릭터가 구현된 존재들이었다. 그 증거로 대인통찰도 발동하지 않았다.

'사람이 아니라는 증거지.'

게임 캐릭터가 죽을 리 없지 않은가.

'하지만 이렇게 피를 흘리잖아……?'

그때, 검후가 조용히 입을 열었다.

"주군, 지금부터 제가 하는 말, 잘 들으세요."

"응?"

용운은 그 목소리에 담긴 뭔가에 온몸이 차가워졌다. 불길한 예감이 엄습해왔다.

"전 주군을 구하려다 이렇게 된 것입니다. 누군가에 의해 살해당한 게 아니고요. 그러니 절대 복수하려고 들지 마십시오."

"지금 무슨 얘길 하려는 거야?"

"이 일을 저지른 이들은 이미 여기서 다 죽었습니다. 일단 복수를 시작하면, 절대 원소 한 사람을 무너뜨리는 것으로 그칠 수 없습니다. 결국, 주군 또한 조조의 전철을 밟게 되고 맙니다."

"검후, 잠깐만."

"전 죽는 게 아니에요. 주군을 지키기 위해 잠깐 이 세계로 소환되었다가, 이제 그릇 역할을 하던 몸뚱이가 수명을 다했으니 원래 있는 곳으로 돌아갈 뿐입니다."

"거기가 어딘데?"

"……"

검후는 저도 모르게 눈물을 흘렸다. 한쪽 눈에서 흐른 눈물이 피와 섞여, 턱을 타고 방울져 떨어졌다. 이제 영원히 못 볼 거라고 생각했던 아들을 겨우 만났는데, 이렇게 다시 헤어지기 싫었다. 그러나 모든 징후가 이별을 알리고 있었다. 예의 목소리가 오랜만에 다시 들려왔다. 그녀의 혼이 유계에 있을 때 부르던 소리. 이제 그 소리의 정체가 뭔지 명확히 깨달았다.

—모델 넘버 A-23, 심각한 파손. 정신체와 나노 머신의 접속 유지가 불가능함. 즉각 수리 요망.

'한계 이상으로 다치면 이 몸도 소용없구나.'

—경고. 보수되지 않을 경우, 약 225초 내로 정신체 분리 및 머신 파기 예정.

―카운트다운 시작. 224, 223, 222……

시간이 얼마 없었다. 검후의 말이 빨라졌다.

"전 아무것도 아닙니다. 저는 주군의 이상을, 특수 제작한 인형에 그대로 구현한 허수아비에 불과합니다. 정 서운해하시려거든 잘 쓰던 검이 부러진 정도로만 여겨주십시오."

'용운아, 그러니 부디 슬퍼하지 말렴.'

용운은 겁먹은 목소리로 말했다.

"검후, 자꾸 왜 그래. 이상한 말 하지 마. 인형에 허수아비라니……. 검후가 자룡 형님을 좋아하는 거 다 알아. 인형이라면 어떻게 그런 감정을 가질 수 있겠어?"

조운의 이름을 듣자, 검후는 가슴이 턱 막혔다. 그 때문에 불안했고 그 때문에 행복했다. 잃어버렸다고 생각했던 설렘을 잠시 되찾았다. 용운을 지키는 일에 전념하려고 그의 마음에 제대로 보답해주지 못한 일이 새삼 미안했다. 그날의 입맞춤은 영원히 잊지 못할 것이다. 아마 그 추억을 떠올리지도 못하게 되겠지만.

'나 같은 것, 빨리 잊어버려요.'

그녀는 떨리는 목소리로 말했다.

"그런 척한 겁니다. 그렇게 하도록 되어 있으니까. 게임에서도 NPC들이 감정을 드러내지 않던가요? 하지만 그건 다 프로그래밍된 것이죠. 그것과 똑같은 겁니다."

"검후……."

결국, 용운의 눈에서 눈물이 흘러나왔다.

―200, 199, 198……

검후는 우는 용운을 보며 생각했다. 시간이 얼마 남지 않았다고.

'무슨 말을 더 해줘야 할까.'

어떻게 해야 목숨보다 사랑하는 아들이 힘들어하지 않고 이 험한 세계에서 살아갈 수 있을까. 그러는 사이에도 시간은 가차 없이 흘러갔다.

"주군께서는 너무 일에 매달리십니다. 가끔 쉬십시오. 그러다 병이라도 나면 아니함만 못하니까요. 아, 남은 아이들을 잘 아껴주세요. 그리고……."

―190. 189, 188, 187……

'이제 3분 조금 넘게 남았어.'

조급해진 그녀는 그만 실수를 하고 말았다.

"주군은 기관지가 약하니까 따뜻한 걸 자주 드십시오. 이제 곧 겨울이 오면 또 기관지염이 도질지도 모릅니다. 전에 하던 대로 오래된 도라지를 구해서 거기에 생강과 꿀, 배를 넣어서 끓이면 됩니다. 잊지 않으셨죠?"

말하던 검후는 아차 했다. 무슨 말을 한 거지?

용운이 그녀를 물끄러미 바라보며 힘주어 손을 잡았다. 그 눈동자는 두려움과 기대감 그리고 믿기 어렵다는 불신이 뒤섞여 어지러이 흔들렸다. 용운은 고통스러운 목소리로 말했다.

"검후가, 그걸, 어떻게 알아……?"

"……."

"검후는 분명 내가 하던 게임의 캐릭터와 똑같아. 그걸 고스란히 실체화한 느낌이야. 이름도 외모도 능력도……. 하지만 내 기관지가 약해서 감기에 잘 걸리고 겨울이면 꼭 특제 도라지꿀차를 마셔야 한다는 건, 그런 건 입력하지 않았어. 데이터에 없다고. 그걸 아는 사람은……."

"주군……."

"그걸 아는 사람도, 내게 그렇게 해준 사람도 세상에 단 하나뿐이야."

용운은 결코 멍청이가 아니었다. 이제까지 느꼈던 이상한 기시감들. 그 기억들이 차곡차곡 쌓여 있다가 한꺼번에 쏟아져 나왔다.

"내 이상을, 정신체를, 인형에 구현한 거라고 했지? 그럼, 그 정신체라는 건."

말하던 용운이 처절한 비명을 질렀다. 머리가 안에서부터 찢어지며 깨지는 듯한 지독한 고통 때문이었다. 용운의 정신은 강인하면서도 누구보다 약했다. 워낙 많은 기억이 고스란히 저장된 탓이었다. 그중에는 잊고 싶은 괴로운 기억도 무수했다. 이에 용운의 무의식은 정신 붕괴를 막기 위해 기억 일부를 '기억의 탑' 꼭대기, 가장 깊숙한 심층에 가두기 시작했다. 자신이 저지른 일을 깨달은 순간, 그의 무의식이 스스로를 보호하기 위해 억지로 탑 가장 깊숙한 곳에 가둬뒀던 그 기억의 일부, 그것이 잠근 문을 열고 나오려 하고 있었다.

〈병마용군 넘버 A-23 소환 작업을 시작합니다. 구동을 위해서는 타 차원의 정신체, 흔히 영혼이라 불리는 존재가 필요합니다. 당신의 부름에 반드시 응할 만한 영혼. 만약 거절당한다면, 당신은 차원의 틈에서 영원히 방황하게 되니 신중하게 선택하세요.〉

어딘지 알 수 없는 기이한 공간에서부터 들려오기 시작한 목소리. 그것은 이 세계에 도착하여 네 개의 인형을 주운 직후에도 계속되었다.
"으아아아악!"

〈불려온 영혼은 병마용군 안에서 당신에게 충성을 바치게 됩니다. 이미 사망한 사람의 그것일 경우, 정신체 데이터 변조로 인해 유계로 돌아가지 못하고 사용 후에는 소멸합니다. 생존해 있는 사람일 때는 정신체만을 빼내기 위해 육체를 죽이

는 작업을 병행합니다.〉

진짜인 줄 몰랐다. 맹세코 그런 줄 몰랐다. 갑자기 다른 차원으로 이동하게 됐다고, 인형에 사람의 혼이 들어가게 된다고 보통 진지하게 생각하지 않잖아? 그래서 별생각 없이 답하고 말았다. 자신이 가장 좋아하고 자신의 부름에 응해줄 것 같은 네 여자를. 그 직후의 기억이 사라져 있다가 깨어났다.

"아, 안 돼…… 끄아아아아!"

용운의 눈과 코, 귀에서 피가 흘러내렸다.

"주, 주군!"

김후는 무슨 영문인지 몰라 당황했다. 남은 시간은 이제 2분도 채 되지 않았다. 영원한 이별까지 앞으로 2분. 그녀는 결국 그토록 억눌러온 부름을 토해내고 말았다.

"용운아, 왜 그래. 어디 다친 거니? 정신 차려!"

─경고. 사용자와의 정신 링크 시, 이상이 확인되어 금지된 코드를 발설했습니다. 수리 불가. 폐기가 확정됩니다.

"닥쳐! 어차피 날, 이 몸을 고쳐줄 수 있는 사람은 이 시대에 없다고!"

외치는 검후의 양 뺨을 따뜻한 뭔가가 감쌌다. 바로 고통에 몸부림치던 용운의 손이었다. 그가 힘겹게 말했다.

"엄……마?"

"……"

"엄마지? 내가…… 그곳에서 쉬던 엄마를 불러온 거지?"

"용운아……."

"엄마!"

용운은 이미 이십대 중반의 청년이었다. 또한 수많은 가신을 거느리고 백성들을 보살피는 군주였다. 그러나 이 순간 그는 어린아이로 되돌아갔다. 마치 아이처럼 엉엉 소리 내어 울었다. 검후도 함께 눈물을 펑펑 흘렸다. 그나마 이 몸이, 그녀로서는 짐작조차 할 수 없는 기술로 만들어진 이 육체가 눈물을 허락한다는 게 고마웠다. 돌이켜보면 천강위의 불꽃에 등을 다친 후부터 이 몸은 약해져 있었다. 자기 수복 기능이 작동하지 않은 것이다. 그것은 치료라기보다 '수리'의 개념이었기에 화타도 달리 할 수 있는 일이 없었다.

"엄마, 엄마……."

"용운아, 미안. 미안해……."

시공을 초월하여 한 공간에 있었으면서도 재회하지 못했던 모자는 이제야 진정한 의미에서 만나게 되었다. 용운은 왜 정체를 말하지 않았냐고 묻지 않았다. 이제 그 이유가 다 기억났으니까. 그저 하염없이 엄마를 부를 뿐이었다. 그녀들로 하여금 그런 금제를 당하도록 한 것은 바로 용운 자신이었다.

깊이 고민하지 않고 저지른 한순간의 실수로 안식에 들었던 이들을 불러냈다. 심지어 그것으로도 모자라, 멀쩡히 살아 있던 소녀들을 죽게 만든 후, 강제로 정신체, 즉 영혼을 이탈시켰다. 그리고 전투 기술이 입력된 인형들에 집어넣고 피 튀기는 싸움을 하게 만들었다. 살인을 저지르고 잠조차 못 자며 자신을 지키도록 명령했다.

천강위들이 모두 하나씩 거느리고 있던 수하들. 그게 바로 병마용군의 정체였다. 용운의 곁을 지키던 네 여인 또한 병마용군이었고. 그는 자신이 망가질까 두려워, 그녀들로 하여금 스스로를 밝히지조차 못하게 만든 쓰레기였다. 자신의 끔찍한 실수를 깨닫게 된 용운의 정신은 사정없이 무너져 내렸다.

"엄마, 제발 가지 마. 아니, 나도 함께 데려가요. 난 살 자격도 없어."

"진용운!"

엄한 목소리로 용운의 울음을 잠깐 멈추게 한 검후가 말했다.

"아니야. 난 행복했어. 너를, 너무나도 소중하고 그리웠던 아들을 다시 볼 수 있어서. 너와 얘기하고, 곁에서 잠을 자고, 업어줄 수 있어서. 이전에 해주지 못한 것들을 할 수 있어서……. 설령 그곳이 전장이라도 함께 있어서 행복했단다."

"엄마……. 으흐흑……."

가장 사랑하는 이를 떠나보내는 아픔은 한 번으로 족했다.

그런데 겨우 그 아픔이 희미해졌을 무렵, 또 한 번 같은 고통을 겪게 되었다. 용운은 슬픔과 분노, 회한으로 미쳐버릴 것 같았다. 그는 울다 웃다 하며 정신없이 말을 쏟아냈다.

"엄마, 방법이, 흑…… 방법이 있을 거야. 계속 거기, 그 몸에 머무르게 할 수…… 아, 조금만 더 나랑 있어줘요……. 헤헤, 이제 겨우 엄마인 걸 알았는데……."

그 모습에 검후는 가슴이 찢기는 듯 아팠다. 이런 아들을 두고 가야 하기에 더욱 슬펐다. 그나마 남편이 아들과 같은 세계에 있다는 사실이 큰 위로가 됐다.

'여보. 마지막까지 당신에겐 내 정체를 밝히지 못했네요. 사실 다른 여자를 옆에 둔 당신이 조금 미워서 그런 것도 있어요. 날 그냥 쉽게 두고 싶어서, 살인을 시키거나 위원회라는 자들과 싸우게 하기 싫어서 일부러 부르지 않은 거죠? 그래도 미웠어요. 그러니까 대신 우리 용운이 잘 부탁해요.'

"미안해, 용운아. 다치지 말고 아프지 말고……."

검후는 머릿속에서 울려 퍼지는 기계음이 마지막 숫자를 말하는 소릴 들었다.

"사랑해, 아들. 너무나…… 사랑……."

이제 그녀의 몸에는 피가, 아니 피의 역할을 하던 적색 나노 용액이 거의 빠져나가고 없었다.

"해……."

그녀는 얼마 남지 않은 힘을 다해 용운을 꼭 끌어안았다. 그리고 그대로 움직임이 멎었다.

"엄마?"

이어서 축 늘어진 검후의 몸이 급격히 줄어들기 시작했다. 처음의 형태로 복원되는 것이다. 병마용군이라는 이름의 부서진 인형으로.

용운은 절규했다.

"엄마아아아아아아!"

용운과 어머니의 사념체 사이의 연결이 끊어졌다. 아마도 이제 영원히. 그 충격으로 용운은 정신을 잃고 말았다.

장합과 장료는 오는 길에 보이는 대로 병사들을 모아왔다. 무너진 궁전 앞에 다다랐을 때 그들이 본 것은, 울면서 잔해를 들어내고 있는 세 여인이었다. 어쩐지 그 모습이 심상치 않았다. 불길한 예감이 서늘하게 가슴을 치고 지나갔다.

"성월."

장합이 먼저 다가가 조심스럽게 말을 걸었다.

성월은 무표정한 얼굴로 눈물을 흘리며 말했다.

"주군은 무사하셔. 걱정하지 말아요."

"아! 그럼 왜 다들……."

거기에 대한 답은 얼굴이 온통 눈물범벅이 되어버린 사린이 대신했다.

"언니가…… 큰언니가 죽었어요……."

"검후 님이…… 돌아가셨다고?"

믿기지 않는 비보에 장합과 장료는 넋을 잃을 수밖에 없었다.

조운은 용운의 명으로 관도성에 후송돼 있었다.

그는 오늘따라 다쳐서 못 움직이는 자신이 유난히 짜증났다. 그러다 목이 말라 물을 마시려 했다. 하지만 물그릇 하나조차 제대로 들기 어려웠다.

"아, 제길."

그가 물그릇을 쥐려고 애를 쓸 때였다. 누군가 홀연히 막사 안에 들어왔다. 그 사람을 본 조운은 깜짝 놀랐다.

"검후? 그대가 여기 어떻게……."

쨍그랑! 옥을 깎아 만든 물그릇이 떨어져 깨졌다. 그 소리에 조운은 깜짝 놀라 잠에서 깼다. 누워 있다가 잠깐 졸았던 모양이다.

'검후…….'

꿈에서 본 검후의 얼굴 표정이 잘 기억나지 않았다. 조운은 그녀가 몹시 보고 싶었다.

궁이 무너지는 소리에 달려온 건 용운의 수하들만이 아니었다. 원소를 잡으려고 서두르던 여포 등도 그 광경을 봤다. 팽기가 가슴을 쓸어내렸다.

"조금 빨리 왔다면 졸지에 저희도 묻힐 뻔했습니다."

초선이 그런 그에게 핀잔을 주었다.

"엄살은. 공간 이동 할 수 있잖아요."

"그건 내가 명확히 인지하고 있을 때지. 지금 이동해야겠다 하고, 천기를 발동해야 쓸 수 있는 거라고. 갑자기 뭐가 터지면서 무너져버리면 대책 없어."

그때, 무너진 궁과 당황하는 용운의 수하들을 바라보던 여포가 천천히 말했다.

"설마, 죽은 건 아니겠지? 기주목."

팽기와 초선은 깜짝 놀랐다.

"헉."

"잠깐, 저기 기주목이 들어갔었나요?"

만약 그렇다면 보통 사태가 아니었다. 그때 세 여인이 잔해 속에 누워 있던 용운을 발견해 꺼냈다.

여포는 왠지 모르게 안심하며 말했다.

"살아 있었군. 운도 좋구나. 살아 나오다니, 저기서."

"어?"

그쪽을 유심히 바라보던 초선이 고개를 갸웃거렸다.

"그런데 저 사람, 기주목 맞아요?"

유비는 막 느긋하게 내성으로 들어온 참이었다. 어차피 그들의 몫은 정해져 있고 관우와 장비도 열심히 싸웠다. 굳이 서두를 필요가 없었다.

'빨리 들어가봐야 본초를 내 손으로 붙잡는 것도 별로 안 내키고 말이야.'

원소에게 속아 꼭지가 돌 정도로 분노했지만, 몰락한 그의 모습을 보는 게 그리 유쾌할 것 같진 않았다. 이러니저러니 해도 한때 동탁을 상대로 함께 싸웠던 아군이니. 그때 장비가 허겁지겁 달려왔다.

"크, 큰형님!"

"무슨 일이냐, 익덕? 그렇게 허둥대면서."

말하던 유비의 안색이 살짝 변했다.

"설마 관 형한테 무슨 일이 생긴 건 아니겠지?"

"아, 아닙니다. 둘째 형님은 무사하십니다."

"그럼 왜……. 가만, 둘째는 무사하다고? 그럼 다른 사람 누가 다쳤느냐?"

"그, 거, 검후가……."

"응?"

"검후가…… 죽었답니다. 내궁이 무너졌는데, 거기 들어가 있던 기주목을 살리고 대신……."

"허어……."

유비는 저도 모르게 탄식했다.

옆에서 듣고 있던 서서가 물었다.

"그 검후라는 자를 기주목이 많이 아꼈습니까?"

"아끼다마다. 기주목에게는 검후를 포함해서 네 명의 여무
사가 있다는 얘긴 했었지? 검후는 그중 통솔자 격으로 실력과
인품, 거기에 미모까지 겸비한 여인이야. 화웅을 벤 얘기는 많
이 들어서 알 테고."

"아아, 그 여인이었군요."

"믿기 어렵겠지만 예전에 비무대회에서 관 형을 이기기도
했네."

"호오……. 그럼, 기주목의 상심이 크겠군요."

"응?"

반문했던 유비가 조금 굳어진 표정으로 말했다.

"자네 참, 저번에도 말했지만 음흉한 놈이군."

"주공을 위해서라는 것만 알아주시면 됩니다."

"일단 우리가 앞으로 상대하게 될지도 모르는 자의 상태를
좀 보고 나서 얘기하지."

유비와 장비, 서서는 말을 몰아 무너진 궁 쪽으로 다가갔
다. 용운의 병사들이 주위를 경계하고 있었다.

"나 유현덕이야. 혹 도울 일이 없을까 하고 왔네."

"아, 현덕 님."

유비는 예나 지금이나 병사와 백성들에게 인기가 좋았다. 그를 알아본 병사들이 꾸벅 고개를 숙였다.

"그래, 기주목께서 많이 다쳤다고?"

"저, 아닙니다. 다치신 건 아닌 것 같은데, 저도 멀리서 얼핏 봐서 잘 모르겠지만……."

망설이던 병사가 말했다.

"좀, 이상하셨습니다."

"이상해?"

"그것이……."

마침 장료가 수하를 큰 소리로 다그치며 수레를 움직여왔다. 거기 멍하니 앉아 있는 용운의 모습이 보였다. 처음 얼핏 봤을 때는 용운인지 몰랐다. 상황과 분위기를 보고 눈치챈 것이다. 유비는 입을 떡 벌렸다.

"어허, 저런……. 어찌 저렇게……."

용운을 익히 아는 장비도 할 말을 잃고 그를 바라보고 있었다.

"좀 비켜주시겠습니까?"

앞에 다가온 장료가 날카로운 어조로 말했다. 유비와 장비는 얼떨결에 길을 내주었다.

"자, 조심해라. 수레가 흔들리지 않도록!"

수레에는 용운과 세 여인이 타고 있었다. 청몽, 성월, 사린

등은 의복이 여기저기 찢기고 부상을 입긴 했지만 무사해 보였다. 그녀들은 용운을 끌어안듯이 해 감싼 자세였다. 용운은 텅 빈 눈동자로 앞을 응시하는 중이었다. 그런 그의 머리는 눈처럼 하얗게 세어 있었다. 그를 응시하던 유비가 서서에게 물었다.

"어때 보여?"

서서는 심각한 표정으로 답했다.

"작전을 수정해야겠습니다. 즉시 화영 님께 전갈을 넣어주십시오."

"응? 저거 완전히 넋 나간 것 같은데? 좀 불쌍하긴 하지만, 네가 그래서 계획을 바꿀 정도로 착한 애는 아니잖아."

"예. 그래서가 아닙니다. 기주목이 넋 나간 것도 아니고요."

"무슨 소리야?"

유비는 장비를 쳐다봤다. 장비도 잘 모르겠다는 듯 고개를 저었다.

서서가 조용히 말했다.

"송구합니다, 주공. 업성은 아무래도 차지하기 어렵게 되었습니다."

"아니, 그거야 뭐. 되면 좋고 아니면 그만이었으니까 상관없는데. 어차피 조조 때문에 시끄럽기도 하고. 그런데 도대체 왜 그러는 거야?"

"저는 사람의 기질을 보는 재주가 있습니다. 그리고 그 사람이 필요로 하는 것을 본능적으로 깨달을 수 있고요. 제가 주공을 택한 것도, 전에 말씀드렸다시피 절 필요로 하는 분이라는 생각에서였습니다."

"한데?"

"기주목에게서 뭐라 표현하기 어려운 분위기가 느껴집니다. 전 지금 그걸 불확실한 불안요소로 판단했습니다. 원래의 그라면, 업성을 빼앗겨도 곧장 복수해오지 못하고 남피나 평원성에서 신중하게 후일을 도모할 것입니다."

"그랬지. 우린 그사이에 업성에서 방비를 굳히면 되고 말이야. 마침 주요 장수들이 죄다 이쪽이나 유주로 빠졌으니까. 아, 말하다 보니 지금이 딱인데. 좀 아깝긴 하네."

"그런데 지금의 기주목은…… 다릅니다. 상처 입은 사자를 건드려 다칠 필요는 없지요. 대신 주공께는 다른 선물을 드리겠습니다."

유비는 서서의 말에 시원하게 미련을 버렸다.

"뭐, 네가 그렇다면 그런 거겠지. 알았다. 어차피 가진 것도 없었으니 아쉬울 것도 없어."

"믿어주셔서 감사합니다. 그나저나…… 그 검후라는 여무사는 혹 기주목의 처나 애첩이었습니까?"

"아니. 처음에는 나도 그런가 했는데, 전혀 아니더라고. 그냥 무사야. 호위무사 겸 장수."

"으음, 기주목이 수하를 많이 아낀다는 평이던데, 그게 제가 생각한 정도 이상이었나 봅니다. 저렇게까지……."

잠깐 말을 끊었던 서서가 입을 열었다.

"원본초가 불쌍해지는군요."

"으잉?"

유비는 용운이 간 쪽을 바라보며 머리를 긁었다.

11

·

시간의 대적자

모든 사실을 알고 나자 비로소 눈앞에 두고도 보이지 않던 것들이 보이기 시작했다. 아니, 자신의 순간기억능력과 과다기억증후군으로 미뤄볼 때 알면서도 외면했던 것이다. 죄책감과 충격을 피하기 위해. 아무리 무의식이 행한 일이라 해도 용운은 자신을 용서할 수가 없었다.

—미안해, 용운아. 다치지 말고 아프지 말고.

—사랑해. 아들. 너무나 사랑······.

검후였던 엄마의 마지막 말이, 그 슬픈 목소리가 용운의 귓가에서 끝없이 재생되었다. 그는 수레에 멍하니 앉아 생각했다.

'잡을 수 있었는데.'

한 번 더, 이번에는 제대로 엄마와 함께 살 수 있었는데. 너무도 허무하게 그 기회를 놓쳐버렸다. 이제야 병마용군에 대한 천강위들의 묘한 집착이 이해가 갔다. 다들 제 영혼의 부름에 응해줄 특별한 사람을 골랐던 것이다.

'어떻게 그럴 수가 있지?'

병마용군이 된다는 건, 결국 전투병기가 되어야 한다는 의미였다. 강인한 육체, 엄청난 회복력, 무서운 전투 기술. 이 모든 게 병마용군의 용도를 명확히 가리키고 있었다.

'하긴 나도 그랬지.'

용운의 입술 끝이 꿈틀거렸다. 그게 그녀들의 천성이라고 믿으며 정당화했다. 어리석고 이기적이었던 자신을 비웃고 싶었다. 그러나 일그러진 웃음조차 나오질 않았다.

수레를 직접 인도하던 장료가 조심스레 말했다.

"주공, 송구하지만 검후 님의 시신은 아직 찾지 못했습니다. 최대한 인력을 동원해서 빠른 시일 내에 찾도록 하겠습니다."

장료의 말에도 용운은 텅 빈 시선으로 정면만 응시했다. 그 눈가에선 여전히 피눈물이 흘러내렸다.

'제길.'

장료는 주인의 백발을 보며 어금니가 부서져라 이를 악물었다. 비통하고 억울했다. 미치도록 화가 났다.

　'주공의 대업을 코앞에 두고 이런 일이 벌어지다니. 원소 이 놈……'

　본디 수하를 아끼는 마음이 특별한 주공이었다. 그중에서도 사천신녀는 용운의 사매라고 들었다. 누구보다 먼저, 제일 오래 곁에 있었던 이들. 험한 길을 다 헤치고 나와, 이제야 원소를 무너뜨리고 큰 세력을 일구려 했다. 그 문턱에서 검후라는 소중한 이를 잃고 말았다. 용운의 상심이 얼마나 클지 짐작도 가지 않았다. 감히 힘내시라는 위로를 하기에도 망설여질 정도로.

　'빨리 회복하셔야 할 텐데. 또 자룡 님께는 이 소식을 어떻게 전한단 말인가?'

　남은 세 사천신녀도 용운을 얼싸안은 채 우느라 정신이 없었다. 청몽은 용운의 어깨에 얼굴을 파묻고 흐느꼈다. 성월은 무표정한 얼굴에서 눈물만 소리 없이 흘렸다. 사린은 어린애처럼 꺼이꺼이 통곡했다. 그녀들의 이런 모습은 일찍이 본 적이 없었다. 장료는 깊은 한숨을 내쉬었다.

　검후의 전사 소식은 곧 병사들에게도 알려졌다. 아름다우면서도 위엄 있고 강한 검후는, 병사들에게 마치 어머니나 누나 같은 느낌을 주었다. 그들 모두에게도 그만큼 특별한 존재였다. 아무리 전쟁터에서의 죽음이 일상적인 것이라 하나, 누구도 무덤덤할 수 없었다. 용운의 진영은 모두가 비통함에 잠겼다. 비꼬기 좋아하는 곽가조차 사색이 되어 말을 잃었다. 화타의 얼굴에선 미소가 사라졌다. 장합은 어두운 얼굴로 진영을 돌며 생각했다.

'이 상태로는 도저히 싸울 수 없다.'

마음 같아서는 달아난 원소를 추격해 후환을 없애고 싶었다. 그러나 도저히 그럴 분위기가 아니었다. 어설프게 추격해 싸움을 걸었다간, 달아나는 원소군에게 패배할 것 같다는 위기감마저 들었다. 용운은 단순한 군주가 아니라 모시는 이들의 태양이었다. 그들의 태양이 빛을 잃었다. 햇빛이 사라지면 만물이 자라나지 못하고 활동할 수 없듯이 용운의 세력은 모든 움직임이 멈춰버렸다.

장료는 용운과 세 여인을 막사에 데려다놓고 제 부대로 돌아갔다. 동요하는 병사들을 추스르기 위해서였다. 침상에 누운 용운의 주위를 여인들이 둘러싸고 앉았다. 한참 동안 정적이 흐른 후, 용운이 입을 열었다.

"민주야."

청몽의 어깨가 눈에 보일 정도로 움찔했다.

"괜찮아. 나, 다 기억났어. 민주 맞지?"

"……."

"미안해. 많이 힘들었지? 늘 숨어서 날 경호하느라 제대로 잠도 못 자고. 위원회와 싸우다 심하게 다치고…….."

청몽은 눈을 질끈 감았다. 또 눈물이 흘렀다. 그녀는 늘 상반되는 두 가지 생각에 사로잡혀 있었다. 하나는 용운이 자신의 정체를 알았으면 좋겠다는 거였다. 그러면 누구보다 그의 곁에 가까이 있을 수 있고 따뜻한 보살핌을 받을 테니까. 다른 하나는 자신이 누군지 그가 영원히 몰랐으면 좋겠다는 생각이었다. 용운에게 민주는 소꿉친구일 뿐 이성이 아니었기 때문이다.

검후가 떠난 마당에 사랑 걱정이나 한다고 자책해봤지만, 그녀에게 이 문제는 매우 중요했다. 또 엄밀히 말해 그녀는 검후가 죽었다고 여겨지지 않았다. 어떻게 해서, 어떤 과정을 거쳐서 이 몸에 깃들었는지 누구보다 잘 아는 까닭이었다. 그저 원래 있던 곳으로 영혼이 돌아갔을 뿐. 민주 자신도 만약 치명상을 입으면 그리될 것이다. 이미 한 번 죽음을 경험했기에 두렵지는 않았다. 용운을 떠나야 한다는 게 싫을 뿐이다.

'하지만 용운이는 내가 감히 상상할 수 없을 지경으로 슬프겠지. 겨우 다시 만난 엄마를, 알게 되자마자 헤어졌으니까. 나도 이렇게 슬픈데……. 그동안 알아보지 못했던 것도 아플 거야.'

자세히 듣진 못했지만, 무너진 궁의 잔해 밑에서 무슨 일이 있었는지는 대충 알 것 같았다. 궁이 무너지기 직전, 순심이 함정을 발하던 당시까지 모두 같이 있었으니까. 검후는 용운을 무너지는 궁으로부터 지킨 것이다. 자신의 몸을 희생하면서. 사천신녀는 서로에게 이변이 생긴 걸 감지할 수 있다. 검후의 혼이 분리되던 순간의 그 공허한 느낌. 두 번 다시는 맛보고 싶지 않은 감각이었다.

'차라리 내가 근처에 있었다면. 재생력은 내 몸이 훨씬 좋잖아. 검후 언니는 최근 상태가 안 좋기도 했고. 아, 이제 언니라고 하면 안 되려나.'

그녀가 누구였는지도 용운을 잔해 밑에서 구해내는 순간 알게 되었다. 그가 넋 나간 표정으로 연신 엄마를 불렀기 때문이다.

'역시 아주머니였구나. 용운이가 첫 번째로 원할 만한 사람, 그리고 이제 우리가 누군지 알게 됐어. 그래도 영혼과 이 몸이 분리되지 않는 걸 보니, 금제를 깬 것으로 처리되진 않은 모양이야. 하긴 우리가 스스로 정체를 밝힌 게 아니라 용운이가 깨닫게 된 거니.'

문제는 그렇게 됐을 경우 용운이 받을 정신적인 충격이었다. 거기에 어머니와의 이별까지 겹쳐 머리가 하얗게 세어버렸다.

'어떡해, 저 머리……. 얼마나 괴로웠으면.'

아니나 다를까, 용운은 결국 그 말을 꺼냈다.

"내가 민주 널 죽인 거야."

"……아니야."

이 대답으로 청몽은 자신이 민주임을 인정한 거나 마찬가지였다.

그럴 줄 알았다는 듯 용운은 계속 말을 이었다.

"아니, 맞아. 병마용군, 너의 몸 역할을 하는 그 인형에는 죽은 이의 영혼만 들어갈 수 있다고 했어. 네가 청몽이 되어 있다는 것 자체가 내가 너를 죽게 한 거나 마찬가지야."

"용운아."

몇 년 만에 불러보는 사랑하는 이의 이름. 그것을 이런 상황에서 입에 담게 된 게 슬펐다.

용운은 피를 토하듯 외쳤다.

"거절하지 그랬어. 부름에 거부할 수 있었을 텐데……. 왜! 내가 뭐라고 목숨까지 버려가면서 여기로 온 거야? 넌 씩씩한 척하지만 겁도 많잖아. 대체 왜!"

듣고 있던 사린이 울면서 외쳤다.

"어쩔 수 없었어! 후에엥. 거절하면, 오빠가 영원히 시공의 틈에 갇히게 된다고 했단 말이야! 그리고 언니도 나도 오빠를 너무너무 좋아하는 걸! 으아앙!"

청몽과 사린은 처음부터 서로의 정체를 알았다. 자매는 병마용군 중에서도 좀 특별한 경우라고 할 수 있었다. 이는 함께 그 순간을 겪었기 때문이다. 시공을 넘은 용운의 부름에 응해 죽음을 맞이하던 그때를.

용운은 씁쓸하게 내뱉었다.

"차라리 그렇게 되게 내버려두지."

그때였다. 짝! 매섭게 뺨을 때리는 소리가 울려 퍼졌다. 슬 픈 와중에도 모두 놀라 눈을 동그랗게 떴다. 벌떡 일어선 성월 이 용운의 뺨을 때린 것이다. 용운은 그녀를 보며 신음했다.

"선생님⋯⋯."

청몽과 사린은 또 한 번 놀랐다.

'선생님? 웬 선생님?'

순간, 청몽은 옛 기억이 어렴풋이 떠올랐다. 오래전 용운이 학교 양호선생님을 좋아한다고 소문났던 적이 있었다. 말도 안 된다고 아예 안 믿었는데, 그 선생님이 사고로 돌아가셨을 때 용운은 한참 동안 침울해했다. 혹시나 하면서도 그저 아는 사람의 죽음 때문이려니 했었다.

'설마 그 소문이 진짜였어? 의외로 평범한 구석도 있었네. 학교 선생님을 짝사랑하다니. 그럼 성월이 전에 돌아가신 양 호선생님이었단 거잖아?'

용운은 어떤 의미에서는 성월에게 제일 미안했다. 풋사랑 의 기억만으로, 편안히 영면 중이던 그녀를 거칠고 험한 낯선 세상에 불러온 탓이었다.

성월이 조용히 말했다.

"때려서 죄송해요. 지금 그 말씀은 주군의 부름에 응한 모두의 마음을 헛되게 하는 거예요."

"선생님, 이제 그렇게 말씀 안 하셔도 돼요."

"아니, 이제 상대를 알게 됐다고 갑자기 말투를 바꾸면 다들 이상하게 여길 거예요."

"그럼, 저하고 있을 때만. 적어도 지금 이 순간만 원래 하던 대로 말해주세요. 너무 미안해서 죽어버릴 것 같아서 그러니까……."

"음……."

성월은 벌겋게 손자국이 난 용운의 뺨을 쓰다듬으며 말했다.

"그래, 그럼 이번에만 생전의 말투로 하고 싶었던 말을 할게. 용운아, 나야말로 고마워. 너희 어머니께서 돌아가신 것보다 더 먼저, 어이없는 사고로 세상을 떠난 날 기억해줘서. 그런 상황에서 날 떠올려 부를 정도로 믿어줘서."

"선생님……. 저 그 소식 들었을 때, 얼마나 울었는지 몰라요."

"그랬니? 난, 너도 알지? 어쩔 수 없었단다. 네 마음을 눈치챘지만, 왜 그 유명한 말 있잖아."

"넌 학생이고 난 선생이야?"

"그래, 그거."

용운과 성월은 눈에 눈물을 머금은 채 희미하게 웃었다. 엇갈림에 대한 안타까움, 다시 만난 데 대한 반가움, 먼저 떠나간 검후에 대한 슬픔 등. 복잡한 감정들이 어지러이 소용돌이쳤다. 자매에게 고개를 돌린 성월이 말했다.

"자, 서프라이즈. 난 예전에 죽은 양호선생님이었단다. 혹시 알았니?"

청몽과 사린은 동시에 고개를 저었다.

"아니요⋯⋯."

"전혀 몰랐어요."

용운은 그녀들을 향해 팔을 뻗었다.

"이리 와."

두 자매는 울면서 다가와 그에게 안겼다.

용운이 사린의 머리를 쓰다듬으며 물었다.

"꼬맹이, 넌 민지지?"

"웅, 오빠."

"많이 무서웠겠다. 아직 애기였는데."

"애기 아니야! 그리고 안 무서웠어. 짱 신났어. 원래의 나하곤 다르게 힘도 엄청 세고 아무리 많이 먹어도 배탈도 안 나고. 교통사고 났을 때는 좀 아팠지만⋯⋯."

"아⋯⋯. 내 부름이 교통사고의 형태로 작용했구나. 너와 언니는 아직 살아 있었으니까."

자신이 저지른 짓이 새삼 끔찍해져 용운은 진저리를 쳤다.

청몽이 매서운 눈으로 사린을 흘겨보았다. 왜 쓸데없는 소리 하냐는 의미였다. 그 서슬에 사린은 그만 입을 꾹 다물었다. 청몽은 용운에게 안긴 채 조심스레 말했다.

"저, 용운아. 이런 말이 도움이 될지 모르겠지만 어머니는 돌아가신 게 아냐. 그러니까 '이번'에는 돌아가신 게 아니라고."

"……."

"그냥 병마용군이라는 이 몸에 머물렀다가 원래 있던 곳으로 가신 것뿐이야. 그러니 너무 슬퍼하지 마. 아마 아주머니도 그러길 바라실 거야."

"……그게 아까워. 내 곁에 머물렀던 시간이, 검후가 엄마였음을 내가 알아본 시간이 너무 짧았다는 게. 처음부터 알았더라면……. 난 그것도 모르고 매일 싸움터로 내몰았으니. 정말 안타깝고 후회되어서 미칠 것 같아."

"용운아……."

용운은 청몽의 어깨를 붙잡고 말했다.

"그러니 너희는 절대 돌아가지 못하게 할 거야. 어차피 현대의 한국에서는 죽었으니까, 병마용군에서 영혼이 빠져나가면 끝이잖아? 엄마는 이미 돌아가셨었으니까 그렇다 치고 민주 너와 민지는 그냥 죽는 거잖아. 그 꼴은 절대 못 봐."

이어서 용운의 눈길이 성월을 향했다.

"선생님도 마찬가지예요. 술 드시고 등산하다가 추락사 하셨다던데, 맞나요?"

"……뭘 부끄럽게 사인을 까고 그러니."

청몽과 사린은 눈물에 젖은 얼굴로 성월에게 어이없다는 시선을 보냈다. 죽은 이유 자체보다 그러고서도 이 세계에서 술을 끼고 사는 게 놀라웠기 때문이다.

'그런 사고였다니. 술 때문에 돌아가셨다면서 지겹지도 않나?'

'꿍, 양호선생님……. 언니랑 나보다 더 황당하게 돌아가신 것 같아.'

용운은 성월에게 말을 이었다.

"그럼, 선생님도 병마용군에서 나가게 되는 순간 영영 이별이잖아요. 더구나 그렇게 젊은 나이에 어이없게 돌아가셔서 제가 얼마나 슬펐는지 아세요? 이번엔 안 돼요."

성월은 머쓱한 투로 대꾸했다.

"거창하게 죽으나 어이없게 죽으나 죽는 건 다 똑같지 뭐……."

"아무튼 안 돼요."

딱 잘라 말한 용운은 세 여인을 내보냈다.

"저 잠시 생각 좀 하고 쉴게요. 그리고 최대한 평정을 찾아서 나갈게요. 엄마도 그러라고 하셨으니까……. 다들 걱정하지 말고 기다리세요."

막사 밖으로 나온 청몽이 쓸쓸하게 중얼거렸다.

"검후 언니……. 이제 다시는 못 보는구나. 그리고 이거로 난 또 소꿉친구가 되었네. 사천신녀는 세 사람이 돼버렸고."

"청몽 언니, 너무 슬퍼하지 마. 이제라도 우리가 누군지 밝혀졌으니, 앞으로 우리가 해야 할 일이 많을 거야."

성월의 말에 청몽은 당황하며 답했다.

"저, 선생님. 그냥 말씀 편하게 하세요. 이제 누군지도 다 아는데, 새삼."

"아니, 언니. 아까 내가 한 말 못 들었어? 갑자기 말투를 바꾸면 다들 이상하게 여긴다니까. 그리고 이 서열은 엄연히 우리 주군인 용운이, 아니 용운 님이 정한 거야. 아마 주군에 대한 애착이 큰 순서대로 우릴 불렀고 거기에 따라 서열도 정해진 거겠지. 그러니 따라야지."

"그, 그럴까, 그럼?"

안 그래도 몇 년간 입에 붙은 말투를 바꾸려니 어색했다. 겉모습은 여전히 셋째 성월이라 더 그랬다. 성월은 힘껏 고개를 끄덕였다.

"그래. 어차피 우리에겐 이 세계에서의 삶밖에 남지 않았으니까. 난 이제 성월로 살아갈 거야."

"……넌 강하구나. 역시 어른이었기 때문일까."

"에이, 부끄럽네. 그보다 청몽 언니, 그리고 사린아. 막사에서 나올 때 들었어? 그 기계음."

사린이 손을 들고 말했다.

"넵, 들었어요! 무슨 코드 어쩌고가 해제됐다고. 그래서 거기에 따라 주군 근처에 머물러야 하는 거리 제한도 풀린대요!"

"그래. 큰 걸 잃었으면 작은 이익이라도 있어야지."

성월은 서늘한 눈빛이 되어 입술을 핥았다.

"주군, 괜찮겠지……."

청몽은 걱정스레 막사를 응시했다.

그녀의 말을, 성월이 받았다.

"아니, 안 괜찮을 거야."

"응?"

"막사에서 나왔을 때의 주군은 이제까지 이 세계에서 우리가 알던 주군과도, 원래 세상에서 알던 용운이와도 달라져 있을 거야. 아까 수레를 타고 올 때부터 그런 생각이 들었어. 주군의 눈빛을 보니……."

그녀의 말에 청몽은 새삼 당시를 떠올려봤다. 소름끼칠 정도로 공허하고 텅 빈 눈빛. 그 안에서 시커먼 뭔가가 타오르는 듯했다. 어쩐지 목덜미와 등에 오소소 소름이 돋았다. 청몽의 심리에 병마용군의 육체가 반응한 것이다. 쓸데없이 정교한 인조 몸뚱이였다.

성월은 허리에 찬 술병을 들고 한 모금 들이켠 후 다시 입을 열었다.

"예전과 변함없는 모습을 유지하기에는 너무 큰일을 겪었잖아. 아무리 멘탈이 강한 사람이라도 그런 일을 당하고서 변하지 않을 순 없을 거야. 다들 알다시피 주군은 가뜩이나 마음도 여린 편이고."

"아……."

"그 충격이 어떤 변화를 일으킬지 몰라. 우리와는 달리 주군의 몸은 순수한 인간의 것이라고. 그런데 몇 시간 만에 머리가 백발이 됐어. 그 정도의 충격이야. 그러니 언니랑 사린이도 마음의 준비를 해둬."

막사를 보던 청몽의 눈동자가 불안하게 흔들렸다. 그녀는 마음속으로 빌었다.

'용운아, 네가 견뎌내기 위해서 조금 단단해지는 것까진 이해할게. 하지만 너무 많이 변하지는 마, 제발…….'

그로부터 며칠이 지났다. 장료와 장합, 태사자를 비롯해 순유와 곽가까지. 대부분의 가신들이 막사 앞에 무릎을 꿇고 앉아 용운을 기다렸다. 그사이 용운은 모습을 드러내지 않았을

뿐만 아니라 아무것도 먹지 않았다. 막사 안에 마실 물은 있었지만, 걱정되기 짝이 없는 일이었다. 그러나 함부로 들어갈 수 없는 어떤 분위기가 막사에서 흘러나왔다. 청몽은 발만 동동 굴렀다. 청몽마저 그럴진대 다른 이들은 엄두도 내지 못했다. 여포도 한 번 들렀다가 그냥 돌아갔다. 가신들은 그저 경애하는 주공이 무사하길 간절히 바랄 뿐이었다. 막사에 틀어박혔던 용운이 밖으로 나온 것은 자그마치 보름이 지나서였다. 죽어가던 희지재가 막사 앞에서 을러댄 후였다.

"주공, 여기서 시체 치우는 꼴 보시렵니까? 당장 나오시거나 하다못해 음식이라도 들이시지 않으면 저도 여기 앉아서 기다리렵니다. 아마 제 명줄이 끊기는 데 이틀이면 충분할 겁니다."

희지재는 이 정도의 말을 하는데도 창백해지고 식은땀이 줄줄 흐를 정도로 상태가 나빴다.

잠시 후, 마침내 용운이 모습을 드러냈다.

"주공!"

희지재는 벌떡 일어서려다 비틀거렸다. 용운의 팔이 뻗어와 그를 단단히 붙잡았다.

"그대는 어찌하여 그리 제 몸을 아끼지 않습니까?"

희지재는 놀란 눈으로 용운을 올려다보았다. 그랬다. '올려다'보았다. 놀랍게도 보름 사이, 키가 훌쩍 자라 있었다. 바짝

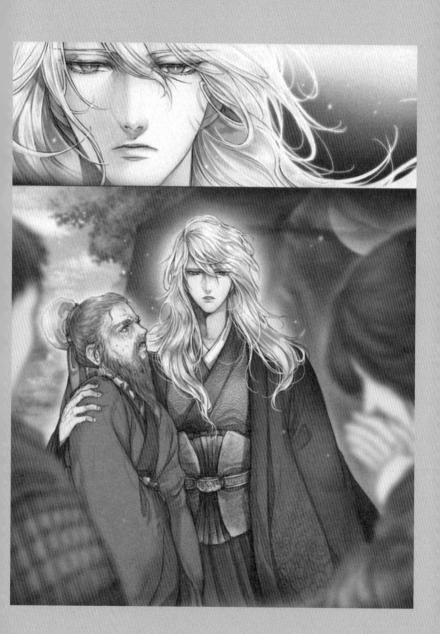

말라서 그런가 했는데 확실히 자랐다. 소름끼치는 아름다움은 더 심해졌지만, 그런 가운데서도 강철 같은 의지가 드러났다. 말투도 미묘하게 달라져 있었다. 깍듯한 존대는 여전했으나 그 안에서 위엄이 느껴졌다.

좌중을 한 바퀴 둘러본 용운이 말했다.

"다들 걱정시켜서 미안합니다. 이제 다시는 이런 일이 없을 것입니다."

"주공! 무사하시니 진정 다행입니다."

태사자가 눈물을 글썽이며 말했다.

그의 어깨를 두드려준 용운이 곽가를 불렀다.

"봉효."

"어, 아, 예, 옛! 주공."

"원소는 지금 어디 있습니까?"

"오환의 영토로 달아나 숨어 있는 것으로 파악됐습니다."

곽가는 그답지 않게 긴장해서 대답했다.

과연 곽가였다. 진영의 분위기가 바닥까지 가라앉아 흉흉한 와중에도 할 일을 한 것이다. 고개를 끄덕인 용운이 선언했다.

"모두 즉각 출정 준비를 하십시오."

순유가 조심스럽게 물었다.

"어디를 치시려고……."

짐작 가는 바는 있었으나 혹시나 해서 물은 것. 아니나 다를까, 용운은 순유가 우려하던 바를 말했다.

"오환의 땅으로 쳐들어가 원소를 칠 겁니다."

"저, 주공, 송구하지만 거기에는 무리가……."

"내 개인적인 원한이 다가 아닙니다. 여기서 원소를 치지 않으면 두고두고 후환이 됩니다. 더구나 검후의 희생……이 헛된 것이 되고 맙니다. 그럴 바엔 군사를 일으켜 여기까지 온 김에 북진하는 편이 낫습니다. 지난 보름 동안 병사들도 푹 쉬었을 테지요."

설마 용운이 병사들의 상태까지 생각했을 줄 몰랐던 순유는 잠깐 당황했다가 재차 그를 만류하려 했다.

"허나 오환족이 가만있지 않을 겁니다. 그들의 영토 안에서 싸우는 건 위험합니다."

"원소가 오환과 친분이 있다 하지만, 그리 따지면 유주목의 동맹인 우리도 마찬가지. 오환이 중간에서 방해할 일은 없을 것입니다."

희지재는 숨 막힌 소리로 낄낄 웃으며 고개를 끄덕였다.

"크크, 커컥. 이제 주공이 좀 마음에 듭니다."

"그 전에는 마음에 안 들었습니까?"

"솔직히 좀 별로였습니다."

"앞으로는 더 마음에 들 것입니다."

말한 용운이 희지재를 손가락으로 가리켰다.

"저 위인을 당장 내 막사로 데려다 눕히고 감시를 붙여서 움직이지 못하게 하세요. 설마 주인의 숙소에서 송장을 치르게 하는 불경을 저지르지는 않겠지요."

"어이쿠, 이런."

희지재는 짐짓 엄살을 피우며 끌려들어갔다.

잠시 그를 지켜보다 몸을 돌린 용운이 말했다.

"음? 다들 뭐하고 있습니까? 어서 출정 준비를 서두르지 않고."

"아, 옛!"

잠시 멍해졌던 장군들이 일제히 답하고 물러났다.

막사에서 멀어진 뒤 태사자가 고개를 갸웃거리며 말했다.

"이거참, 잘된 일인지 나쁜 일인지 모르겠군. 확실히 전보다 강단이 생기긴 하셨는데……."

"전 잘된 일이라고 봅니다."

장료가 태사자에게 대꾸했다.

"이대로 남피에 머무르거나 회군했다면 저는 실망했을 겁니다. 검후 님이 어떤 분인데……. 반드시 복수를 해야 합니다. 물론 원소가 화근이 될 거라는 주공의 말씀도 맞고요. 그러니 일석이조인 셈이지요."

그런 장료의 눈이 활활 불타고 있었다. 용운군 진영에서는 여러 장수가 검후에게서 검술을 배웠다. 장료도 마찬가지였다. 또한 최고 장군 조운의 정인이니, 특히 존경과 애정을 받았다. 그녀의 전사 앞에 분노하지 않을 수 없었다. 옆에 있던 장합도 말없이 고개를 끄덕였다.

"하긴 주공께서 감정에만 사로잡혀 앞뒤 가리지 않고 일을 벌일 분은 아니지. 그저 어쩐지 예전 공손찬의 밑에 있을 때, 함께 말을 타고 선비족을 치던 때가 그리워질 것 같아서 말이야."

태사자는 하늘을 올려다보며 한숨을 내쉬었다.

쥐 죽은 듯 잠잠했던 용운의 진영이 모처럼 활기에 찼다. 그러나 당장 출발하기에는 무리가 있었다. 코앞에서의 전투가 아니라, 무려 오환의 땅, 요동 인근까지의 원정이었다. 준비할 게 많았다.

며칠 후, 출정 소식을 들은 여포가 용운 진영에 찾아왔다. 용운은 자신의 막사에서 그를 맞이했다. 간단한 주안상을 놓고 마주앉은 여포가 말했다.

"들었소. 원소를 치러 간다고."

"그렇습니다."

"복수하려는 것이오? 검후의?"

"화근을 없애려는 겁니다."

"화근을 없앤다, 라."

그 말을 입안에서 곱씹던 여포가 내뱉었다.

"안 어울리는 소리를 하는군. 그대와."

"이제 앞으로 어떤 일이든 허술하게 처리하진 않을 겁니다."

"돌아가봐야겠소, 나는. 원술 놈이 기어이 군사를 일으켰소. 장패가, 내 의제인 녀석이 위태롭다고 하오. 먼저 가는 것이니, 내 사정으로, 조약을 당장 이행하라고 하진 않겠소."

"알겠습니다. 그리하십시오. 원소를 처리하고 나면, 약속대로 최대한 빨리 돌아가 돕겠습니다. 그러니 그때까지 무리하지 말고 버티기만 하십시오."

여포의 얼굴에 미미한 노기가 일었다.

"버티라? 원술 따위를 상대로, 이 여봉선이?"

"장패와 가후가, 서로 의지하는 형태를 이루고 있다 하지 않으셨습니까?"

"그랬지."

"가후를 너무 믿지 마십시오."

"되었소. 그대가 어떤 일을 겪었는지 아니까."

성난 기색으로 돌아서는 여포를 향해 용운이 덧붙였다.

"혹시나 위태로워지면 업성으로 가십시오. 제가 말해두겠습니다. 봉선 님뿐만 아니라, 그 수하들도 모조리 받아들이라고 말입니다."

"……없소, 그럴 일."

여포는 바람을 일으키며 막사를 나갔다.

한편에 누워 있던 희지재가 중얼거렸다.

"주공, 여포가 패하리라 보십니까?"

"그렇습니다."

"어째서…… 그것만은 저도 모르겠군요. 이번 전투 때 보니까 왜 여포가 전신(戰神)이라 불리는지 이해가 가더이다. 한데……."

"한 사람의 힘으로 감당하기에 가후의 머리는 너무 뛰어납니다. 그가 원술군을 막겠다고 마음먹었으면 장패가 위태로워질 지경까지 처하지도 않았을 겁니다."

"배신입니까?"

"정확한 건 모르겠지만, 무슨 일이 생긴 건 분명합니다."

"그렇군요……."

말하던 희지재는 웅얼거리며 서서히 잠에 빠져들었다.

"그런데 참 이상하지요……. 주공의 막사 터가 좋은지…… 여기로 옮긴 후부터는 숨쉬기도 편하고 잠도 잘 옵니다……. 고통을 각오했는데, 다행히 편히 죽을 수 있겠습니다……."

희지재가 잠들자, 용운은 그를 내려다보며 생각했다.

'시간의 힘이 이 사람의 명을 허락하지 않는다면, 시간을 거슬러온 내가 바꿀 것이다. 그 반동이 어떤 것이든 내가 감당

할 것이다. 절대, 다시는 내 주변 사람이 다치거나 불행해지게 하지 않을 것이다.'

그런 용운의 손은 희지재의 부풀어 오른 복부에 얹혀 있었고 그 손 안에는 벽옥접상이 희미하게 빛을 내고 있었다. 벽옥접상은 병이나 부상을 바로 낫게 하진 못하지만, 오래 접촉해 있으면 회복력을 높였다. 또 소유자의 체력과 면역력을 강화시켜주었다. 예전에 조운이 크게 다쳤을 때도 벽옥접상으로 낫게 해준 적이 있었다.

'진궁이 며칠만 빨리 왔어도, 아니면 상태가 조금만 덜 나빴어도 살릴 수 있었을 텐데.'

도착하자마자 숨지는 바람에 손쓸 틈조차 없었다. 그래서 더 원통했다. 앞으로 다신 그런 일을 만들지 않을 각오였다. 희지재의 얼굴이 점점 편안해졌다. 시커멓던 얼굴에는 희미하게나마 혈색까지 돌았다. 용운은 한 번 더 결의를 다졌다.

'시간과, 운명 그 자체와, 날 막아서는 모든 것과 싸우겠다. 설령 그로 인해 이 세계와 대적하게 된다고 해도.'

12

절체절명의 마초

한편, 조조를 치기 위해 복양성으로 출진한 마초와 방덕은 큰 어려움에 처해 있었다.

며칠 전. 순욱은 혹시나 조조가 정말 죽었을지도 모른다는 의혹이 생겼다. 전 조조군이 상복 차림으로 통곡하다가, 급기야 조조의 것으로 보이는 관까지 나온 까닭이었다. 장수 한둘이 죽었다고 그런 식으로 애도하진 않기 때문이었다.

함정일 가능성을 배재할 수 없었으나, 주인이 없어진 복양성을 용운의 것으로 만들 기회였다. 이에 순욱은 가신들의 의견을 수렴하여, 날랜 기병만 보내 상황을 살피기로 했다. 정말 조조가 죽었다면 그대로 들이치고, 연극인 듯하면 치고 빠지기로 한 것이다. 이에 출격했던 장수가 마초와 방덕이었다.

"어찌 보십니까?"

언덕 위에서 복양성을 살피던 방덕이 물었다.

마초는 눈을 가늘게 뜨고 답했다.

"연극 같진 않습니다만……."

일단 조조가 그 무시무시한 화공에서 살아나간 것 자체가 기적이었다. 어찌어찌 빠져나갔다고 해도 중한 화상을 입었으리라. 2도 이상의 전신 화상은 현대 의학기술로도 극히 치료하기 어려운데 하물며 이 시대에는 그냥 앓다 죽기 십상이었다. 마초는 성대한 장례식이 치러지는 내내 복양성의 동태를 관찰했다.

'설마 조조가 아무리 교활한 자라도 저렇게까지 할까?'

조조군은 장례 마지막 절차인 입관을 행하는 중이었다. 관은 복양성에서 조금 떨어진 산에 안치됐으며 주요 장수들이 모두 참석했다. 그 밖에도 수천에 달하는 병사들이 제사용품과 음식 등이 담긴 수레를 끌고 긴 행렬을 이뤘다. 그 광경을 관찰하던 마초가 입을 열었다.

"낯익은 자들이 몇 보이는군요."

"모두 조조군의 주요 장수와 참모일 겁니다."

"다 상복 차림에다 비무장에 가깝고 말입니다."

"그렇지요."

장수들부터 병사까지 조조군은 전원 맨손이었다. 무기를 차고 장례를 치르진 않으니까.

'조조가 죽었다 해도 후계자가 뒤를 이을 터.'

그 후계자는 용운을 적대시할 게 분명했다. 지금 마초의 눈앞에는 조조 세력의 주축을 이루는 자들이 무방비한 상태로 대거 모여 있었다. 저들의 머릿수를 하나 줄일 때마다 용운의 적이 하나 줄어드는 셈이었다. 도저히 외면하기 어려운 먹잇감이었다. 결국, 마초는 마음을 정했다.

"영명 님, 칩시다."

"알겠습니다."

마초와 방덕이 이끄는 철기대 이만이 복양성으로 돌아가는 장례 행렬을 급습했다.

"이놈들, 모조리 네 주인과 함께 뼈를 묻게 해주마!"

우렁찬 외침과 함께 선두에서 돌격하던 마초는 뭔가 이상함을 느꼈다. 기습을 받았으며 무기가 없었음에도 불구하고 적이 지나치게 침착했던 것이다.

그중 거구의 한 사내가 상복을 찢어 팽개치며 말했다.

"뭘 어떻게 해주겠다고?"

긴 상복 안에는 갑옷을 완벽히 차려입고 있었다. 마초는 멀리서도 한눈에 그를 알아보았다. 수송부대를 호위할 때 싸운 조조의 상장이었다. 그때는 주태가 나서는 바람에 일대일로 붙어보진 못했으나, 혼전 중에 저자의 공격으로 창을 놓치는 굴욕을 당했다. 덕분에 마초는 그의 이름을 기억하고 있었다.

'허저!'

허저는 옆의 수레에 손을 넣었다 빼냈다. 수레는 천으로 덮여 있었는데, 그 위에는 제기(祭器)와 음식이 실렸다. 하지만 천 밑에서 나온 것은 한 자루의 도였다. 이어서 다른 자들도 모두 수레에서 무기를 꺼내들었다.

"맹기 님, 아무래도 함정인 것 같습니다!"

방덕의 외침에 마초가 마주 소리쳤다.

"이미 말을 돌리기엔 늦었습니다. 크게 달라진 건 없으니 이대로 돌파합시다!"

그러나 이어진 사태에는 그도 당황하지 않을 수 없었다. 후미에 있던 자들이 일제히 노를 겨눈 것이다. 그들 옆의 수레에는 화살이 가득 실려 있었다.

마초가 나직하게 내뱉었다.

"이런 제길."

"쏴라!"

행렬에 끼어 있던 조홍의 명과 함께 화살이 날아왔다. 언덕 위에서부터 돌격해 내려가던 중이라 피할 틈조차 없었다. 단 한 차례의 사격에 무수한 기병이 화살에 맞아 낙마했다. 주인

잃은 말이 놀라 날뛰었다. 화살은 때로 말을 맞히기도 했다. 사람과 말이 한꺼번에 바닥을 뒹굴었다. 거기에 걸린 기병이 덩달아 넘어졌다.

마초와 방덕은 아슬아슬하게 화살을 피해냈다. 두 장군은 신기에 가까운 기마술로 요리조리 장애물을 피하여 조조군을 덮쳤다. 허저와 하후연이 그런 둘을 맞이했다.

"이번에야말로 붙어보겠구나, 애송아!"

허저가 대도를 휘두르며 마초를 공격하고 하후연은 일언반구도 없이 방덕에게 활을 쏘았다.

"큭!"

방덕은 다급히 머리를 틀었다. 화살이 아슬아슬하게 관자놀이를 스치고 지났다. 머리의 두건이 화살에 맞아 풀어져버렸다.

'이런 가까운 거리에서 활을 쏘다니!'

그는 하후연의 정수리로 극을 내리쳤다. 하후연이 든 활은 유난히 크고 시위가 두꺼웠다. 하후연은 그 활을 휘둘러 극을 막아내더니, 그대로 상체를 틀어 방덕을 겨눴다. 활에는 어느 틈에 화살 두 대가 매겨져 있었다. 무서울 정도의 속사였다.

"으왓!"

여기에는 냉철한 방덕도 크게 놀라고 말았다. 위기의 순간, 그는 양주 기병 특유의 기마술을 발휘했다. 원래도 뛰어난 기마술이 용운군의 개량형 등자와 안장 등의 도입으로 경지에 올랐다. 방덕은 말의 왼쪽 옆구리 쪽으로 수평에 가깝게 몸을 누였다. 그 동작이 어찌나 빨랐는지 하후연에게는 갑자기 사라진 것처럼 보였다. 동시에 방덕은 극의 자루로 바닥을 찍어 지탱했다. 말이 쉽지, 엄청난 근력과 균형 감각이 없으면 불가능한 움직임이었다.

풋! 화살이 지나가자마자 방덕은 극으로 땅을 쳐내면서 그 반동으로 몸을 세움과 동시에 극을 휘둘렀다. 이번에는 하후연이 놀랄 차례였다. 그는 다급히 상체를 젖혔으나, 창날 끝이 턱을 베고 지나갔다.

"……제법이구나."

하후연은 턱에서 피를 흘리며 중얼거렸다.

방덕은 그의 말에 공격으로 답했다.

마초 또한 허저와 맹렬히 싸우고 있었다. 부웅! 대도가 바람 가르는 소리를 내며 마초의 상체를 비스듬히 베어왔다. 마초는 감히 쳐낼 엄두를 못 내고 상체를 틀어 피했다. 이미 한 번 창으로 막았다가 손이 저려 떨어뜨린 경험이 있기 때문이었다.

'무슨 힘이…… 풍압만으로도 오싹하네. 직접 붙어보니 전위보다 더한 놈이잖아. 적오가 이런 놈과 호각으로 싸웠단 말이야?'

그렇다고 당하기만 할 마초가 아니었다. 그는 상체를 트는 것과 동시에 창을 등 뒤로 감추는 듯한 동작으로 반대편에서 찔러갔다.

생각도 못한 방향에서 창이 날아오자, 허저가 움찔 놀랐다. 도저히 막아낼 수 없는 각도였음에도 불구하고 그는 억지로 대도를 회수하여 손잡이 끝으로 창날을 막았다. 허저의 등으로 식은땀이 흘렀다.

'애송이 놈의 창술이 대단하구나. 변칙적이고 날래서 상대하기가 까다롭다.'

마초와 허저는 약간의 거리를 두고 잠시 서로를 노려보았다.

기병대와 조조군 또한 치열하게 접전 중이었다. 그러나 팽팽하던 균형은 잠시 후에 깨졌다. 갑자기 복양성 문이 열리더니, 병사들이 쏟아져 나온 까닭이었다. 조(曹) 자가 쓰인 검은색 깃발이 선명하게 보였다. 그 모습을 본 마초가 신음하듯 중얼거렸다.

"조조……."

복양성에서는 조조가 직접 부대를 지휘하여 돌격해오고 있었다. 마초와 방덕의 부대는 조조군 두 개 부대 사이에 낀 형국이 되어버렸다. 뿐만 아니라 죽었다고 알려진 조조가 멀쩡히 살아 있는 모습에 사기가 급격히 떨어졌다. 마초는 분한 기색으로 소리쳤다.

"치졸한 놈들, 장례를 치르는 연극까지 해가며 속이고 싶더냐?"

허저는 비웃듯 대꾸했다.

"누가 연극했다고 그러냐? 그건 전위의 장례식이었다."

"전위……."

"그래, 네놈들이 악랄한 화공으로 죽인 전위 말이다! 그때 전위가 목숨 바쳐 주공을 구했기에, 주공의 명으로 최대한 성대하게 장례를 치르고 모든 장수와 병사들까지 상복을 입게 한 것이다. 그보다 장례 행렬을 노려 기습해온 네놈들이 더 치졸하다는 생각은 안 드냐?"

마초는 할 말을 잃고 입술만 깨물었다. 물론 허저도 진실만 말한 건 아니었다. 전위의 장례를 치른 건 사실이나, 조조의 것처럼 꾸며 용운군을 유인하려는 의도도 분명 있었다. 그 일 자체가 조조와 모사진이 꾸민 계략이었던 것이다. 아끼던 수하의 죽음은 물론, 자기 자신까지 이용한 책략에 조홍이 꺼림칙해하자 조조는 이렇게 대꾸했었다.

"뭐 어떤가. 내 장례식처럼 꾸미는 건 내 문제니 상관없고 전위도 자신의 죽음을 최대한 활용한다면 기뻐할 걸세."

거기에 대어는 아니지만 장수 둘이 걸려들었으니 그런 대로 성공했다고 할 만했다.

상대를 확인한 조조가 떨떠름하게 말했다.

"뭐야, 문약이나 장연이 아니로군."

순욱은 책사로서뿐만 아니라 정치, 행정, 인사 등 모든 부분에서 자타공인 용운 세력의 중심이었다. 또 조조 세력에서는 장연의 비중을 실제보다 높게 평가하고 있었다. 장연은 흑산적의 수령으로서 떨친 악명에 더해, 원소와 거의 대등하게 싸움을 벌였다. 또 용운에게 의탁한 뒤에도 여전히 수만의 흑산적 출신 부대를 휘하에 두고 있었다. 이에 조조 쪽에서는 장연이 용운의 수하가 됐다기보다 거의 대등한 관계에서 연합한 게 아닌가 하는 관측이 있었다. 겉으로는 장연을 가신으로 삼았다고 발표했으나 내부적으로 더한 권력을 줬다고 본 것이다.

그때 조조의 옆에 있던 젊은 장수가 말했다.

"아버님, 허나 저들은 복양성 전투 때 아군을 패퇴시킨 자들이라 들었습니다."

그는 바로 조조의 장남 조앙(曹昻)이었다. 《삼국지연의》에서는 조조가 미인인 추씨에게 빠져 있다가 장수의 공격을 받아 죽을 위기에 처했을 때, 조조에게 대신 제 말을 내주고 죽는 것으로 묘사된다. 기주 원정 출발 때는 동행하지 않았으나, 조조가 의외의 어려움을 겪고 있다는 말에 얼마 전 휘하 부대를 이끌고 복양성으로 합류한 참이었다. 갓 약관의 나이였지만, 조조를 닮아 영리하면서도 용맹함도 갖춰 사랑을 받았다.

"……맞아, 그랬었지, 참. 큰 빚을 잊고 있었어."

조조는 눈에 살기를 띠고 중얼거렸다.

"마침 장소도 복양성이다. 이제 모조리 죽여서 그때의 빚을 갚아주마. 전위의 죽음과 오 군사를 암살하려 한 복수도 함께!"

조조의 분노는 주변 수하들에게 빠르게 전염되었다. 수적 열세인 상태에서 포위된 것도 모자라 사기까지 떨어졌으니, 마초와 방덕이 아무리 용맹해도 이기려야 이길 수가 없었다. 이미 허저, 하후연 등은 단기전을 끝내고 부대를 지휘하는 형태로 돌아가 있었다. 조조 부대와 힘을 합쳐 마초군을 몰살하려는 것이다.

마초군 병사들이 빠르게 죽어나가기 시작했다. 마초 옆에 다가온 방덕이 말했다.

"맹기 님, 이대로 있다가는 전멸입니다."

그런 방덕의 왼쪽 어깨에 화살 하나가 깊숙이 꽂혀 있었다. 하후연의 솜씨였다. 싸우던 중 기어이 한 발을 적중시킨 것이다. 그 대가로 자신도 왼쪽 귀를 반쯤 베이긴 했지만.

마초는 어두운 표정으로 물었다.

"그럼, 어찌하면 좋겠습니까?"

"남은 병력을 반씩 나눠 저와 맹기 님이 각자 다른 방향으로 달아나는 게 좋겠습니다. 그럼 적의 주의가 분산되어 조금이나마 시간을 벌 수 있을 겁니다. 제가 북쪽으로 도망칠 테

니, 맹기 님은 여기서 가까운 서쪽의 백마로 달아나십시오. 연진에 장연 장군이 나와 있으니, 백마에도 아군 부대가 있을 겁니다."

"그런…… 그랬다간 영명 님이 위험합니다. 강도 건너야 하고……."

"둘 다 죽거나 붙잡히는 것보다는 한쪽이라도 무사히 몸을 빼는 편이 낫습니다. 그리고 저는 아무 대책도 없이 북진하려는 게 아닙니다. 의양성에 아직 손책 님이 주둔해 있다고 들었습니다. 그리로 피하여 도움을 받으려는 것입니다."

말끝에 방덕은 싱긋 웃으며 덧붙였다.

"어쩌면 제 쪽이 더 안전할지도 모릅니다."

"……그런가, 알겠습니다. 그리하지요. 부디 무사하십시오."

"나중에 업성에서 뵙지요."

눈짓으로 건투를 빈 마초와 방덕은 남은 병력을 반씩 나눠 일순간에 다른 방향으로 갈라졌다.

"쫓아라!"

조조의 준엄한 명에, 조홍과 조앙이 오천여 기를 이끌고 마초를, 하후연이 방덕을 추격했다. 상대적으로 진군이 느린 허저는 만일의 사태를 대비하여 조조 옆에 머물렀다. 그때 조조에게 다가온 만총이 말했다.

"주공, 지금이 바로 두 번째 계획을 실행할 기회입니다. 마초와 방덕이라는 상장이 성 밖으로 나와 있고 유주성으로도 원군을 보냈다고 합니다."

이어서 붕대 투혼을 발휘 중인 진등이 덧붙였다.

"장연도 원술의 움직임을 경계하여 연진으로 나가 있습니다. 늠구와 범현, 산양성에 있던 아군이 다른 방향에서 쳐들어오도록 전갈해두었습니다. 곧 하후돈과 조인 장군이 업에 도착할 것입니다."

조조의 죽음을 위장하여 용운군을 유인하는 것은 책략의 첫 단계였다. 진정한 목적은 그로 인해 방비가 약해졌을 업성을 총공격하는 것. 가깝게는 첫 번째 공략의 실패에서부터 멀게는 늠구와 범현, 산양성을 점령하는 것. 심지어 호된 꼴을 당한 조조군이 곧바로 업성을 재공격해오지는 않으리라는 용운군의 방심까지. 그야말로 모든 상황을 이용한 책략이었다.

"백녕(만총), 출진 준비하게. 원룡(진등), 자네는 몸이 불편하니 우금과 함께 복양성을 방어하게. 이번에야말로 업성을 함락하여 아버님과 전위의 한을 씻고 기주의 주인이 될 것이네."

조조의 선언에 만총과 진등은 공손히 고개를 조아렸다.

마초는 필사적으로 백마로의 퇴로를 뚫었다.

"으악!"

"맹기 님, 부디 무사히……."

그를 따르던 수하들이 조조군의 집요한 추격에 하나둘 쓰러져갔다.

"빌어먹을……. 조조놈!"

마초는 이를 갈았다. 마음 같아서는 돌아서서 싸우고 싶었지만 그러기에는 전력이 열세였다. 복양성 전투 때, 앞뒤로 포위된 상태에서 너무 많은 병력을 잃었다. 마초 자신도 허저와 싸우느라 힘을 소진했다. 반면 조홍과 조앙이 이끄는 조조군은 그 전에 복양성에서 충분히 쉬었으며 사기가 충천했다.

게다가 마초에게는 불운까지 따랐다. 잘 달리던 말의 한쪽 다리가 얕은 구덩이에 빠진 것이다. 전속력으로 달리던 상황에서 이는 치명적이었다. 말은 다리가 부러지며 나동그라졌다. 그러자 거기 타고 있던 마초도 떨어져 뒹굴었다.

"크앗!"

그는 재빨리 몸을 굴렸으나 무거운 갑옷을 입은 터라 충격을 다 해소하지는 못했다. 한쪽 손목이 부러지고 갈비뼈에 금이 갔다. 덩달아 뇌진탕 증상까지 와서 그는 바닥에 축 늘어져버렸다.

"앗!"

"장군님을 지켜라!"

달리던 수하들이 멈춰 서서 마초를 둘러쌌다. 조조군은 그런 마초의 부대를 포위하여 마구 죽여대기 시작했다. 마초의 수하들은 몸으로 그를 지키다시피 하며 그 자리를 벗어나지 않고 죽음을 맞이했다. 그러기를 얼마간.

"2층, 목(木)."

나직한 목소리가 울리더니 마초가 일어섰다. 순간 창을 휘둘러 단숨에 적병 둘을 찔렀다. 학살 중이던 조조군 병사들은 크게 놀랐다.

"아니, 어떻게?"

"분명 낙마하여 중상을 입었을 텐데……."

마초는 주위를 둘러보았다. 그를 따르던 기병 대부분이 싸늘한 시체가 되어 있었다. 항복하고자 하는 이도 없었지만, 조조군은 투항을 권하지조차 않았다. 마초가 이글거리는 눈빛으로 내뱉었다.

"이놈들, 모조리 죽여주마."

"당황하지 마라! 포위해서 공격하라!"

조홍이 독려하자 조조군이 마초에게 달려들었다. 마초는 성난 사자처럼 싸웠다. 찌르고 내리치고 휘둘렀으며 또 찔렀다. 그야말로 평생의 기량을 다 쏟아냈다.

"귀신 같은 놈……."

떨어져서 지켜보던 조홍이 질린 투로 내뱉었다. 그는 마초의 주먹에 맞아 피를 토했던 기억 때문에 함부로 접근하지 못하고 있었다. 마초는 전신에 피를 덮어쓴 채 숨을 헐떡였다. 반은 적군의 피, 반은 마초 자신의 피였다. 주변에는 조조군 병사들의 시신이 어지러이 널려 있었는데, 어림잡아도 수백 명에 달했다.

말이 일기당천이지 한 인간이 천 명의 인간을, 그것도 여자나 어린아이가 아니라 무기를 든 병사 일천을 감당한다는 건 불가능에 가까웠다. 무신이라 불리던 관우도 마지막에는 반장의 부장에 불과했던 마충이란 자와 그가 이끄는 수백의 추격대에 사로잡혀 죽지 않았던가. 한데 마초는 그에 가까운 일을 해내고 있었다. 마초 자신의 무력과 재능, 거기에 조개가 깃들어 있는 금마창과 유물 투신갑 덕이었다. 그러나 거기에도 한계가 오고 말았다. 그가 아무리 강해도 혼자 감당하기에는 적의 수가 너무 많았다.

"크으……."

이미 목의 술과 금의 술을 다 소모해버렸다. 그 반작용까지 찾아와 팔을 들 힘조차 없었다. 심한 출혈로 이미 의식도 반쯤 나간 상태였다. 그런 와중에도 금마창만은 꼭 부여잡고 있었다. 창 안에서 조개가 애타게 부르짖었다.

'멍청아, 정신 차려!'

양팔을 축 늘어뜨린 마초에게 조조군 병사들이 슬금슬금 다가와 장창을 내찔렀다. 푹푹! 창이 마초의 허벅지와 옆구리에 박혔다.

'아악, 안 돼!'

그래도 마초는 별 반응을 하지 못했다. 거기에 용기가 생긴 다른 병사들이 쇠그물을 던졌다. 그물에 얽힌 마초가 드디어 쓰러졌다.

"놈을 죽여라!"

조앙이 이를 갈며 달려가 마초를 내리 찔렀다.

방덕의 사정 또한 좋지 않았다. 그를 추격한 자가 하필 하후연인 게 문제였다. 하후연은 기습공격과 전격전이 장기로, 사흘에 오백 리(약 200킬로미터)를 진군한다고 알려졌을 정도였다. 더구나 명궁이기까지 하니 바짝 쫓아와 뒤에서 활을 쏴대면 피할 재간이 없었다. 현재 용운군 최강의 장수인 조운조차 하후연의 활에 당해 죽을 뻔하지 않았던가.

"큭!"

방덕은 짧은 신음을 내뱉었다. 밤공기를 가르고 날아온 화살 한 대가 그의 등 가운데 꽂혔다. 다른 세력의 그것보다 훨씬 방호력이 좋은 용운군의 갑옷을 입었기에 망정이지, 안 그랬다면 등이 꿰뚫렸을 것이다. 그래도 한 치 정도 파고들어온 화살촉은 심한 고통을 주었다.

마초와 마찬가지로 이제 뒤따르는 수하도 얼마 남지 않았다. 하후연의 지독한 추격을 못 이겨 낙오해 죽거나, 날아오는 화살에 맞아 죽었다.

'조금만 더 가면 의양성인데……'

눈앞에 넘실거리는 강물이 보였다. 방덕은 뒤를 힐끔 돌아보았다. 여전히 속도를 늦추지 않고 바짝 추격해온 하후연과 조조군이 보였다. 이 상황에서 강을 건너려 하면 화살에 맞기 십상. 그러나 방덕 자신이 남으면, 굳이 수하들까지 저격하진 않으리라. 마음을 정한 그는 천천히 말머리를 돌렸다.

"여긴 내가 맡겠다. 모두 강을 건너라."

"자, 장군님!"

"어서! 그리고 한 놈이라도 무사히 의양성까지 가서, 백부님께 이 상황을 알리고 방비하라 일러라."

조조군은 이 여세를 몰아 다시 한 번 업성을 도모할 것이다. 정확히 그 길목에 위치한 의양성이 무사하지 못할 것임은 자명했다. 이미 한 번 조조에게 넘어갔던 성이었다. 조조가 성의 구조나 약점을 잘 안다는 의미였다.

"명 받듭니다. 부디 무사하시길……"

살아남은 몇 안 되는 수하들은 이를 악물고 강으로 뛰어들었다. 그중 태반은 기력이 다해 물살에 휩쓸려버렸다. 활을 겨눈 채 다가오던 하후연은 방덕이 멈춰 선 걸 보고 천천히 활을 내렸다. 서로의 목소리가 뚜렷이 들릴 만한 거리까지 다가온 그가 말했다.

"포기한 겐가?"

"포기가 아니라 활로를 뚫으려는 것이다."

"난 하후연, 묘재라 한다. 그대의 이름은 뭐지?"

"방덕 영명이다. 본래 마등 님을 모셨으나, 지금은 기주목 님을 따르고 있다."

"마등의 장수였나……. 아까운 자를 놓쳤군."

내심 방덕의 투지에 감탄한 하후연이 물었다.

"혹 투항할 마음은 없나? 그대라면 주공께서 받아주실 것 이다."

"이미 모시던 주인을 한 번 잃었다. 새로 선택한 주인이 건 재하신데 바꿀 생각은 없다."

"그런가……."

하후연은 천천히 검을 빼들었다. 그는 자신의 수하들에게 말했다.

"너희는 이제부터 끼어들지 마라."

이는 방덕의 무용에 대한 존중의 표시였다. 이를 깨달은 방 덕 또한 가볍게 포권해 보였다.

"장군의 명예로움은 내 잊지 않겠소."

"적으로 만나 아쉽구려."

자세를 취한 하후연이 말을 몰아 달려왔다.

"하얏!"

"여업!"

방덕도 이에 질세라 극을 휘두르며 맞받았다. 강을 등지고 두 맹장의 혈투가 벌어졌다. 그 결과는 두 사람 모두 예상치 못한 것이었다.

용운이 원소를 추격하기로 결심하고 마초와 방덕 등이 조조와의 전투에서 고전할 무렵.

한 제국의 북쪽, 유주에는 이미 매서운 바람이 몰아쳤다. 성에서 힘겹게 저항 중인 유우에게는 올해의 겨울이 유난히 춥게 느껴졌다.

"노성이 떨어졌습니다. 적이 도하하여 공격해오고 있습니다!"

"적군이 창평성의 보급기지를 점령했습니다."

"광양성을 빼앗겼습니다. 이제 유주성은 사방이 포위되어 빠져나갈 길이 없습니다!"

하나같이 나쁜 소식이었다. 보고가 들어올 때마다 유우는 눈을 지그시 감았다. 무엇보다 그에게 충격을 준 건, 믿었던 오환의 왕 구력거가 구원 요청에 불응한 일이었다. 구력거는 도중에 관승 단 한 사람에게 가로막혀 회군했다고는 차마 말하지 못하고, 미안함과 정중함의 뜻이 담긴 거절 서신을 보냈다.

정중하거나 무례하거나 거절은 거절이었다. 탁군태수 선우보는 분통을 터뜨렸다.

"구력거 그자가 어떻게 이럴 수 있습니까!"

그는 탁성을 성혼단에 빼앗기고 쫓겨온 상태였다. 적은 놀랄 만큼 강했다. 원소군과는 비교도 안 될 정도로. 그렇기에 구력거의 외면이 더욱 절망적이었다.

"오환왕도 제 부족의 안위를 돌봐야 했을 테지."

유우의 담담한 말에, 그가 아끼는 막료인 전주가 특유의 딱딱한 어조로 입을 열었다.

"주공, 지금이라도 기주목에게 도움을 청하시는 게 어떻습니까?"

말투는 그래도 누구보다 유우에게 충성스러운 가신이었다.

유우는 천천히 고개를 저었다.

"안 될 말일세. 그 아이는 지금 원본초와 전쟁 중이지 않나. 거기에 조맹덕까지 도발해와서 이미 나 못지않게 고단한 형국일세. 더구나 식량은 물론 여자각(여건) 같은 훌륭한 인재를 보내 지원해주었네. 한데 어찌 손을 더 내민단 말인가?"

대전에 있던 여건은 민망한 듯 고개를 숙였다.

"송구합니다. 제가 노성에서 패배하지만 않았어도……."

"그건 여 장군의 잘못이 아니오. 사교의 무리가 요동에 이어 북평을 점령할 때까지도 대비하지 못했던 내 실수지."

노준의의 부대는 싸움을 거듭할수록 강해져갔다. 이 시대의 전쟁에 익숙해져가고 있는 것이다. 거기다 관승이나 연청, 사진 같은 막강한 수하들이 있었다. 노준의 아니라, 사진 혼자의 힘으로도 유우의 모든 장수를 능히 감당해낼 정도였다. 여건은 이 상태에서 유주성을 지켜내기는 무리라 보았다. 이에 며칠 전 유우에게 조심스레 피난을 권했었다.

"싸움에서 이기고 지는 건 늘 있는 일이라 했습니다. 유주목께서 변을 당하는 것이야말로 만백성의 재앙이니, 업성으로 잠시 몸을 피하시는 게 어떻습니까?"

늘 온화하던 유우가 처음으로 엄한 모습을 보인 건 그때였다. 그는 준엄한 목소리로 말했다.

"내 듣기로 지금 공격해오고 있는 성혼단은 백성들을 홀리며 조정을 위협하는 사교의 무리라 했소. 위험하기가 황건적이나 흑산적보다 더할 정도인데, 어찌 내 백성과 조정에서 내린 영토를 버리고 혼자 살겠다고 달아난단 말이오? 차라리 칼을 물고 자결할지언정 그리는 못하겠으니, 그런 말을 하려거든 그대라도 얼른 업성으로 피신하시오."

"죄송합니다. 제가 실언하였습니다."

여건이 부끄러움에 어쩔 줄 몰라 하자, 유우는 평소대로 돌아가 좋은 말로 그를 달랬다.

"그대가 나를 걱정하여 한 말인 줄 아오. 그리 쉽게 사교 무리에게 당하지는 않을 것이니 너무 염려 마시오."

여건은 그런 유우를 바라보며 새삼 생각했다.

'주공보다 이분을 먼저 만났더라면, 어쩌면 이분을 따랐을지도 모르겠다. 주공께서 왜 그리 끔찍이도 백안 공을 아끼시는지 이해가 가는구나.'

그는 이미 유우와 함께 유주성에 뼈를 묻기로 결심한 터였다. 이래저래 대전의 분위기는 무겁게 가라앉았다. 그때 유우의 가신이자 성의 방어를 총괄하고 있는 기도위 선우은이 다급히 뛰어들어왔다.

"주공!"

유우는 또 무슨 일인가 하여 가슴이 덜컥 내려앉았다.

"기도위, 무슨 일인가."

"그, 그것이, 큰일, 큰일이 났습니다!"

"큰일이라니. 진정하고 자세히 말해보게."

심호흡을 한 선우은이 말했다.

"원군이 왔습니다."

유우는 저도 모르게 벌떡 일어섰다. 최대한 평정을 유지하려 했으나, 그도 사람이니 걱정되지 않을 리가 없었다. 그 걱정의 대상이 자신이 아니라 가신들과 백성들이라는 점이 보통 사람과 다른 점이었지만.

"원군이라니! 용운이가 보낸 건가?"

유우는 사석에서 하던 식으로 용운이라 부를 정도로 흥분했다.

선우은은 살짝 고개를 갸웃거렸다.

"그게, 정확히 모르겠습니다. 원군인 건 분명한데……."

"정확히 모르겠다니? 그럼 수는 얼마나 되나?"

잠시 뜸들이던 선우은이 입을 열었다.

"저어…… 한 명입니다."

유우는 순간 허탈한 표정을 지었다. 온후한 그이지만 하마터면 화를 낼 뻔했다.

"뭐라고? 자네 이런 상황에서 농이 나오나?"

"아니, 정말 한 사람입니다. 단 한 사람이 남쪽의 성혼단 부대를 흩어버리고 있습니다."

"어허, 그래도 이 사람이. 꿈이라도 꾼 겐가? 천하의 여봉선이라도 그런 일은 못할 걸세."

얘길 듣던 여건의 입가에 슬며시 웃음이 떠올랐다. 그가 알기로 그런 사람은 천하에 하나뿐이었다.

'그분이 오셨군. 주공께서 백안 공을 구하려고 최강의 패를 꺼내셨어!'

13

격동의 조조

하후연과 방덕은 수백 합을 싸우고도 승부를 내지 못했다. 방덕은 이미 많이 지쳐 있었으나, 죽음을 각오한 투지가 본래 실력 이상을 발휘하게 했다. 하후연의 마음에 미미한 망설임이 있어서이기도 했다. 문득 뒤로 물러난 하후연이 말했다.

"잠시 쉬고 다시 싸우세."

"……좋소."

방덕은 말이 떨어지기가 무섭게 그 자리에 털썩 주저앉아 호흡을 골랐다. 등 뒤로는 강물이 도도하게 흐르는 벼랑이 있고, 눈앞에는 하후연을 비롯한 조조군이 막고 있었다. 이런 상황임에도 그는 조금도 흔들리는 기색이 없었다.

하후연은 속으로 찬탄을 금치 못했다.

'아깝구나! 정말 아까워. 아마 주공(조조)도 탐내셨겠지.'

어느새 해가 뉘엿뉘엿 넘어가려 하고 있었다. 하후연으로 서도 더 시간을 끌 순 없었다. 그는 아쉬움을 감추고 다시 앞 으로 나섰다.

"이제 계속하겠나?"

"바라던 바요."

두 장수는 다시 어우러져 치열하게 싸우기 시작했다. 분명 서로를 죽일 듯이 싸우는 것일진대 왜 정인처럼도 보이고 비무 로도 보이는지 기이했다. 둘은 각자의 입장과 소속을 넘어서 서 교감했다.

'그렇군. 자네는 그런 삶을 살아왔군.'

'당신의 인생 또한 치열했구려.'

그렇게 얼마의 시간이 더 흐른 후였다. 하후연과 방덕의 움 직임이 동시에 우뚝 멈췄다. 둘 다 크게 놀라서였는데, 한쪽은 치명상을 입었다는 점이 달랐다. 창에 옆구리를 깊이 찔린 자 가 고개를 돌렸다. 그의 눈에 믿기 어렵다는, 아연실색한 빛이 떠올랐다.

"공자, 대체 왜……?"

찔린 쪽은 바로 하후연이었으며 찌른 자는 놀랍게도 조조 의 장남, 조앙이었다.

'아니, 이게 대체 무슨 상황인가?'

방덕 또한 하후연 못지않게 경악했다. 얼핏 들은 바로 저 젊은 장수는 다른 이도 아니고 조조의 핏줄이라 했다. 그런 자가 배신을 하다니?

'고육계(苦肉計, 아군을 희생하여 적을 속이는 계책)?'

그 단어를 떠올린 방덕은 금세 고개를 저었다.

'아니, 그것도 적당해야지. 하후연 정도의 장수를 희생시키고 제 아들을 침입시키는 고육계라, 미치지 않고서야. 소문대로의 조조라면 제 아들이 죽더라도 하후연을 구할 인물인데.'

그는 머리를 굴려봤으나 답이 나오지 않았다. 포위하고 있던 조조군 병사들 사이에서도 큰 혼란이 일어났다. 그들은 끼어들지 말라는 하후연의 명에, 강기슭을 포위한 채 넋 놓고 구경만 하고 있었다. 그때 조앙이 멀리서 무서운 기세로 말을 몰아 달려오는 게 아닌가. 경계하던 병사들은 그를 알아보고 창을 내렸다.

"응? 첫째 공자님이 아니신가."

"왜 되돌아오신 거지?"

조앙이 그대로 하후연에게 향할 때까지만 해도 방덕과의 승부에 시간이 너무 오래 걸리자 그를 도우려는 줄만 알았다. 마초와의 대결이 빨리 끝나, 이쪽으로 왔다고 생각한 것이다. 동행했던 조홍이 안 보인다는 점과, 굳이 마초의 시신을 말 뒤에 싣고 온 게 이상했지만 그러려니 했다. 그런데 그 조앙이 갑자기 하후연을 찔렀다. 병사들은 지금의 상황이 이해가 가지 않았다.

그때 조앙이 방덕에게 일갈했다.

"뭘 멍하니 서 있느냐? 어서 목을 베지 않고."

방덕은 쓰러진 하후연을 향해 얼떨결에 극을 내리치려다 멈칫했다. 하후연은 유리한 상황에서 자신을 몰아넣었음에도 불구하고 일대일로 사내답게 승부했다. 그의 배려가 아니었다면 오래전에 죽었으리라. 내막이 어떻든, 여기서 이런 식으로 하후연을 해치면 안 된다는 생각이 들었다. 고개를 저은 방덕이 말했다.

"난 못하겠다. 네 속셈을 어찌 알고 명령을 따른단 말인가?"

"……머저리 애송이가 아끼는 녀석이라 힘들게 살리러 왔더니, 주인 못지않게 멍청하군."

"뭐라고?"

"그럼 어서 말이나 골라 타거라. 여길 떠야 할 것 아니냐."

"아, 알았다."

"이랴!"

조앙은 말머리를 돌려 달리기 시작했다. 방덕도 말 한 필을 빼앗아 타고 뒤를 따랐다. 병사들은 공격하지도, 그렇다고 놓아 보내지도 못하고 우왕좌왕했다. 잠시 쫓는 시늉을 하던 이들이 힘없이 멈춰 섰다.

"큰일이군. 장군님들께 뭐라고 보고하지?"

"그보다 어서 하후 장군님을 옮기세!"

하후연의 상태가 심상치 않아 보였다. 병사들은 서둘러 들것을 만들기 시작했다.

방덕은 달리면서 조앙을 흘끔흘끔 곁눈질했다.

조앙이 탄 말 뒤에는 마초가 실려 있었다. 처음에는 시체인 줄 알고 가슴이 덜컥 내려앉았는데, 가만히 보니 숨을 쉬고 있었다.

'저자가 맹기 님까지 구해서 왔단 얘긴데…… 도대체 왜?'

마음 같아서는 조앙에게 대놓고 물어보고 싶었지만, 그는 어쩐지 심기가 매우 불편해 보였다. 일단 적이 아님을 알자, 방덕의 어조가 변했다.

"어디로 가려는 게요?"

"연진으로 간다."

그게 대화의 끝이었다. 두 장수는 묵묵히 말을 달렸다.

가짜 장례식에 속아 조조 세력을 치러 갔던 마초와 방덕은 함정에 빠져 위기에 처했었다. 둘은 후일을 기약하고 각각 다른 방향으로 달아났다.

이에 조조는 방덕에게 하후연을, 마초에게는 조홍과 조앙을 추격대로 보냈다. 방덕이 한창 하후연과 싸울 때쯤, 마초는 추격대에 따라잡혀 중상을 입고 쇠그물에 갇히고 말았다. 그런 마초를 향해 조앙이 검을 내리 찔렀다.

마초는 자신을 찌르려는 검을 올려다보았다. 이미 의식은 혼미해진 상태였다. 그 와중에도 금마창은 끝까지 쥐고 있었다. 마초는 거의 무의식중에 창을 들어올렸다.

'그래, 애송아. 장하다. 조금만 더 힘을 내거라.'

조개는 마초의 눈을 통해 상황을 보면서, 피 말리는 심정으로 그를 응원했다.

"흥."

조앙은 검을 찌르려다 말고 마초가 들어올린 창날 끝을 우습다는 듯이 잡았다. 금마창은 겉보기에도 모양이 범상치 않았다. 마초를 완전히 죽인 뒤에 빼앗지 않고 그때 창날을 잡은 게 조앙에게는 천추의 한이 되었다. 하긴 마초가 죽고 나서 창을 잡았다 해도 결과는 마찬가지였으리라.

마초가 창을 올렸다 해서, 조앙이 반드시 그걸 잡으라는 법은 없다. 그냥 피해버릴 수도, 검으로 쳐내버릴 수도 있었다. 그야말로 요행. 조개의 간절한 바람 덕이었을까, 아니면 조앙이 원래 역사에서는 이미 죽었을 사람이기 때문일까. 혹은 그

둘 다일까. 그 요행이 실제로 일어났다.

영혼 전염

그 순간만을 고대하던 조개는 즉시 천기를 발했다. 창에 닿은 자의 혼을 빼앗아, 그 몸으로 전이하는 무서운 천기. 안타깝게도 조앙의 정신세계는 마초처럼 단순하거나 올곧지 못했다. 갑자기 눈앞이 캄캄해진다는 기분을 끝으로, 조앙의 영혼은 깊은 심연으로 잠들어버렸다. 마초를 찌르려던 조앙이 창날 끝을 쥔 채 갑자기 멈추자, 조홍이 의아한 듯 물었다.

"조카님, 왜 그러시나? 어서 끝장내시게. 악귀 같은 놈이라 방심하면 안 되네."

촥! 대답 대신 돌아온 건 예기치 못한 검격. 완전히 무방비 상태였던 조홍은 목을 깊이 베여 쓰러졌다. 조앙, 아니 그의 몸을 차지한 조개는 미친 듯이 날뛰었다.

'언젠가 이 창, 탁탑천왕 밖으로 나와 애송이를 마주하게 된다면, 아리따운 여인의 모습으로 만나고 싶었다.'

"으악!"

"공자님, 왜 이러십니까?"

'네놈들이 내 기분을 아느냐?'

"고, 공자님이 미치셨다!"

'게다가 내 애송이를 이 꼴로 만들어? 모조리 죽여주마.'

"다들 도망쳐!"

감히 조조의 장남을 벨 수도, 그렇다고 칼에 맞아 죽을 수도 없었던 병사들은 뿔뿔이 흩어져버렸다.

'흥, 버러지 같은 놈들.'

조개는 마초를 데리고 떠나려다가 그의 상태가 생각보다 안정적임을 깨달았다. 지나친 과로와 출혈이 의식불명의 원인이었는데, 지혈하고 나자 결코 좋은 상태는 아니었지만 곧 죽을 정도도 아니었다.

'내가 아니더라도 괴물 같은 회복력을 가진 녀석이구나. 바보한테 어울려. 그나저나 어쩐다.'

잠시 고민하던 조개는, 결국 마초를 말에 실어 안장과 연결하여 꽁꽁 묶었다. 그리고 방덕이 달아난 방향으로 말을 달려 그를 구했다.

'애송이가 슬퍼하겠지. 방영명이란 놈이 죽으면……'

방덕은 고삐를 잡은 조앙의 눈빛이 몹시 처연하다고 느꼈다.

'대체 뭐지? 설마 정말 아비를 배반하기라도 한 것인가? 하긴 만약 조조가 장남이 아니라 후처에게서 낳은 아이를 후계자로 결정했다면 영 불가능한 일은 아니다. 신분이 신분인 만큼 이런 극적인 사건이 아니라면 믿음을 얻기 어려웠을 테고.'

그는 점점 자신만의 답을 찾아내가고 있었다.

애꿎게 재앙을 만난 건 조홍과 조앙을 따라 마초를 추격하던 조조군 병사들이었다.

다음 날 저녁, 복양성 뒷마당에서는 조조가 직접 병사들을 취조했다.

"아악!"

병사 하나가 비명을 지르며 쓰러졌다. 조조가 불시에 휘두른 검에 베인 것이다.

조조는 눈을 번득이며 말했다.

"방금 뭐라 했나? 다른 놈이 다시 말해보라."

병사들은 얼어붙은 채 더 말을 하지 못했다.

"뭐라고 했나니까! 당장 말하지 않으면 모조리 죽여주겠다."

"그, 처, 첫째 공자가 조홍 장군을 베고 적장을 구해 달아났습니다!"

"달아난 게 아니라, 하후 장군이 있는 쪽으로 와서 장군을 찌르고 방덕이라는 다른 적장까지 구해서 사라졌습니다!"

"이 미친놈들이, 그래도!"

눈을 질끈 감고 외친 병사 둘을 조조가 막 베려 할 때였다. 평소보다 훨씬 가냘프지만 익숙한 목소리가 들려왔다.

"그만하시오, 형님. 모두 사실이오. 괜히 애꿎은 애들만 잡지 마시고."

목소리의 주인은 목에 붕대를 칭칭 감은 조홍이었다. 그는 수하들이 죄 없이 시달린다는 말에, 들것에 실린 채 여기까지 온 참이었다.

"나보고 그 말을 믿으란 말이냐. 자수(子脩, 조앙의 자)가 나를 배신하고 내 장수들을, 형제들을 찔렀다고?"

조조의 외침에 조홍이 힘겹게 대꾸했다.

"사실인데 어쩌겠소. 본 눈이 한둘이 아니오. 다행히 묘재 형님도 숨은 붙어 있다고 하니, 깨어나면 확인해보시구려."

"이럴, 이럴 수는 없다⋯⋯."

조홍은 좌절하는 조조의 모습이 보기 딱한지, 조심스레 덧붙였다.

"꼭 배신이라기보다 그 뭐냐⋯⋯ 갑자기 광증(정신병)이 온 것일 수도 있지 않겠소?"

"광증이 온 놈이 아무나 닥치는 대로 베지 않고 일부러 묘재에게까지 와서 방덕이란 자를 구해 갔단 말이냐? 세상에 그렇게 미치는 법이 어디 있더냐?"

"끙⋯⋯ 나도 도무지 이해가 안 되니까 하는 말이오. 내게 검을 휘두를 때 눈이 마주쳤는데, 마치 다른 사람 같았소."

"다른 사람?"

"왜 자수는 전쟁터에서는 용감하지만 본래 순한 아이가 아니오? 특히 형님 말이라면 불구덩이에도 뛰어들 정도로 존경하고 있고."

─아버님. 아버님은 반드시 천하의 주인이 되실 겁니다.

조앙의 목소리와 눈빛을 떠올린 조조는 가슴이 찢어질 듯 쓰려왔다.

"한데 그때의 눈빛은 완전히 무심했소. 나를 모르는 사람 정도가 아니라, 아예 같은 인간으로도 안 보는 느낌. 그런 느낌이었소. 한순간 알맹이가 바뀌어버린 것 같다고나 할까."

"……알았다. 가서 쉬어라. 너희도 모두 물러가라."

죽었다 살아난 병사들은 조조의 마음이 변할까 두려워 부리나케 흩어졌다.

조조는 그새 완전히 어두워진 하늘을 올려다보았다. 뭔가가 자꾸 그를 건드렸다.

─마치 다른 사람 같았소.

─나를 모르는 사람 정도가 아니라, 아예 같은 인간으로도 안 보는 느낌. 그런 느낌이었소.

─한순간 알맹이가 바뀌어버린 것 같다고나 할까.

분노에 미쳐 학살을 저지르긴 했지만, 조조는 본래 결코 아둔한 자가 아니었다. 오히려 그 반대였다. 원정 시작 때부터 그를 건드려온 뭔가가, 이번 일로 조금 더 커진 기분이었다. 이상한 어긋남과 위화감이 반복되고 있었다.

'이게 뭐지? 내가 모르는 뭔가가 일어나고 있다.'

어쩌면 아버지, 조숭을 해친 자는 조운이 아닐지도 모른다. 조조는 문득 이런 생각을 떠올렸다. 그렇다면 대체 누가 그런 일을 꾸몄단 말인가? 우선, 조운이 아니라면 진용운은 당연히 제외해야 했다. 여포도 그런 계략을 쓰는 종류의 인간은 아니었다. 책략을 아예 안 쓰는 건 아니지만, 덜 음험했다. 그렇다고 원소나 원술이 해당되는 것도 아니었다.

'내가 분노에 미쳐, 그래서 진용운을 공격하면 이익을 보는 자.'

조조는 고개를 설레설레 저었다. 진용운은 자신 못지않게 적이 많았다. 이런 식으로는 답을 찾기 어려웠다. 조금 생각의 방향을 바꿔보았다.

'아버님의 죽음에 대해 제일 잘 알고 깊숙이 관여한 자. 그러고 보니 사건 일체를 오 군사가 담당했었지……. 이제 상태가 많이 좋아졌다고 하니, 다시 처음부터 확인해봐야겠다. 자수의 일도 같이.'

조조는 오용이 휴양 중인 막사를 향해 걸었다. 오용은 다행히 고비를 넘기고 의식을 되찾았다. 그 후로는 순조롭게 회복

중이었다. 원래대로라면 미리 전령을 보내고 들렀을 터. 그러나 지금 그는 마음이 매우 조급했다.

조조의 분노에 복양성은 조용히 가라앉았다. 그 고요를 뚫고 조조가 오용의 막사 근처에 이르렀을 무렵. 밤공기를 타고 두런두런 대화하는 소리가 들렸다.

조조는 저도 모르게 발소리를 죽이고 기척을 숨겼다. 왜 그 랬는지는 정확히 알 수 없었다. 어쩌면 마음 깊은 곳에서 오용을 수상하게 여기고 있어서였을지도 몰랐다. 원래 조조는 사람을 쉽게 믿지 않았다. 하물며 출신도, 내력도 모르는 자라면 더더욱.

"그렇군요. 이제 전장에 나서도 된단 말이지요?"

낯선 사내의 목소리에 이어, 오용의 목소리가 들려왔다.

"그래야지. 그 실력을 계속 썩혀둘 순 없지 않나."

"날 알아보는 사람이 없는 게 확실합니까?"

"물론. 사건과 연관된 자는 모두 죽였네. 유일한 생존자였던 여인도 알아서 자진해줬으니 다행이지."

"유일한 생존자라기보다 일부러 그 여자만 살려둔 것이죠. 무사히 올 수 있도록 암중에서 지켜줘가면서. 그 상황에서 살아남은 자의 말이라면 조조라도 믿지 않을 수 없을 테니 말입니다."

"잘했네. 자네가 수고 많았어."

"아닙니다. 그동안 어머니를 보살펴주셔서 고맙습니다."

조조에게는 두 가지 행운이 따랐다. 첫 번째는 이날 밤이 유난히 조용하여 숨죽이고 신경을 집중하면 제법 먼 곳에서도 대충 말소리를 들을 수 있었다는 점. 두 번째는 그가 무인으로서의 역량을 발휘하여 기척을 죽인 지점이, 오용과 대화 중이었던 쌍창장 동평의 감각이 이르는 범위에서 아슬아슬하게 벗어나 있었다는 점이었다. 한 발만 더 나아갔어도 동평이 눈치챘을 것이다. 아니, 어쩌면 이런 것들은 행운이 아닐지도 몰랐다. 차라리 끝까지 몰랐던 편이 나았을지도.

'뭐라고?'

조조는 제 귀를 의심했다. 당장 뛰어들어가서 무슨 소리냐고 따지고 싶었다. 그러나 본능적인 경계심이 발목을 붙잡았다. 그는 조용히 돌아서서 온 길을 그대로 되짚어나갔다.

"기대되는군요. 다음 전투에서 드디어 업성을……."

말하던 동평이 멈칫했다. 그는 막사를 나가더니 날카로운 눈빛으로 주위를 둘러보았다.

놀란 오용이 물었다.

"왜 그러나?"

"아닙니다. 제가 너무 예민했나 봅니다."

"힘든 임무를 수행하고 온 뒤라 그런 모양이네. 주공께는 내일 인사시켜주겠네."

"예, 그럼 쉬십시오."

동평은 인사하고 막사를 나왔다.

다음 날 아침, 오용은 아직 불편한 몸을 이끌고 동평과 함께 조조를 찾았다. 업성을 무너뜨리기 위한 총력전이 곧 시작된다고 들었다. 오용 또한 이번이 승부수라고 생각했다. 확실히 이기기 위해서는 동평의 힘이 반드시 필요했다.

"군사, 여기까지 어쩐 일이오? 조심해야지."

조조가 걱정스러운 표정으로 말했다.

오용은 고개를 조아리며 답했다.

"중요한 때에 도움이 못 되어 송구합니다."

"그게 군사의 잘못인가. 비열하게 자객을 보낸 진용운이 나쁜 놈이지."

조조는 말끝에 덧붙였다.

"마치 아버님을 죽인 흉수가 그랬듯 말이오."

오용은 살짝 움찔했다. 조운이 아니라 '흉수'라고 칭한 게 이상하게 마음에 걸렸다. 또 조조의 어조에도 미묘한 기색이 있었다. 뭔가 말투가 달라지고 거리감이 느껴졌다. 그러나 마침 자객 얘기를 하고 있었기에 그랬나 보다 하고 짐작했다. 그는 찜찜함을 털어버리고 동평을 소개했다.

"오늘은 쓸 만한 무인을 추천하려고 찾아뵈었습니다. 저와 같은 고향 사람으로, 동평이라는 자입니다."

"그렇군. 창을 잘 쓰겠지?"

오용은 또 한 번 멈칫했다.

"어찌 아셨습니까?"

"이 사람, 다친 게 다 낫지도 않았는데 무리해서 머리가 안 돌아가나 보군. 저렇게 떡하니 창을 짊어지고 있지 않나."

"아……."

동평은 날 부분을 천으로 감아 드러나지 않게 한 단창 두 자루를 등에 비껴 메고 있었다. 보는 이에 따라 창으로도, 혹은 다른 것으로도 보일 수 있는 모양새였다.

오용은 계속 말을 이었다.

"한때 원소 밑에 있었으나 그의 사람됨에 실망하여 관직을 내놓고 낙향해 있었습니다. 이번에 연이 닿아 주공께 추천하려고 불러온 것입니다. 진용운과 싸워본 경험도 있으니, 중히 쓰시면 절대 후회하시지 않을 겁니다."

"음, 알겠소. 곧 적당한 자리를 줄 테니 물러가 있으시오."

조조는 크게 반색하지도 그렇다고 심드렁하지도 않게 답했다.

대전을 나와 복도를 걷던 오용의 표정이 굳었다. 일이 잘됐다 여겼던 동평은 의아한 듯 물었다.

"왜 그러십니까?"

"……주공이 우리를, 아니 날 수상하게 여기고 있네."

"예? 전혀 그런 분위기는 없었던 것 같은데……. 그냥 기분 탓 아닐까요?"

"확실해. 천기를 써서 마음을 읽었거든."

"아…… 그럼 어쩌죠?"

"어쩌긴. 최대한 몸 사리고 성실하게 일에만 집중해야지. 그나저나 골치 아프게 됐군. 내가 어디서 허점을 드러낸 거지?"

오용과 동평이 물러간 후였다. 조조는 옆에 서 있던 유엽에게 말했다.

"확인해봤나?"

"예. 제가 보낸 사람들은 중간에서 다 사라지고 오 군사의 수하들이 현장 조사를 했더군요."

"……오 군사와 저 동평이라는 자의 뒤를 캐보게. 주변도 조사해보고."

"그 일에는 만총이 제격일 것입니다."

"자네 뜻대로 하게."

조조는 심각한 표정으로 오용과 동평이 간 방향을 노려보았다.

'오 군사는 분명 내 세력이 강성해지는 쪽으로 성심을 다하고 있다. 그런데도 불구하고 미묘한 어긋남이 느껴졌다. 마치

나와 같은 방향을 보고는 있지만, 다른 생각을 하는 듯한 기분. 이제 곧 그 이유를 알게 되겠구나.'

하필 운명이 걸린 큰 전투를 앞둔 때에 조조 진영의 분위기는 심상치 않게 흘러갔다.

한편, 시간을 거슬러 검후가 쓰러지기 얼마 전의 업성.

용운의 부탁에 유주로 향하기 직전까지만 해도 진한성은 결심을 굳히지 못했다.

'내가 과연 옳은 일을 하고 있는 것인가?'

이런 의문이 가슴 한구석에서 계속 피어났다. 그는 외골수였기에 괴짜 취급을 받았다. 앞뒤 생각 않고 힘을 발휘하기에는 역사학자이자 고고학자로 살아온 시간이 너무 길었다. 진한성을 잘 모르는 사람은 그가 무대포라고 여겼다. 그러나 가까운 이는 그런 겉모습 안에 누구보다 신중하고 치밀한 면모가 있음을 알고 있었다. 노준의만 콕 집어 제거한다 해도—그러기도 쉽지 않겠지만—그 일이 결국 북부의 세력 판도에 영향을 미칠 거라고, 진한성은 생각했다.

'공손찬은 물론 요동의 공손탁까지 죽은 판국인데, 조정에서는 후임자를 파견하지 못하고 있다. 이제 노준의가 죽으면, 사실상 북부에서 유일하게 건재한 제후인 유우가 북부의 주인이 된다. 원래대로면 이미 이 년 전에 죽었어야 할 그가 말이

다.'

그게 앞으로의 역사에 어떤 결과를 만들어낼지는 완전한 미지수였다. 유우의 온후한 성품과 높은 인덕은 진한성도 알고 있었지만, 그것과 역사는 다른 문제였다. 한국사에서 세조는 단종을 제거하고 왕위를 찬탈한 일로 종종 비난받는다. 하지만 그것과는 별개로 왕권을 강화했으며, 《경국대전》 편찬을 시작하여 법치주의의 기반을 닦았고, 국방을 강화하는 등의 업적도 남겼다. 만약 어린 단종이 왕위에 올랐다면 중신들에게 휘둘리는 꼭두각시 왕이 됐을지도 모른다. 물론 세조보다 오히려 더 나은 통치를 했을 수도 있다. 역사란 그런 것이다.

그렇다면 유우가 북부의 일인자로 부상했을 때 무슨 일이 벌어질까. 극단적인 예로, 먼 훗날 대한민국이라는 나라가 아예 탄생하지 않을지도 몰랐다.

'성군(聖君)이라봐야 어차피 중국의 역사. 우리나라에 도움될 일은 별로 없다. 오히려 나빠지겠지. 중국이 그만큼 강성해질 테니.'

진한성은 최악의 상황을 가정해봤다.

'유우의 이민족 친화정책 덕에 선비족이나 흉노 등이 강성해져, 그 여파가 고구려에까지 미친다. 결국 고구려는 예정보다 일찍 멸망한다. 중국 대륙으로부터의 방파제 역할을 하던 고구려가 사라지자 백제와 신라 등도 버티지 못해 한반도 전

체가 흡수, 합병당하고 만다. 고려시대가 오기도 전에 한족의 역사로 편입되는 거다.'

그의 마음을 바꾼 것은 전혀 예상치 못한 요소. 바로, 떠나기 전 제갈량과 나눈 짧은 대화였다.

진한성은 어린 제갈량과 사마의, 두 사람 모두가 용운의 세력에 속했다는 사실을 알고 있었다. 그는 역사적 인물들과 필요 이상으로 친밀해지는 행위를 피하려고 노력해왔다. 조운을 비롯한 사천왕들이 진한성을 공경하면서도 어려워하는 이유였다. 진한성에게 그런 인연을 맺은 자는 손견이 처음이자 마지막이었다.

그러나 역사학자로서의 호기심을 도저히 억누를 수가 없었다. 다른 이도 아닌 제갈공명이었다. 《삼국지》 팬이나 중국사 전공자 중 어린 시절의 제갈량과 직접 대면하고 얘기 나눌 수 있는 기회가 생긴다고 한다면, 이를 거부할 수 있는 사람이 몇이나 될까? 하물며 진한성은 그냥 팬도 아닌, 《삼국지》의 광팬이었다. 그가 도주 겸 위원회를 엿 먹이려고 시공회랑을 조작했을 때, 무의식중에 삼국시대로 한 것도 《삼국지》의 영향일지 몰랐다. 그는 한참을 서성이다가 겨우 마음을 굳혔다.

'살짝, 살짝 얼굴만 보자. 한 번 보기만 해도 그것으로 평생 내 머릿속에 기억할 수 있을 테니.'

진한성은 이랑에게 여행 채비를 맡긴 후, 제갈량이 즐겨 찾는다는 장소로 향했다. 미리 주변에 물어 알아둔 정보였다. 그곳은 업성 외곽의 한적하고 작은 숲이었다. 과연 얼굴색이 유난히 맑고 눈빛이 총명한 소년이 뭔가 깊은 생각에 잠겨 있었다.

'저 아이가 제갈량인가 보구나.'

알고 나자 보고 싶었고, 보고 나자 대화를 나누고 싶어졌다.

'딱 한마디만. 아니, 오 분만.'

진한성은 조심스레 나무 뒤에서 나왔다. 그러나 아무리 조심해도 이 시대 평균에 비하면 '거인'이라 칭해도 좋을 정도의 거구였다. 긴 머리카락과 덥수룩한 수염이 잘생긴 얼굴을 가려서 아이들은 기함하기 십상이었다. 한데 제갈량은 조금도 놀라는 기색 없이, 진한성을 말뚱히 바라보았다. 오히려 먼저 입을 연 쪽도 제갈량이었다.

"주목님의 아버님이신 진한성 님이죠?"

"어, 그, 그렇습, 그래."

"안녕하세요. 전 제갈량 공명이라고 합니다."

"날 어떻게 알지?"

"성안에 한성 님을 모르는 사람이 있으려고요."

"내가 그렇게 유명했나?"

진한성은 제갈량 옆의 나무 그루터기에 앉았다.

어느새 두 사람은 자연스럽게 대화를 시작했다.

"뭘 하고 있었지?"

"개미를 보고 있었어요."

"개미를?"

그러고 보니 제갈량의 발치에는 개미 떼가 분주히 기어 다니고 있었다.

"예."

"뭔가 흥미로운 점이라도 있나?"

"그냥, 저 개미들이 마치 민초와 같다는 생각이 들어서요."

"민초라, 어째서지?"

현대에서도 개미는 서민에 종종 비유되곤 했다. 특유의 근면성과 단체생활 때문일 것이다. 다만, 나중에는 좋은 의미에서보다 한시도 쉬지 않고 일해야 하는 처지 혹은 주식에서 개인 소액 투자자를 가리킬 때 종종 비유되었다.

"겨울인데도 저리 활발하게 움직이는 벌레는 개미뿐이지요. 따뜻한 때에 기세를 떨쳤을 딱정벌레는……."

제갈량은 손가락으로 개미 한 무리를 가리켰다. 개미들은 언제 죽었는지 모를, 바싹 마른 딱정벌레 시체를 열심히 옮겨 오고 있었다.

"개미들의 밥이 될 뿐이고요."

"음."

"다른 벌레들은 죽어 없어지거나 언젠가 아예 종 전체가 사라질지도 모릅니다만, 개미는 결코 사라지지 않을 거예요.

어떻게든 힘을 합쳐 살아남아서 자신들보다 훨씬 강한……
큰 벌레나 동물의 사체를 뜯어 먹으며 번식하겠지요. 그 생명
력이 민초 같다고 한 겁니다. 그리고 저 생명력을 바탕으로 이
땅에도 언젠가 백성들이 주인인 나라가 설 테고요.”

진한성의 미간이 살짝 찌푸려졌다. 그가 아는 제갈량은 왕
정이 익숙한 정치가였다. 유비가 임종 전, 아들 유선의 자질이
부족함을 느끼고 제갈량에게 후사를 부탁했을 때, 온몸에서
식은땀을 흘리며 엎드려 빌었을 정도였다. 아무리 천재라 해
도 초월할 수 없는 한계가 있다. 특히, 제도나 사상적인 부분에
서 그렇다.

‘그런 이가 민본주의를 말하고 있다니?’

그는 저도 모르게 무서운 목소리로 말했다.

“누가 그런 걸 알려줬지? 혹시 용운인가?”

“제가 생각한 건데요?”

“뭐라고?”

“실은 어떤 사람에게서 배웠어요. 그 사람이 말하길, 사람
의 목숨은 다 평등하고 소중하며 나라의 근간을 이루는 건 백
성이라 했어요. 황제와 고관대작 그리고 백성은 다르지 않다
고. 백성들이 모여야 나라를 만들 수 있다고. 그 사람이, 제가
오늘 진한성 님과 만날 거란 사실도 알려주었지요. 정확한 날
짜까진 몰랐지만, 업성에서 기다리고 있으면 먼저 절 찾아오

실 거라더니 정말이네요."

진한성은 긴장해서 슬쩍 주위를 살폈다. 그런 사실들을 알 수 있는 존재는 위원회뿐이었다. 설마 제갈량이 위원회에 감화됐거나 포섭되어 있었단 말인가?

그때 아무렇지 않게 다가온 제갈량이 진한성의 귓가에 속삭였다.

"그 사람은 진한성 님을 만나면 이렇게 말해주라고 했어요. 자신의 선택으로 역사가 바뀔까 우려하여 할 수 있는 일을 하지 않는 건 오만입니다. 그 바뀐 미래 또한 새로운 역사니까요. 진한성, 당신이 이미 역사 그 자체일 겁니다, 라고요."

"……대체 그 사람이 누구지?"

"저도 이름밖에 몰라요. 하지만 한 가지는 확실하죠."

"그게 뭔데?"

"나중에 저와 혼인할 사람이라는 거요."

14

북부에 몰아치는 태풍

진한성은 누군가 제갈량의 입을 통해 전한 말을 듣는 순간, 뇌리에 번갯불이 치는 것 같았다. 용운이 기억의 탑을 사용하듯, 그는 기억 저장의 형태로 머릿속에 강철의 성을 만들었다. 그 성안, 깊은 곳에 있던 봉인 일부가 풀렸다. 자신도 모르는 사이에 만들어졌던 봉인이었다.

'설마? 아아, 그래서.'

이제까지 이해가 되지 않았던 몇 가지 의문이 해소되었다. 백 퍼센트 정확한 건 아니지만 거의 확실했다. 물끄러미 제갈량을 응시하던 진한성이 말했다.

"내가 그대에게 못할 짓을 했구려."

"네? 무슨……."

진한성은 정중히 포권한 자세로 말을 이었다.

"아무쪼록 흔들리지 말고 그대의 길을 가시오. 그리고 방금 전의 조언, 큰 도움이 되었소."

뭐라 말하려던 제갈량은 입을 다물고 고개를 끄덕였다.

돌아서서 걸어가는 진한성의 눈빛에는 이제 망설임이 없었다.

'미안하오, 문대. 내가 이 사실을 좀 더 일찍 깨달았더라면……. 그렇게 벗을 잃지 않아도 되었을 텐데. 그리고 용운아, 이것 또한 네가 감당해야 할 몫이다. 그 대신이라 하긴 뭣하지만, 내 앞으로는 너를 위해 제대로 힘을 쓰도록 하마. 더이상 주저하지 않을 것이다.'

제갈량은 한동안 그의 뒷모습을 바라보다가 중얼거렸다.

"태풍이네요. 거대한 태풍."

업성에서는 급히 유주 지원군이 편성되었다. 성혼단에 포위되어 위기에 처한 유주목 유우를 도우라는 용운의 명이 내려온 것이다. 원정군의 구성은 단출했다. 규모에 중점을 둔 게 아니기 때문이다. 즉 양보다 질이었다. 병력이라고 해봐야 적뢰기 일천이 전부였다.

"중달, 정말 괜찮겠느냐?"

수레에 탄 사마랑은 옆에 앉은 동생, 사마의에게 걱정스러운 듯 물었다.

사마의는 침착하게 답했다.

"걱정 마세요, 형님. 저도 이제 곧 열일곱 살입니다. 임관할 나이라고요. 얼마 전에 실전도 경험했고요."

"그걸 실전이라 할 수 있느냐. 주공께서는 무슨 생각이신지……. 내 처음으로 주공의 명에 불만이 생기는구나."

"제 책략으로 조조군에게 큰 타격을 입혔으니 실전이지요. 실행되는 걸 눈앞에서 봤고요. 아마 그 일을 높이 사서 출진을 명하신 게 아닐까요?"

"넌 아직 전쟁을 모른다……. 아무튼 내 역할은 네 보호자인 듯하니 거기에 전념할 것이다."

수레 앞에서 말을 몰던 서황이 말했다.

"너무 염려 마십시오, 학사장님. 이 공명이 철통같이 지켜 드리겠습니다."

"허허, 말씀만 들어도 든든합니다."

'학사장(學士長)'이란, 용운이 새로 만든 관직으로 교육과 관련된 관리들의 우두머리를 뜻했다. 서황은 솔직히 사마의보다도 이 존재감 없는 학사장, 백달(伯達. 사마랑의 자)이 더 걱정됐다. 그가 본 모습이라곤 학당에서 소년과 청년들을 가르치는 것뿐이었으니 그럴 만도 했다. 그러나 사마랑은 정사에서 적지 않은 군무를 담당했으며, 사마팔달의 한 사람으로 꼽힐 만큼 재지도 뛰어났다. 그저 보호 역만은 아닌 것이다. 그리고 무엇보다…….

'엄청난 존재감이다.'

이 무리에는 진한성이 동행했다. 그는 이랑과 함께 다른 수레에 타고 있었다. 무슨 생각을 하는지 아까부터 팔짱을 낀 채 눈을 감고 있었다. 서황은 그를 곁눈질하며 침을 꿀꺽 삼켰다. 여포를 처음 봤을 때는 호승심이 일었었다. 한데 진한성에게는 그럴 마음조차 들지 않았다.

"저 아저씨, 무서워."

서황에게서 흘러나온 가느다란 목소리에, 사마의가 눈을 깜빡거렸다.

"예? 공명 님, 방금 뭐라고 하셨습니까?"

"아, 아무것도 아닙니다."

그는 당황해서 급히 가슴 언저리를 꾹꾹 눌렀다. 그의 손 밑에서 끄! 하는 이상한 소리가 났다. 다행히 사마의는 어느새 다른 생각에 잠겨 있었다. 공명이란 자를 듣자 또 다른 공명이 떠올랐던 것이다. 물론 중국어로 두 공명의 발음이 전혀 다르기에 헷갈릴 일은 없었지만, 어쨌든 비슷하여 연상이 됐다.

'양, 너와 나는 아무래도 가치관이 많이 다른 것 같다. 너의 재능은 인정하지만, 이번 원정으로 내가 좀 더 앞서가도록

하마.'

서황이 요원을 진정시키느라 애쓸 때였다.

말을 몰아 옆에 다가온 종요가 입을 열었다.

"산양성에서 죽을 뻔한 목숨을 주공 덕에 구했으니, 이번에야말로 공을 세워 치욕을 씻을 것이오. 조조군이 상대가 아닌 게 아쉽지만. 잘 부탁하오, 장군."

서황은 정중하게 답했다.

"저야말로 잘 부탁드립니다."

그로부터 며칠 후, 지원군은 탁성에 도착했다. 수가 적으니 상대적으로 행군 속도도 빨랐다. 좀 떨어진 곳에서 성 쪽을 주의 깊게 살펴본 서황이 말했다.

"크게 싸운 흔적이 없군요. 이상합니다. 무혈입성이라니."

오는 도중에도 딱히 제지하는 병사가 없었다.

유주의 상황 및 유우와 용운의 사이를 좀 더 잘 아는 사마랑이 답했다.

"탁성은 선우보 장군이 지키고 있었습니다. 유주성이 고단한 처지가 되자, 아마 탁성을 포기하고 그리로 간 듯합니다. 그 사이 빈 성을 성혼단의 다른 무리가 점령했겠지요."

"우리 역시 최대한 빨리 통과하는 게 좋겠군요."

유우 쪽에서는 탁성이 넘어간 사실을 업성에 미처 알려주지 못했다. 흑영대의 정보망도 닿지 못했는데, 이는 호송 중이던 양수를 탈취해간 사건과 관련이 있었다. 즉 현재 이 일대에서는 흑영대가 활동하기 불가능했다. 그만큼 강한 존재가 장악하고 있었기 때문이다.

'좀 전부터 아주 대놓고 위협을 해오는군.'

진한성이 눈을 번쩍 뜨더니 처음으로 입을 열었다.

"양동작전을 펼쳐야겠습니다."

사마의는 흥미롭다는 듯이 대꾸했다.

"양동작전이요?"

그는 출발 직후부터 쭉 진한성을 관찰했다. 그의 기발한 의견이나 허를 찌르는 지적은, 대개 통찰력과 세심한 관찰에서 나왔다. 한데 십육 년 인생을 통틀어 진한성 같은 자는 처음이었다. 습관도, 고향도, 취향도, 몇 시간 지켜보다 보면 알 수 있는 것들 중 무엇 하나 짐작 가는 게 없었다. 알려진 거라곤 진용운의 부친이라는 게 다였다.

'주목님도 고향이 알려지지 않았다고 하더니. 부자가 쌍으로 비밀투성이네.'

진한성이 사마의에게 답했다.

"그래. 간단하다. 내가 적장을 유인하는 사이, 이랑이 성문을 열 것이다. 그럼 진입해서 점령하면 된다."

"그건 이미 양동작전이 아닌데요?"

"양동작전이다. 이 성의 전력은 사실상 내가 유인할 적장 한 사람이 다일 것 같거든."

그 말을 끝낸 직후였다.

"오랜만입니다, 진 사부."

침착하고 품위 있는 목소리가 일행의 정면에서 들려왔다.

진한성은 깊은 한숨을 내쉬었다.

"자네였나."

경계하던 서황은 살짝 당황스러운 표정이 됐다. 남자의 차림새와 외양이 매우 생소한 까닭이었다. 이 시대에는 없을, 한 치도 어긋나지 않은 최고급 슈트 차림. 조각 같은 이목구비에 엷은 갈색 머리를 단정하게 빗어 넘겼다. 무엇보다 놀라운 건 눈 색깔이었다. 남자의 왼쪽 눈동자는 회색이 비치는 파란색. 오른쪽 눈동자는 갈색이었다. 통칭 오드아이다.

"시진."

천강 제10위, 천귀성 소선풍 시진.

그의 이름이 진한성의 입에서 나왔다. 고귀한 가문과 바른 인품으로, 송강조차 함부로 대하지 못하는 자. 노준의는 시진을 끌어들인 것을 가장 큰 수확으로 생각할 정도였다.

"솔직히 자네를 두들겨 패는 건 별로 안 내키는군. 위원회 놈들 중 그나마 제일 인간성이 된 사람이니."

"하하, 고맙다고 해야 하나요. 진 사부도 여전하시군요. 아

니, 체구는 더 커지신 것 같네요."

"한데 자네가 여기 있다는 건 노준의와 손을 잡았다는 뜻인가? 어째서지?"

"그럴 만한 일……. 여전히 허를 찔러서 답을 얻어내려 하시는군요."

"쳇. 여전히 안 통하는군."

보고 있던 서황이 진한성에게 말했다.

"적장입니까? 그러하면 제가 상대해보겠습니다."

무슨 까닭인지 진한성은 피식 웃었다. 비웃음은 아니었지만 한번 겪어보라는 느낌이었다.

"어디, 해보시오."

서황이 이제 완전히 그의 소유가 된 유물, 해골파쇄기(도끼)를 들고 나섰을 때였다. 그의 품 안에 숨어 따라온 요원이 속삭였다.

"조심해요! 저 사람한테 내 주인이었던 삭초가 꼼짝도 못 하는 걸 봤어요."

삭초라면 서황이 싸워본 강적이었다. 그런 자가 꼼짝하지 못했을 정도라니.

'겉보기와는 다르다, 이건가. 방심해선 안 되겠다.'

대부를 들고 나선 서황은 시진에게 천천히 다가갔다. 아무리 봐도 무인은커녕 칼을 들어본 적조차 없는 자처럼 보였다.

그리고 영문은 모르겠지만, 진한성은 여전히 이상한 웃음을 띠고 바라보는 중이었다.

"무기를 드시오."

서황의 말에 시진이 부드럽게 답했다.

"필요 없습니다."

"……후회할 거요."

서황은 탐색전을 해보려던 마음을 버렸다. 그리고 해골파쇄기에 온 힘을 담아, 일격필살이라는 심정으로 공격을 날렸다. 생각해보면 여기서 시간을 허비할 이유도, 여유도 없었다. 순간, 시진이 조용히 읊조렸다.

"천기 발동, 단서철권(丹書鐵券)."

후웅! 서황의 대부는 시진의 바로 옆을 크게 헛치고 지나갔다.

"……?"

그의 얼굴이 민망함으로 붉게 물들었다. 하다못해 어린 시절, 처음 도끼를 잡고 장작을 팼을 때도 이토록 빗나가진 않았다. 대부를 휘두른 순간, 작은 바람이 일어 눈에 살짝 티끌이 들어간 탓이었다. 온 힘을 다한 공격이었기에 작은 어긋남으로도 방향이 크게 빗나갔다.

"이익!"

여전히 제자리에 고요히 서 있는 시진을 향해, 서황이 다시

도끼를 휘둘렀다. 이번엔 수평으로.

그러나 결과는 마찬가지였다. 그의 도끼는 시진의 배 앞 두 치 정도의 허공을 기세 좋게 가르고 지나갔다. 이번에는 디딤발을 내딛는 순간 공교롭게도 작은 자갈이 밟혀서 무게중심이 흔들렸다. 서황은 그제야 이상함을 느꼈다. 첫 번째와 두 번째 공격 모두 우연이라기에는 절묘했다.

'내 실수가 아니었군.'

지켜보던 진한성은 살짝 고개를 저었다.

'역시.'

회 내에는 일대일로 맞붙었을 때 그가 승부를 장담할 수 없는 상대가 네 명 있었다. 첫 번째는 아직 정확한 능력을 모르는 송강. 두 번째는 아예 얼굴도 본 적 없는 공손승. 세 번째는 한 번 크게 싸웠으나 비겼던 노준의. 마지막 네 번째는 바로 시진이었다.

시진의 천기, 단서철권. 글자 그대로 풀면, 붉은색으로 표지를 만들고 쇠줄로 엮어 오래 보존하기 위한, 귀한 책이다. 쇳조각에 지워지지 않도록 내용을 새긴 다음 공신에게 내려, 어떤 죄를 지어도 면책특권을 준다는 증명서가 이 단서철권이었다. 실제로 시진의 가문은 천 년 전부터 당대의 권력자를 정치적·경제적으로 뒷받침하여, 그 보답으로 면책특권을 가지고 있었다. 일단 시진이 단서철권을 발하면, 어떤 사람도 그를 공격하지 못했다. 말 그대로 공격을 해도 통하지가 않는 것이다. 그 도구가 주먹이든 칼이든 총이든, 설령 핵폭탄이라 해도 마찬가지다. 이유 없이 빗나가거나 우연을 가장한 사건이 터져서 시진에게 가해지는 직접적인 공격을 막는다. 그야말로 절대 방어였다.

현대에서 중국 주석이 시진과 한집을 쓰기 시작한 데는 이유가 있었다. 그가 머무르는 것만으로도 그에게 악영향을 가하는 공격은 먹히지가 않았다. 즉 집을 폭파하는 행위가 불가능해진다. 갑자기 폭탄이 작동하지 않거나 테러범이 일을 벌이기도 전에 교통사고를 당하는 등 겉으로는 우연으로만 보이는 사건에 의해서.

서황은 얼굴이 벌게진 채 필사적으로 공격했다. 그러나 매번 결과는 마찬가지였다. 괜히 공격하던 그의 힘만 빠졌다. 이상한 대결을 유심히 관찰하던 사마의가 말했다.

"저게 회의 인물들이 쓴다는 사술인가요?"

순욱은 지원군을 파견하기 전, 서황, 사마랑, 종요, 사마의 등을 불러서 회의 존재와 그들이 쓰는 기이한 힘에 대해 알려주었다. 지원군이 유주로 떠나는 제일 큰 이유는 유우를 돕기 위한 것이지만, 거기엔 필연적으로 성혼단, 즉 위원회와의 전투가 따를 것이었다. 상대해 싸우러 가는 자에 대해 알면서도 숨긴다는 건 어불성설. 하물며 용운의 가신들은 충성도가 남달라, 회에 대한 것을 알린다 해서 큰 문제될 일은 없었다. 더구나 서황 등은 그들과 직접 싸워보기도 했다. 이에 용운의 허가를 얻어 좀 더 자세한 정보를 알려준 것이다.

그저 단순한 사교집단인 줄만 알았던 성혼단이 실은 위에 위원회라는 단체를 두고 있었다. 심지어 최종 목적은 황실을 전복하고 그들만의 세상을 만들기 위한 것. 그 사실을 안 종요와 사마랑 등은 경악했다.

"그런 역적의 무리가……"

"태평도보다 더한 놈들이었군. 이번에 유주목과 힘을 합쳐 반드시 뿌리를 뽑아야 할 것이오."

반면, 사마의는 흥미롭다는 반응을 보였다. 그리고 그 회의 일인이 모습을 드러낸 것이다.

"공격이 안 먹힌다면 그냥 무시하고 지나가면 되잖아요."

사마의의 말에 진한성이 대꾸했다.

"우린 공격할 수 없는데 저자의 공격은 우리에게 통한다는 게 문제다. 아직은 공격해오지 않고 있지만. 유주성을 도울 때 저자가 뒤를 노려오면 귀찮아진다."

"흐음. 그렇게 위협적으로 보이진 않는데."

사마의는 한동안 서황의 분투를 지켜보다가 사마랑의 귀에 뭔가를 속삭였다. 그러자 고개를 끄덕인 사마랑이 휘하 부대를 향해 말했다.

"힘이 센 자 넷만 나오라."

특별히 기골이 장대한 적뢰기 넷이 나오자, 사마랑은 그들에게 명했다.

"가서 서황 장군의 공격으로부터 저자를 보호하라."

그때쯤에는 서황도 시진의 능력을 깨닫고 있었다.

'나는 분명 정상이다. 내 팔다리는 나의 뜻대로 움직여주고 있다. 그렇다면 저자는 공격을 막게 하는 사술을 쓰는 것이다. 삭초라는 자가 요원을 부리고 갑자기 이동하는 사술을 썼듯이.'

그러다 아군 장정 넷이서 시진을 둘러싸자, 서황은 의도를 깨달았다.

'공격하지 않고 잡아두기만 하려는 건가.'

시진은 조금 당황했다. 형태는 분명 포위하여 겁박하는 것이었다. 한데 그 행동이 서황으로부터 보호해주는 형국이 됐기에 천기가 발동하지 않았다. 네 장정은 조금씩 시진과의 거리를 좁혀나갔다.

그때 진한성이 중얼거렸다.

"조심해."

번쩍! 성벽 위에서부터 뭔가가 날아왔다. 진한성의 목소리를 들은 서황은 한발 먼저 움직여 적뢰기 하나의 앞을 가로막았다. 미리 반응하지 않았다면 막지 못했을 터였다. 콰앙! 불꽃이 튀며 굉음이 일었다. 서황은 진한성 정도는 아니었으나 상당한 거구였다. 그런 그의 몸이 붕 떠서 열 걸음 정도 뒤에 떨어졌다.

"공명 님! 괜찮으세요?"

요원의 다급한 외침에 서황이 답했다.

"괜찮으니 염려 마시오."

해골파쇄기를 휘둘러 날아온 것을 쳐낸 덕에 무사했다. 손이 좀 뻐근하고 얼얼하긴 했지만. 그는 좀 떨어진 곳에 박힌, 자신이 쳐낸 뭔가를 슬쩍 쳐다보았다.

'창?'

그것은 한 자루의 창. 그중에서도 던지는 용도로 만들어진 투창이었다. 재질을 알 수 없는 금속에 전체가 하나의 쇳덩어리로 이뤄져 있었다. 표면에는 아무 무늬도, 장식도 없었다. 성벽 위에서 내던진 투창이 여기까지 정확히 날아온 것으로도 모자라 쳐낸 서황을 밀어냈다. 엄청난 위력과 정확도였다. 눈을 가늘게 뜨고 잘 보니, 성벽 위에 어른거리는 인영 하나가 보였다.

"네 병마용군인가?"

진한성의 물음에, 시진은 고개를 끄덕였다.

"착한 아이지요."

"그 착한 아이, 이제 못 볼 거다."

나서는 진한성의 앞을 시진이 가로막았다.

"전 안 싸운다고는 안 했습니다만."

"……네가 나를 감당할 수 있겠나?"

"잘 아시지 않습니까."

쾅! 진한성이 대뜸 휘두른 주먹에 성벽 한 곳이 움푹 파였다. 주먹은 닿지도 않았다. 기파에 의한 것이었다. 시진은 웃고 있었으나 모골이 송연해졌다. 기파가 스치고 지나간 관자놀이 쪽이 화끈했다.

"정말 안 맞는군."

"핵폭탄도 제가 있는 곳에는 떨어지지 못합니다."

말을 마친 시진의 모습이 흐려지더니, 갑자기 진한성의 코앞에 나타났다. 초고속으로 움직여 일어난 현상이었다. 지원군 병사들은 화들짝 놀랐다. 진한성의 근처에 있던 사마랑은 사마의를 다급히 몸으로 감쌌다.

퍼벅! 진한성은 시진의 손을 귀찮다는 듯 털어냈다.

"뭐하는 거냐?"

이어서 그 동작 그대로 시진의 배에 주먹을 꽂아 넣었다. 아니, 그러려고 했다. 그때 마른하늘에서 별안간 요란하게 천둥이 울리는 바람에 놀란 말 한 마리가 날뛰었다. 종요가 탄 말이었다.

"으힛!"

종요는 놀란 소리와 함께 균형을 잃고 떨어졌다. 순간적으로 진한성의 주의가 그리로 쏠렸다.

그냥 떨어지면 목이 부러져 죽을 판이었다.

'저거, 종요잖아? 용운이가 아끼는데다 앞으로 죽을 날은 까마득하고 서예 작품도 많이 남길 양반인데.'

그는 혀를 차며, 시진을 치는 대신 몸을 날려 종요를 받았다.

"고, 고맙소."

죽다 살아난 종요는 식은땀을 흘리며 말했다.

"과연 이런 건가."

진한성이 중얼거렸다.

시진은 내색하진 않았지만 경악하고 있었다. 진한성의 공격을 막기 위해 천둥이 울렸다. 자연 그 자체가 반응해야 할 만큼 공격의 위력이 엄청나다는 의미였다. 단서철권을 발동한 시진을 향해 미사일이라도 떨어지면, 가벼운 우연으로는 막을 수 없다. 엄청난 현상이 일어나 궁극적으로 그를 살리는 방향으로 작용한다.

'사람의 주먹이 자연을 움직여 막아내야 할 정도라고? 괴물이라는 건 알았지만······.'

역시 막는 것만으로는 한계가 있었다. 무엇보다 너무도 두려웠다. 자신의 천기가 가진 힘을 잘 알면서도 그랬다. 중간에 얇은 유리를 놓고서 맹수를 마주한 기분. 절대 그 유리를 깰 수 없다는 걸 알지만…….

'혹시라도 깨진다면?'

상상만으로도 온몸에 소름이 끼쳤다.

진한성은 종요를 받아 안아 수레에 태웠다.

그사이 적뢰기들이 시진을 분분히 공격했다. 하지만 발을 헛딛거나 눈에 티끌이 들어가는 등 사소한 우연들이 계속 일어나 공격이 빗나갔다. 심지어 자기들끼리 찔러서 죽기까지 했다.

'그래, 내 천기는 확실해.'

그러나 진한성이 고개를 돌리는 순간, 시진은 머리카락이 쭈뼛 섰다. 후앙! 이번에는 강맹한 발차기가 날아왔다. 시진은 저도 모르게 몸을 움직여 피하려 했다. 굳이 그럴 필요가 없음에도 불구하고. 다음 순간, 그는 쓰러진 적뢰기의 시체에 발이 걸려 넘어졌다. 그 위로 진한성의 발이 스치고 지나갔다.

"쯧, 아깝네."

시진은 중얼거리는 진한성의 말을 들으며 정수리를 만져보았다. 놀랍게도 손에 피가 묻어나왔다. 아주 적은 양이긴 했지만 시진에게는 충격 그 자체였다. 단언컨대 이 천기를 얻은 이래 처음 생긴 상처였다.

'천기를, 천기의 법칙을, 거부하는……?'

시진은 머릿속으로 다급히 병마용군을 불렀다.

'희매(喜妹)!'

그의 약혼녀였지만 사고를 당해 죽은 여인, 희. 그녀는 기꺼이 시진의 부름에 응해주었다. 시진 자신의 천기만으로도 충분히 안전하기에 그녀를 전투에 동원하지 않았었다. 이제까지는.

병마용군 희의 특기는 회수되는 네 개의 투창. 1킬로미터 범위 이내라면 던지는 족족 명중하며 그 위력은 작은 산도 무너뜨렸다. 또 투창 자체가 유물이어서 절대 파괴되지 않았다. 던진 후에는 그녀에게 스스로 되돌아갔다. 마치 무협에서의 이기어검(以氣御劍, 기의 힘으로 검을 조종하는 검술)과 비슷했다. 시진이 모든 공격을 막고 원거리에서 희가 저격하는 것, 그야말로 최강의 창과 방패였다. 원래는 그래야 했다.

'희매?'

그의 부름에도 진한성을 향한 투창 공격이 없자, 시진은 의아해졌다.

진한성이 히죽 웃으며 말했다.

"병마용군은 너만 있는 게 아니거든."

다급히 성벽 위를 보니, 희가 누군가와 싸우는 모습이 보였다. 체구로 보아 여인이었다.

"잘 보일지 모르겠지만 소개하지. 내 병마용군 이랑이다. 절대십천엔 못 들지만, 내 영향인지 저 녀석, 원래 서열보다 훨씬 강하다고."

"……희의 존재와 위치를 파악하기 위해 일부러 서황을 먼저 내보냈군요."

"딱히 그런 건 아닌데? 자, 우리도 다시 시작할까?"

시진은 진한성의 주먹을 보며 침을 꿀꺽 삼켰다.

진한성이 어느새 차가워진 어조로 말했다.

"다음엔 안 놓쳐."

한편, 발해 남피성.

검후의 장례식을 마친 용운은 남피성의 뒷수습을 순유에게 맡겼다. 그리고 자신은 기동력 위주로 부대를 재편성하여 북진을 시작했다. 원소를 쫓아 오환의 땅으로 들어가려는 것이었다. 태사자는 만약을 대비, 순유와 함께 남피에 남고 장료와 장합이 용운을 수행했다.

쉽지 않은 행군이었지만 병사들을 채근할 필요도 없었다. 주군 용운을 구하고 전사했다고 알려진 검후의 복수를 위해, 전군이 독기를 품었기 때문이다. 그들에게도 검후를 비롯한 사천신녀는 특별했다. 현대로 치자면 마스코트나 승리의 여신 같은 존재였다.

오환의 땅은 온통 황무지와 바위산이 펼쳐져 있었다. 그들이 식량을 털기 위해 노략질하는 심정도 어느 정도 이해가 갔다. 척박한 땅을 그렇게 며칠이나 지났을까. 어느덧 계절은 완전한 겨울로 변해 있었다.

"장군, 앞쪽에 수상한 움직임이 있습니다."

"수상한 움직임이라니?"

"분명 기척은 느껴지는데 사람이 없습니다."

"그게 무슨 소리야?"

척후병의 보고에 맨 앞으로 나서서 직접 전방을 살피던 장료가 중얼거렸다.

"이상하군. 그냥 돌밭인데 확실히 기운이……."

말하던 그는 흠칫했다. 크고 작은 바위들이 일제히 움직이기 시작한 것이다. 그것은 모두 바위와 비슷한 색깔과 질감의 털가죽을 덮어쓴 오환족 병사들이었다. 모르고 더 다가갔다가 화살 세례라도 받았다면 피해가 막심했을 뻔했다. 다행히 먼저 공격할 의도는 없었던 듯했다.

"드디어 나타나셨군."

장료는 오환족 병사들을 노려보며 말했다.

황무지를 가득 메우다시피 한 오환족 병사들 중 유난히 기골이 장대한 자가 나섰다.

"나는 오환왕 구력거다. 그대들은 오환의 땅을 무단으로 침범했다. 경고하니 돌아가라. 그렇지 않으면 피를 볼 것이다."

"오환과 싸울 마음은 없소. 우리는 원소를 추격해온 것이니 길을 내주기만 하면 되오. 그 보답은 반드시 후하게 할 것이오."

장료의 설명에도 구력거는 미동도 하지 않았다.

"그것은 그대들의 사정. 그리고 나는 원소에게 도움받은 일이 여러 번이라, 내 입으로 그가 있는 곳을 실토할 순 없다. 길을 열어줄 수도 없고."

예민해져 있던 장료가 날카롭게 되받았다.

"권주를 마다하고 벌주를 드시겠다 이거요?"

"뭐라?"

일촉즉발의 분위기가 감돌 때 용운이 앞으로 나섰다.

"잠깐, 문원."

"예, 주공."

장료는 정중한 태도로 순순히 물러났다.

구력거는 용운을 멀뚱히 바라보았다. 황무지나 바위산에서 사는 북부의 이민족들은 시력이 유난히 좋았다. 장료의 태도로 보아 이 무리의 우두머리인 듯한데, 도무지 남자인지 여자인지 구분이 가지 않았다.

'어느 쪽이든 요사스러울 정도로 아름다운 자로군.'

용운은 한 치의 망설임도 없이 구력거에게 성큼성큼 다가갔다. 오환족들은 물론이고 용운의 수하들도 크게 당황했다. 구력거는 험악한 기세로 창칼을 들고 나서려는 수하들을 제지했다. 용운이 빈손인데다 살기가 전혀 없음을 느낀 까닭이었다. 무엇보다 이런 계집 같은 사내를 겁내어 부하를 앞세운다면 오환의 왕으로서 창피한 일이었다.

그러는 사이 구력거의 바로 앞에 선 용운이 맑은 눈으로 그를 올려다보며 말했다.

"당신이 오환의 왕, 구력거인가요?"

"그렇다."

"오늘 드디어 내 형제를 만나는군요."

용운은 말과 함께 손을 내밀었다.

'형제라니?'

구력거는 용운의 의도를 몰라 그 손을 멀뚱히 바라보았다.

15

오환의 땅에서

구력거는 자신에게 한 손을 내민 미청년을 물끄러미 내려다보았다.

'이게 뭐하는 짓이지? 게다가 날더러 형제라니?'

북부의 유목민족 사이에서는 피를 나눈 친형제만큼 가까운 친구 사이를 형제라 칭하기도 했다. 중원의 사내들이 의형제를 맺는 것처럼. 그러나 구력거는 이 청년과 완벽한 초면이었다.

의도를 몰라 머뭇거리는 그에게 용운이 말했다.

"아, 소개가 늦었군요. 저는 진용운이라고 합니다."

"진용운?"

어디서 들은 듯한 이름인데 바로 떠오르진 않았다.

용운은 계속 말을 이었다.

"할아버지께 형님의 얘기를 많이 들었죠. 오랜 세월 신의를 쌓아 이제는 손자처럼 생각하신다고요. 저 또한 백안 공을 할아버지처럼 여기고 공경하기에 형님을 뵐 수 있길 고대했습니다."

"아…… 그대가 기주목이오?"

구력거의 목소리가 자신도 모르는 사이에 부드러워졌다. 유우의 이름이 나오자 비로소 기억이 났다. 요 몇 년 사이 유우를 만날 때마다 그로부터 용운의 얘길 들었던 것이다. 유우는 원래도 온화하고 부드러운 성품이었는데, 용운을 화제에 올릴 때의 그는 만면에 미소가 가득했다. 그가 얼마나 용운을 사랑하고 아끼는지 알 수 있었다.

'다행이야.'

그때 구력거는 정말로 잘됐다고 여겼었다. 유우가 천하인의 공경을 받는다 하나, 막상 공손찬에게 위협당했을 때는 딱히 돕겠다고 나선 이가 없었다. 원소가 유우를 황제로 추대하겠다고 나선 적이 있을 뿐이었다. 그나마 제 야심을 위해서. 오환족이 원소와 친분을 쌓은 것은 그들을 핍박하던 공손찬과 원소가 적대한 게 제일 컸지만, 그가 한때 유우와 가까운 사이였던 점도 작용했다. 존경받지만 외로운 처지였던 유우에게,

중원의 제후 중에서도 든든한 아군이 생긴 것이다. 그 진용운이 원소와 전쟁 중이라는 소식은 들었지만, 여기서 직접 보게 될 줄은 미처 몰랐다.

'백안 공께서 날 손자처럼…… 그런가…….'

용운의 말과 더불어, 그의 높은 매력 수치가 구력거에게 작용했다. 그는 용운의 손을 잡았다.

"이렇게 하면 되는 거요?"

"예. 반갑습니다, 형님. 한데……."

해사하게 웃던 용운의 표정이 가라앉았다.

"왜 할아버지의 원군으로 가시지 않고 여태 여기 계시는 겁니까?"

"……그건!"

유우의 이름이 나온 순간부터 반가운 한편 마음 한구석을 무겁게 짓누르던 쇳덩이가 요동쳤다. 그것은 죄책감이라는 이름의 쇳덩이였다. 구력거는 허를 찌르는 질문에 당황했다. 잠시 후, 한숨을 내쉰 그가 말했다.

"여기까지 오는 동안 한시도 쉬지 않았을 테지. 따라오시게. 쉴 곳과 먹을 것을 내어줄 테니. 사정은 그때 들려주겠소."

"그러지요."

어차피 원소가 숨은 곳은 모르는 상황. 무작정 헤매기보다 구력거와 대화하다 보면 더 쉽게 알아낼 수 있으리라고 용운은 추측했다. 그의 가슴은 원소와의 거듭된 전쟁으로 인한 피해와, 무엇보다 검후의 죽음으로 복수심에 들끓고 있었다. 그런 반면 머리는 차갑게 유지하고 있었다. 이미 구력거의 정보도 대인통찰로 살핀 후였다. 그대가 기주목이냐고 묻는 순간, 그리고 악수를 나눈 직후 호감도가 대폭 올라갔음을 확인했다. 원소에게 회유되거나 암수를 꾸민 건 아니었다.

'그나저나 예상 밖의 일이다. 오환족 부대가 할아버지를 도우러 가지 않았다면 유주성의 전력이 절대적으로 부족해. 이거 큰일인데……'

용운은 입술을 질끈 깨물었다. 아버지가 유주로 향했으니, 최악의 경우라도 유우를 비롯해 사마랑, 사마의, 종요, 여건 등은 지켜줄 터였다. 그러나 진한성은 어디까지나 개인이었다. 그가 아무리 강해도 수십, 수백 곳에 동시에 존재할 수는 없었다. 성을 포위한 채 수만의 군사로 맹공을 퍼붓고 있다는 노준의군을 과연 막아낼 수 있을까. 만약 유주성이 떨어지면 유우도 걱정이지만, 용운은 그야말로 사방이 적으로 둘러싸이게 된다.

'그렇다고 여기서 아무 수확도 없이 유주로 발길을 돌릴 수는 없어. 서황과 사마의 그리고 종요를 믿어볼 수밖에. 아직 여건도 거기 머물러 있고 하니……'

용운은 일단 구력거가 원군을 파견하지 않은 이유를 들어

보기로 마음먹었다. 구력거는 용운의 병사들이 막사를 치고
쉴 만한 땅을 알려주었다. 그리고 용운은 자신의 막사로 초대
했다. 그의 체구가 워낙 커서, 막사는 어지간한 집만 했다.

들어가는 두 사람을 지켜보던 장료가 말했다.

"주공, 괜찮으실까? 너무 믿는 거 아니야?"

장료의 걱정에 장합이 천천히 답했다.

"괜찮네. 둘뿐인 걸 확인했어. 주변에는 사천……"

말하던 장합이 잠깐 입을 다물었다. 새삼 검후의 빈자리가
가슴을 후벼팠다. 성월은 다 같이 있는 자리에선 눈물을 참다
가, 장합과 둘이 됐을 때 펑펑 울었다. 그녀의 슬픔이 제 것처
럼 와닿았다.

"……신녀분들도 있고. 무엇보다."

"무엇보다?"

"저자는 주공을 해치지 못하네."

"어째서?"

"그야 주공이 훨씬 강하시니까."

"으잉?"

놀라는 장료에게 장합이 말했다.

"몰랐나? 주공께선 대장군(조운)님과 검후 님……에게서
꽤 오래전부터 수련을 받아왔네. 검술이며 권법 등을 말이야.
두 분 모두 주공의 자질에 놀라셨었지."

"음……."

장료는 예전 임충과 싸웠을 때, 용운이 보여줬던 기이한 움직임을 떠올렸다. 자신은 전혀 반응하지 못했던 공격을 감지하고 밀쳐내 목숨을 구해줬던 것이다. 그는 장합의 말을 이해하고 고개를 끄덕였다.

"앉으시오."

막사 안을 신기한 듯 둘러보는 용운에게 구력거가 말했다.

용운이 그의 말에 답했다.

"말씀 편히 하십시오."

구력거의 눈에 이채가 떠올랐다. 대개 후한의 관리는 북방 유목민족을 오랑캐라 하여 멸시하기 마련이었다. 친화정책을 편 유우도, 어른이 아랫사람을 돌보는 것 같은 개념이었지 대등하게 여긴 건 아니었다. 그런데 주목이라는 높은 벼슬을 가진 자가 하대를 권하다니?

'흥, 오환을 하나로 모으는 과정에서 나 또한 산전수전을 다 겪었다. 아마 원소를 치는 데 우리의 도움을 얻기 위해서겠지. 한의 제후들 간 싸움에 동포의 피를 흐르게 할 생각은 없다. 가식 정도는 나도 충분히 구분할 수 있어.'

구력거는 자꾸 느슨해지려는 마음을 다잡으며 말했다.

"그럼, 그렇게 하겠네."

"예."

용운은 바닥에 깔아놓은 모피에 털썩 앉았다. 잠시 후, 시녀가 큰 가죽주머니와 그릇 두 개를 가져왔다. 주머니 안에는 동호의 피를 이은 유목민족 특유의 마유주(馬乳酒, 말의 젖을 발효시켜 만든 술)가 들어 있었다. 구력거는 말없이 그릇에 마유주를 가득 따라 용운에게 건넸다. 용운은 그것을 받아 단숨에 들이켰다. 구력거는 또 한 번 눈을 빛냈다. 마유주는 도수가 그렇게 높진 않지만, 술은 술이었다. 많이 마시면 취하긴 마찬가지다.

'우리야 평소에도 물처럼 마시니 어지간해선 취하지 않지만, 익숙하지 않은 자가 순한 술이라고 해서 마구 들이켰다가는 한순간 정신을 잃을 게다.'

여기서 용운의 숨은 특기 중 하나가 발휘되었다. 바로 바닥을 모르는 주량이었다. 이는 진씨 집안 대대로 내려오는 체질이기도 했다. 용운은 구력거가 권하는 대로 마유주를 넙죽넙죽 잘도 받아 마셨다. 그러면서 조금도 얼굴이 불콰해지거나 행동이 흐트러지지 않았다.

둘은 술잔을 주거니 받거니 하며 담소를 나눴다. 구력거는 용운과 대화를 나눌수록 그에게 빠져들었다. 유우가 왜 그렇게 용운을 칭찬했는지 알 것 같았다. 솔직하면서도 무례하지 않고 예의 바르면서도 경직되지 않았다. 무엇보다 오환의 사

정이나 풍습에 대해서도 해박했다. 결국, 구력거는 가벼운 탄성을 냈다.

"아우는 겉보기에는 계집처럼 곱상한데, 그 안에는 우리 초원 전사들의 피가 흐르는 것 같군!"

어느새 그는 용운을 아우라 칭하고 있었다. 초원의 전사로 인정하는 것은 최고의 칭찬이다.

"하하, 그렇게 높게 봐주시니 영광입니다."

"오환의 전사로 인정받은 게 자랑스럽단 얘긴가?"

"물론이지요."

용운은 구력거의 호감도가 또 오르는 걸 확인했다. 이제 거의 90에 육박했다.

'이쯤에서 슬슬 본론으로 들어가야겠군.'

구력거에게 마유주 한 잔을 권하며 용운이 말했다.

"그래, 할아버지의 구원 요청에 응하지 않은 이유가 뭡니까? 평소 두 분의 사이로 보아, 피치 못할 사정이 있었던 것 같은데요."

"으음……."

잠시 주저하던 구력거가 힘들게 입을 열었다.

"황당무계한 얘기라 아우가 믿지 못할 수도 있으나, 지금부터 내가 말하는 건 모두 사실일세."

"어떤 말씀을 하셔도 믿겠습니다. 형님이 할아버지와 관련

된 일을 두고 거짓을 말하리라곤 생각하지 않으니까요."

"단 한 사람."

"네?"

"단 한 사람, 그것도 여자에 의해서 오환의 진군이 가로막혔네. 난 부족의 생존을 위해 물러날 수밖에 없었어. 백안 공께는 정말 죄송하지만."

구력거는 관승을 만났던 일에 대해 얘기했다. 용운은 묵묵히 그의 말을 듣고 있었다. 말끝에 구력거가 덧붙였다.

"그 여자의 이름은 분명 관승이라고 했네."

"관승……."

용운은《수호지》의 내용을 떠올려보았다.

대도 관승. 천강위 서열 제5위.

1위인 송강은 무력이라기보다 인덕으로 두령이 된 자이고, 3위 오용은 지략으로 그 자리에 오른 인물이다.《수호지》를 본뜬 만큼 회 내에서도《수호지》와 성격이 비슷할 가능성이 높았다. 4위 공손승은 도사이니 제외하고 사실상 무력으로 최강자는 노준의인데, 여기엔 이견도 있다. 그의 명성과 부를 감안하여 포섭한 면도 있기 때문이다.

그 바로 다음, 임충보다 한 단계 위의 천강위가 바로 대도 관승이었다. 거의 순수하게 무력과 풍모로 서열 5위 된 자이자, 양산박 오호기병대장의 필두. 노준의가 최강자라 쳐도 위원회 내 두 번째의 무력을 자랑하는 인물이었다. 소설《수호지》내에서는 관씨 성에 청룡언월도를 쓰며 긴 수염을 기르는 등 관우를 빼닮은 걸로 묘사되었다. 외모뿐만 아니라 자신의 무용(武勇)에 대한 자부심이나 올곧은 성격 등도 비슷했다.《삼국지》의 관우를 모델로 삼은 것만 봐도 관승의 무력을 짐작할 수 있었다.

'그 관승이 여자인데다 노준의 쪽에 붙었다……. 그나저나 관승이 상대였다면 구력거가 물러날 만도 했겠구나. 수만 대군이 달려들어도 한 사람을 못 이길 거라고까지는 생각하지 않지만, 서열만 봐도 위원회의 관승 또한 임충 이상으로 강할 것임은 확실하고. 그런 자를 상대하면 희생은 필수일 터. 거기서 필요 이상으로 많은 전사자를 내면 구력거의 지위까지 위태로워질 테니까.'

얘기를 마친 구력거가 용운의 눈치를 보며 말했다.

"믿기지 않겠지?"

"아니, 믿습니다."

"응?"

구력거는 당황해서 용운을 바라보았다.

용운의 눈빛은 흔들림 없이 맑았다. 진심이었다.

"전 그들이 누군지 압니다. 성혼단이라 하여, 기이한 힘을 바탕으로 천하를 자신들의 것으로 만들려는 자들이지요."

"성혼단? 별을 섬기는 종교 집단이 아니었나?"

"형님께서도 들어보신 모양이군요."

"요즘 중원에서 엄청나게 인기라고 하더군."

"종교는 그들의 표면적인 모습일 뿐입니다. 일찍이 황건적의 두령이었던 장보 같은 자라고나 할까요. 위험도는 황건적보다 훨씬 더하고 말입니다."

용운의 말은 결코 과장이 아니었다. 전예는 탁성에서 노식이 전사했을 때, 그 원인과 과정을 철저하게 조사, 정리해 용운에게 바쳤다. 그 결과, 탁성의 일반 백성 상당수가 성혼단에 세뇌되어 있다시피 했음이 밝혀졌다. 이미 조운과 사천신녀를 처음 만났을 때도, 전체가 통째 성혼단에게 넘어간 마을을 경험했었다. 난세를 틈타 그 범위는 더욱 넓어졌다. 심지어 정보가 거의 없다시피 한 익주 쪽은 성혼단이 얼마나 퍼졌는지 짐작하기도 어려웠다. 흑영대원만 파견하면 실종됐기에 전예도일단 포기하다시피 한 지역이었다.

"지금은 제가 원소와 싸우고 있긴 하지만, 제 진정한 적은원소도, 조조도 아닌 바로 그 성혼단입니다. 아, 요동의 공손탁 세력이 하루아침에 멸문했지요? 그 일을 저지른 자가 바로지금 할아버지를 공격하고 있는, 성혼단의 두 번째 두령입니다."

처음 듣는 얘기에, 구력거는 경악했다.

"공손 가문을 멸망시키고 북평까지 차지한 것이 성혼단이었나? 그렇게 강성한 무리였다니."

"그러니 형님께서 부족의 안위를 생각해 물러나신 것도 무리는 아닙니다."

"으, 으음……."

듣고 있던 구력거는 묘하게 자존심이 상했다. 자신은 그 성혼단인가 뭔가 하는 무리의 한 사람을 못 이겨서 도망쳤는데, 용운은 그런 성혼단 자체와 싸우고 있다 하니 말이다.

"형님도 그들을 필히 경계하고 멀리하셔야 합니다. 방해가 되면 같은 한족도 가차 없이 해치워버리는데, 오환족은 사람으로도 안 볼 자들입니다. 당장 할아버지를 공격하고 있는 게 그 증거지요. 아마 유주의 주인이 바뀌면 북부는 공손찬 때보다 더한 탄압의 땅으로 변할 겁니다."

구력거의 낯빛이 시시각각 바뀌었다. 공손찬이 한 조정의 명을 받아 북평으로 왔던 시기의 일은 생각하기조차 싫었다. 공손찬에게 북부 유목민족은 눈에 띄는 대로 잡아 없애야 할 기생충, 그 이상도 이하도 아니었다. 오죽하면 서로 못 잡아먹어 안달이던 선비와 오환이 그를 상대하려고 손을 잡았겠나. 그런데 그때보다 더 심해질 거라니. 그렇다면 그거야말로 부족 전체의 안위가 달린 문제였다.

"그나저나 큰일이군요. 형님께서 도우러 가셨을 거라고 철석같이 믿고 원소를 추격해온 건데, 설마 이런 일이 벌어졌을 줄이야. 할아버지 쪽에 제 수하들을 보내놓긴 했지만 병력 자체가 밀리니⋯⋯."

"⋯⋯."

"그러니 부탁이 있습니다, 형님."

"⋯⋯파병은 어렵네. 이제 늦기도 했고."

"원군을 보내달라는 게 아닙니다. 원소의 행방만 알려주십시오. 그럼 나머지는 제가 알아서 처리하겠습니다."

"원소⋯⋯."

"제가 빨리 그자를 격파하고 돌아가야 할아버지를 도울 수 있습니다. 원소가 한때 공손찬과 대립한 까닭에 오환의 우군이 된 건 맞지만, 이제 그 공손찬도 죽은 지 오래입니다. 그리고 원소는 저와 할아버지의 적이 됐고요."

용운은 구력거의 눈을 정면으로 마주 보았다.

"원소를 숨겨주는 건, 곧 할아버지를 적대하는 행위입니다. 원군 요청을 외면한 것으로도 모자라, 제가 할아버지를 하루라도 빨리 도우러 가는 것조차 막으실 생각은 아니겠지요?"

사실 구력거는 용운이 원소를 치는 데 군사를 빌려달라고 할 줄 알았다. 그런데 그저 숨어 있는 장소만 알려달라고 한다. 용운은 철저하게 오환의 군사적 도움을 바라지 않았다. 구력거는 점점 더 복잡한 기분이 되었다. 휘말릴까 걱정했는데, 막상 상대가 기대조차 하지 않자 오히려 서운한, 아니 이상한 느낌이었다. 한동안 침묵을 지키던 그가 천천히 입을 열었다.

"조건이 있네."

"말씀하십시오."

"백안 공께…… 진심으로 사죄드린다고 전해주게. 아우가 직접."

"그러지요. 이해하실 겁니다."

"또 하나, 나도 원소 정벌을 돕겠네."

"네? 그러실 것까지는……."

"아우 말대로 이제 원소와 우리 오환의 연은 끊긴 거나 마찬가지. 그리고 난 큰 은혜를 입은 백안 공을 저버렸네. 부끄럽지만 솔직히 그 성혼단을 상대할 자신은 아직 없네. 허나 원소를 치는 정도라면 도와줄 수 있지. 그것으로 아우와 백안 공께 도움이 된다면, 내 실수를 조금이나마 벌충할 수 있지 않겠는가."

"물론 큰 도움이 될 겁니다. 정말 고맙습니다."

용운은 기뻐하며 구력거의 큰 손을 잡았다.

그 손을 보던 구력거가 묘한 웃음을 띠었다.

"일단 오늘은 아무 생각 말고 쉬게. 내, 자네에게 최고의 귀빈 대접을 하려 하니."

"아닙니다, 형님. 너무 신경 쓰지 마세요."

"손님을 대접하는 건 원래 우리 기쁨일세."

구력거는 용운의 어깨를 툭툭 치더니 막사를 나가버렸다.

"오늘은 자네가 여길 쓰게."

용운은 조금 난감한 심정이 되었다. 오환이 길을 터주는 것 이상의 성과를 냈지만, 어쩐지 구력거가 하려는 대접이 뭔지 알 것 같았기 때문이다.

'유목민족의 귀빈 대접은 손님에게 자신의 막사를 내어주는 것. 그리고……'

아니나 다를까, 휘장이 살며시 젖혀지더니 한 여인이 수줍게 안으로 들어왔다.

'여자……'

여인은 들어오자마자 대뜸 옷을 벗어 던졌다. 유목민 특유의 통짜로 된 간편한 옷이 내려갔다. 갈색으로 그을린 피부에 탄력 있는 몸매였다. 예상했으면서도 크게 당황한 용운이 손을 내저었다.

"아니! 그러지 마세요. 전 괜찮습니다."

여인은 다가오다 말고 울먹이며 물었다.

"혹시 제가 마음에 안 드십니까?"

"그, 그게 아니라……"

"이대로 나가면 전 대왕께 크게 혼이 납니다."

그녀는 말을 마침과 동시에 용운에게 달라붙었다. 외모는 여성적이지만, 용운 또한 신체 건강한 남자였다. 부드럽고 뭉클한 감촉이 느껴지자 정신이 아찔해졌다. 그는 잠깐 여인을 안았다가, 한숨을 내쉬고 목 뒤쪽을 가볍게 짚었다. 그녀는 축 늘어지더니 새근새근 잠들었다. 용운은 여인을 눕히고 바라보며 생각했다.

'수혈(睡穴, 자극하면 잠이 드는 혈자리) 짚는 법을 유당에게서 배워두길 잘했지.'

용운은 잠시 그대로 앉아 상념에 빠졌다. 오늘 밤은 잠이 올 것 같지 않았다. 아니, 검후가 떠난 후 단잠을 잔 날이 단 하루도 없었다. 그가 막사를 나오자, 어느새 달이 떠 있었다.

안절부절못하고 있던 청몽이 휙 고개를 돌렸다.

"좋은 시간 보내셨어요, 주군?"

청몽의 토라진 목소리에 용운은 쓴웃음을 지었다.

"둘뿐이니까 말 편하게 해."

"그럼, 그래. 좋았어? 아가씨 예쁘던데?"

"이미 한 번 헤어졌던, 죽었다 여긴 엄마지만."

"……"

"그런 엄마를 눈앞에서 잃은 지 며칠이나 지났다고. 산 사람은 어떻게든 살아야 하니까, 또 날 바라보며 사는 사람이 수만이니까 버티곤 있는데, 아무리 오환족의 선의라 해도 이런 상황에서 여자나 안을 놈으로 보여? 내가?"

"······미안."

청몽은 구력거가 여자를 들여보내며, 평생 잊지 못할 밤을 만들어주라고 하는 말을 듣고 기겁했었다. 좋아하는 남자가 다른 여자와 동침하는데, 그 자리를 떠날 수조차 없었다. 여기는 엄밀히 말해 적 진영에 가까우니, 절대 경계를 소홀히 하지 말아달라고 장료와 장합이 차례로 당부했기 때문이다. 그들의 말이 아니더라도 청몽 또한 그렇게 생각하고 있었다. 그리고 여인이 뭐라고 말하는 소리가 들리더니 조용해지자, 청몽은 가슴이 터질 듯했다. 질투할 일이 아닌 걸 알았지만 스스로도 자제가 안 되었다. 그리고 얼마 후에 용운이 나오자, 저도 모르게 감정을 드러내버린 것이다. 이제 그가 자신의 진짜 정체를 안다는 사실도 한몫했다. 청몽은 부끄러워서 어쩔 줄을 몰랐다. 그런 그녀를, 용운이 가만히 끌어당겨 안았다.

"청몽, 아니 민주야."

"응······."

"넌 아직도 내가 좋아?"

"······."

청몽의 가슴이 세차게 뛰었다. 용운이 남녀 사이의 일에 어둡긴 해도 바보는 아니었다. 그간 청몽이 보였던 행동들에 더해, 그녀의 실체가 민주였음을 감안하면 짐작이 갔다. 그녀가 자신에게 어떤 마음을 품었는지. 용운은 계속 말을 이었다.

"난 널 잃고 싶지 않아. 넌 원래 있던 곳에서나 여기서나 내 겐 가장 소중한 친구야."

"……."

"이런 말이 위안이 될지는 모르겠는데, 너뿐만이 아니라 어 떤 여자가 다가와도 난 거절할 거야. 지금의 내게 사랑이나 연 애 따위는 사치거든. 제 엄마도 못 알아본 것으로도 모자라 서, 소꿉친구와 예뻐하던 동생을 이기심 때문에 죽게 한 놈이 야. 그런데 한가롭게 사랑놀이할 자격, 난 없어."

"용운아……."

"날도 추운데 밖에서 이러고 있지 말고 들어가서 같이 쉬 자. 안에 오환족 여자가 자고 있긴 하지만, 수혈을 짚은 거라 서 아침까진 안 깰 거야. 내 바로 옆에 있는 편이 지켜주기에도 더 좋잖아?"

"응."

용운은 청몽의 어깨에 팔을 두르고 막사로 들어갔다. 달빛 에 비친 그녀의 눈가에서 눈물이 살짝 빛났다.

'그래, 그게 네가 원하는 거라면……. 제일 소중한 친구로 네 옆에서, 널 지켜줄게. 난 괜찮아. 언제까지고 널 가까이에서 바라볼 수만 있다면.'

그런 둘을 좀 떨어진 곳에서 지켜보던 그림자가 있었다. 바로 성월이었다. 청각을 집중하여 대화를 엿듣던 그녀는 고개를 설레설레 저었다.

"하필 좋아한 남자가 저런 결벽증에 철벽이라니. 책임감이 너무 강해도 탈이네. 나야 이제 옛 추억일 뿐이고 지금 좋아하는 사람도 생겼지만…… 청몽 언니만 불쌍하게 됐어."

생각하다 보니, 갑자기 장합이 보고 싶었다. 장비하고는 어느 정도 마음을 정리한 후였다. 오래 떨어져 있었던 탓도 있지만, 유비가 문제였다. 성월은 동맹을 맺은 와중에도 제 이득만 챙기려 드는 그가 마음에 들지 않았다. 결정적으로, 무너진 성의 잔해에서 구출한 용운을 수레에 태워 옮길 때였다. 지켜보던 유비는 걱정하는 기색은커녕 뭔가 놀라고 아쉬워하는 모습을 보였다. 그리고 용운이 막사에서 두문불출할 때도 한 번도 방문하지 않았다.

'흥. 심지어 그 여포도 찾아와서 상태를 묻고 갔건만. 유비 현덕, 진짜 실망이야. 뭔가 수상하기도 하고.'

그렇다고 성월 자신이 유비를 따라다니면서 감시하는 것도 이상했다. 명색이 동맹이니. 혹시 발각되기라도 했다간 용운만 곤란해질 것이다. 유비의 성격상 그 약점을 물고 늘어질 테니까. 장비는 그런 유비를 신앙처럼 따르는 사내다. 언젠가 용운과 적대 관계에 놓일지도 모르는 자의 수하를 연인으로 삼을 수는 없었다. 안타깝지만.

'뭐, 나 아니더라도 똑똑한 양반들 많으니까. 남피성에 태사자와 순유도 있고. 알아서 잘해줄 테지. 그럼 난 우리 장합 씨나 보러 갈까?'

다음 날 아침.

장료와 장합이 지휘하는 용운의 군사는 일찌감치 채비를 마치고 출발 대기 중이었다. 비록 하룻밤이었으나 오랜만에 푹 쉰 병사들의 얼굴에 생기가 돌았다. 구력거는 오천의 병사를 내주어, 안내역 겸 원소와의 싸움을 돕도록 했다. 그 오환족 부대는 젊은 청년이 이끌고 있었다.

"저 녀석은 답돈이라 하네. 내 조카지. 제법 똑똑하니 도움이 될 걸세. 내가 아끼는 아이니, 난전 중에 눈먼 화살에 맞거나 하지 않도록 신경 써주면 고맙겠네."

"특별히 보호하도록 하겠습니다, 형님. 이렇게 도움을 주시니 감사합니다. 그럼, 다음에 뵙지요."

"부디 뜻한 바를 이루고 백안 공의 고단함을 풀어주길 바라겠네."

"맡겨주세요."

말에 오른 용운은 오환 부대의 선두에 선 청년, 답돈을 슬쩍 바라보았다.

'저자가 답돈……인가.'

답돈(蹋頓)은 정사에서 구력거가 죽은 후, 그의 뒤를 이어 오환의 왕이 되는 인물이었다. 지략이 빼어나고 용맹하여, 여러 부족의 장로들로부터 흉노족의 전설적인 선우(지도자)인 '모돈'에 비교되곤 했다. 그는 원소가 죽은 후, 그 아들인 원상의 망명을 받아주고 재기를 도왔다. 그 결과, 바닥까지 추락했던 원상은 세력을 회복, 오환의 군사를 이끌고 거듭 변경을 침범했다. 그리고 조조가 임명한 자사와 태수들을 살해하며 수십만의 유주 백성을 오환으로 끌고 가는 등 조조의 골칫거리가 됐다.

《삼국지연의》에서는 원상에게 큰 비중을 두지 않았으나, 실제로 그는 조조에게 대패를 안겨주기도 했다. 원소가 떠난 중원에서 조조의 유일한 적수로 여겨지던 형주자사 유표에 버금가는 위험인물로 평가됐을 정도였다. 원소의 모신인 심배와 봉기 등이 그저 용모가 아름다운 미소년이고 원소가 귀여워하던 막내이기 때문에 그를 지지한 게 아니었던 것이다. 이는 조조가 마침내 오환 정벌을 결심하는 계기가 되었다.

'답돈은 그때 조조군의 책략에 당해, 장료군과 난전 중에 사로잡혀서 참수당했지. 그 답돈이 지금 원소를 무너뜨리러 가는 길에 동행하고 있다니. 참 아이러니하군.'

잠깐 상념에 빠졌던 용운은 한 차례 고개를 가볍게 젓고 정면을 노려보았다.

'이제 다가올 싸움에 집중하자.'

답돈의 안내대로 이 길을 따라가면 원소가 기다리고 있을 것이다. 원래 그가 차지했어야 할 한복의 세력과 기주를 용운이 갖는 바람에, 필연적으로 호적수가 된 자. 끊임없는 공격으로 용운을 괴롭혔으며 위원회와 손잡고 수많은 병사와 백성을 잃게 한 자. 급기야 원소의 가신 순심이 검후의 죽음에 결정적인 역할을 하고 말았다. 이제 그 오랜 악연을 끝낼 때가 온 것이다.

"봉효, 책략은 준비되었나요?"

희지재는 갑자기 상태가 많이 호전되어 화타를 놀라게 하긴 했지만, 그래도 원정은 무리였다. 이에 그는 예정대로 관도성으로 보내고, 곽가가 원정군 총군사로서 용운을 수행했다. 곽가가 탄 수레가 용운의 말과 나란히 섰다. 가죽옷을 잔뜩 겹쳐 입어 둔해 보이는 곽가가 말했다.

"예, 주공. 이왕 오환의 부대를 지원받았으니 저들을 써먹을 수 있을 것 같습니다."

"좋아요."

용운은 마침내 원소와의 마지막 전장으로 향했다.

16

진한성의 맹위

탁성 외성문 앞.

천강위 서열 10위, 천귀성 소선풍 시진은 드러누운 채 멍하니 하늘을 바라보며 중얼거렸다.

"말도 안 돼."

단정하게 빗어 넘겼던 그의 머리는 엉망이 되어 있었다. 땅바닥은 피투성이였다. 그를 내려다보던 진한성이 대꾸했다.

"말이 안 되긴 뭐가 안 돼?"

몇 분 전. 시진과 진한성은 맹렬히 싸우는 중이었다. 정확히 말하면, 진한성의 공격을 시진이 받아내는 모양새였다. 노준의가 유주성을 떨어뜨릴 때까지 시간을 끌기만 해도, 시진으로서는 임무를 다한 것이기 때문이다.

'어차피 맞서 싸워 이길 자신도 없고.'

시진은 모든 공격으로부터 자신을 보호하는 천기, 단서철권의 소유자였다. 그는 그 천기를 이용해, 유주성으로 향할 용운의 지원군을 막으려고 탁성에 와 있었다. 한데 지원군에는 뜻밖에도 진한성이 껴 있었다. 그건 시진에게 있어 재앙이나 다름없었다.

단서철권이 발동되자, 진한성이 시진을 공격할 때마다 '우연'이 발생하여 빗나가게 만들었다. 하지만 진한성은 그러거나 말거나 집요하게 공격을 가해왔다. 한 발 한 발이 모두 스치기만 해도 죽을 듯한 일격필살의 공격이었다. 자연히 그 공격을 빗나가게 하기 위한 우연도 점점 규모가 커졌다. 사물을 움직이는 것으로는 모자라, 천둥이 치고 돌풍이 일기 시작했다.

"가라!"

지켜보고 있던 서황이 병사들에게 명했다. 병사들은 일제히 탁성의 성문을 공략하기 시작했다. 서황 자신도 뛰어들어 대부 해골파쇄기로 성문을 내리찍었다. 그 광경을 곁눈질로 본 시진이 신음했다.

"이런……. 희매!"

성벽 위에서 병사들을 막아야 할 시진의 병마용군, 희매는 별다른 대응을 못하고 있었다. 바로 진한성의 병마용군 이랑 때문이었다. 진한성은 이제까지 군사적 행동에 직접적으로 나선 적이 없었다. 손책 등이 공격받을 때 가족들을 지켜주거나 근거지에서 방어했을 뿐이다. 능동적 전투는 산양성에서 싸운 게 최초였지만, 그것도 위원회가 선제공격해왔기 때문이다. 이는 오히려 진한성의 행동을 위원회가 예상하지 못하게 하는 결과를 낳았다. 시진 또한 마찬가지였다. 그는 진한성이 업성 수비를 맡으리라 생각했다. 탁성으로 올 거라곤 예상치 못했기에 대비하지 못한 것이다. 하긴 대비한다 해도 특별한 수는 없었지만.

원래 계획대로라면, 성문 위에 희매 혼자 버티고 선 것만으로도 수천의 병사를 막아낼 수 있었다. 화살이 닿지 않는 곳에서, 한 번 던질 때마다 수십 명의 병사를 참살할 수 있는 투창을 쉬지 않고 던지는데, 그 창은 막지도, 피하지도 못했다. 그렇게 던지는 족족 지휘관과 중간급 장수를 죽여댄다면 어찌 성문을 열 수 있겠는가. 거기에 더해 모든 공격을 무시하는 시진이 적군 안에 뛰어들어 날뛴다면, 아무리 정예군이라 해도 버티기 어려울 터였다. 하지만 그 계획은 시진과 희매를 동시에 감당할 수 있는 진한성의 등장으로 어그러졌다.

성벽 위의 희매는 이랑과 좀 떨어진 거리에 마주하고 서 있었다.

"당신, 엄청나게 방해되는군요."

단정한 중국 전통 복색에 네 자루의 짧은 투창을 등 뒤로 멘 희매가 말했다.

이랑이 그녀에게 대꾸했다.

"칭찬 고마워."

팟! 이랑이 말을 끝맺는 순간, 투창 한 자루가 날아왔다.

"이크!"

이랑은 다람쥐처럼 몸을 날려 피했다. 성벽 위 통로 바닥, 조금 전 그녀가 서 있던 자리에 투창이 깊숙이 박혔다. 그게 끝이 아니었다. 이랑이 착지하자마자 꽂혔던 창이 되돌아가더니 그녀의 등을 노렸다.

"으악!"

아슬아슬하게 공격을 피했지만, 등에 긴 상처가 난 이랑이 성난 기색으로 중얼거렸다.

"보기보다 음험한 수를 쓰네."

다시 창을 받아든 희매가 답했다.

"당신이 강하니까……."

번쩍! 눈으로 보기조차 힘든 검은 섬광을 희매는 고개를 살짝 기울여 피해냈다. 그녀가 말하는 틈을 노려, 이번에는 이랑이 흑광을 발사한 것이다. 희매는 그것을 눈으로 보고 반응했다. 경이로운 반사 신경과 동체시력이었다.

"……그 말 그대로 돌려줄게."

"그걸 피했어? 사기잖아."

이랑과의 대결에서는 우위를 점했지만, 희매는 조금씩 마음이 급해졌다. 시진이 진한성에게 밀리면서 주변 분위기가 이상하게 돌아가는 탓이었다. 말 그대로 하늘, 땅, 바람 등 주변 모든 것이.

'시진 님은 별의 힘으로 어떤 공격에서도 보호받을 텐데, 어째서?'

조급해진 마음에 더해, 이랑이 그녀와 같은 원거리 타입이란 것도 점차 그녀에게 불리하게 작용했다. 심지어 던지는 모션이 거의 없는 광선류. 손바닥을 내민 것만으로 검은 빛이 발출된다. 희매의 동체시력이 아무리 뛰어나도 극도로 집중해야 겨우 피할 수 있었다. 하물며 시진에게 신경이 쏠려서는 어려운 일이었다. 이랑은 몇 군데 다쳤지만, 희매의 몸에도 상처가 늘어나고 있었다. 이는 이랑이 본래 육체 강화형이 아님을 감안할 때, 희매가 밀리고 있다는 암시였다.

진한성은 집요하게 시진을 몰아붙였다. 공격이 거세질수록 단서철권의 효능도 강해졌다. 급기야 우박이 쏟아져 진한성의 시야를 가렸다. 그사이 공격을 피한 시진이 양손으로 기파를 쏘아냈다.

"쿨럭!"

진한성은 명치에 기파를 한 대 얻어맞고 입에서 피를 뿜었다. 손등으로 입가를 닦은 그의 눈이 불타올랐다.

"가지가지 하는구나. 그럼, 이건 어떠냐!"

약이 오른 진한성이 드디어 마주 천기를 발동했다.

천기 발동, 사자후!

커허엉! 크게 벌린 진한성의 입에서, 사자 울음소리 같은 강렬한 초음파가 쏟아져 나왔다. 이때 한순간 시진은 자신의 천기를 의심했다. 이제까지 단 한 번도 없던 일이었다.

'저건, 소리? 내 천기가 과연 소리로 된 공격도 막을 수 있을까?'

천기는 성혼마석에 내재된 정신과 연동하여 작용하는 초자연적 능력. 시진이 잠깐 불신한 찰나, 그 능력은 약해졌다. 아주 작은 틈, 그것을 진한성은 놓치지 않았다.

콰아앙! 쿠르르릉!

"으헉!"

성문을 공격하던 병사들과 성벽 안에서 어느 편을 들어야 할지 몰라 초조해하던 백성들이 기겁했다. 번개가 하늘을 거미줄처럼 뒤덮은 것이다. 희매와 이랑도 움찔 놀랐을 정도의 번개였다. 순간 어둑어둑하던 세상이 대낮처럼 밝아졌다. 엄청난 규모의 연쇄 번개에 이은 천둥이, 귀가 먹을 듯한 굉음을 만들어 냈다. 거기에는 인간이 감지할 수 없는 초고음파도 섞여 있었다.

바로 머리 위의 상공에서 터진 초고음파와 번개가 만들어 낸 전자파, 그리고 시진의 기파까지 합쳐져 진한성의 사자후를 흩었다. 그때 이미 진한성은 시진에게 격돌하여 그의 장기인 호쾌한 스트레이트를 내뻗고 있었다.

픽! 후웅! 철퍽! 주먹이 워낙 빨라 내지른 후에야 파공음이 울렸다. 뒤에 이어진 작은 파육음은 시진의 등허리를 통해 그의 피와 내장이 흩뿌려지는 소리였다. 배를 맞은 압력으로 내부 장기가 뒤로 튀어나간 것이다.

"안 돼! 가가(중국에서 연인을 부르는 예스런 표현)!"

희매는 비명과 함께 진한성을 향해 창을 던졌다. 마침 자신에게 쏟아지던 이랑의 공격을 무시한 채였다. 동시에 한 박자 늦게, 그래봐야 수백 분의 일 초에 불과한 타이밍에 번개 한 줄기가 진한성의 정수리로 떨어져 내렸다. 번쩍! 시진의 천기, 단서철권이 극상으로 발휘된 결과였다. 진한성이 아무리 초인이라 하나 번개를 피할 수도, 번개에 맞고 버틸 수도 없었다. 심지어 그는 번개가 자신에게 꽂힌다는 사실도 몰랐다.

그때, 번개 줄기가 갑작스레 휘어졌다. 진한성의 관자놀이 옆을 스치고 지나간 희매의 투창 때문이었다. 금속으로 된 투창이 피뢰침처럼 번개를 빨아들인 것이다. 번개는 진한성의 머리 대신, 더 전도율이 좋은 투창을 택했다. 펑! 가벼운 폭발 및 스파크와 함께 옆으로 튕겨나간 진한성이 비틀거렸다. 그의 관자놀이 부근이 시커멓게 그을렸다.

"어이쿠."

진한성은 자신의 바로 옆 땅바닥에 꽂힌 채 연기를 뿜어내고 있는 투창을 보고 히죽 웃었다.

"이건 전화위복이라 해야 하나? 아니면 오비이락? 새옹지마……. 뭐가 맞는지 모르겠군."

"하하……."

배를 움켜쥐고 비틀거리던 시진이 뒤로 쓰러졌다. 옷이 찢어지며 드러난 그의 뱃가죽은 멀쩡했으나, 등허리에는 맹수 사냥용 라이플이라도 맞은 듯한 구멍이 뚫려 있었다. 척추도 박살났으니 서 있을 수가 없을 터였다. 시진은 어느새 기세가 약해진 부슬비가 쏟아지는 하늘을 멍하니 올려다보며 중얼거렸다.

"말도 안 돼."

단서철권이 파훼되었다. 마지막 순간, 번개가 한 타이밍 늦게 내리쳤다. 원래는 그 번개로 인해 진한성이 공격을 못하게 되었어야 정상이었다.

'어떻게 이런 일이. 성혼마석의 힘은 같은 별의 힘으로만, 그것도 보다 상위의 천기로만 무효화할 수 있는데……. 설

마?'

한 가지 생각이 시진의 뇌리를 스친 순간이었다.

"말이 안 되긴 뭐가 안 돼?"

그를 내려다보던 진한성이 발을 들어올렸다. 그대로 밟아 짓이기려는 속셈이었다. 휘릭! 휘리릭! 파파팟! 그런 진한성을 향해 네 개의 창이 제각기 다른 방향에서 일제히 날아왔다.

"귀찮게……."

진한성은 입맛을 다시며 창을 쳐냈다. 그사이 성벽에서 뛰어내린 희매가 시진을 업고 전속력으로 달아났다. 그쪽을 힐끔 본 진한성은 성벽 위를 향해 외쳤다.

"야, 인마! 똑바로 안 할래? 튀었잖아!"

이랑도 질세라 마주 소리를 질렀다.

"아, 공격을 맞아가면서 뛰어내리는 걸 어쩌라고요!"

"음……. 뭐, 됐어. 어차피 살아나기 힘들 거고. 산다 해도 시진 저 녀석은 살려두는 게 오히려 좋을 수도 있으니까. 회에서 드물게 온건한 놈이라. 지금 한시가 급하기도 하고."

진한성의 힘에 대해 생각하던 시진은 과도한 출혈과 쇼크로 정신을 놓았다. 그리고 잠시 후, 그는 머릿속에서 들려오는 누군가의 간절한 외침에 겨우 눈을 떴다.

'가가, 제발 죽지 말아요!'

'희매……? 어떻게 된…….'

움직이려 했지만 몸이 말을 듣지 않았다. 팔다리와 손에서 느껴지는 감각도 없었다. 심지어 입을 열어 말할 수조차 없었다. 간신히 눈동자만 굴리던 시진이 움찔했다. 뭔가 이상하다 했더니 희매의 팔 하나가 없었다. 그의 고개가 향하고 있는 쪽 팔이었다. 잘려나간 상처가 있는 게 아니라, 어깨 아래에서 깨끗이 사라져버렸다.

'당신, 팔이…….'

'정신 들어요? 괜찮아요. 제 팔 따위는.'

'진한성에게…… 당한…… 건가?'

'아니요, 그의 병마용군한테요.'

'병마용군끼리의 대결이었다면…… 그대가 질 리가 없을 텐데……. 나한테…… 신경 쓰다가 그런 거군.'

머리 좋은 시진은 단숨에 사태를 알아챘다. 희매는 거듭 사념을 보냈다. 사념, 즉 텔레파시는 병마용군과 그 주인 중에서도 영혼의 연결이 굳건하며 애착이 각별한 몇 안 되는 사이에서만 가능했다. 예를 들면, 유당과 유라가 그랬다. 초고속으로 달리는 중이라 귓가에서 바람이 씽씽 스쳤지만, 텔레파시를 통한 대화에는 지장을 주지 않았다.

'난 괜찮아요. 그보다 당신이……. 키트로 응급처치를 하긴 했는데 어서 치료해야 해요.'

'키트'란 초창기에 지살위 안도전이 만들어 나눠줬던 구급 키트를 의미했다. 부족한 대로 현지에서 최대한 비슷한 재료를 모아, 지혈과 진통 효과를 냈다. 거기에 성혼마석의 힘을 받으면서 보통 사람보다 훨씬 강인한 육체를 갖게 된 덕에 시진은 겨우 숨이 붙어 있었다. 희매는 울면서 한쪽 팔로 시진을 업은 채 뛰고 있었다.

'어떡해……. 어디로 가야 하죠? 노준의 님이 계신 유주성 쪽으로 가자니 진한성 일행이 그리로 향하고 있고…….'

잠시 생각하던 시진이 답했다.

'익주, 성도.'

'네?'

'위원장, 송강 님이 계신 곳. 그리로 가줘.'

시진의 정신이 점점 또렷해짐에 따라, 텔레파시도 강하고 명확해졌다.

'하지만 가가는 노준의 님께…….'

'그의 성격상 전신마비 꼴이 된 나는 더 이상 가치 없는 존재일 거야. 그러니 지금 가봐야 좋은 대접 못 받아. 그보다 송강 님께 반드시 알리고 확인해볼 게 있어. 진한성에 대한…….'

'알겠어요.'

희매는 방향을 서쪽으로 틀었다. 그러자 시진이 다시 사념을 보냈다.

'설마 거기까지 날 업고 뛰어갈 셈이야? 팔도 하나밖에 없는 몸으로?'

'방법이 없잖아요.'

'그 사람을 불러.'

'누구…… 아.'

'그래, 사람 셋을 데리고도 급행열차보다 훨씬 빨리 달릴 수 있는 자가 있잖아. 우리 진영에는. 근처의 마을로 가면, 성혼단에 속한 백성을 찾을 수 있을 거야.'

희매는 시진의 말에 따라 '신행태보 대종'과 접선하기 위해 가까운 마을을 찾기 시작했다.

한편, 방해자가 없어지자 탁성의 백성들은 스스로 성문을 열었다. 모두 탁현령 진용운을 기억하고 있었던 것이다.

"마음 같아서는 성혼단을 색출해 모두 갈가리 찢어주고 싶지만…… 갈 길이 바쁘니 다음으로 미뤄두지."

사마의는 마을을 지나며 싸늘한 눈빛으로 말했다. 그 말에, 마을사람 사이에 끼어 있던 성혼단원들은 속으로 두려움을 금치 못했다.

탁성을 탈환한 진한성 일행은 그대로 진격하여 사흘 후 유주, 광양현의 북쪽 끝까지 나아갔다. 유주성의 남부에 해당하는 지역이었다. 거기서는 노준의가 끌어 모은 성혼단 부대 삼만 정도가 유주성 남문을 맹렬히 공격하고 있었다.

'음!'

진한성은 그 부대에서 심상치 않은 기운을 느꼈다. 바로 천강위, 그중에서도 강자의 기운이었다.

'노준의 놈. 대체 몇이나 끌고 온 거야?'

속으로 혀를 찬 진한성이 말했다.

"이번에도 내가 혼자 나가지."

그 말에 서황이 서둘러 나섰다.

"아닙니다! 어찌……."

"그럴 만한 상대가 있어서 이러는 거요."

"그, 무슨 회인지 뭔지 하는 자들 말씀하시는 거 아닙니까? 이게 바로 그자들 중 하나를 쓰러뜨리고 얻은 도끼입니다."

서황은 해골파쇄기를 휘두르며 강한 자신감을 보였다. 잠시 생각하던 진한성이 말했다.

"좋소. 그럼 나는 정면으로 나서서 저들의 시선을 끌 테니, 장군은 내 바로 뒤에서 대기하고 있다가 적의 예봉이 꺾이면 곧장 돌격해주시오."

"알겠습니다."

진한성은 아직까지 일반 병사들을 무차별 죽여버리는 건 내키지 않았다. 이에 누군지 모를 천강위를 자신이 쓰러뜨리고 그로 인해 당황하는 적군의 정리는 서황에게 맡길 셈이었다.

"이랑아, 넌 사마 형제와 종요를 보호해줘."

"네, 조심하세요."

고개를 끄덕여 보인 진한성은 날듯이 달려갔다. 천강위의 기운이 느껴지는 방향을 향해서였다. 정확히 언제부터인지는 모르겠지만, 다른 사람은 몰라도 그들의 기운만은 감지할 수 있었다. 자신과 비슷한 느낌을 찾아가면 되었으니까.

"어? 뭐……."

부대의 후미에 있던 성혼단원 하나가 진한성을 보고 중얼거렸다. 그 말이 채 끝나기도 전에 진한성은 그대로 성혼단 부대를 돌파해 들어갔다. 현대식으로 표현하자면 폭주 기관차가 따로 없었다. 그가 달리는 경로에 있던 성혼단원들은 비명과 함께 튕겨 나가떨어졌다. 모두 몇 군데 부러지거나 금이 갔지만, 아무도 죽지는 않았다.

유우의 가신인 선우은이 본 게 바로 이때의 진한성이었다.

사마의는 진한성이 뛰어들자 그에게 부딪힌 적 병사들이 사방으로 날아가는 광경을 봤다. 눈으로 보고도 믿기 어려운 모습이었다. 어찌 사람과 사람의 몸이 충돌했는데 저런 결과가 만들어진단 말인가? 그는 가볍게 한숨을 내쉬며 고개를 저었다.

"저분은 절대 적으로 돌리면 안 되겠구나."

들고 있던 사마랑이 무심코 대꾸했다.

"진 공과 적이 될 일이 뭐가 있단 말이냐?"

"……그러게요."

쾅! 터엉! 성혼단 진영에는 대소란이 벌어졌지만, 정작 진한성은 별 느낌이 없었다. 그냥 스티로폼으로 된 장애물들을 손으로 쳐내거나 어깨로 밀어버리고 달리는 기분이랄까. 그렇게 한동안 직진했을 때였다.

'온다.'

상대 또한 진한성을 의식한 듯했다.

선두에서부터 이쪽으로 다가오던 누군가가 외쳤다.

"에이, 망할 놈아. 그만해!"

"응? 이 목소리는……."

목소리의 주인은 성혼단 병사들을 훌쩍 뛰어넘어 진한성 앞에 착지했다. 몸에 붙는 검은 상하의 정장에, 검은 머리를 올백으로 빗어 넘긴 젊은 사내였다. 그는 진한성을 보자마자 중얼거렸다.

"야, 이 미친……."

"너였냐, 삼합회 깡패?"

그는 바로 구문룡 사진이었다.

관승과 함께 오환족의 땅 변경을 지키고 있었는데, 관승이 무위를 떨쳐 오환군을 회군시켰다. 그러자 사진까지 거기 있을 필요가 없어져, 노준의의 요청으로 유주성에 도착한 게 어제였다. 여건을 중심으로 한 수비군의 저항이 거세, 양방향에서 제대로 공격하기로 마음먹은 것이다. 한데 오자마자 진한성과 마주쳤으니, 사진의 입에서 욕이 튀어나올 만했다.

사진은 볼멘소리로 투덜거렸다.

"아니, 댁이 여긴 어쩐 일이야? 지금까지의 패턴으로 봐선 전면에 나서진 않는 줄 알았는데?"

"아들 녀석이 부탁하기도 했고, 또……."

고개를 양쪽으로 우두둑 소리 나게 꺾은 진한성이 말을 이었다.

"여기에 노준의가 있다고 들어서 말이야. 때려잡으러 왔지."

사진의 얼굴이 험악해졌다.

"……보스를 함부로 말하지 마라."

"네 보스지, 내 보스냐?"

"보스와 싸우려면 먼저 날 쓰러뜨리고 가야 할……."

쾅! 사진이 말하는 도중이었다. 진한성의 어깨가 그의 명치에 깊숙이 틀어박혔다. 사진은 뒤쪽에 있던 성혼단 병사들을 뚫고 수평으로 날아가, 그대로 유주성 성벽에 처박혔다. 소란스럽던 전장이 한순간에 조용해졌다.

"됐냐?"

말한 진한성이 신호를 보냈다. 잠깐 멍해졌던 서황은 얼른 정신을 차리고 호령했다

"가자! 사교의 무리를 단죄하자!"

와아아아! 비록 수천에 불과했지만, 그래도 적뢰기였다. 용운군 최정예인 청광기에는 못 미친다 하나, 타 세력 정예의 수준을 몇 단계 상회했다. 거기다 선두에서 맹장 서황이 유물 해골파쇄기를 휘두르며 돌격하고 그 주변을 요원이 날아다니며 도왔다. 성혼단의 사기는 바닥에 떨어진 반면, 원군은 기세가 충천했다.

선우은의 말을 듣고 망루에 올라왔던 유우는 이 광경을 봤다. 포위된 채 몇 주를 시달렸는지 몰랐다. 그랬던 적들이 사방팔방으로 달아나고 있었다. 그 모습에 온화한 그도 피가 끓었다.

"여자각! 선우보!"

여건과 선우보가 공손히 답했다.

"예, 주목님."

"즉시 성안에 남은 병력의 반을 이끌고 나가 남문의 원군을 돕게. 앞뒤로 적을 들이치는 걸세."

"알겠습니다."

여건과 선우보는 날듯이 달려 내려와 성문을 열고 출격했다.

"성안에서 응해왔다. 기회다!"

이를 눈치챈 사마랑 또한 남은 호위대마저 전진시켜 서황의 뒤를 받쳤다. 가뜩이나 밀리던 성혼단 부대는 앞뒤로 공격받자 금세 지지부진해졌다.

'기세를 탔다. 이제 내가 없어도 충분하겠군.'

남쪽이 거의 정리됐다고 여긴 진한성은 자리를 옮기려 했다.

'노준의는 동쪽 성벽에 있나? 아니면 노성?'

진한성이 동쪽으로 달려가려 할 때였다. 길쭉하고 시커먼 그림자가 지표면을 타고 뻗어와 그의 다리를 휘감았다. 이어서 익숙한 목소리가 귓가에 들려왔다. 사진이었다.

"시발아, 말하는데 치는 게 어디 있어?"

"내가 싸울 때 방심하지 말라고 가르쳤잖아."

"그래, 그랬지. 그래서 나도 시작부터 전력을 다하려고."

천기 발동, 구문룡 ─영룡(影龍)!

검은 용 모양의 그림자가 치솟아 올랐다. 흑영대원 21호를 집어삼켰던 그 기술이었다. 용을 본 진한성이 중얼거렸다.

"어, 이건 좀 위험한데. 느낌이 더럽잖아."

검은 용이 입을 크게 벌리고 진한성을 삼키려 들었다. 진한성은 땅을 박차고 위로 높이 솟아올랐다.

"어림없다!"

사진이 왼팔을 위로 치켜들었다. 그의 왼쪽 손등에 새겨져 있던 용 문신이 밖으로 튀어나오며 순식간에 커졌다. 이번 용은 회색이었다.

천기 발동, 구문룡—풍룡(風龍)!

회색 용은 새끼줄처럼 단단히 응집된 회오리바람으로 변했다.

"큭!"

바람에 휘말린 진한성이 지상으로 추락했다. 떨어지는 그를, 기다리고 있던 검은 용이 입을 크게 벌리고 집어삼켰다.

"마스터!"

지켜보던 이랑이 놀라 소리쳤다.

사마의는 팔짱을 낀 채 흥미진진하게 구경하고 있었다.

"과연…… 이게 초인들의 싸움인가. 저 힘을 우리가 손에 넣어도 재미있겠어."

"야, 지금 그런 말이 나와?"

"……."

성난 이랑의 표독스러운 목소리에, 사마의는 슬며시 입을 다물었다.

'끝났다.'

사진은 쾌재를 불렀다. 진한성이 방심한 탓일까. 뜻밖에 대어, 아니 그야말로 대붕(大鵬, 크기가 수천 리에 달하며 한 번에 수만 리를 난다는 전설의 새)을 낚았다.

영룡은 어딘지조차 알 수 없는 다른 차원으로의 문을 여는 통로. 대상을 반드시 제거해야 할 때 쓰는, 사진의 필살기였다. 거기 삼켜진 이상 아무리 진한성이라도 끝이었다.

그랬어야 했다.

"어……?"

"인정하마."

콰득! 진한성의 주먹이 사진의 입에 틀어박혔다.

"내가 방심한 게 맞다. 설마 네 서열에 그 정도의 천기를 가졌을 줄이야. 너, 이규나 노지심, 무송 등과 같은 과였구나."

"크으으……."

사진은 입에서 피를 쏟으며 팔을 들려 했다. 그 팔을 잡아 꺾어버리는 진한성의 관자놀이가 눈에 띄게 희어져 있었다. 눈 밑의 주름도 더 깊어졌다.

"허공에서 쓴 덕에 수명을 덜 깎이긴 했다만…… 그래도 반경에 수십 명이 들어왔다. 이제 몇 년을 잃은 건지도 잘 모르겠군."

"이…… 무슨 개소리야. 빌어먹을. 이거 놔!"

"네가 죽는다는 소리다."

사진은 진한성에게 잡힌 팔이 뒤로 꺾인 바람에 허리를 앞으로 숙인 채 눌린 자세였다.

'진한성의 움직임을 전혀 못 느꼈다. 마치 순간적으로 잠들었다 깨어나기라도 한 것처럼. 대체 어느 틈에……'

사진의 생각은 거기서 멈췄다. 쩍! 그 상태에서 진한성이 팔꿈치로 그의 머리를 내리쩍은 것이다. 한 방에 뒤통수가 함몰되며 사진의 눈에서 빛이 사라졌다.

"휴……."

진한성은 축 늘어진 사진의 몸뚱이를 바닥에 팽개치며 한숨을 내쉬었다. 시간을 되돌리는 천기, 시공역천이 아니었다면 큰일 날 뻔했다. 아마 갈수록 더 위험한 놈들이 나오리라.

'사진이 이 정도인데 노준의는…… 더 강하겠지. 지금 당장 붙는 건 안 되겠어. 일단 유주성에 들어가 수성을 도우면서 잠시 쉬어야겠다.'

지친 게 느껴지는 걸 보니 상당히 나이를 먹은 듯했다. 그는 쓸쓸한 표정으로 자리를 떴다.

그때쯤은 서황이 지휘하는 원군 및 여건과 선우보가 이끄는 유주성의 군사들은 성혼단 부대를 거의 흩어버린 후였다.

"순간적으로 뭔가 이상했는데. 기분 탓인가?"

사마의는 머리를 긁적이다 형의 뒤를 따라 유주성 안으로 들어갔다. 이랑과 종요 등도 함께였다. 그런데 이랑의 표정이 눈에 띄게 어두워져 있었다.

'이 위화감. 마스터, 설마 또⋯⋯.'

모든 병력이 성내로 들어간 후.

바닥에 처참한 꼴로 널브러져 있던 사진의 시신 옆에 키 작고 통통한 여인이 나타났다.

"설치더니 꼴좋다."

중얼거린 그녀는 사진을 엎드리게 하더니 상의를 거칠게 찢어버렸다.

"그래도 '진짜' 죽게 할 순 없으니까."

사진의 등에는 일곱 가지 색깔로 화려하게 새겨진 무지개 용의 문신이 있었다. 문신을 드러나게 한 여인은 바닥에 엎드리더니 사진의 귓가에 속삭였다.

"명룡."

사진의 몸이 부르르 떨리더니 저절로 천기가 발동되었다.

천기 발동, 구문룡─명룡(命龍)!

단 한 번 쓸 수 있는 여벌의 목숨, 죽은 지 한 시간 이내에 누군가 시동어를 말해주면 되살려주는 명룡이었다.

"크헉!"

사진은 크게 숨을 몰아쉬며 벌떡 일어났다. 함몰되었던 뒤통수와, 그 서슬에 앞으로 튀어나온 안구가 어느새 정상으로 돌아와 있었다. 그는 일어나자마자 또 욕설을 퍼부어댔다.

"이런 쌍! 진한성, 날 죽였겠다……."

통통한 여인이 한심하다는 투로 말했다.

"얼른 튀기나 해. 또 진한성한테 걸려서 죽으면, 이번에는 못 살아나니까. 너는 물론 나도."

"으, 으응. 그럴까……. 고마워, 린."

사진은 자신의 병마용군, 린과 함께 부리나케 달아났다.

그런 그의 머릿속에 한 가지 생각이 떠올랐다.

'잠깐. 진한성이 북쪽으로 왔다? 이미 병력 대부분을 원소 쪽으로 동원했을 텐데. 그럼 지금 업성에 남은 건…….'

최악의 위기가 뜻밖의 기회로 변했다. 이게 다 자신이 한 번 죽었던 덕이었다.

'조조……를 좀 도와주면 되겠네. 이걸로 보스의 골칫거리였던 진용운은 기반을 잃게 되는 거야.'

사진은 입가에 회심의 미소를 떠올렸다.

17

·

악연의 끝을 향해

장패, 자는 선고(宣高).

억울하게 호송되는 부친을 구해낸 사건으로 천하에 이름을
알렸다. 황건적의 난 때는 도겸 밑에서 용맹을 떨쳐 기도위 관
직을 받았다. 태산에 근거지를 정해 독자 군벌 세력을 형성했
을 정도로, 나름 실력과 인망이 있었다.

정사에서는 한때 여포와 손을 잡았다가, 그의 사후 조조의
가신이 되어 위나라 장수로 활약한다. 조조의 손자 조예 대에
이르러서는 식읍이 삼천오백 호에 달했다. 대장군이자 조조의
친척인 조인의 식읍 역시 삼천오백 호였으니, 장패의 공을 짐
작할 만하다.

하지만 이 세계에서는 여포의 의동생이면서 팔건장의 한 사람이 되어 있었다. 장패를 포용하라는 고순의 조언을, 정사와 달리 여포가 수용한 결과였다. 장패 또한 원래 기질과 많이 달라진 여포에게 끌려 의형제까지 맺었다. 여포는 원정을 떠나면서 장패에게 허창을 맡기고 수비하도록 명했다. 연진의 장연, 진류성의 가후와 서로 호응하여 원술이 진출하는 것을 막기 위한 장치였다.

장패는 허창에서 나른한 하루하루를 보내고 있었다.

"흐암. 원술 놈, 겨울잠이라도 자는 건가. 하긴 나와 문화(文和, 가후의 자) 님이 버티고 있는 가운데로 쳐들어올 담력은 없겠지. 설령 양쪽을 동시에 공략한다 해도, 그랬다간 장연이 이끄는 흑산적 부대가 하내성을 치고 들어갈 테니."

이대로 무사히 겨울을 나나 하던 어느 날이었다.

"장군! 원술의 군대가 환원관(낙양 남쪽의 관문)을 나와 진격해오고 있다고, 기주목의 수하가 알려왔습니다."

흑영대원의 첩보를 받은 전령이 다급히 알려왔다. 장패는 오히려 눈을 빛냈다.

"오냐, 드디어 원술이 움직이는구나. 즉시 문화 님께 전갈하여 놈의 뒤를 들이치거나 하내성을 도모하라고 알려라."

장패는 여기서 한 가지 큰 실수를 하고 말았다. 좀이 쑤신 나머지 허창성에서 적을 맞아 싸우지 않고 굳이 영양의 벌판까지 나아간 것이다. 그가 허창에서 놀기만 한 것은 아니었다. 정사에서도 한 세력의 주인이었던 것만큼 주변 정세를 안정시키고 병력과 식량을 비축했다. 그 결과, 장패는 수하 일만에 여포가 남기고 간 오천 외에도 또 오천 명을 더 모아, 이만의 병력을 거느리고 있었다.

"적 병력의 수는?"

"이만 정도 되는 듯합니다."

정찰병의 보고에 장패는 입꼬리를 올렸다.

"이만 대 이만이라. 다섯 배까지는 뭉개버릴 수 있는 여포군의 용맹을 제대로 보여주겠구나."

장패에게는 참모가 따로 없었는데, 그 자신이 제법 지략을 갖춘 까닭이었다. 그가 영양에 진채를 차린 지 하루가 지났을 때, 멀리 원술군이 모습을 드러냈다. 원술 부대는 미리 나와 준비를 끝내고 있는 여포군을 보고 당황한 기색이 역력했다. 그 모습을 본 장패는 서둘러 명했다.

"적은 먼 길을 진군해온 뒤라 지쳐 있고, 게다가 아직 진형을 갖추지 못했다. 이때 공격하면 큰 타격을 입힐 수 있을 것이다."

장패는 직접 선두에 서서 돌격하여 원술군을 들이쳤다. 과연 원술군은 대형이 무너지며 허둥지둥 후퇴하기 바빴다. 장패는 그런 원술 부대를 오 리(약 2킬로미터)나 쫓아가며 핍박했다. 다음 날도 마찬가지였다. 해가 뜨자마자 장패의 공격이 시작되었고 원술군의 대응은 여전히 소극적이었다. 그렇게 사흘이 지났다. 신나서 한동안 몰아붙이던 장패는, 갑자기 정신이 들었다.

"잠깐. 여기가 어디야?"

어느새 장패의 부대는 영천 근처까지 와 있었다. 원술의 영향력 내에 있는 지역이었다. 요격을 나온 것이지 원정이 아니었으므로, 보급이 제대로 갖춰지지 않은 상태였다. 장패가 이 정도를 모를 그릇이 아니었으나, 그만큼 원술군의 움직임이 절묘했다. 딱 추격하지 않고는 배길 수 없게 만들었던 것이다. 생각해보니 공격한 것에 비해 별 피해를 주지도 못했다. 느낌이 이상해진 장패는 서둘러 허창으로 돌아가려고 했다.

말머리를 돌린 지 얼마 지나지 않아, 한 개 부대가 장패군의 앞을 가로막았다. 산양성에 있던 기령이 용운 진영의 포로가 된 뒤, 새로이 대장군 자리에 오른 유훈이 지휘하는 부대였다.

"하하, 걸려들었구나. 무사히 돌아갈 수 있을 줄 알았더냐!"

유훈이 기세등등하게 외쳤다.

장패는 일언반구도 없이 돌격하여, 곧바로 그를 향해 치고 들어갔다. 여포도 감탄했던 돌파 실력이었다. 어느새 선두가 흩어지며 유훈의 앞이 노출됐다. 그야말로 순식간에 벌어진 일이었다.

놀란 유훈이 숨을 들이켰다.

"헉!"

장패의 대도가 막 유훈에게 떨어질 때였다. 챙! 맑은 소리와 함께 공격이 튕겨나갔다. 유훈의 뒤에서 어느 틈에 나타난 소녀가 제 키보다 큰 철봉을 휘둘러 제지한 것이다. 그녀는 바로 화흠의 추천으로 원술이 새로 등용한 장수, 위원회의 천강제13위 노지심이었다. 소녀의 서늘한 눈빛이 장패를 향했다.

'저 작은 몸집으로 내 도를 쳐내다니?'

장패는 속으로 크게 놀랐으나 내색하지 않고 재차 공격하려 했다. 그때, 바로 뒤에 있던 수하가 다급히 외쳤다.

"장군! 뒤를 보십시오!"

장패가 보니 또 한 갈래의 부대가 뒤쪽에서 돌격해오고 있었다. 좀 전까지 달아나기 바쁘던 원술의 본대였다.

"과연 정립(정욱) 공께서 말씀하신 대로구나!"

원술의 또 다른 장수, 이풍이 뒤를 친 것이다. 장패는 몇 차례 더 유훈을 공격해봤으나 번번이 노지심에게 가로막혔다.

'제길. 이대로 있다가 포위되면 답이 없다.'

결국, 그는 옆으로 빠져 부대를 물렸다.

"서둘러라. 허창성까지만 가면 버틸 수 있다. 곧 문화 님이 도우러 올 것이다!"

장패는 목청을 돋워 병사들을 독려하며 진군했다. 그러나 얼마 못 가, 또 한 개의 부대가 앞을 가로막았다. 양성에 은밀히 주둔해 있던 원술군 별동대였다. 장패의 움직임을 예측한 정립의 솜씨였다.

"놈들을 흩어버리고 나아간다."

장패는 별동대의 수가 적음을 보고 그대로 뿌리치려 했다. 하지만 그건 실수였다. 별동대 병사들은 놀라서 달아났지만 한 사내, 아니 여인이 버티고 서 있었다. 유난히 키가 크고 체격이 좋아 사내로 보일 정도였다. 그녀는 노지심과 더불어 원술의 수하로 들어간 위원회 천강 14위, 무송이었다.

"미친!"

장패는 코웃음을 치며 여인을 향해 돌격했다. 여포군의 전투마는 흑철기라 하여 검은색 갑주를 걸치고 있었다. 용운의 철기대인 청광기보다는 못했지만, 주요 부위에 갑옷을 부착한 흑철기와 사람이 충돌한다면 그자는 뼈도 못 추릴 터였다. 그러거나 말거나 무송은 태연히 서 있었다. 그러다 장패가 탄 말이 지척에 다가왔을 때, 오른발을 힘차게 내딛으며 오른쪽 주먹을 뻗었다.

천기 호살권(虎殺拳, 범을 잡는 권법), 붕권!

쾅! 무송의 주먹에, 말이 달려오던 가속도가 더해졌다. 그대로 말의 목이 파묻히듯 머리가 우그러졌다. 관성을 못 이긴 장패의 몸이 허공을 날았다.

"빌어먹을!"

장패는 그 와중에도 도를 아래로 내지르며 무송을 공격하려 했다. 무송은 고개조차 돌리지 않고, 왼손을 들어 도의 날을 붙잡았다. 장패는 도를 쥔 채, 허공에 거꾸로 서서 무송에게 붙잡힌 꼴이 되었다. 곧 바닥에 팽개쳐져 눈앞이 아찔해지는 순간, 장패는 깨달았다. 자신이 일대일 정면승부를 했더라도 이 여인에게 패했으리라는 것을.

'형님, 죄송⋯⋯.'

장패는 그 생각을 끝으로 정신을 잃었다.

장패를 패대기쳐 기절시킨 무송이 빠른 걸음으로 다가온 성혼단원에게 말했다.

"가후에게 전해라. 정립 공의 예상이 그대로 적중했으며 덕분에 장패를 사로잡았다고."

"옛."

같은 시각, 여포의 근거지인 진류성은 놀랍게도 성문이 활짝 열려 있었다. 원술은 본대를 이끌고 보무당당하게 진군해왔다. 나와서 고개를 조아린 가후를 본 그가 말했다.

"현명한 선택이다. 가후라 했나. 내 그대의 공은 잊지 않겠다. 진류태수로 임명할 테니, 하던 대로 진류성을 맡아 지키라."

"성은이 망극합니다."

"성은? 그렇지, 성은. 하하핫!"

원술은 크게 웃으며 내성으로 향했다. 잠시 후, 원술군 후미에 있던 한 사람이 대열에서 슬쩍 빠져나왔다. 그러나 무혈입성의 기쁨에 취한 원술군 병사들은 누구 하나 이상하게 여기지 않았다. 그는 바로 원술의 중신인 화흠이었다.

시간이 조금 지나, 화흠과 가후는 으슥한 곳에서 만나 은밀히 대화를 나누고 있었다.

"정말 뜻밖이오. 문화 님이 별의 계시를 받은 동지였다니."

장포 소매를 걷어 손목 안쪽을 슬쩍 보여준 화흠이 말했다. 거기에는 별 모양 문신이 선명했다.

가후 또한 자신의 손목을 보여준 후 답했다.

"아직 얼마 되지 않았소. 위원장을 직접 만나고 온 후 결심했지."

가후는 평소 주무의 언행이나 내력이 매우 미심쩍었다. 그의 실력과 지식 등으로 볼 때, 이제까지 어떤 행적도 밝혀지지 않은 게 기이했다. 단 하나, 동탁의 밑에 있었다는 게 전부였다. 이에 은밀히 주무에 대해 조사하던 중 성혼단과 위원회라는 존재에 대해 알게 됐다. 위원회 쪽에서 먼저 접촉해온 건 그때쯤이었다.

"우리는 진정한 왕의 자격이 있는 분을 모셔, 천하를 태평성대로 만들고자 하는 게 목표입니다. 무작정 따르라는 게 아니라, 문화 님께서 직접 대해보고 판단하십시오."

회에서 나온 주동이라는 자가 차분히 말했다. 유난히 수염이 아름다운 사내였다. 가후의 철학은 자신이 전면에 나서지 않되, 철혈의 주인을 섬겨 제국의 혼란을 가라앉히는 것. 주동의 말은 가후의 목표와도 일치했다. 이에 가후는 사신으로 가먼저 용운을 만났다. 여포가 자리를 비운 사이, 뱃길을 이용해 장안에도 다녀왔다. 마지막 세 번째 왕 후보자를 만나기 위해서였다. 그리고 결정했다. 대의를 위해 회에 투신하기로.

"그러셨군요."

가후의 애기를 들은 화흠이 미소를 떠었다. 그는 보다 앞서, 원술에게 임관하기 전부터 이미 회의 일원이었다. 지방의 현령이 되어 동탁에게서 달아나려 했지만, 병에 걸려 실패했을 때였다. 중병으로 죽어가던 그에게 한 사람이 찾아왔다. 가후를 찾아가 설득했던 미염공 주동이었다.

"동탁의 시대는 곧 끝납니다. 그대의 병을 치료해줄 테니, 우선 원술에게로 가 그를 섬기십시오. 최선을 다해, 원술을 중원의 패자로 만든다는 각오로 말입니다. 그러면서 회의 지령을 받다 보면 길이 보일 것입니다."

당시만 해도 동탁은 막강한 위세를 떨쳤다. 이에 화흠은 반

신반의했지만, 정말 동탁이 죽자 자신의 병을 순식간에 고쳐 준 데 더하여 회를 신뢰하게 되었다. 그 신뢰가 화흠과는 도무지 맞지 않는 원술의 무도함과 천박함을 견디게 해주었다. 그리고 마침내 원술을 떠날 때가 다가오고 있었다.

장패가 위태롭다는 보고를 받은 여포가, 용운과 떨어져 되돌아온 것은 그 얼마 후였다.

"아군은 오랜 원정으로 지쳐 있습니다. 우선 진류에 들러 정확한 상황을 파악하고 병사들을 교대한 뒤 허창으로 가는 게 나을 듯합니다."

여포는 주무의 조언을 수락하여 진류로 향했다. 그러나 강을 건너기도 전에 복양성 북쪽에서 멈추고 말았다. 조조군이 이미 복양성은 물론, 견성, 늠구현, 범현까지 모두 점령하고 있었기 때문이다.

"어떻게 된 일인가, 이게. 조조가 어느 틈에…… 기주목은 아나, 이 사실을?"

동무양에 진을 친 여포가 굳은 얼굴로 물었다.

놀랍고 당황스럽기는 주무도 마찬가지였다. 오용의 얼굴이 그의 뇌리를 스치고 지나갔다.

'설마, 스승님이……?'

그뿐만이 아니었다. 이제 여포도 잘 아는, 시커먼 복색의 사내가 군막으로 다급히 뛰어들어왔다.

"도와주십시오!"

"누구냐!"

갑작스러운 침입자에 놀란 수하들이 검을 빼들었다. 손을 들어 제지시킨 여포가 말했다.

"옷은 똑같지만, 익숙하군. 그 목소리는. 내 앞에 다시는 나타나지 말라고 했을 텐데."

"죄송합니다. 뭔가 거슬리셨다면 일이 끝난 후 제 목을 치셔도 좋습니다. 그러니 도와주십시오."

고개를 조아리는 사내는 흑영대원 4호, 원수화령이었다. 무슨 일이 있었는지, 온통 흙과 피투성이에 복면 밖으로도 지친 기색이 역력했다. 먼 길을 한시도 쉬지 않고 달려온 듯했다.

"무슨 일인가."

4호는 여포의 물음에 고개를 들고 답했다.

"업성이 위험합니다. 조조군이 총공격을 가해왔습니다."

"장수들은?"

"아시다시피 아군의 제일가는 맹장인 조자룡 장군을 비롯한 네 분은 모두 원소 정벌에 나섰습니다. 성의 수비를 맡았던 서황 장군은 유주로 가 있습니다."

"애송이는?"

"마초 장군 말씀입니까? 마초와 방덕 장군은 조조군을 치러 출격했다가 함정에 걸려 간신히 빠져나왔습니다. 지금은 연진에서 장연과 합류해 있는데……."

"그럼, 불러들이면 될 게 아닌가. 그들을."

"……역시 모르셨군요."

여포는 고개를 갸우뚱하며 반문했다.

"무슨 말이지?"

"만약 그게 봉선 님의 지시였다면, 여기서 암살하려 했습니다."

4호는 품에서 비수를 꺼내 바닥에 내려놓았다.

"이놈!"

"무슨 짓이냐!"

아연 긴장하여 달려들려는 위월과 성렴 등을 막은 여포가 말했다.

"말해봐라. 내가 뭘 몰랐다는 건지."

주무는 뭔가 예감한 듯 안색이 창백해졌다.

4호가 천천히 말했다.

"장연과 마초, 방덕 장군은 연진에서 원술군에게 패하여 행방이 묘연합니다. 진류성은 그 전에 이미 원술에게 넘어갔고요."

"뭐라고? 가후…… 문화는! 문화는 어찌 됐나?"

"성문을 열고 진류에 원술을 맞아들인 장본인이 바로 가후입니다."

번쩍! 다음 순간, 방천화극의 칼날이 4호의 뺨을 베었다. 여포가 앉은 채로 방천화극을 내민 것이다. 복면이 잘리고 피가 흘러나왔지만 그는 미동도 하지 않았다.

"지금, 문화가 배신했다고 말하는 것이냐? 날? 그 말에 책임질 수 있겠는가?"

씹어뱉는 듯한 여포의 말에, 4호는 담담히 대꾸했다.

"흑영대가 조사한 바에 의하면, 그렇습니다. 그 전에 장패 장군은 이미 패하여 사로잡혔는데, 가후는 원술군이 환원관을 통과한 걸 알았을 때도 이를 미리 장패 장군에게 알리거나, 지원하러 출격하지 않았습니다."

"그럴 리가 없다."

여포는 문득 오래전의 일이 떠올랐다. 나와 같아서 마음에 안 든다고, 가후에게 했던 말. 하지만 이제 여포는 예전의 그가 아니었다. 가후 또한 자신이 그랬듯 변했다고 믿었다.

"그럴 리가 없다."

그는 현실을 부정하듯 한 차례 같은 말을 반복했다.

주무가 이를 악물고 말했다.

"아무래도 저자의 말이 사실인 듯합니다. 문화 형님이 스스로 열어준 게 아니라면, 원술 따위가 허창과 진류를 한꺼번에 점령할 순 없습니다. 아무리 정립이라는 뛰어난 책사가 있다고 해도 말입니다. 현재 원술 진영에는 장패 장군 이상 가는 장수도 없기 때문에……."

말하던 그는 도중에 한 가지 가능성을 떠올렸다.

'천강위! 원술 진영에도 천강위가 개입했나? 그렇다면 장패 장군이 사로잡힐 수밖에 없다. 어쩌면 문화 형님 또한 천강위의 이능 앞에 굴복했을지도 모르고.'

차라리 그렇다고 믿고 싶었다. 언젠가부터 주무는 가후를 진심으로 존경하고 있었기 때문이다.

잠깐 생각하던 여포가 입을 열었다.

"선택의 여지가 없다, 어차피. 진류를 잃고 양성으로 가는 길도 가로막혀, 갈 곳이 없어졌다. 기주목이 돌아올 때까지 의탁하는 수밖에 없다. 업성을 지켜내서."

여포의 말대로였다.

주무는 동의를 표했다.

"주공의 말씀이 옳습니다."

그 말까지 들은 4호가 풀썩 쓰러졌다. 사실, 순욱은 모두 다섯의 흑영대원을 보냈다. 두 명은 손책에게, 두 명은 여포에게, 나머지 하나는 유비에게 보낸 것이다. 그중에서 무사히 목적지에 도착한 자는 4호가 유일했다. 그야말로 온 힘을 다한 결과였다.

"부상은 없네요. 지쳐서 잠든 것 같아요."

4호의 상태를 살핀 안도전이 말했다.

고개를 끄덕인 여포가 수하들에게 명했다.

"전군, 이제부터 업성으로 향한다. 성을 공격 중인 조조군을 패퇴시키고 성내로 진입하는 게 목표다."

졸지에 근거지를 잃은 여포군은 방향을 틀어 서북쪽으로 진군을 시작했다.

업성의 순욱에게는 연이어 급박한 보고가 들어오고 있었다.

"남쪽 성문이 부서지기 직전입니다!"

"북쪽 성문을 방어하던 소건이 전사했습니다!"

"동쪽 성벽도 위태롭습니다!"

그는 북쪽에 하후돈과 조인이 이끄는 부대가 나타난 직후, 비로소 실수를 깨달았다. 자신도 모르는 사이에 조금씩 쌓인 실책이었다. 공성전에 패배하고 달아난 조조가 곧바로 공격해 오진 않을 거라고 은연중에 방심했다. 애초 가짜일 가능성이 있는 장례식에 마음이 흔들린 것 자체가 무의식중에 조조를 두려워하고 있었다는 증거였다. 방심과 두려움이 더해져 판단력이 흐려졌다.

이에 치명적인 실수를 하고 말았다. 업성을 지키는 마지막 보루나 마찬가지였던 마초와 방덕, 두 장수를 출전시키고 만 것이다. 조조는 함정을 준비해 두 사람을 쫓아 보내자마자, 기다렸다는 듯이 전방위 공격을 해왔다. 북에서는 우회해온 하후돈과 조인이, 동쪽에서는 악진과 이전이, 남쪽에서는 허저와 조조 자신이. 어느 쪽 누구 하나 만만한 장수가 없었다.

'공교롭게도 하필 그때 주공께서 유주로 서황 장군을 보내라고 명하실 줄이야. 아니, 그 모든 게 내 잘못이다. 그리되면 마땅한 장수가 없어지니 재고해달라고 말했어야 했다. 유주로의 원군은 진 공, 그분 하나로도 충분했을 것을.'

게다가 때맞춰 원술까지 침공해와 연진을 치는 바람에, 장연의 도움도 바라지 못하게 됐다. 원술에게 어떤 맹장이 있었는지는 모르겠지만, 마침 연진에 도착한 마초와 방덕 일행이 아니었다면 죽었을 거라는 전언이 있었다. 업으로 돌아올 길이 막힌 장연 일행은 조가현을 거쳐 흑산으로 달아나버렸다. 흑산적들이 본거지로 숨어든 셈이니, 거기까지는 원술군도 차마 추격하지 못했다. 그 소식을 마지막으로, 장연, 마초, 방덕 등은 행방불명인 상태였다.

상황이 이렇게까지 악화된 데는 순욱의 군략적 한계도 작용했다. 그는 수성, 정치, 경영, 인사에는 천재적이었다. 하지만 다수의 병력을 운용하여, 거시적 관점에서 여러 적을 상대하는 책략에는 아직 경험이 부족했다. 그러나 불행 중 다행으로 이제 특기 중 하나를 발휘할 때가 됐다.

'현재 가장 급한 곳은.'

잠깐 생각한 순욱이 업성에 마지막 남은 희망에게 말했다.

"부탁하오, 적오, 아니 주태 장군. 북쪽 성문을 지켜주시오."

지키던 장수가 죽은데다 하후돈 및 조인이라는, 적의 세 갈래 군사 중 가장 위협적인 맹장들이 지휘하는 장소였다.

"맡겨주십시오."

주태는 힘 있는 목소리로 답했다.

한편, 업성 지하에서 암약하던 또 한 사람의 영웅이 본연의 임무를 잠시 접어두고 전투를 준비 중이었다. 바로 전예 국양이었다.

"병력이 너무 적군. 이거 큰일인데……."

그는 눈앞에 도열한 약 오십 인의 흑영대원을 바라보며 중얼거렸다. 건재한 상위 오십 번까지의 대원을 모조리 소집한 것이다. 일행을 대표해 맨 앞에 선 2호가 말했다.

"오천 명 정도면 성벽 한쪽을 지켜내기에는 충분하지 않겠습니까?"

"오천?"

"저희는 일당백이니까요."

"하하! 2호 말이 맞다. 흑영대는 성벽을 지키는 데 서툴고 부대 대 부대의 싸움에도 약하지만, 개개인의 무력은 어지간한 병사 백 명과 맞먹는다."

"적병 전체를 '암살'하는 거지요."

전예는 말끝에 덧붙였다.

"거기다 흑영대 1호인 나, 국양이 직접 나설 거니까."

"어디로 가시겠습니까?"

2호의 물음에 흑영대원에게서 현재의 상황 및 순욱의 대처를 전해들은 전예가 말했다.

"동쪽 성벽으로 가세나. 주태 장군이 가장 강한 적을 맞아 싸운다면, 우리는 가장 약한 쪽을 최대한 빨리 제거해서 적 전체의 전력을 감소시킨다."

"존명!"

검은 그림자들은 일제히 동쪽 성벽으로 향했다.

순욱과 주태, 전예뿐만이 아니었다. 업성에 남아 있던 모든 가신들과 백성들까지 수성전에 동참했다. 낮은 세금, 인자한 성주와 정직한 관리, 체계화된 행정제도 및 다른 성에 비해 이상하게 발달한 문물까지. 백성들에게 업성은 낙원이나 마찬가지였다. 이곳을 잃으면, 다시 예전의 수탈당하던 삶으로 돌아가야 할지도 몰랐다. 그 두려움이 백성들을 모조리 일어서게 했다. 그럴 바에는 차라리 싸우다 죽는 편이 나았다.

심지어 아직 어린 제갈량과 노육마저 손을 보탰다. 제갈량은 성벽 안쪽을 바삐 돌아다니며 상황을 파악하고 이를 흑영대원에게 일러주었다. 그러면 경호하던 흑영대원이 순욱에게 가서 그의 말을 전하고 다시 돌아오길 반복했다. 때로는 노육과 함께 백성들을 지휘하여, 무너진 성벽을 안쪽에서부터 보수하기도 했다. 그새 이 어린 신동의 재주는 이미 업성 내에 잘 알려져 있었다. 태학에 나가기 시작하자마자 두각을 드러낸 것이다. 이에 사람들은 군소리 없이 그의 말을 따랐다. 제갈량은 업성이 조조의 손아귀에 들어가면, 그저 주인이 바뀌는 정도로 끝나지 않을 것임을 알았다.

'여기까지 진군해오는 동안 저질렀던 학살을 이제 업성에서 행할 거야.'

그 증거로 성벽 남쪽에서 소름이 오싹 끼칠 정도의 살기가 아지랑이처럼 피어오르고 있었다. 바로 조조가 있다는 방향이었다. 제갈량은 그쪽을 바라보며 생각했다.

'내게 힘을 줘, 월영. 빨리 돌아오세요, 주목님……'

업성의 치열한 수성을 지켜보던 조조가 말했다.

"생각보다 잘 버티는군."

유엽이 그의 옆에서 답했다.

"성 자체가 말 그대로 철옹성입니다. 누가 설계했는지는 몰라도 엄청난 자입니다."

"이미 몸소 체험해봐서 알고 있네."

"예······."

"그렇다고 난공불락의 성은 아니지. 압도적인 힘으로 모든 방향에서 동시에 두드리면 어떤 성이라도 열리게 마련."

중얼거리는 조조에게 오용이 말했다.

"지금 적은 최소의 노력으로 아군 전력과 절묘하게 균형을 맞추고 있습니다. 아마 손책이나 관도성 쪽의 도움을 기다리고 있는 거겠지요."

표면적으로는 평온했지만, 두 사람 사이에는 묘한 긴장감이 감돌았다. 이를 느낀 유엽은 고개를 갸웃거렸다. 조조는 무심한 척 오용의 말에 대꾸했다.

"그래서?"

"그 균형을 깰 때가 온 듯합니다."

잠깐 망설이던 조조가 답했다.

"어디, 해보시오."

때를 기다리던 오용은 즉각 별동대를 투입했다. 상대적으로 전력이 약하다 판단한 동쪽이었다. 마침 악진과 이전은 갑자기 나타난 흑영대원들에게 고전 중이었다. 온몸을 검은 옷으로 감싼 자들이 닥치는 대로 병사들을 죽였다. 수는 적은데 움직임이 신출귀몰하기 짝이 없다. 그 바람에 병사들이 겁을 먹어 성벽 공략에 어려움을 겪고 있었다.

"웬 놈들이냐!"

이전은 가늘고 긴 검을 무서운 속도로 찔러갔다. 그야말로 쾌검. 하지만 그가 노린 흑영대원은 손쉽게 공격을 피해버리더니 오히려 반격을 가해왔다. 흑영대의 필수 조건 중 하나가 날렵한 움직임이었다. 어지간한 쾌검은 통하지 않았다. 차라리 압도적인 중검(重劍)이었다면 먹혔으리라.

"헛!"

순식간에 파고들어 목을 찔러오는 공격에 이전이 위험에 처한 찰나. 흑영대원의 움직임보다 더 빠른, 이전의 검이 쾌검이라면 그야말로 순속(瞬速)이라 해야 할 창격이 날아들었다. 파파파팟! 섬광 같은 찌르기에 몸이 벌집이 된 흑영대원이 나가떨어졌다.

"그대는……?"

이전은 자신을 구해준 상대를 바라보았다. 갑옷조차 입지 않은 낯선 복색에 두 자루 창을 든 사내였다. 그는 위원회의 천강 15위, 쌍창장 동평이었다. 조운으로 위장하여 조조의 아비 조승을 살해한 장본인. 오용이 투입한 별동대의 지휘자가 바로 그였다. 실상 지휘라기보다는 혼자 날뛰고 있었지만 그것만으로도 효과는 충분했다.

"동평이라 합니다. 오용 님을 따르고 있습니다."

"오, 군사의……. 고맙소."

"별말씀을."

가볍게 대꾸한 동평은 다시 자리를 옮겨 흑영대원들을 죽여나갔다.

이전은 그의 뒷모습을 바라보며 중얼거렸다.

"저런 엄청난 실력자가 아군에 있었다니…… 모르긴 해도 전사한 전위 님과 맞먹거나 그 이상인 듯하구나."

동쪽 성벽의 흑영대원들은 점차 위태로워졌다. 동평이라는 실력자가 난입한 영향이 컸다. 전예는 멀리서 동평을 바라보며 혀를 찼다.

"쳇, 어디서 저런 놈이 갑자기…… 조자룡 장군을 연상케 하는 창술이로군."

그때였다. 동평이 그 목소리를 듣기라도 한 것처럼 순식간에 전예를 향해 다가왔다.

"피하십시오!"

2호가 나서서 동평을 막아섰다. 동평은 가소롭다는 듯 그에게는 시선조차 주지 않고 창을 내밀었다. 챙! 다음 순간, 동평의 눈에 처음으로 작은 동요의 빛이 떠올랐다.

"호오?"

2호가 검으로 동평의 창을 막아낸 것이다. 전예가 흑영대 1호라고 자처하나, 그건 그의 지략과 수장으로서의 무게감 등이 더해진 결과. 실질적인 흑영대의 최강자는 2호였다.

'내 공격이 자객 따위에게 막혀?'

분노한 동평의 귓가에 문득 노식의 목소리가 맴돌았다. 오 래전 일임에도 불구하고 여전히 그를 자극하는 기억이었다.

—네놈의 창은 조자룡의 발끝에도 미치지 못한다.

어쩌면 조운으로 위장해 용운을 함정에 빠뜨리는 작전에 기꺼이 나선 것도 그 거슬리는 기억 때문인지도 몰랐다.

"조자룡을 아나?"

동평의 갑작스러운 물음에 2호가 순순히 답했다. 시간을 끄는 게 최선인 그에겐 오히려 반가운 일이었다.

"잘 안다."

"그의 창술은 나와 비교해서 어떤가?"

"음…… 종류가 좀 다른 것 같다."

"그게 무슨 말이지?"

"내가 더 받아봐야 알 것 같은데."

"그게 가능하겠는가."

동평이 말을 마치자마자 수백 개의 창 그림자가 2호의 전신 을 찔러왔다.

'아니, 젠장. 받을 수 있는 공격을 해야 결과를 말해주지!'

2호는 속으로 비명을 질렀다.

역시 천강위 서열 15위, 무력으로 치자면 아슬아슬하게 열

손가락 안에 들 수도 있는 동평의 공격을, 아무리 강해도 결국 첩보 조직의 일원인 2호가 감당하기에는 무리였다. 다행히 전예는 그 자리를 피한 듯했다.

'그래, 전예 님만 무사하시다면, 주공은 언제든 다시 일어설 수 있다.'

안도한 2호가 죽음을 각오했을 때였다. 쳉! 채채채쳉! 쩌엉! 무수한 쇳소리가 주위에 울려 퍼졌다. 어느 틈에 나타난 유당이 동평을 맞아 싸우고 있었다.

"자네는……?"

놀라는 2호에게 유당이 외쳤다.

"뭐하는 겁니까. 어서 달아나지 않고!"

"하지만……."

"저는 제 동생 외에 다른 사람과 손발을 맞춰본 적이 없습니다. 부대장이 끼어드는 건 오히려 방해됩니다."

"알겠네. ……고맙네."

일전에 2호가 목숨을 구해준 일 이후, 그와 유당은 부쩍 친해져 있었다. 상황을 보다가 전예나 구하려던 유당은 2호의 위기를 보아 넘기지 못했다. 그사이 절반이 넘는 흑영대원이 쓰러지고 전예도 자리를 떴으니, 동쪽 성벽에서의 전투는 끝난 거나 마찬가지였다.

'이렇게 되면 최악의 사태도 대비해야겠다.'

2호는 본연의 임무를 위해 순욱이 있는 곳으로 몸을 날렸다. 혹시나 성이 함락되더라도 순욱은 안전한 곳으로 피신해야 했기 때문이었다. 다행히 동평은 유당에게 정신이 팔려 2호를 신경 쓰지 않았다.

상대를 알아본 동평이 으르렁댔다.

"유당, 이 박쥐 같은 놈. 설마 진짜로 진용운에게 붙은 거냐?"

"진용운이 아니라 업성의 일원이 된 거다."

유당은 어디서도 환영받지 못하는 삶을 살아왔다. 여동생을 지키기 위해 어떤 굴욕도 참았다. 그러나 업성은, 흑영대를 비롯한 진용운의 가신들과 이곳의 주민들은 진심으로 남매를 받아주었다. 이미 조조와 맞서 싸웠을 때 유당은 업성에 뼈를 묻기로 결심한 후였다. 그의 텅 빈 한쪽 소매를 본 동평이 비아냥댔다.

"양팔이 다 성해도 절대 날 이기지 못할 텐데, 팔 하나로 뭘 하겠다는 거냐?"

"하나가 아니라 세 개다."

"뭐?"

동평이 그 말의 의미를 이해하기 전이었다. 픗! 갑자기 바람이 일더니, 그의 옆쪽에서 한 쌍의 단도가 회전하며 날아들었다.

"헛!"

동평은 기겁하여 몸을 날려 피했다. 그가 몇 발자국 뒤에 착지한 직후였다.

천기 발동, 지둔비술!

동평이 움직인 것과 동시에 땅속을 파고들었던 유당이, 그의 발아래에서 튀어나오며 검을 수직으로 뻗었다. 동평은 다급히 고개를 젖혔다. 그의 턱 끝이 반 치 정도 잘려나갔다. 조금만 반응이 늦었어도 턱이 쪼개졌을 터였다.

"에이, 아깝다!"

불시에 기습한 붉은 머리 여인, 유라가 말했다. 유당은 동평을 사이에 두고 그녀와 마주 본 위치가 되었다. 그가 유라에게 텔레파시를 보냈다.

'강한 상대니까 절대 방심하면 안 돼. 이유는 모르지만, 동평은 병마용군을 동원하지 않는다. 그게 우리가 노릴 허점이야.'

'알았어. 오빠나 조심해.'

동평은 창을 한 손에 몰아 쥐고 턱을 손등으로 훔쳤다. 손등에 묻어나온 피를 본 그가 중얼거렸다.

"이 연놈들이……."

그런 동평에게서 살벌한 투기가 뿜어져 나왔다. 유당과 유

라는 아연 긴장하여 자세를 잡았다. 곧 천강위끼리의 싸움이
재개되었다.

이렇게 시작된 업성의 전투는 지키는 쪽이나 공격하는 쪽
이나 필사적이었다. 그런 업성을 향해, 동무양 방면에서 원군
이 다가오고 있었다. 하지만 그들이 합류해도 전력 차는 여전
해서 도움이 될지는 미지수였다.

용운의 원소 정벌 도중 벌어진 조조의 업성 침공. 때맞춰 중
원 진출을 노리며, 세간에 알려진 것 이상의 실력으로 진류와
허창 두 성을 단숨에 점거, 세상 사람들을 놀라게 한 원술. 거
기다 유주에서 이어지고 있는 성혼단과 유우의 싸움까지. 이
제 천하는 전란이 벌어지지 않은 곳이 없다시피 했다. 오직 익
주와 형주만이 비교적 잠잠할 뿐이었다. 세상 사람들은 이 거
대한 규모의 전쟁을 일컬어 천하대전이라 칭했다. 이는 앞으로
오랫동안 계속될, 보다 더한 난세의 시작을 알리는 신호였다.

업성이 조조군에게 포위된 채 격전을 치를 무렵.

어느덧 해는 바뀌어 196년이 되었다. 중국 대륙 북서쪽 끝,
정양현(현재의 내몽골 자치구)의 겨울은 매섭기 짝이 없었다. 1월
의 평균 기온이 현대의 단위로 영하 20도에 이르니, 기주에 비
할 바가 아니었다. 정양현은 명목상 한나라의 행정구역에 포

함되어 있긴 했지만, 인구가 수백도 채 못 되었다. 기후가 혹독한 데다 오환과 흉노 등의 침략에 시달려 모두 내륙으로 이주해버렸기 때문이다. 마지막 현령이 부임한 게 언젠지도 까마득했다. 사실상 방치된 지역이라 할 수 있었다. 보수한 지 오래인 토성은 낡아서 허물어졌다. 그마저 오환족의 손에 들어간 지 오래였다.

그 성의 망루에서 한 사내가 먼 곳을 바라보고 있었다. 그의 고개가 향한 방향은 동쪽이었다. 오환족과 같은 털가죽 옷을 입고 있었지만, 거동이 불편할 정도로 겹겹이 껴입은 상태였다. 그건 바로 추위에 익숙하지 않다는 뜻이었다. 풍채가 당당했으나 얼굴엔 근심이 어려 있었다.

그 사내는 바로 발해태수 원소였다. 남피성이 무너질 때 비밀통로를 이용해 달아난 이후, 무려 석 달에 걸쳐 이곳까지 피해와 있었다. 한때 중원의 주인에 가장 가까운 자라는 평가도 받았던 그였다. 한데 지금은 먼 변방에 숨어 있으니, 스스로 자신의 처지가 처량하기 짝이 없었다. 그러나 지금은 그런 것보다 더한 문제가 그에게 다가오고 있었다.

'놈이 기어이……'

그때 원소를 빼닮은 미남자가 망루로 올라왔다. 셋째 아들 원상이었다.

"아버지, 추운데 어찌 여기 나와 계십니까?"

"놈이 온다."

"예?"

"그놈, 진용운 말이다. 그놈이 곧 쳐들어올 게다."

"설마…… 진용운은 우리가 북평 북동쪽, 요서 지역으로 피한 줄 알 겁니다. 역경에 남겨둔 병력과 합류하여 유우의 눈을 피해 이리로 온 걸 어찌 알겠습니까?"

"난, 알 수 있다……. 진용운과 나 사이에는 어떤 숙명 같은 게 있는 모양이다."

"그게 무슨 말씀이신지……."

"돌이켜보면 반동탁연합군 때, 공손찬의 참모로 있던 그 자를 처음 봤을 때부터 이상하게 마음이 걸렸었다. 그 후 놈이 한복을 몰아내고 업성을 차지했다는 얘길 들었을 때는 뒤통수를 한 대 얻어맞은 기분이었다. 그거야말로 내가 계획했던 일이기 때문이다."

"아버지……."

"진용운은 외교에서나 전투에서나, 이제까지 여러 번 내 생각을 읽은 것처럼 행동했다. 이에 나 또한 우약(순심)이나 봉기와 같은 인재들의 힘을 빌려서 놈을 헤아리려고 애썼지. 오환의 첩자가 알려준 바에 의하면, 남피에서 우약이 자폭하면서 진용운의 발을 묶었는데, 그때 놈이 아끼던 여무사인 검후가 죽었다는구나."

"검후라면, 비무대회에서 관우에게 이기고 동탁군과 싸웠을 때는 화웅을 단칼에 벤 강자가 아닙니까. 과연 우약이 혼자 가지는 않았군요. 진용운 그자를 데려갔더라면 더 좋았겠지만 말입니다."

"진용운과 여러 해에 걸쳐 싸우면서 놈이 날 읽은 것처럼 나 또한 놈에 대해 알게 되었다. 내가 아는 진용운이라면……"

잠깐 말을 끊었던 원소가 입을 열었다.

"제가 아끼는 사람을 해쳤을 때, 어디까지라도 추격해올 것이다."

"만약 그렇다면 그때야말로 기회입니다. 여기까지 추격해온 이상, 놈의 병사들은 지칠 대로 지친데다 추위에 노출되었을 터. 반면, 아군은 정양성에서 충분히 휴식을 취했고 수도 결코 적지 않습니다. 진용운이 여기까지 무리하게 쫓아오는 일이야말로 제가 바라는 것입니다."

원상의 호기로운 말에, 원소는 묵묵히 고개를 끄덕였다.

'나도 네 생각처럼 되었으면 좋겠구나.'

정양성에서 이백 리(약80킬로미터) 정도 떨어진 선무현.

협곡 틈에 진채가 만들어져 있고 군데군데 여러 개의 간이 막사가 세워져 있었다. 보초를 제외한 병사들은 그 안에서 지친 몸을 누이고 있었다. 그중 한가운데의 막사에 용운과 곽가, 장료, 장합 등이 모여 작전 회의 중이었다. 청몽과 성월, 사린 그리고 구력거의 조카인 답돈도 참여해 있었다. 원정군의 핵심 인원이 다 자리한 셈이었다.

"원소는 거의 구석 끝까지 몰린 것 같습니다. 이제 얼마 안 남았…… 콜록콜록!"

말하던 곽가가 심한 기침을 했다. 원래 호흡기가 약한 그는 추위가 심해지고 병주에 들어오면서부터 몸 상태가 급격히 나빠졌다. 이곳의 차고 건조한 기후가 그에게 악영향을 끼치고 있었다. 용운은 아무래도 장수들보다 약한 문사들의 건강을 우려하여, 본래 곽가와 화타 등을 중도에 보내려 했었다. 이에 화타는 중병을 앓고 있는 희지재와 후방으로 호송된 부상자 등을 돌보기 위해 관도로 돌아갔다. 하지만 곽가는 차라리 죽겠다며 기어이 고집을 부려, 어쩔 수 없이 데려온 것이다.

잠깐 회의가 멈췄다. 용운뿐만 아니라 장합과 장료 등도 걱정스레 곽가를 바라보았다. 기침이 멈추길 기다린 용운이 물었다.

"봉효, 지금이라도 돌아가는 게……."

"저는!"

곽가는 용운의 말을 가로막으며 입을 열었다.

"저는 돌아가지 않습니다."

무례하다고 할 수도 있는 행동이었지만, 누구도 이를 지적하거나 불쾌감을 드러내지 않았다. 용운 자신이 그러지 않는데 누가 나서겠는가. 원래 용운의 진영은 유연한 분위기였으며, 특히 순욱과 더불어 내정과 군사의 한 축을 담당하는 곽가에게는 이 정도는 허용되었다. 아니, 더 심한 짓도 종종 하곤 했다. 물론, 알아서 선은 지켰지만.

"이 싸움은 원소에게 있어서도 마지막이니, 모든 걸 걸고 필사적으로 나올 것입니다. 또한 따지고 보면 딱히 아군에게 유리한 상황도 아닙니다. 원소는 한참 전부터 이곳에 와 자리를 잡고 있었지만, 아군은 한시도 쉬지 못한 채 그를 추격해왔기 때문입니다. 단 한 번의 실수가 모든 걸 바꿀 수도 있는 싸움이며 원소가 비록 곽도와 순심, 허유 등 주요 모사를 잃었다고 해도, 아직 봉기라는 걸출한 인재가 남아 있습니다. 그가 어떤 책략을 쓸지 모르는 상태에서 저만 살겠다고 돌아갈 순 없습니다."

"봉효……"

용운은 얼굴이 하얗게 질린 와중에도 고집스럽게 눈을 빛내는 자신의 책사를 바라보았다. 어쩐지 가슴이 뭉클해졌다. 정사에서 곽가의 원래 수명은 207년까지. 이제 196년이 되었으니, 원래 수명대로 요절한다 해도 십 년 넘게 남았다.

'그래, 곽가를 믿자. 그의 말대로 이번 싸움에서 곽가가 빠

진다면 위험해진다.'

대신, 자신이 할 수 있는 일을 하기로 했다. 벽옥접상을 이용해 원기를 북돋워주기로 마음먹은 것이다.

'미안하지만 곽가, 당신은 최소 일흔까지는 내 옆에 있어줘야겠어요. 아무래도 나는 이 세계를 떠나, 원래의 세상으로 돌아가기 어려울 듯하니.'

207년이 정해진 수명이라 해서 그때 보낼 생각은 애당초 없었다.

"알겠어요. 이따가 밤에 내 막사로 좀 와요."

용운의 말에 곽가의 표정이 묘해졌다.

"주공, 아시지요? 전 그런 취미는 없……."

"그 입 다물어요."

"하하하!"

무겁던 분위기의 막사 안에 웃음이 터졌다. 답돈도 더불어 웃으며 그 광경을 지켜보았다. 지난 석 달간 용운 일행의 곁에 머무르면서 답돈은 그들에게 흠뻑 빠져버렸다. 심지어 원래 있던 곳으로 돌아가지 않고 계속 이들과 함께하고 싶다는 생각까지 할 정도였다. 이번 원정뿐만이 아니라, 앞으로도 쭉. 그래서 용운이 천하를 통일하는 데 한 손을 보태고 싶었다. 어느새 답돈은 천하의 주인이 탄생한다면 이 기주목일 것이라고 굳게 믿고 있었다.

잠시 후, 다시 회의가 재개되었다. 분분히 의견이 오가고 용운이 이를 조율했다. 사실 곽가에게도 딱히 뾰족한 수는 없었다. 한정된 자원에 한정된 지형과 기후. 원군도 바랄 수 없는 상황이었다. 그저 적의 함정이나 매복에 걸리지 않도록 하면서, 모든 힘을 다해 부딪쳐가는 것. 그게 원소를 치기 위한 최선의 방책이었다.

그러나 곽가가 괜히 천재라 불리는 게 아니었다. 그는 이곳 병주에 들어오자마자 수시로 정찰병을 보내 정양현 일대의 지형도를 만들었다. 그 결과, 원소군의 허를 찌를 한 가지 계책을 떠올렸다.

"정양성은 오래된 토성이라 원소가 마냥 성벽에 의지하여 싸우기는 어려울 겁니다. 따라서 이곳."

곽가는 간이 탁자에 펼쳐진 지형도의 한 지점을 손가락으로 짚었다. 현재 용운 일행이 있는 선무현에서 산길을 따라오면, 정양현이 있는 너른 분지로 나오게 되는 위치였다. 마치 호리병의 주둥이와도 같았다. 오래전 흑산적이 쳐들어오던 경로의 지형과 비슷했는데 이번에는 입장이 반대였다.

"여기 성락현 일대에 진을 치고 아군이 나오자마자 공격할 게 거의 확실합니다."

전쟁을 치르는 데 있어 세밀히 조사하고 지형과 기후 등을 완벽하게 활용한 것으로 명성을 떨친, 그로 말미암아 제갈량조차 두려워하게 만들었던 명장 장합이 물었다.

"그렇다면 어찌해야 좋겠습니까? 나가는 길은 거기뿐이고 우회하여 가자니 시일이 너무 소모되는데요."

"원래라면 그렇겠지요. 더구나 아군은 대개 기주의 너른 평지에서 싸우던 철기 위주. 이런 험한 협곡과 산길은 익숙하지 않습니다. 한데 지금 아군에, 평지보다 산에서 더 빠르게 움직일 수 있는 전력이 있습니다."

곽가의 말에 모두의 시선이 답돈에게 쏠렸다. 깜짝 놀란 답돈은 저도 모르게 딸꾹질을 했다. 그런 그를 향해, 곽가가 타는 듯한 시선을 보내며 물었다.

"어떻습니까, 답돈. 오환 전사의 능력은요? 우리가 여기서 사흘 더 기다렸다가 출발하면, 그사이 협곡을 따라 우회하여 정양현의 뒤쪽에서 들이칠 수 있겠습니까?"

"어, 그게……."

"당신은 오환을 대표하여 우리를 돕고 있는 겁니다. 원소는 이제 끝난 거나 마찬가지니, 앞으로 유주의 백안 공과 우리 주공을 통해 중원과 교류하게 되겠지요. 여기서 공을 세운다면, 당신은 오환족 내부의 후계자 싸움에서 우위를 점하는 것은 물론, 선비나 흉노 등 다른 어떤 세력보다도 오환을 더 강성하게 일으켜 세울 수 있을 겁니다."

잠깐 멈췄던 곽가가 말을 이었다.

"우리가 도울 테니까요."

답돈은 격정으로 몸이 떨렸다. 오환왕이 된 자신의 모습이 뇌리를 스쳤다. 문득 숙부 구력거가 당부한 말이 떠올랐다.

—무리하지 말고 몸을 조심하되, 네가 뭔가 보여줘야 한다. 그래야 자식이 없는 나의 뒤를 네가 이을 수 있다.

그 기회가 왔음이 직감적으로 느껴졌다. 답돈은 천천히 입을 열었다.

"오환 전사 오천. 사흘이면 충분히 정양성 뒤쪽을 공격해 들어갈 수 있습니다."

"좋아요."

곽가는 흡족한 표정으로 고개를 끄덕였다.

이렇게 해서 계책이 정해졌다. 먼저 출발한 오환족 오천이 산길을 우회하여, 무방비상태에 가까울 정양성 뒤편을 들이친다. 용운군은 성락현까지 천천히 나아가다가, 돌파력이 좋은 장료가 먼저 적군을 공격한다. 그 틈에 장합은 서쪽으로 한 갈래 군사를 빼, 정양성의 이상을 알아챈 원소군이 흔들리기 시작하면 그때 일제히 공격하기로 했다. 청몽은 용운과 곽가의 곁에서 빈틈없이 두 사람을 지키고 사린은 장료와 함께 돌격한다. 성월은 따로 행동하며, 틈나는 대로 적 지휘관을 사살

하는 임무를 맡았다.

회의를 마치고 모두 각자의 거처로 돌아간 후, 용운은 혼자 주변을 거닐며 밤하늘을 보았다. 곽가가 잠든 후 그의 막사로 갈 셈이었다. 워낙 체력이 약한데다 지쳐 있으니, 자신을 기다리다 곧 곯아떨어질 것이다.

'달은 2000년대의 한국이나 196년의 중국이나 똑같구나. 지금쯤 그곳은 어떻게 변해 있을까? 여전히 불황과 취업난으로 힘들지만 하루하루는 평화롭게, 그렇게 지나가고 있을까?'

원래 있던 곳이 딱히 사무치게 그립지 않은 자신이, 용운은 좀 이상하게 느껴졌다. 아마 기다리고 있는 이가 아무도 없어서이리라. 아버지는 물론, 유일하게 마음을 터놓는 소꿉친구 민주도 지금 바로 옆에 있음을 아니까.

지금은 한 가지가 마음에 걸릴 뿐이었다. 얼마 전부터 흑영대의 보고가 전혀 들어오지 않는다는 것. 심지어 입소문이라도 들려줄 백성들조차 거의 눈에 띄지 않는 지역이다. 그 탓에 용운의 원정군은 중원이 어떻게 돌아가고 있는지 조금도 알 수가 없게 되어버렸다. 그는 새삼 전예와 흑영대의 중요성을 실감했다.

'아마 내가 무려 석 달에 걸쳐 계속 경로를 변경하면서 원소를 추격한 탓이겠지. 이곳은 흑영대원이 찾아왔다 되돌아

가기에 너무 멀기도 하고. 중간에 성혼단의 방해도 있을 것이고……'

용운은 여러 가지 이유를 대면서 스스로를 안심시키려 했지만, 어쩐지 불안해지는 마음을 억누를 수가 없었다. 너무 오래 자리를 비웠다. 게다가 이 중요한 전투에 조운이 함께하지 못한다는 것도 아쉽고 허전하기 짝이 없었다. 조운은 천강위와 일대일로 맞붙었다가 중상을 입어 창을 제대로 쥘 수 없는 지경이었기에, 희지재와 함께 관도성으로 후송되어 치료 중이었다. 지금쯤 화타가 열심히 재활을 돕고 있을 것이다. 그로부터 석 달이 넘게 지났으니, 회복이 빠른 조운이라면 거의 다나았으리라.

'형님, 함께하지 못해서 허전하지만 그쪽에 형님이 계시니까…… 괜찮겠지요?'

조조와 원술은 물론이고 이제 동맹인 유비와 여포의 움직임마저 믿기 어려워졌다. 이럴 때, 그나마 업성에는 순욱과 마초가, 남피성에는 태사자와 순유가, 관도성에는 조운과 저수가 버티고 있다는 사실이 든든했다. 적의 입장에서는 어느 하나 호락호락한 상대가 아니었으니까.

'그래, 지금은 원소와의 싸움에 집중하자. 어차피 이 전투를 빨리 끝내야 돌아갈 수 있다.'

용운은 붉은빛으로 물든 달을 보며 결의를 다졌다.

18

·

왕의 탄생, 새로운 시작

용운은 순유와 태사자에게 남피성을 맡기고 원소를 추격했다. 그로부터 약 석 달 후, 원소가 있는 곳을 찾아내어 마지막 전투를 준비할 무렵이었다.

모종의 세력으로부터 남피성에 대대적인 공격이 가해졌다. 남피성 성문 앞의 태사자는 무서운 눈으로 적들을 노려보았다.

"네놈들, 이러고서도 무사할 것 같으냐? 주공께서 돌아오시면……."

그런 그의 명치에는 화살 한 대가 깊숙이 꽂혀 있었다. 워낙 길고 굵어 화살이라기보다 마치 창처럼 보였다. 태사자의 입가에서 검붉은 피가 흘러내렸다. 화살을 쏜 화영이 원독 어린 눈으로 내뱉었다.

"바라는 바다."

천강위 서열 9위이자, 활의 명수. 화영은 유비의 명을 받아, 지난 몇 달간 기주 및 예주 일대를 두루 돌아다니며 원소의 수하들과 병력을 흡수했다. 원소는 남피성이 함락당해 달아나면서, 역경을 지키던 병사들 외에는 대부분 데려가지 못했다. 그중에는 가신이지만 태수나 현령, 주자사 등으로 임지에 나가 사병을 거느린 자들이 많았다. 원소의 수하이며 구강태수로 있던 주앙(周昂) 같은 이가 대표적이었다. 그들을 규합해 데려오는 게 화영의 임무였다. 때로는 설득하고 때로는 무력을 동원했다. 개중에는 독립할 마음을 품은 자도 있었으나, 화영에게 죽임당하고 병사를 빼앗겼다. 그 결과, 무려 오만이라는 병력을 모을 수 있었다.

화영은 그 과정에서 임충의 죽음을 듣게 되었다. 산양성 일대까지 갔다가 들은 정보였다. 그녀는 하늘이 무너지는 듯한 충격을 받았다. 초인적인 힘을 가진 능력자이기 이전에 그녀 또한 감정이 있는 사람이자 여자였다. 처음 회에 들어와 임충을 봤을 때부터 좋아했다. 그러나 미묘한 서열 탓에 가까워지기 어려웠다. 과업 수행을 위한 훈련을 받고, 이 세계로 보내지는 과정에서 조금씩, 군인 출신이라 임무에 충실한 임충이 부담스러워하지 않도록 아주 조금씩 다가갔다. 유비 곁에 머무르면서 최대한 원소와 충돌하지 않게 하려고 애쓴 것도 임충과 싸우기 싫어서였다. 그렇게 억눌러온 마음은 시간이 지날수록 커지기만 했다. 그런데 그 마음을 고백하기도 전에 임충이 죽었다. 살해당했다. 이제 현대에서든 이 세계에서든, 그 어디에서도 그를 볼 수 없게 되었다. 영원히.

'진한성, 진용운!'

화영은 원한에 사무쳤다. 임충을 사모하던 마음은 고스란히 진한성과 용운을 향한 분노로 바뀌었다. 그녀는 할 수 있는 모든 힘을 동원해 진씨 부자를 말살하기로 결심했다. 유비뿐 아니라, 필요하다면 회의 힘까지 이용해서. 남피성 점령은 그 첫 단계였다.

이미 서서가 구상해둔 책략이었기에 더 쉬웠다. 원래는 그 병력을 바탕으로 업성을 도모하려는 게 서서의 처음 계획이었다. 하지만 조조가 침공해오고 원술까지 진출하면서, 서서는 목표를 남피성으로 바꿨다. 검후가 죽은 직후, 용운이 풍기던 심상치 않은 기색도 목표 변경에 영향을 미쳤다. 일단 분노의 칼끝을 원소에게 돌리게 할 셈이었다. 마침 원소에게서 흡수한 병력이 중심이니, 남피성의 저항도 적을 터였다.

아니나 다를까, 태사자와 순유가 분전했지만, 남피성 안의 백성들과 포로 다수가 유비에게 동조하니 적은 수의 병사로는 버티기가 어려웠다. 거기에는 성혼단원도 대거 섞여 있었다. 그렇다고 수성전을 거부하는 것으로 모자라 방해하는 남피성의 백성들을 모조리 죽여버릴 수도 없었다. 이대로라면 눈뜬 채 성을 빼앗길 판이었다. 이에 태사자는 순유의 만류를 뿌리치고 직접 출진해 싸우다가 화영이 쏜 화살을 맞은 것이다.

"크윽!"

비틀거리던 태사자가 결국 한쪽 무릎을 꿇었다. 그의 입에서 내장 조각이 섞인 피가 터져나왔다. 아무래도 회생하기는 어려워 보였다.

"이런, 화영. 죽일 필요까지는 없었는데."

유비는 난처한 기색으로 중얼거렸다. 서서 또한 당황스럽기는 마찬가지였다. 그가 파악한 용운은 야심가가 아니었다. 유비가 남피성을 빼앗았을 때 분노하긴 하겠지만, 동맹의 대가라고 우겨 어물쩍 넘어가볼 만했다. 진용운은 제 사람들만 무사하다면 당분간 남피성을 그냥 버려둘 터였다. 그러나 누군가 죽었을 경우, 반드시 싸움을 걸어올 게 분명했다. 상대가 원소라 해도 끈질기게 공격하여 기어이 무너뜨린 것처럼. 현재는 유비의 전력이 용운이나 조조, 원술, 유표 등 누구와 비교해도 크게 뒤처졌다. 진용운을 상대해 정면으로 싸울 때가 아니었다.

'그래서 한 나라의 도읍감인 남피를 바탕으로 기반을 다지려는 생각이었는데…… 기주목이 아끼는 가신들은 해치지

말라고 그토록 당부했건만.'

하지만 신참의 입장에서 화영을 책망할 수도 없어, 그저 입맛만 다실 뿐이었다. 그게 아니더라도 화영에게서는 어쩐지 쉽게 대하기 어려운 분위기가 풍겼다.

유비의 뒤에 시립한 관우와 장비도 씁쓸한 얼굴로 태사자를 바라보았다. 용운과 함께 있었을 때는 적지 않은 친분을 다진 사이였다. 그러나 이제는 돌이킬 수 없게 되어버렸다. 그때 다 죽어가는 듯 보이던 태사자가 번개처럼 활시위를 당기고 유비를 겨냥했다.

"비열한 배신자, 죽어라!"

태사자가 시위를 놓은 것과, 관우가 튀어나가며 청룡언월도를 휘둘러 태사자의 목을 친 것은 거의 동시였다. 픗! 화살이 유비의 큰 귓불을 스치고 지나갔다. 마지막 순간 태사자의 뇌리에 떠오른 것은 적들의 모습도, 유비를 죽이지 못한 데 대한 아쉬움도, 죽음에 대한 공포도 아니었다. 맨 처음 북평의 한 술집에서 용운을 만났던 때. 마치 태사자를 전부터 알았던 것처럼 반가워하던, 어리고 아름다운 용운의 모습이었다.

'주공, 천하에 주공의 빛을……'

태사자는 당시 위세가 최고조이던 공손찬을 미련 없이 떠나 용운을 택한, 세력 초기부터의 공신이었다. 일찍이 한복을 칠 때부터 활약하기 시작했으며, 흑산적과의 전투에서 큰 공을 세워 기주 사천왕으로 이름을 떨쳤다. 복양성을 오랜 기간 묵묵히 지켜 용운의 믿음에 부응했던 우직한 무장. 그는 마지막 순간에도 남피성을 빼앗기지 않기 위해 싸우다 전사했다. 196년 2월, 향년 30세였다.

태사자의 목 잃은 몸뚱이가 쓰러지자, 성벽 위에서 지켜보던 순유가 비통에 찬 소리를 질렀다.

"자의 장군!"

늘 차분함과 냉정을 유지하는 그였지만, 이 순간만큼은 그러지 못했다. 성벽에서 뛰어내리려는 그를, 수하들이 간신히 붙잡아 말렸다.

"에고."

유비가 길게 한숨을 내쉬었다.

청룡언월도를 휘둘러 피를 털어낸 관우는 장비를 호되게 나무랐다.

"옛정에 흔들려 틈을 보였다가 형님께 변고라도 생기면 어쩌려고 했느냐? 잊지 마라. 이제 기주목은 우리의 적이며 그를 따르는 자들도 마찬가지다!"

유비는 그런 관우를 말리며 말했다.

"됐어, 관 형. 그쯤 해둬. 장비의 기분은 나도 이해하니까. 어쩔 수 없다곤 하지만, 썩 유쾌하진 않군그래. 익덕, 넌 수하들을 불러서 자의의 시신을 정중히 수습하여 장례를 치러주어라."

마지막 버팀목이던 태사자가 쓰러지자 결국 성문이 열렸다. 유비와 관우는 열린 성문을 통해 나란히 남피에 입성했다. 용운은 물론 여포마저 돌아가버렸으니, 이 일대에서 유비를 막을 이는 없었다. 유비 또한 산전수전 다 겪은 군웅. 더구나 자신의 기반이 절실한 처지였다. 동맹이라는 틀에 얽매일 자가 아닌 것이다. 냉정히 말하면 용운의 순진한 대처가 화를 부른 셈이었다.

'날 너무 원망하지 말게, 진 군사. 이런 난세에 태어났으니 나도 뭔가 해봐야 하지 않겠나?'

유비는 씁쓸함을 삼키며 자조했다. 문득, 노식이 살아 있었다면 자신을 한심하게 봤을지도 모르겠다는 생각이 들었다.

장비는 쓰러진 태사자의 시신을 멍하니 내려다보고 있었다. 이 와중에도 성월의 얼굴이 뇌리를 스쳤다. 언젠가 함께 술을 마시다가, 그녀가 농담처럼 했던 말이 떠올랐다.

―익덕, 너한테는 현덕 님이 신앙이나 마찬가지인 것 같은데, 그건 나도 그래. 만에 하나 현덕 님과 우리 주군이 등을 돌리면, 나도 널 적으로 상대할 수밖에 없다고.

어째서일까. 지금 이 순간 피어오르는 감정은 성월과 반강제로 결별하게 된 데 대한 아쉬움이나 슬픔이 아니라, 그녀의 귀신같은 활솜씨에 대한 경계심이었다. 전장에서 그녀가 자신이나 유비, 관우 등을 노린다면 과연 막아낼 수 있을 것인가? 여기까지 생각하던 장비는 저도 모르게 자조 섞인 웃음을 지었다.

'나도 어쩔 수 없는 무장이로구나.'

그때, 화영이 등을 돌리더니 자리를 뜨려 했다. 장비는 사납게 눈을 치뜨고 그녀를 불러 세웠다.

"이봐. 잠깐!"

"무슨 일입니까?"

"너, 자의가 화살을 쐈을 때, 운장 형님보다 먼저 움직일 수 있었지? 자의를 죽이지 않고도 해결할 수 있었잖아."

"······글쎄요."

"그런데 왜 모른 척하고 운장 형님이 자의를 죽이도록 만들었지?"

"제가 막을 수 있었다면, 관운장 역시 마찬가집니다. 그냥 화살을 쳐내거나 현덕 님을 밀어내서 해결할 수도 있었는데 목을 베었지요."

"그, 그건······."

"이는 현덕 님의 마음 한구석에 있는 망설임, 진용운을 적으로 돌리는 데 대한 망설임을 해소하고 결의를 다지기 위함입니다. 진용운이 가장 분노하는 일이 제 사람을 해치는 행위라는 걸 잘 아니까요. 덕분에 이제 진용운과의 타협은 없습니다."

"······."

"당장 검후라는 여무사가 죽었다고 모처럼 점령한 남피성도 버려두고 북쪽 끝까지 원소를 추격해가지 않았습니까? 한데 그 책임을 왜 제게 추궁하시는 거죠? 태사자를 죽인 건 제가 아니라 운장 님이십니다만."

평소 거의 말이 없던 화영이 일장연설로 쏘아붙이자, 장비는 순간 당황했다. 그때, 그녀가 한 말이 장비의 폐부를 비수처럼 찔렀다.

"아, 혹시 성월이라는 여자 때문에 그러십니까? 안됐네요. 이제 전장에서 만나면 서로 죽고 죽이지 않을 수 없을 테니."

콱! 장비는 저도 모르게 손을 뻗어 화영의 어깨를 틀어쥐었다. 다음 순간, 장비의 목에서 가느다란 핏줄기가 흘러내렸다. 어느 틈에 화살 하나를 빼든 화영이 촉으로 그의 목을 얕게 찌른 것이다. 장비의 손을 뿌리친 화영은 그를 스치고 지나가며 귓가에 나직이 속삭였다.

"다시는 내 몸에 손대지 마."

그녀는 굳은 장비를 두고 가버렸다.

"제길······."

장비는 나직하게 중얼거렸다. 미치도록 술이, 성월이 고팠다.

비슷한 시기, 업성의 상황 또한 절망적이었다. 몸소 업성의 성벽 구조를 체험한 조조는 복양성에 머무르는 동안 유엽으로 하여금 여러 대의 운제(긴 사다리를 탑재한 공성병기)를 만들게 했다. 성벽을 올라간 병사들은 운제에 부착된 사다리를 끌어올렸다. 제일 바깥쪽 성벽에서 안쪽 성벽으로 건너가게 하기 위함이었다. 동시에 흙을 가득 채운 자루를 던져 넣어 성벽 사이의 길을 메웠다.

조조군의 수가 워낙 많아 업성의 수비 병력은 그런 행동들을 다 막을 수가 없었다. 그렇게 무려 닷새를 지속하자, 성벽과 성벽 사이가 거의 막혀버렸다. 화살도 다 떨어져 이제 드문드문 날릴 뿐이었다.

승리를 확신한 조조는 좀 떨어진 곳에 망루를 높이 세우고 전투를 관찰하고 있었다. 문득 그가 놀란 표정으로 말했다.

"저자는 대체 누군가?"

조조가 바라보는 방향은 북쪽 성문, 바로 그가 자랑하는 맹장들인 하후돈과 조인이 공략하는 쪽이었다. 원래 제일 먼저 깨뜨릴 수 있으리라 기대했으나 오히려 가장 지지부진했다. 성벽 위에 버티고 서서 야차처럼 날뛰는, 용운군의 한 장수 때문이었다. 그러나 주변의 수하들은 얼굴을 마주 볼 뿐 아무도 적장의 이름을 아는 자가 없었다. 마침 보급부대 습격 작전에 참여했던 하급 장수가 있어 그를 알아보았다.

"적오라고 하는 자입니다. 적오는 별명이고 본래 이름은 주태라고 들었습니다."

"적오, 붉은 까마귀인가."

주태는 시커먼 얼굴에 온몸이 피로 젖어 있어 별명이 썩 잘 어울렸다. 잠시 그를 보던 조조가 한탄했다.

"진용운은 참으로 불가사의한 자로구나. 조자룡과 태사자, 장료, 장합 등이 모두 원소 정벌을 떠나 있고 서황이라는 장수는 유주로 갔다고 들었다. 또 마초 그 어린놈은 물론이요, 늘 함께 다니는 방덕의 무예도 대단했다. 비록 흑산적의 두령이었다 하나 장연의 솜씨 또한 알아줄 만하다. 거기에 저 주태라는 자까지…… 어디서 이렇게 끊임없이 인재를 발굴한단 말이냐? 한데 난 사람이 모자란 와중에 아들이라는 놈에게마저 배신이나 당하고 있으니……."

조조의 말에 자존심이 상한 한 장수가 나섰다.

"주공, 제가 가세하겠습니다."

그는 최근에 원군을 이끌고 조조 진영에 합류한 조순이었다. 조인의 사촌동생이며 조조와 먼 친척이었다. 아버지를 일찍 여의고도 재산을 잘 관리하여 집안의 기강을 세웠으므로 세간에서는 그를 인재라 여겼다. 젊은 시절에는 학자를 경애하여 학문을 즐겼으나, 조조가 거병한 후 합류하여 전장을 누볐다. 훗날 위나라의 최정예 기병부대인 호표기의 지휘관 자리에 오르게 된다.

조조가 고개를 끄덕이자, 조순은 망루를 내려가 말에 올랐다. 그리고 한 자루 검을 휘두르며 북쪽 성벽으로 달려갔다.

북쪽 성벽은 잠깐 교착상태에 빠져 있었다.

"퉤, 뭐 저런 새끼가 다 있지?"

입이 거친 조인이 침을 뱉으며 말했다.

하후돈도 그의 말에 동감이었다.

주태라는 적장은 성벽에 굳건히 버티고 서서 조조군 병사들이 사다리를 타고 올라오는 족족 베어 넘기고 있었다. 화살을 쏘면 피하거나 쳐내버렸다. 여러 곳에 동시에 사다리를 놓고 오르려 하면, 그의 지휘를 따르는 병사들이 투석 공격을 하거나 사다리를 밀어 떨어뜨렸다. 해자와 성벽 사잇길을 메웠다곤 해도, 결국 성문을 부수거나 단 몇 명이라도 성벽에 올라서야 제압이 가능했다. 주태는 애초에 이를 불가능하게 했다. 보다 못한 조인과 하후돈이 직접 사다리를 타고 올라갔다가, 주태의 거센 공격에 기겁하고 물러났다. 정상적인 상황에서 일대일의 대결이었다면, 둘 다 이렇게 일방적으로 밀릴 기량은 아니었다. 그러나 장소가 좁은 성벽 위라는 점과, 원래 역사에 없던 검술을 주태가 익힌 게 차이를 만들었다. 그가 현재 일종의 각성 상태라는 것도 한몫했다. 자신이 쓰러지면 업성은 끝장이라는 생각에, 주태는 평소의 몇 배나 되는 힘을 발휘하고 있었다.

그때, 조순이 말을 몰아 달려오며 외쳤다.

"형님들! 순이 가세하겠습니다."

"어라, 자화(子和, 조순의 자)……."

조순은 두 장수가 어어 하는 사이, 달려오던 기세 그대로 말에서 뛰어내려 성벽에 붙었다. 그러더니 곧장 사다리를 타고 올라가 주태에게 덤벼들었다.

"이런!"

조인과 하후돈은 화들짝 놀랐다. 주태의 실력을 잘 알게 된 그들이었다. 조순은 절대 상대가 되지 못했다. 두 사람 모두에게 조순은 친척 동생뻘이었다. 특히, 조인과는 사촌 사이. 둘다 어릴 때부터 똑똑하고 싹싹한 조순을 아꼈다. 마주 본 둘은 누가 먼저랄 것도 없이 성벽을 올랐다. 놔뒀다간 동생 놈이 죽을 판이었다.

곧 조인과 하후돈 그리고 조순까지, 조조군의 세 장수가 주태를 둘러싸고 성벽 위에서 싸우는 진풍경이 벌어졌다. 주태는 여전히 빼어난 무용을 자랑했다. 하지만 각성 상태를 유지하는 데는 한계가 있었고 그만큼 빨리 지쳤다. 슬슬 손발이 어지러워지며, 조금씩 공격을 허용하기 시작했다.

'되었다.'

'이놈, 이젠 끝이다.'

결국, 주태는 어깨와 허벅지에 일격을 허용했다. 그래도 끝까지 싸우려는 그를, 보다 못한 흑영대원 하나가 낚아채 달아났다.

"어딜!"

추격하려는 조순을 조인이 말렸다.

"놔둬라. 어차피 성이 넘어가면 달아나봐야 소용없다. 지금은 성을 함락하는 게 먼저다."

곧 북쪽 성벽을 통해 조조군이 물밀듯 밀려들었다.

동쪽 성벽 앞에서 동평과 싸우던 유당에게도 한계가 닥쳤다.

"오빠!"

유라가 소스라치게 놀라 소리 질렀다.

유당은 제 가슴과 배에 뚫린 구멍을 물끄러미 내려다보았다. 모두 세 개였다.

'치명상이다.'

동평의 상태도 썩 좋진 못했다. 남매의 필사적인 합공에 여러 군데 상처가 났다. 그중에도 왼쪽 옆구리를 길게 베인 상처는 꽤 깊어서, 조금 더 힘을 줬다간 내장이 튀어나올 지경이었다. 둘 다 성혼마석의 힘으로 신체가 강화된 상태가 아니었다면 오래전에 죽었으리라.

'빌어먹을, 조금만 더 밀어붙이면 이길 수 있을 것 같았는

데…….'

유당은 아쉬움과 고통에 이를 악물었다. 문제는 주변의 흑영대원이 대부분 전사했다는 사실이었다. 어느새 주변을 조조군 병사들이 가득 메웠다. 이는 다른 방향의 성벽 앞도 마찬가지였다.

"제법이구나. 너희를 얕봤던 건 사과하지."

두 자루 창을 양손에 나눠 쥐고 팔을 늘어뜨린 동평이 말했다. 그는 이번 공격으로 반드시 유당과 유라를 죽일 작정이었다.

사실 유당은 달아나려면 얼마든지 달아날 수 있었다. 땅속으로 파고든 유당을 추격할 수 있는 존재는 거의 없었으니까. 그러나 업성의 사람들을 버려두고 도망친다는 게 마음에 걸렸다.

'하하, 붉은 머리 박쥐라고 불리던 내가 어쩌다 이렇게 됐지? 괜히 명줄만 끊기게 생겼네.'

유당은 이런 자신이 어이없는 동시에 조금은 자랑스럽기도 했다.

'오빠, 그러다 큰일 나. 피해야 돼.'

유라가 텔레파시를 보내왔다.

유당이 답했다.

'조금만 더 버텨보자.'

'진짜 미쳤구나.'

'아무래도 그런 것 같다.'

'알았어, 어차피 나 혼자 도망쳐봐야 소용없으니.'

"이만 끝내자!"

동평이 마지막 남은 기운을 끌어 모아 천기를 발동했다. 노식을 쓰러뜨렸던 그 기술이었다. 막 유당의 몸뚱이가 벌집이 되려던 찰나였다.

쩡! 절묘하고도 강력한 참격으로, 동평의 천기가 차단되었다. 벌써 세 번째였다. 그는 처음으로 크게 놀랐다. 천기가 발동 직전에 끊기는 일은 쉽게 일어날 수 있는 게 아니었다.

"웬 놈이냐?"

뒤로 훌쩍 뛰어 물러난 동평과 유당 사이에 방울을 달고 깃털을 꽂은 괴상한 차림새의 남자가 끼어들어 있었다. 대도 한 자루를 든 채였다.

'강자.'

동평은 아연 긴장했다.

정체불명의 남자는 히죽히죽 웃으며 도신을 핥았다.

"역시 주공을 따르길 잘했어. 이런 싸움을 할 수 있다니. 몸이 좀 고달프긴 하지만……."

이어서 불타는 듯한 붉은색 털의 말 한 마리가 걸어와 섰다.

"잘했다, 홍패(興覇, 감녕의 자)."

대도의 사내는 바로 감녕이었다. 그는 원소 정벌에는 참여하지 못했었다. 여포의 명으로, 진류성을 지키고 있었기 때문이다. 그랬다가 가후가 문을 열어버리는 바람에 대경하여 성을 빠져나왔다. 허창으로 가 장패에게 이 사실을 알리려던 감녕은, 도중에 장패가 원술에게 붙잡혔다는 소식을 들었다. 업성은 업성대로 조조군에게 포위되어 들어갈 틈이 없었다. 이에 다시 방향을 바꿔 관도로 향하다가 도중에 여포를 만난 것이다.

감녕이 증언함으로써 가후의 배신은 기정사실이 됐다. 감녕은 권력에는 아무 욕심이 없었다. 그의 관심사는 오직 강한 자와의 싸움이었다. 그런 그가 쓸데없이 가후를 모함할 리 만무했다. 일부러 진류성을 나와 허창 쪽으로 향하다가, 다시 말머리를 돌려 북진하는 수고를 해가면서까지 말이다.

감녕은 몰라봤지만, 그 말을 탄 자가 누군지는 유당과 동평, 둘 다 잘 알았다. 두 사람의 입에서 동시에 같은 이름이 새어나왔다.

"여포……."

여포의 매서운 눈빛이 동평을 향했다.

"제법이더구나. 창 솜씨가. 어디, 나와 일백 합을 겨뤄보자."

동평은 속으로 욕설을 내뱉었다.

'일백 합은 무슨!'

가뜩이나 유당과 싸우다 다친 부위의 고통이 점점 심해지고 있었다. 거기에 감녕과 여포까지 가세했으니, 이제 몸을 뺄 때였다. 어차피 진짜 임무는 시간을 끄는 거였다. 여포가 업성을 도우러 온 게 뜻밖이었으나 할 만큼 했다. 동평은 미련 없이 몸을 돌려 달아났다. 여포와 유당 또한, 그를 굳이 뒤쫓지 않았다.

"고맙습니다."

여포에게 인사하던 유당이 비틀거렸다.

유라는 울면서 그를 안아 부축했다.

둘을 내려다보던 여포가 말했다.

"들어가보게. 내가 맡을 테니, 여긴."

이미 팔건장의 일원인 고순과 성렴, 위월 등이 악진과 이전을 밀어붙이고 있었다. 지살위들도 북쪽을 통해 들어오던 조조군의 발을 묶었다. 조인과 하후돈이 아무리 맹장이라 하나, 살아남은 지살위 다수를 상대하기는 어려웠다. 그렇지만 주위를 둘러보는 여포의 표정은 썩 좋지 않았다.

'여길 지켜내도 다른 쪽이 무너진다.'

그가 보기에 업성은 이미 끝났다. 업성에 의지하여 버티려던 계획도 무산된 셈이었다. 이 정도까지 위태로워져 있을 줄은 미처 몰랐다. 그만큼 조조라는 사내의 역량은 대단했다. 무너져가는 성을 배경으로 버티다 함께 무너질 것인가, 아니면

할 도리는 했으니 이제라도 몸을 피할 것인가. 피한다면 또 어디로 갈 것인가.

"어찌하시겠습니까?"

감녕이 묻자 여포는 용운의 성격을 떠올렸다. 이 상황에서 그가 했을 선택이 뭔지 생각했다. 잠시 후, 여포가 입을 열었다.

"홍패, 업성 안으로 들어가라. 지금 즉시. 그리고 내가 명하는 일을 하라."

유주, 유주성 앞.

원군은 진한성이 시진을 쓰러뜨린 뒤, 그 여세를 몰아 적을 흩어버렸다. 마침 거기에 호응하여 유주의 병력도 나와 싸웠으므로, 남쪽의 성혼단 병력은 완전히 와해됐다.

"어서 안으로 드시지요."

여건과 선우보는 먼 길을 달려와 준 원군을 성문으로 인도했다. 그들을 따라 성안으로 들어가려던 서황이 주위를 두리번거렸다.

"그런데 진 공은 어디 가신 거지?"

요원은 서황의 품 안에서 웅크린 채 떨었다. 그녀는 진한성이 향한 곳을 알았지만, 말하지 않았다. 서황이 그리로 쫓아갔다가는 반드시 죽을 테니. 유주성 동쪽. 거기서, 말 그대로 무시무시한 기운이 느껴지고 있었다.

'진한성만 괴물인 줄 알았는데……'

위원회의 천강위들은 모두 엄청난 강자였다. 그러나 진한성과 일대일로 비교하기엔 무리가 있었다. 그녀가 알기로, 이 정도 기운을 뿜어낼 수 있는 존재는 단 한 사람이었다.

"요원, 어디 다치기라도 한 거요?"

그녀의 떨림을 알아챈 서황이 작은 목소리로 걱정스레 물었다.

요원은 고개를 저었다.

"아무것도 아니에요."

홀로 빠져나와 노성 방향으로 달리던 진한성은 예상대로 거기서 노준의와 마주쳤다. 금발에 가까운 머리카락을 가진, 흰 피부의 아름다운 미청년. 옥기린이라 불리는 자였다. 진한성이 위원회의 실체를 알고 달아나기 전까지, 대련에서 유일하게 승부를 내지 못한 상대이기도 했다.

노준의 또한 다가오는 진한성의 기운을 느꼈다. 이에 동쪽 성벽을 공략하던 병사들을 물렸다. 방해받지 않고 제대로 싸워보고 싶어서였다. 위원회의 서열 2위이자, 무공으로는 최고라 평가받는 자. 노준의만 쓰러뜨려도 진한성은 유주까지 온 목적을 달성하는 격이었다.

"오랜만이군, 진한성."

묵묵히 다가오는 진한성을 마주 보던 노준의의 입에서 뜻밖의 말이 튀어나왔다.

"몬스터, 아니 고스트라고 해야 하나? 그도 아니면 천강 제4위, 공손승이라고 불러야 할까?"

"그 이름으로 날 부르지 마라."

진한성이 으르렁댔다. 그런 그에게 노준의가 비아냥거렸다.

"그러시겠지. 함께 성혼마석의 힘을 전해 받은 동지 주제에 회를 배신하고 달아났으니."

"내가 원한 일이 아니다."

"어쨌거나 별의 힘은 운명으로 선택된 자에게만 전해지는 것. 너는 운명적인 형제이자 동료들을 저버렸어."

"운명은 자신이 만드는 거라고 안 배웠나?"

"그런 사람이 왜 의식을 기다리지 않고 몰래 먼저 성혼마석을 건드린 다음 달아난 거지?"

"……네놈들에게 맞설 힘이 필요했으니까."

그랬다. 진한성이야말로 원래 회의 서열 4위로 선택받은 자였다. 그는 성혼마석에 적힌 자신의 이름을 본 순간, 소스라치게 놀랐다. 반면, 회의 인원들은 기뻐 날뛰었다. 그야말로 축제 분위기였다. 그들은 역시 진한성이 괜히 초빙된 게 아님을 깨달았다. 함께 운명으로 얽힌 사이였던 것이다.

하지만 진한성의 생각은 달랐다. 그때쯤 위원회의 진짜 정체를 알게 됐고, 그들이 저지른 만행과 명나라 때로 거슬러 올라가 무슨 짓을 하려는지도 알게 되었다. 그런 무리의 일원으로 엮이는 건 사양이었다. 그런데 알게 될수록 위원회의 힘은 막강했다. 이대로 달아났다간 반드시 붙잡혀 죽을 것 같았다.

'힘이 필요하다. 성혼마석의 기운이라는 걸 받아 더욱 강해질 위원회를 상대로도 밀리지 않을 힘이.'

결국, 진한성은 몰래 성혼마석의 힘을 먼저 받은 다음, 시공회랑을 멋대로 조작해두고 과거로 달아났다. 이는 단순히 위원회의 계획을 망치려는 의도뿐만 아니라, 아들 용운을 지키려는 목적도 있었다. 또한 그가 시공회랑을 조작할 수 있었던 이유이기도 했다.

좀 떨어진 곳에 숨어, 이 상황을 흥미진진하게 구경하던 또 다른 '공손승'이 작은 소리로 말했다.

"원조다. 원조가 나타났다."

그의 옆에 있던 월영은 떨리는 눈빛으로 진한성을 응시하고 있었다.

그녀에게 공손승, 아니 우길이 말했다.

"그래서 말이야, 내가 대체자로 선택된 거라 이 말이야. 이 몸은 성혼마석의 힘 없이도 원래 강했거든. 그 송강이라는 년이, 숨어 살던 나를 용케도 찾아내서……. 이봐, 듣고 있냐?"

우길은 인간계에 현신한 죽음의 신이었다. 사실 정확한 정체는 아무도 모르는 수수께끼의 존재이기도 했다. 어쩌면 그 자신도 몰랐다. 너무 오랜 시간을 살아온 그는 늘 무료했다. 그러다 자신을 찾아온 송강의 애길 듣고 혹했다. 역사를 바꾸기 위한 과거로의 여행이라니. 과업 따위에는 아무 관심도 없었지만, 실로 오랜만에 재미있는 경험을 할 것 같았다.

진한성이 진짜 공손승이라는 사실은, 송강과 노준의 그리고 우길 외에는 아무도 몰랐다. 성혼마석에 의해 선택받은 자라도 이를 거부하고 떠날 수 있다는 것을 감추기 위해서였다. 또 무려 시공이동이라는 큰일을 앞둔 회의 멤버들이 동요하는 것을 막기 위해서이기도 했다.

월영은 당연히 우길을 거부하고 달아날 수 있었다. 애초에 영혼으로 얽힌 사이가 아니었으니까. 우길이 월영에게 집착하는 이유였다. 반면, 진짜 주인과는 수천 년의 시간을 뛰어넘어 뒤쫓아올 정도로 애틋했다. 정작 과거의 그는 자신을 알아보지 못했지만. 월영은 자신의 진정한 주인이자 창조자를 바라보며 생각했다.

'주인님, 드디어 만났군요.'

또한 이것은 월영이 끝내 제갈량을 주인으로 받아들이지 못한 이유였다.

파지직. 노준의의 몸 주변에서 스파크가 일었다. 진한성은 그것을 보며, 노준의의 별명을 떠올렸다.

'전뇌왕.'

노준의의 몸 주변으로는 늘 번개가 흘렀다. 따라서 진한성의 특기인 육탄전을 발휘하기 어렵다. 반면, 노준의는…….

"그래, 우리가 이렇게 담소나 나눌 사이는 아니지."

원거리 공격까지 가능했다. 그게 다가 아니었다.

파지직! 몇 줄기 번개가 진한성에게 쏘아졌다. 진한성의 모습이 서 있던 자리에서 사라졌다. 어느새 노준의의 뒤쪽에 나타난 그가, 발치의 돌을 차냈다. 주먹만 한 돌이 대포알처럼 노준의의 뒤통수로 날아갔다. 순간, 수룡 한 마리가 날아와 돌을 산산조각 냈다. 그랬다. 노준의는 원거리 공격이 가능할 뿐만 아니라…….

"회장님, 괜찮으십니까?"

해루라는 강력한 비서까지 붙어 있었다.

노준의는 불쾌한 표정으로 말했다.

"해루, 됐으니까 끼어들지 마라."

"하지만 저자는…….

"내가 질 것 같은가?"

"아닙니다. 실례했습니다."

노준의의 병마용군 해루는 순순히 물러났다.

여러 불리한 상황에도 불구하고 이게 바로 진한성이 노려

볼 만한 점이었다. 노준의의 오만. 진한성에 대한 묘한 열등감과 경쟁의식.

'내가 분명, 실전에서는 수단과 방법을 가리지 말고 이용할 수 있는 건 다 이용해서 이기라고 가르쳤는데 말이야. 제대로 배웠다면 네가 물린 군사들은 물론, 저 병마용군까지 이용해서 날 말살하려고 들었어야지. 노 회장.'

진한성의 입꼬리가 아주 살짝 올라갔다.

'난 그럴 거거든.'

은밀히 진한성을 뒤따라온 이랑은 근처에 숨어 둘의 싸움을 지켜보고 있었다.

진한성이 노준의를 도발했다.

"그렇게 멀리서 번개만 쏴대는 걸 보니, 내가 꽤나 겁나는 모양이야? 하긴 무술 훈련 때 나한테 좀 많이 맞긴 맞았지."

노준의는 웃었다. 이마에 불끈 핏줄이 솟았다.

"겁나기는 누가!"

해루는 조마조마한 심정으로 그를 바라보았다.

'평소에는 현명하고 침착한 분이 저자만 만나면 평정을 잃으시는구나.'

그녀의 온 신경은 노준의에게 집중되어 있었다. 그 탓에 이랑의 기척을 전혀 느끼지 못했다. 이는 이랑이 다른 병마용군과 달리, 좀 더 기계적 특성이 강한 까닭도 있었다. 사람에게는 기척이라는 게 있어도, 시동을 끈 자동차의 기척은 없는 것과 비슷했다. 우길과 월영이야, 애초에 그녀가 감지할 수 있는 존재들이 아니었다. 월영은 마음만 먹으면 죽음의 신 우길에게서조차 달아날 수 있었다.

치직! 노준의는 번개로 이뤄진 검을 만들어냈다.

"좋아. 원한다면 가까이에서 싸워주마."

"그거 고맙군."

이제 만들 수 있는 상황은 다 만들었다. 남은 건 최선을 다해 싸우는 일뿐이었다. 순식간에 쇄도해온 노준의가 번개의 검을 휘둘렀다. 다급히 숙여 피하는 진한성의 머리카락에서 연기가 피어올랐다. 공격을 피한 진한성이, 노준의의 드러난 복부에 주먹을 내질렀다. 그러자 불꽃이 튀며 둘은 각자 반대 방향으로 튕겨나갔다.

"으윽……."

진한성은 시커멓게 그을린 손을 내려다보며 말했다.

"그거, 반칙 아니야?"

노준의는 어깨를 으쓱했다.

"어쩔 수 없다. 내가 원해서 한 게 아니니까. 대신, 강도를 최대한 약하게 조절해두긴 했으니 불평 말도록."

그의 몸 주변에는 번개로 만들어진 갑옷 같은 것이 존재했다. 형태를 바꾸거나 강도를 세밀하게 조절할 순 있었지만, 아예 없애버리는 건 불가능했다. 노준의는 겉으로는 태연자약했지만, 내심 크게 놀랐다. 번개의 갑옷을 뚫고 충격이 전해진 것이다. 천기, 전뇌왕을 얻은 이래 처음 있는 일이었다.

'역시 여기서 죽여야겠어.'

노준의의 살심이 강해졌다. 두 무신은 재차 격돌했다.

곳곳에서 각자의 운명을 건 싸움이 벌어지는 중에, 용운 또한 숙명적 전투를 치르고 있었다. 바로 원소와의 마지막 전투였다.

이른 새벽, 선무현을 떠난 용운의 본대는 다음 날 오후쯤 성락현에 닿았다. 바위산 지대가 끝나며 분지가 시작되는, 호리병 입구 같은 지형을 가진 곳이었다.

'정찰병들이 돌아오지 않는군.'

곽가는 입술을 지그시 깨물었다. 복병의 위험이 큰 곳이라 꾸준히 정찰병을 내보냈는데, 어느 순간부터 귀환하지 않고 있었다.

"가라!"

곽가는 짐을 가득 실은 말 두 마리를 협곡 입구로 달리게 했다. 혹 매복이나 함정이 있을까 살피기 위해서였다. 두 마리의 말은 울부짖으며 협곡 밖으로 달려 나갔다. 그러나 땅이 꺼지거나 화살이 날아오지는 않았다.

'함정은 없는 듯한데…….'

곽가와 시선을 마주친 장합이 고개를 끄덕였다.

"함부로 돌격하지 말고 천천히 진군하도록 하지요. 함정은 없어도 복병이 있을 수 있으니까."

"그게 좋겠습니다."

장합을 선두에 세운 용운군이 조심스레 협곡 밖으로 나올 때였다. 양쪽 계곡 위의 험준한 바위틈에서 수백 명의 사내가 그들을 내려다보고 있었다. 복장으로 보아 한인이 아닌 오환족이었다.

오환왕이라 칭하는 구력거가 용운과 손을 잡았지만, 모든 오환족이 그를 따르는 건 아니었다. 구력거에게 반감을 가진 부족을 비롯해 여전히 상당수의 오환족은 원소를 지지했다. 이곳, 정양현까지 원소의 세력을 안내한 것도 그런 오환족의 일부였다. 그들은 당연히 이곳 지형에 훨씬 익숙했다. 곽가가 보낸 정찰병들을 쥐도 새도 모르게 죽여 없애는 것쯤은 일도 아니었다.

그들 주변에는 이틀 밤을 꼬박 새워 모아놓은 바위들이 널려 있었다. 여기서 바위를 굴리면, 계곡을 타고 내려가면서 경로에 있는 것들을 파괴할 터였다. 이는 곧 작지 않은 규모의 산사태를 일으킬 것이었다. 원소의 책사, 봉기가 오환족과 머리를 맞대고 짜낸 계책 중 일부였다.

용운의 부대가 협곡 입구를 지날 때였다. 숨어 있던 오환족 사내들이 일제히 바위를 굴렸다.

'응? 이게 무슨 소리지?'

이상한 굉음에 위를 올려다본 한 병사가 눈을 부릅떴다. 계곡 위에서부터 바위와 흙이 무서운 기세로 밀려내려오고 있었다.

"사, 산사태다!"

그의 목소리는 순식간에 커진 굉음과 쓸려내려온 돌덩어리와 흙에 묻혀 사라져버렸다. 대열 가운데의 병력 수백이 한순간 파묻혔다. 다행히 장료와 장합 등 장수들은 선두에, 용운과 곽가 등은 후미에 있었기에 화를 면했다. 하지만 이로 인해 병력이 계곡 입구를 끼고 둘로 나뉘어버렸다.

"이런!"

장료의 안색이 변했다. 이때 앞쪽에서부터 기다렸다는 듯이 적군이 돌격해왔다. 원소의 셋째 아들 원상이 직접 지휘하는 부대였다.

"하하, 이 순간을 기다렸다!"

동시에 뒤쪽 절반의 부대에도 공격이 가해졌다. 바위를 굴린 자들을 포함, 근방에 흩어져 숨어 있던 오환족 부대였다. 무력이 강한 장수들이 모두 계곡 바깥으로 분리된데다 산사태로 인한 혼란이 채 가시기도 전이었다.

"후우."

기괴한 소리를 지르며 달려내려오는 오환족 병사들을 보던 용운은, 천천히 수레에서 일어섰다.

옆에 있던 곽가가 화들짝 놀라 말했다.

"주공! 왜 일어서십니까? 그냥 앉으세요!"

"이대로라면 병사들의 희생이 커질 겁니다. 내가 합세하면 그만큼 아군의 사상자가 줄어들어요."

"그 사상자가 주공이 될 수도 있다고요!"

그때 상황이 심상치 않음을 깨달은 청몽이 홀연히 모습을 드러냈다. 싸우겠다는 의미였다.

용운은 그녀를 보고 웃으며 말했다.

"뭐, 나한테는 등을 맡기고 싸워도 될 수호자가 있으니까요."

파팟! 용운과 청몽이 수레에서 뛰어내렸다.

곽가는 머리를 싸쥐고 중얼거렸다.

"둘 다 가버리시면 저는 누가 지켜줍니까."

"술꾼 아찌는 거짓말쟁이에 겁쟁이네?"

갑자기 들려온 목소리에 곽가는 지옥에서 부처님을 만난 심정이 됐다.

"오오, 사린! 그래, 맞아. 난 겁쟁이다. 이 천재적인 머리를 보호해야 하기 때문이지. 그러니 넌 어디 가지 말고 내 옆에 있으렴."

"안 그래도 주군이 봉 아찌 지켜주라고 했어."

"······봉이 아니라 곽이다만. 이왕 이상하게 부를 거면 봉 오라버니라고 해줄래?"

용운은 가슴이 떨렸다. 지난 석 달간 원소를 추격해오는 과정에서 여러 번 실전을 경험했다. 그러면서 그는 무섭도록 빠르게 강해졌다. 원래 가졌던 자질에 더해 조운과 검후 등에게서 배운 무공이 빛을 발하기 시작한 것이다. 용운의 순간기억 능력이 큰 도움을 주었다. 한 번 배운 초식은 절대 잊지 않았기 때문이다 그래도 실제로 사람을 해쳐야 하는 싸움은 매번 긴장되고 두려웠다.

"걱정 마. 내가 네 털끝 하나 다치지 않게 해줄 테니."

옆에서 나란히 달리던 청몽이 말했다.

그녀의 말에 용운은 긴장을 풀고 웃었다.

"든든하네."

안전한 곳에 숨어 있을 줄로만 알았던 용운이 스스로 뛰쳐 나와 돌격해오자, 원소 측 오환군은 처음에는 당황했다. 하지만 곧 이게 웬 떡이냐는 듯이, 그를 향해 집중적으로 달려들었다. 용운을 죽이는 자에게는 중원의 땅은 물론, 미녀와 거액의 포상금까지 주겠다고 원소가 확약했기 때문이다. 그만큼 다른 용운군 병사들에게 가해지는 압박이 줄었다. 또한 주군인 용운이 직접 싸움에 뛰어드는 모습에, 산사태로 인해 꺾였던 사기가 회복되었다.

"키킷, 죽어라!"

오환 병사 하나가 기이하게 몸을 비틀며 창을 찔러왔다. 용운은 그쪽을 바라보지도 않고 침착하게 발을 차올려 창날을 쳐냈다. 뒤이어 균형을 잃고 비틀거리는 오환 병사의 몸에 오른쪽 팔꿈치가 틀어박혔다. 차올린 발을 내딛으며, 그대로 상체를 내밀어 팔꿈치로 적을 가격하는 초식이었다. 거기 실린 힘은 가녀린 몸에서 나왔다고 생각하기 어려울 정도였다.

"커헉!"

창을 찔러온 오환 병사는 몸이 반으로 접히다시피 하며 뒤로 날아갔다.

청몽 또한 가만있지 않았다. 이런 난전이야말로 그녀가 가장 강한 힘을 발휘하는 무대였다.

"자, 오랜만에 사람 좀 죽여볼까?"

청몽의 말에, 용운은 어이없다는 듯 중얼거렸다.

"민주는…… 이런 애가 아니었는데……."

"아씨, 이 몸이 이렇게 만든단 말이야!"

파파파팟! 그녀는 볼멘소리로 외치며, 사슬낫을 휘둘러 단숨에 오환 병사 다섯의 목을 쳐냈다.

협곡 바깥쪽의 전황 또한, 원소군의 예상과는 달리 용운군에 유리하게 돌아갔다. 이유는 단 하나였다. 장수의 압도적인 기량 차. 장료와 장합은 병력이 반으로 줄어든 셈인데도 전혀 당황하지 않았다. 그들이 처음에 놀랐던 이유는 단 하나, 협곡 안쪽에 갇힌 용운의 안위 때문이었다. 그러나 날렵하게 몸을 날려 장애물을 뛰어넘어와, 장합에게 소식을 알린 성월 덕에 평정을 되찾았다.

"준예, 주군은 무사하시니 걱정 말아요."

"그렇군. 고맙소."

"그게 다예요?"

"음?"

장합의 뺨에 쪽 하고 입을 맞춘 성월이 말했다.

"사모한다고도 해야죠."

그 말을 해놓고 그녀는 바람처럼 사라졌다. 적당한 곳에서 화살을 날리기 위해서였다.

장합은 얼굴이 벌겋게 달아올랐다.

옆에서 이를 보던 장료가 한탄했다.

"아아, 정말 못 봐주겠군. 이 분노를……."

그의 시선이 정면에서 다가오는 원상의 군세를 향했다.

"저놈들에게 풀어야겠다."

싸움은 예상보다 싱겁게 끝나버렸다. 비장의 한 수가 용운군에 큰 타격을 주지 못한 까닭이었다. 설상가상으로 원소가 오환군을 운용했듯, 용운 또한 마찬가지였다. 답둔은 약속을 지켰다. 오환군 별동대를 이끌고 먼저 출발했던 그는, 협곡 입구에서 교전이 한창일 때 모습을 드러냈다. 바로 정양성 뒤쪽에서. 험한 산이 병풍처럼 둘러쳐진데다 변변한 길도 없어, 봉기가 병력을 배치하지 않은 방향이었다. 거기까지 막기에는 병사가 모자라기도 했다. 샛길조차 없는 산을 통한 사흘간의 행군은 오환군에게도 고되었다. 지저분하고 초췌해진 답둔은 무방비 상태의 성벽을 내려다보며 히죽 웃었다.

"자, 들어가서 날뛸 때가 왔다."

오환 병사들의 눈이 흉흉하게 빛났다.

곧 정양성 안에서는 큰 소란이 일었다. 침입한 오환족들이 닥치는 대로 사람을 죽이고 불을 지른 것이다.

"누, 누구냐! 네놈들이 어떻게…… 크악!"

소수의 병력을 거느리고 성내 수비를 맡고 있던 원소의 장남 원담과, 진영에서 작전회의 중이던 차남 원희는, 두 사람이 누군지도 모르는 오환족 병사의 손에 허무하게 죽어버렸다.

가뜩이나 장료와 장합에게 밀려 당황하던 원상의 마음이 더욱 불안해졌다.

'무슨 일이 벌어진 것이지? 저 안에는 아버님과 형님들뿐만

아니라, 내 아내와 자식들도 있는데⋯⋯!'

지휘관의 당황은 곧 병사들에게도 번졌다.

이를 알아챈 장료가 장합에게 말했다.

"뒤는 맡김세."

"제일 큰 공을 독식하려고 하는군. 가보게나."

본래 정사에서의 장료는 무력을 갖췄으면서도 지략형의 장수였다. 한데 용운의 세력에 속하면서 무력이 극대화했다. 특히, 적 진영을 휘젓는 돌격은 타의 추종을 불허했다.

진영 가운데쯤에 있던 원상은 기겁했다. 한 젊은 장수가 눈을 부릅뜨고 범 같은 기세로 자신을 향해 똑바로 달려오고 있었기 때문이다.

"마, 막아라! 놈을 막아!"

하지만 막는 족족 목이 달아나자, 병사들은 오히려 피하기에 급급했다. 장료와 원상의 사이가 거짓말처럼 열렸다. 만들어진 길을 따라 돌진해온 장료는 적장을 향해 두 자루의 삼첨도를 가차 없이 내질렀다. 원상의 가진 바 무력이 약하지 않으나, 이미 손발이 어지러워진 상태였다. 그는 몇 합 버티지 못하고 장료의 도 아래에 고혼이 되었다. 이로써 원가는 대가 완전히 끊겨버렸다. 장료는 말에서 추락한 원상의 시신 옆에 내려섰다. 이어서 그의 목을 베어 들더니 소리 높여 외쳤다.

"이 장문원이 적장을 베었다!"

협곡 안쪽에서 싸우고 있던 용운에게까지 들릴 정도의 목청이었다. 잠깐의 정적 후, 거대한 함성과 탄식이 주변을 울렸다. 장료의 목소리를 들은 용운이 씩 웃었다.

"이게 나의 군대다."

그의 주먹 끝에는 마지막 남은 적의 명치가 닿아 있었다. 용운의 말이 끝난 직후, 적병은 입에서 피를 뿜으며 쓰러졌다.

"이쪽도 거의 끝났어요!"

반대편에서 청몽이 큰 소리로 외쳤다.

한숨 돌린 용운이 말했다.

"서둘러 저 바위랑 흙더미부터 치워야겠네."

성벽 위에서 초조하게 전장을 내려다보던 원소는 그만 눈을 질끈 감았다. 선봉인 적장이 치켜들고 오는 것의 정체를 깨달았기 때문이다. 그것은 그가 가장 사랑하는 막내아들, 원상의 머리였다. 등 뒤에서는 불길이 치솟았다. 답돈이 이끄는 오환족의 솜씨였다. 앞에선 마지막 희망이던 아들의 잘린 목만 덩그러니 남아 돌아왔다.

'힘들구나.'

문득 한없는 피로가 느껴졌다. 오래 싸웠다. 여기서 더 버티고 싸워서 무엇하겠는가. 이미 모든 걸 잃었는데. 이제 다 끝내고 싶었다. 원소는 마음속으로 중얼거렸다.

'진용운. 네가 이겼다. 허나 앞으로 네가 걸어갈 길은 고단하기 짝이 없을 것이다. 여기까지 날 추격해오느라 업성과 남피성을 방치해뒀겠지. 맹덕과 현덕은 그리 호락호락한 자들이 아니다. 여기서 돌아갔을 때 절망할 너의 모습, 그게 그나마 내 저승길에 위안이 되어주겠구나.'

"맙소사, 공자가……."

말하던 봉기가 비명을 질렀다.

"안 돼! 본초!"

성벽에서 뛰어내린 원소는 이미 머리가 깨져 피를 철철 흘리며 죽어가는 중이었다. 그 모습을 망연히 내려다보던 봉기의 얼굴에 결의가 떠올랐다.

'여기까지 주공을 따라왔으니, 마지막 가는 길도 함께하겠소이다.'

봉기는 원소의 뒤를 따라 성벽에서 투신했다. 원소의 충실한 참모였을 뿐만 아니라 절친한 벗이기도 했던 그는, 이렇듯 죽음도 함께했다.

원소에 이어 봉기마저 죽자, 남은 이들은 저항할 기력조차 잃었다. 용운은 큰 어려움 없이 정양성을 접수했다. 그 과정에서 자살한 원소와 봉기의 시체도 발견했다. 지난 석 달간의 추격이 허무해질 정도의 결말이었다.

'드디어.'

원소와 그의 세 아들이 죽었다. 용운은 마침내 원소의 세력을 궤멸했다. 하지만 좀체 실감이 나지 않았다.

'드디어 끝난 건가?'

비로소 검후의 복수를 했다. 그러나 남은 건 알 수 없는 회한이었다.

'아니, 아직 끝나지 않았다.'

용운은 감상에 빠지지 않으려고 정신을 가다듬었다. 그는 서둘러 성을 정비하고 살아남은 원소 측 인사들의 파악과 포로 처분에 골몰했다. 적지 않은 병사들이 투항하거나 포로가 됐다. 그사이 용운의 가신과 병사들은 석 달 만에 처음으로 꿀맛 같은 휴식을 취했다.

실로 오랜만에 흑영대원이 용운을 찾아온 것은 그로부터 이틀 후였다. 심지어 번호조차 까마득히 아래인 89호였다. 그가 여기까지 생존하여 온 것은 순전히 요행이었다.

"……다시 한 번 말해줄래요?"

용운은 89호가 알려온 소식에 망연하여 말했다.

89호는 부복한 채 떨리는 목소리로 답했다.

"……업성은 조조의 손에 넘어갔으며, 문약 님 이하 성에 남아 있던 분들의 행방은 알 수가 없습니다. 남피성은 유비의 공격을 받아 함락됐고 그 과정에서 태사자 장군이 전사했습니다. 또 유주로 떠나셨던 진한성 님은 성혼단 간부와의 전투 끝에 둘 다 흔적조차 남기지 못하고 사라지셨다고……."

땅이 꺼지고 하늘이 무너지는 듯한 충격이었다.

청몽은 걱정스러운 표정으로 용운을 보았다. 예전 같았으면 눈물을 흘리거나 절규했을 그가, 오히려 지나치게 무표정해서 불안했다.

"알겠어요. 고생했습니다. 나가서 쉬어요. 이 일은 내가 말하기 전까지 비밀로 하고. 아, 곽가에게만 보고하도록 해요."

"존명!"

89호가 나간 뒤, 대전에는 용운과 청몽, 두 사람만 남았다. 청몽이 조심스레 말했다.

"용운아, 괜찮니?"

"……."

"너무 걱정하지 마. 분명 다들 무사하실 거야."

"……민주야."

"응?"

"난, 저주라도 받은 걸까?"

"무슨 소리야."

"그게 아니라면, 왜 다들 내 곁을 떠나가는 거지? 지키려고 발버둥 쳐도……. 이제 엄마에 이어서 아버지까지. 아직……."

청몽은 말없이 용운의 머리를 끌어당겨 자신의 목덜미에 기대게 했다. 곧 그녀의 목 언저리가 뜨거운 눈물로 젖었다.

"아직 죄송하다는 말도 못했는데……."

청몽은 들썩이는 용운의 어깨를 가만히 어루만졌다.

잠시 후, 비보를 들은 곽가가 창백해진 얼굴로 달려왔을 때, 용운은 이미 침착해진 후였다. 검후의 죽음을 겪은 뒤, 그는 전보다 조금 강해져 있었다.

"주공!"

오히려 곽가가 말을 잇지 못했다. 용운의 심정이 어떨지 짐작한 까닭이었다. 그는 격정을 눌러 참고 힘겹게 입을 열었다.

"주공, 이제 어디로 가시겠습니까?"

"유주성으로 갑니다."

지금으로써는 그게 최선이었다. 곽가는 묵묵히 고개를 끄덕였다.

약 한 달 전, 유주.

유주성 동쪽 성벽 위로 인파가 까맣게 몰려들었다. 눈으로 보고도 믿기지 않는, 초인들의 싸움을 보기 위해서였다. 장장 이틀에 걸쳐 이어진 혈투는 이제 끝을 보이고 있었다. 상처투성이에 부쩍 늙은 진한성은 절망했다.

'이길 수 없다.'

그는 이미 시공역천을 다섯 차례나 쓰고 말았다. 그런데도 노준의에게 타격을 입히지 못했다. 노준의의 별명인 전뇌왕은 단순히 번개와 천둥을 다룬다고 해서 붙여진 게 아니었다. 그의 신경과 세포 또한 거기 걸맞게 바뀌어 있었다. 즉 노준의는 번개에 버금가도록 빨랐다. 아무리 시간을 되돌려 불리했던 국면을 뒤집으려 해도, 노준의의 반응속도가 더 빨랐다. 이랑은 믿기 어려운 심정으로 지켜보고 있었다.

'설마 마스터가 시공역천까지 쓰고도 이기지 못하는 상대가 있다니!'

그러는 사이, 노준의도 조금씩 이상함을 느꼈다.

"이봐, 진한성. 내 착각인가? 고작 이틀 사이에 왜 갑자기 이렇게 늙어버렸지?"

"……네놈이 너무 내 기운을 빼서 그런 거잖아."

"흐흠. 아무튼 이제 끝내자. 내가 너보다 강하다는 사실은 확실히 알았으니."

분하지만 노준의의 말이 옳았다.

'하지만 이대로 죽을 수는 없지.'

진한성은 언젠가 업성에서 용운과 나눴던 대화를 기억하고 있었다.

—그러면 너는 시공회랑을 통한 것도 아닌데 과거로 왔단

말이냐?

—예. 전 지금도 시공회랑이 뭔지도 모르는걸요. 마지막으로 기억나는 건 위원회의 자객이 저한테 무기를 휘둘렀을 때, 얼떨결에 벽옥접상을 들어서 그걸 막았어요. 그러자 섬광이 번쩍이면서 정신을 잃었는데 깨어나보니 189년의 중국이더라고요. 황당했죠. 처음에는 내가 미친 줄 알았어요.

—흠, 유물끼리 부딪쳤을 때 뭔가 시공의 뒤틀림이 일어난 모양인데……. 정확한 원리는 알 수가 없군. 이 유물이라는 것들에 워낙 초고대 문명의 기술이 작용하고 있으니…….

그때의 대화에서 진한성은 마지막 수단을 떠올렸다. 노준의를 쓰러뜨릴 수 없다면, 최소한 이 세계에서 치워버려야 했다. 그 결과 언제, 어느 시공으로 가게 될진 모르겠지만, 아들에게 해를 끼치지는 못하리라.

'용운아, 아비가 주는 마지막 선물이다. 그리고 아마도 이건 내게 예정된 운명이었던 것 같구나. 공명을 만났을 때 기억 한 가지가 돌아오면서 깨달았지……. 그러니 넌 너무 슬퍼하지 말고 이 세계에서 네 뜻을 마음껏 펼쳐봐라. 시간과 운명에 굴하지 말고 이겨라!'

이 말을 용운에게 직접 해줄 수 없는 게 안타까웠다. 하지만 자신의 분신이나 다름없는 아들이라면 분명 알아주리라 믿었다.

'아, 이럴 줄 알았으면 사랑한다는 말이나 한번 해줄걸.'

쓴웃음을 짓는 진한성에게 노준의가 다가섰다.

"실실 웃다니. 죽을 때가 되니 실성했나? 그럼, 잘 가라. 네 놈과의 질긴 악연도 이걸로 끝이다."

그는 전신에서 섬광과 번개를 뿜어내고 있었다. 그야말로 번개의 신과 같은 모습이었다.

그런 그에게 진한성이 불쑥 말했다.

"넌 유물도 없냐?"

"뭐?"

"아니, 천강위 정도 되면 다 유물 하나씩은 가지고 있잖아. 그런데 넌 계속 그 번개 가지고만 싸우니까."

"무슨 수작이냐?"

진한성은 이미 한쪽 무릎을 꿇은 상태였다. 더는 일어서서 싸울 기운도 없었다.

'기회는 단 한 번이다.'

그는 힘없이 웃으며 대꾸했다.

"이 상황에서 내가 무슨 수작을 부리겠나? 그저 고고학자로서 궁금했을 뿐이다. 또 어차피 그 번개에 맞아서 타죽으면 지금 내가 가지고 있는 유물도 파손될 테니, 그게 아깝기도 했고."

"흥……. 하긴 네놈은 학자로서의 집중력과 끈기는 정말 최고였지. 그 재능을 그대로 날 위해 썼다면 좋았을 것을."

"처음부터 말하지 그랬나. 송강과 척지기로 했다고."

"나도 원래 그랬던 게 아니라, 여기 와서 여러 가지 상황 때문에 생각이 변한 거라 어쩔 수 없었다."

노준의는 얘기를 나누는 사이 조금씩 긴장이 풀렸다. 전류를 다스리는 그는, 진한성의 체내에 흐르는 전류가 매우 미약함을 감지했다. 물론, 그렇다고 방심하거나 진한성을 살려줄 마음이 든 건 아니었다. 진한성이 가진 유물을, 그를 죽이기 전에 온전히 차지하고 싶은 마음. 위원회에 있어 공포의 대상이던 그를 이겼다는 우월감과 자신이 가진 유물에 대한 과시욕. 이게 노준의를 움직였다.

"좋아. 마지막 소원 정도는 들어주지. 이게 내가 가진 유물이다."

노준의는 품에서 작은 구슬 하나를 꺼내 손바닥에 올려놓았다. 진한성이 어떤 움직임을 보여도 그보다 빨리 움직일 자신이 있으니 걱정은 되지 않았다.

"뇌광주. 번개의 혼이란 물건이지."

"아, 그게 바로 네 힘의 원천이었군."

홀린 듯 구슬을 바라보던 진한성이 손가락에서 반지를 빼냈다.

"내 유물은 이거야. 마음 같아서는 아들한테 유품으로 줬으면 좋겠는데, 안 되겠지?"

"당연하지."

"자, 그럼 이랑. 지금이다."

진한성이 너무도 태연히 말했기에, 순간 노준의는 그의 말을 이해하지 못했다.

"응? 지금 뭐라고……."

숨어 있던 이랑은 일어섬과 동시에 노준의를 향해 전력을 다한 천기를 발했다. 그런 그녀의 눈에서 눈물이 흐르고 있었다. 어느 때보다 짙은 칠흑의 빛이 노준의에게 쏘아졌다. 진한성은 그 결과를 확인하지도 않고 반지 낀 손을 구슬 쪽으로 내밀었다.

노준의는 가소롭다는 듯 코웃음을 쳤다.

"이게 네 마지막 비장의 한 수였나?"

어차피 이랑의 흑광 또한 번개와 같은 빛이자 입자의 파동. 노준의는 한 손을 흔들어 흑광을 쳐냄과 동시에 구슬을 쥐었던 손을 가볍게 치웠다. 순간, 그의 안색이 변했다. 구슬을 가진 손이 마음대로 움직이지 않았다. 정확히 말하면 미묘하게 반응이 느려졌다.

"무슨."

"짓을."

"무슨."

"한 거냐."

"짓을."

당황하는 노준의를 향해 진한성은 히죽 웃었다.

'무슨 짓이긴. 0.1초 단위로 시간을 되돌리고 있다. 바로 지금도. 그러면서 난 끊임없이 네게 접근하고 있고. 원래 시공역천은 사용 횟수 제한이 있지만, 그건 내 몸이 성해야 한다는 전제하에서고. 이제 알 게 뭐냐.'

진한성의 손이 점점 노준의가 손바닥에 올린 구슬로 다가왔다. 그러나 노준의의 손은 뒤로 뺐다가 다시 제자리로, 또 뒤로 뺐다가 제자리로 돌아왔다. 죽음을 각오한 진한성이 연속해서 시간을 되돌리는 까닭이었다. 0.1초의 시간으로, 엄청난 반사 신경을 가진 노준의를 공격하기에는 턱도 없이 부족했다. 하지만 그저 다가가기만 하는 거라면.

결국, 노준의는 생각을 바꿨다. 다음 0.1초가 지나갔을 때, 진한성은 자신의 명치를 꿰뚫은 노준의의 반대쪽 손을 보았다.

"윽!"

"마스터!"

이랑이 비명을 지르며 달려왔다. 그녀를 향해 해루가 근처의 강에서 뽑아 올린 수룡을 발사했다. 그때, 진한성의 반지가 마침내 노준의가 가진 구슬에 닿았다. 진한성이 말했다.

"시공역천, 최대치. 어디 나와 함께 갈 데까지 가보자."

번쩍! 눈부신 섬광이 일대를 가득 채웠다. 성벽 위의 사람들이 모두 눈을 감았을 정도로 강한 빛이었다. 그들이 눈을 떴을 때, 이미 진한성과 노준의는 사라진 후였다.

"안 돼요, 마스터!"

이랑은 달려가다가 주저앉아 펑펑 울었다.

"회장……."

멍해진 해루가 중얼거렸다. 안타깝게도 해루와 노준의의 혼의 연결은 진한성과 이랑의 그것처럼 단단하지 못했다. 정확히는 노준의를 생각하는 해루의 마음이 진한성을 향한 이랑의 사랑에 훨씬 못 미쳤다. 그녀의 몸이 급격히 줄어들었다. 그 자리에는 특이하게 파란색을 띤 금속 인형 하나가 뒹굴었다. 당연히 이랑을 향해 무서운 기세로 날아오던 수룡도 사라졌다.

이랑은 그런 사실조차 모른 채 하염없이 울고 있었다. 유주성의 위기는 끝났지만, 용운의 진영은 진한성이라는 최강의 조력자를 잃고 말았다.

"허어."

그리고 이 순간, 크게 당황한 또 한 존재가 있었다. 진한성과 노준의의 싸움을 흥미진진하게 지켜보던 우길이었다. 그가 당황한 이유는 어느 순간 월영이 감쪽같이 사라졌기 때문이다. 아무리 싸움 구경에 정신을 팔았다 해도, 바로 옆에 있던 그녀가 움직이는 것까지 모를 정도는 아니었다. 월영은 그냥 사라진 거였다. 우길은 진한성을 봤을 때 동요하던 월영의 모습을 떠올렸다. 또 몇 번이나 했던 질문에 대한 그녀의 반응도.

'대체 어떻게 내 명령을 거역하고 멋대로 움직이는 거냐? 네 주인은 누구지?'

그때 월영의 얼굴에 떠올랐던 알 듯 말 듯한 미소. 다른 병마용군들에 비해 기량이 현저히 떨어지는 듯하면서도 때로는 훨씬 강한 것 같기도 했던, 이상하게 특이했던 그녀.

"설마……."

우길은 몇백 년 만에 처음으로 신선한 놀라움과 전율을 느꼈다.

"설마 처음부터 네 주인이 진한성이었던 게냐."

중얼거린 우길이 말했다.

"좋다. 네가 어디로 달아나든 내 끝까지 쫓아가주마. 설령 그게 천 년 전의 과거, 혹은 천 년 후의 미래라 해도."

용운이 유주성에 닿은 것은 그로부터 몇 주 후였다. 그러나 도착하자마자 또 다른 비보를 접해야 했다. 성혼단의 침공을 당해 오랜 기간 너무 무리한 탓일까. 위기를 넘긴 순간, 유우는 맥을 놓고 쓰러졌다. 원래 이 시대 평균을 넘는 고령에, 정사에서의 운명보다 더 오래 생존해 있기는 했다.

"할아버지⋯⋯."

"허허, 왔느냐. 고생했다."

용운은 병상에 누워 힘없이 웃으며 자신을 맞이하는 유우 앞에서 이 이상 어떤 말도 하지 못했다. 그저 하루도 빼먹지 않고 유우의 곁에서 그를 돌보았다. 그러던 어느 날, 유우가 가장 신뢰하는 가신인 전주가 한밤중에 급히 용운을 불렀다. 용운은 불안한 마음을 달래며 유우의 방으로 향했다.

"오셨습니까."

문 앞에 서 있던 전주가 어두운 표정으로 용운을 맞이했다.

"저를 찾으셨다고요?"

"예⋯⋯. 아무래도 유언을 남기시려는 듯합니다."

전주의 말에, 용운은 심장이 덜컥 내려앉았다.

"그런 말씀 마세요. 아직 모르는 일이니."

그는 두려움을 감추려고 괜히 역정을 냈다.

전주는 말없이 허리를 숙여 보였다.

용운은 조심스레 문을 열고 들어갔다.

"운이냐? 이리⋯⋯ 가까이 오너라."

침상에 누운 유우가 용운을 손짓해 불렀다.

옆에 선 용운은 가슴이 찢어지는 듯했다. 유우의 얼굴에는 죽음의 기운이 역력했다. 특별한 병에 걸린 것도 아니었다. 그 저 노쇠하여 기력을 잃어가고 있었다. 이런 상태의 사람에게는 화타도, 벽옥접상도 무용지물이었다.

힘겹게 용운의 손을 잡은 유우가 말했다.

"운아, 너무 자책하지 말거라…… 넌 최선을 다하였고 세상 사람들은 그 사실을 다 알고 있다. 천하의 주인이 될 사람이라던 원소를 무너뜨렸으며 나와는 다른 방식으로 오환을 안정시켰다. 업성을 빼앗긴 것은 때맞춰 조조와 원술이 협공해왔기 때문이니 어찌 네 잘못이라 하겠느냐?"

"하지만 절 믿고 따르는 사람들을 실망시키거나 영영 잃어버렸어요."

용운의 눈에서 저도 모르게 눈물이 흘렀다. 사람들 앞에서는 강한 척했지만, 지금 그의 속은 속이 아니었다. 아버지 진한성은 노준의와 함께 영영 사라져버렸다. 노준의의 병마용군 해루와는 달리, 진한성의 병마용인 이랑은 무사했다. 그것으로 보아 죽진 않은 듯했으나 다시 만나긴 아무래도 어려울 듯했다. 이랑의 말에 따르면, 진한성은 아득한 과거 혹은 미래 어딘가로 갔을 가능성이 컸기 때문이다. 유물끼리 충돌한 시점에 맞춰 시공을 조작하는 천기를 폭주시킨 결과였다. 진한성과 노준의를 둘러싼 시간과 공간의 축이 완전히 뒤틀려버린 것이다.

순욱, 최염, 진림, 주태, 마초, 방덕, 장연 그리고 사마 가문의 인재들과 제갈근, 어린 제갈량 및 노육까지. 업성에 있던 소중한 가신들은 모두 행방이 묘연하여 생사조차 알 수 없었다. 순유는 조조의 포로가 됐고, 검후에 이어 태사자를 잃었다. 태사자는 이 세계에 온 직후부터 가깝게 지냈던 소중한 사람이었다. 성을 빼앗긴 것보다 그들을 잃은 게 몇천 배는 더 마음이 아팠다.

불행 중 다행으로, 기적적으로 쾌유한 희지재와 부상에서 회복한 조운 그리고 저수가 힘을 합쳐, 관도성에서 한 가닥 희망을 놓지 않고 있었다. 귀순하여 청하국을 맡고 있던 동소 또한 의외로 꿋꿋하게 성을 지키고 있었다. 하지만 적들이 워낙 막강하여 바람 앞의 등불과 같았다. 더구나 지금, 유우마저 떠나려 하고 있지 않은가.

"그들은 모두 무사할 게다……. 난, 알 수 있다. 넌 절대 평범한 사람이 아니야. 이렇게 무너져서는 안 된다. 이건 널 더 강인하게 만들기 위한 시련일 뿐이야. 너 또한 믿고 기다리면, 모두 반드시 돌아올 게다."

말하던 유우가 베개 밑에서 뭔가를 꺼냈다. 그것은 바로 유주목의 관인이었다.

"받아라."

"할아버지, 이건……."

"네가 날 대신해 기주목 겸 유주자사가 되어 유주성을 맡아다오."

"안 됩니다. 어떻게 제가 갑자기……."

"내 자식들은 모두 전쟁 통에 죽거나 병으로 죽었고, 하나 남은 아들 화(和)는 원술에게 잡혀 있다. 그렇다고 가신 중에서 후계를 정할 수도 없다. 업성을 성공적으로 부흥시켰으며 인망도 두텁고 무엇보다 오환과의 결속이 튼튼한 운이 너야말로 유주성을 맡아줄 유일한 사람이다."

용운은 그래도 망설였다. 갑자기 나타나서 성을 가로채는 기분이 들었기 때문이다.

유우는 간절한 목소리로 말했다.

"이 할애비의 죽기 전 마지막 소원이다. 내 소중하고 가엾은 백성들은, 작금 조정의 상황에서 어떤 자가 오든 고통받을 게다. 용운이 너라면 믿을 수 있다. 제발 부탁한다. 대신 나중에 꼭 원술에게서 화를 구해다오."

유우가 이렇게까지 말하자, 용운은 관인을 받아 그를 안심시킬 수밖에 없었다.

"알겠어요, 할아버지. 제가 유주성을 맡겠습니다. 아드님도 구해드릴 거고요. 그러니 진정하세요."

"허허, 고맙구나. 고마워……."

유우는 따뜻한 눈빛으로 용운을 보며 말했다.

"운아, 지난 몇 주는 내 인생에서 가장 꿈같은 시간이었단다. 늘 몸조심해라. 그리고 백성들이 편안히 살 수 있는 세상을 만들어다오."

"할아버지……."

"내 널 만나…… 정말 행복했단다."

그게 마지막이었다. 크게 숨을 들이쉰 유우의 눈가에 반짝 눈물이 맺혔다. 용운의 손을 잡고 있던 그의 손이 침상에 툭 떨어졌다.

"할아버지?"

용운의 온몸이 싸늘해졌다. 지켜보던 청몽이 참지 못하고 흐느끼는 소리가 귓가에 들려왔다.

자꾸만 떠난다. 사랑하는 이들을 잡으려 해도 손가락 사이로 모래알처럼 흩어져 흘러내린다.

"할아버지……. 아아!"

용운은 눈감은 유우 위에 엎드려 절규했다. 그 소리를 들은 전주와 선우보가 다급히 뛰어들어왔다. 두 사람도 그대로 그 자리에 엎어져 통곡했다.

"주고오오옹!"

"주공……. 크흐흑!"

후한 역사상 가장 경애받던 왕족이자 군주인 유우가 세상을 뜨는 순간이었다. 그래도 공손찬에게 패해 참수당한 원래 역사와는 비할 수 없을 정도로 평온한 죽음이었다. 그게 비통에 찬 용운의 마음에 위로가 됐다.

다음 날, 용운은 상복을 입고 곳곳에 방을 붙여 유우의 죽음을 알렸다. 인자한 주군을 잃은 유주 전체가 슬픔에 휩싸였다. 백성들은 거리로 나와 친부모를 잃은 것처럼 슬퍼했다.

그래도 시간은 어김없이 흘러갔다.

한동안 용운은 웃음을 잃고 일에만 매달렸다. 전주를 비롯해 선우보, 선우은 등 유우의 가신들은 아무 저항감 없이 용운을 새 주군으로 받아들였다. 아무래도 유우가 생전에 말을 해두었거나, 용운 외에 마땅한 후계자가 없음을 인지한 듯했다.

전주는 조정에 용운이 죽은 유우의 뒤를 이어 유주목이 됐음을 알리는 장계를 보냈다. 곧 조정에서는 이를 인정한다는 회신이 왔다. 이로써 용운은 유주와 기주, 두 지역의 주목을 겸하는 유일무이한 제후가 되었다. 계와 탁군, 북평과 요서까지 걸쳐 다스리는 지역도 오히려 전보다 넓어졌다. 엄밀히 말해, 기주는 대부분 남의 손에 들어가 있었고, 넓기만 할 뿐 실속은 없었지만.

그로부터 한 달여가 지나갔다.

용운은 미친 듯 일에 파묻혀서 겨우 유우를 잃은 아픔을 조금씩 잊어가고 있었다. 적진 한가운데 남겨진 청하국상 동소와 관도성의 조운 등을 생각하면 마음이 급해졌다. 당장이라도 군사를 일으켜 업성의 조조와 진류의 원술, 평원 및 남피의 유비를 몰아내고 가신들을 구하고 싶었다.

그러나 그들을 치기 전, 일단 유주를 정비해야 했다. 그들도 바보가 아닌 이상 용운의 복수에 대비하고 있을 터. 지금 상태로는 쳐들어가봐야 필패였다. 그야말로 할 일이 태산이었다. 용운은 조조와 유비 그리고 원술의 이름을 마음 깊이 새겨두고 잊지 않으려고 노력했다.

유우는 단순히 인자할 뿐만 아니라 유능한 관리였다. 하지만 유주가 갖는 지역적 한계 때문에 늘 식량과 자원이 부족했다. 그의 명성을 듣고 흠모하여 백성들이 몰려들어도 받아들일 여건이 안 되니 문제였다. 용운 또한 이 문제로 골머리를 썩고 있었다.

'여기 와보니 업성이 얼마나 풍요로웠는지 새삼 알겠다. 수확량이 업성의 절반에도 못 미치니……. 이래선 전쟁을 일으켜봐야 보급 문제로 오래가지 못해.'

그때, 곽가가 다급히 집무실에 뛰어들어왔다. 매일 밤 벽옥접상을 접하고 화타가 지어준 약을 다시 먹으며, 운동까지 한 그는 부쩍 건강해져 있었다. 곽가는 그답지 않게 허둥대며 외쳤다.

"주, 주공! 왔습니다!"

"뭐가 와요? 설마, 황충(蝗蟲, 메뚜기 떼)이라도 온 건가요?"

"아니요! 그게 아니라……."

"좀 진정하고 말해요."

"휴, 예. 송구합니다. 하지만 제 얘길 들으면 주공도 흥분하시지 않을 수 없을 겁니다."

"대체 뭔데 그래요?"

"다 왔습니다."

"다 와요?"

곽가는 눈을 빛내며 말했다.

"행방불명됐던 마초와 방덕 그리고 장연 장군, 거기에 업성을 빼앗긴 후 종적이 묘연했던 문약 님과 주태 장군, 계규(최염) 님과 공장(진림), 사마 가문의 사람들까지…… 모두 유주성으로 왔단 말입니다!"

곽가가 말을 채 끝맺기도 전에, 용운은 이미 집무실을 달려 나가고 있었다.

"……제가 흥분하실 거라고 했지요? 한데 더 빨라지셨군요……."

오환족과 직접 맞서 싸웠을 때보다 더 빨라졌다. 눈의 착각이 아니라면, 순간적으로 허공을 가르는 듯한 느낌마저 들었다.

'착각이겠지. 착각 맞네.'

곽가는 서둘러 용운의 뒤를 따랐다.

유주성 내성의 궁 앞은 별안간 눈물바다가 됐다. 이번엔 유우가 죽었을 때와는 다른, 기쁨의 눈물이었다. 죽은 줄로만 알았다가 무사히 돌아온 용운의 가신들 때문이었다. 초췌한 몰골을 한 그들은 앞마당에 나타난 용운을 보자마자 반가움에 눈물을 흘렸다.

"주공!"

일행을 대표하여, 순욱이 떨리는 목소리로 말했다. 그는 비쩍 말라 뼈만 남다시피 한 상태였다.

"주공, 너무 늦어 송구합니다. 그리고 믿고 맡겨주신 업성을 지키지 못해 죄송……."

순욱은 말을 더 잇지 못했다.

그대로 달려온 용운이 힘껏 포옹한 까닭이었다.

"주공……."

"문약, 고마워요. 무사히 와줘서 정말 고마워. 다른 건 다 됐어요."

용운의 떨리는 목소리를 들으며, 순욱은 가만히 눈을 감았다.

"……이리 반겨주시니 저도 고맙습니다."

순욱의 뒤를 이어, 용운은 한 사람 한 사람을 일일이 끌어안았다.

"흐어어엉, 주고옹!"

마초는 울지 않으려고 애썼지만 눈물을 줄줄 흘렸으며, 강인한 방덕조차 눈물이 맺혔다. 장연은 다른 의미에서 뜨거운 눈물을 흘렸다. 지금 보니, 용운은 완연히 사내다운 모습이었다.

'안녕히, 내 사랑이여.'

그러나 용운이 거짓말을 한 것도 아니요, 자신이 멋대로 그리 믿은 것이니 누굴 원망할 수도 없었다. 돌이켜보면 용운은 몇 차례나 뭔가 설명하려 했는데 자신이 제대로 듣지 않았다. 어쩌면 마음속 깊은 곳에서는 어렴풋이 깨닫고 있었는지도 모른다. 용운이 사내라는 사실을. 무엇보다 이제 그런 일로 떠나기에는 용운을 진심으로 경애하고 있었다.

'주공, 그래도 내 사랑은 변함없습니다……'

장연은 용운이 들었다면 기겁할 다짐을 하며, 울다가 웃다가 했다.

그 와중에 용운이 처음 보는 낯선 이도 끼여 있었다. 조조의 아들 조앙이 투항했다는 마초의 설명에, 용운은 기쁜 와중에도 어이가 없었다. 더 이상했던 점은 조앙에겐 대인통찰이 통하지 않는다는 것이었다.

'보통 사람이 아닌 게 분명해. 또 정사에서는 조조를 위해 목숨까지 바쳤던 아들인데, 미치지 않고서야. 나중에 좀 더 자세히 살펴봐야겠구나.'

반가운 소식을 들은 장료와 장합, 서황 등 다른 가신들도 모두 뛰쳐나와 동료들을 맞이했다. 사마의 또한, 모처럼 소년다운 모습으로 아버지를 끌어안았다.

"아버지! 무사하셨군요."

"여기서 주공을 보필하고 있었구나. 장하다."

사마의는 실제로 용운이 유주성을 안정시키는 데 큰 도움을 주었다. 전쟁이 아닌 다른 분야에서도 재능을 드러낸 것이다. 사마방은 흐뭇한 심정으로 둘째 아들의 머리를 쓰다듬었다. 성장한 아들을 보니 그간의 고초가 다 날아가는 듯했다.

가장 뜻밖인 것은 일행과 동행한 여포였다. 순욱이 나서서 용운에게 말했다.

"주공, 여 장군이 아니었다면, 우린 아마 지금쯤 불귀의 객이 됐거나 조조의 포로가 됐을 겁니다. 업성이 무너지기 직전에 여 장군이 수하들을 이끌고 와준 덕에 탈출할 수 있었습니다. 조조와 원술의 추격을 뿌리치고 여기까지 무사히 온 것도, 다 여 장군의 공이라 해도 과언이 아닙니다."

그 말을 들은 용운은 뒤쪽에 자신의 부하들과 함께 멀뚱히 서 있던 여포에게 다가갔다. 그리고 깊숙이 허리를 굽혀 감사를 표했다.

"정말 고맙습니다. 봉선 님은 제 은인입니다."

"이, 이러지 마시오. 할 일을 했을 뿐이오. 동맹으로서."

"유비는 다른 길을 택했지요. 동맹으로서."

"으음⋯⋯. 유비는 조조나 원술의 적이 아니오. 허나 이 여봉선은 둘 모두와 원수를 졌소. 그래서 택한 것뿐이오. 기주목을."

여포는 쑥스러웠는지 애써 이유를 만들었다.

그의 뒤에서 주무가 가만히 묵례해 보였다. 여포는 물론, 그를 모시는 지살위들과 고순을 비롯한 팔건장의 일부. 거기에 덤으로 생각지도 못한 감녕까지 따라왔다.

감녕은 신나서 말했다.

"그럼 이제 앞으로 조조, 유비, 원술과 싸우는 겁니까? 이거 흥분되네."

용운은 속으로 쾌재를 불렀다. 고질인 인재 수집병이 재발한 것이다. 그때, 문득 수백에 달하는 인파 중에 안 보이는 이들이 몇 있음을 깨달았다. 기쁨이 조금씩 사그라지며 불안해졌다.

"주목님!"

노육이 달려와 소매에 매달렸을 때, 그 불안감은 확신이 되어 커졌다.

"육, 무사했구나! 한데 공명은?"

노육은 마치 제 잘못이기라도 한 것처럼 고개를 숙이고 말했다.

"공명 형은⋯⋯ 만나지 못했어요. 그때 2호 아저씨와 다른 흑영대 아저씨들이 성안에 있던 사람들을 봉선 님의 부대에 합류시켰는데, 공명 형아는 계속 안 보였어요."

"그런……."

그러고 보니 제갈근도 없다. 용운은 불길한 생각을 애써 떨치고 노육을 안아 들었다.

"무사히 잘 왔구나, 육. 걱정 마라. 공명은 반드시 무사할 거야."

노육의 표정이 비로소 조금 밝아졌다.

"그렇겠죠? 저도 어쩐지 공명 형아에게 변고가 생겼을 것 같진 않아요."

용운은 이제 시간의 수호를 어느 정도 믿고, 그 작용을 분석하고 있었다. 거기에 따르면, 제갈근과 제갈량은 태사자처럼 죽을 가능성은 거의 없었다. 용운을 위해 아직까지 크게 한 일이 없으며, 곁에 오래 머무르지도 않았기 때문이다.

'그래, 나중에 반드시 다시 만날 거야.'

이때 용운은 짐작조차 하지 못했다. 자신이 제갈량과 어떤 형태로 재회하게 될지를.

오지 못한 사람들이 있었지만, 무사히 돌아온 이들을 반기고 축하해야 했다. 미래를 위해서라도. 기뻐하는 사람들 가운데에서 용운이 큰 소리로 외쳤다.

"이런 좋은 날, 어찌 그냥 넘어갈 수 있겠습니까! 당장 잔치를 열어야겠습니다."

"와아아아!"

유주성은 모처럼 밝은 분위기에서 북적였다. 용운은 곳간을 열어 식량을 모조리 풀었다. 마치 뒷일을 생각하지 않는 사람 같았다. 며칠에 걸쳐 잔치가 열린 끝에, 근엄한 사마방조차 술에 취해 해롱거릴 정도였다.

그동안 용운은 놀기만 한 건 아니었다. 오래전부터 조금씩 형태를 갖춰오던 생각. 그것을 문서로 구체화하고 있었다. 이제 유주에서 마냥 시간을 허비할 순 없었다.

'아무리 인재가 많고 역사를 알아도, 지금 상태에서는 둘 다 무의미해졌다. 어떤 계기와 더불어 강력한 동맹이 필요하다.'

동맹의 한 축은 구력거가 다스리는 오환족으로 메워졌다. 다른 하나에 대한 답도 찾은 듯했다.

'강력한 군사력과 신의를 동시에 가진 대상.'

혼자 독단적으로 정한 게 아니었다. 유주에 자리 잡은 직후부터 곽가와 사마랑, 종요 등 주위의 가신들과 논의한 일이었다. 그들은 모두 용운의 생각에 찬성했다. 막강한 적수들에 맞서 힘을 더 기르고 아군을 결집하며 백성들을 더 잘 돌보기 위한 생각이었다.

잔치가 끝난 이틀 후, 용운은 모든 가신을 대전에 모이게 했다. 그 자리에는 사마의와 여포까지 불렀다. 무슨 일인지 의아해하는 자도 있고, 짐작했다는 듯 미묘한 표정을 짓는 이도 있었다. 그 와중에 순욱의 얼굴이 유난히 어두웠다.

모두 모였음을 확인한 곽가가 운을 뗐다.

"오늘, 본인은 중대한 발표를 하려 합니다."

"……"

가신들은 모두 침묵을 지키며, 그의 입만 바라보았다.

"천하가 오랜 시간 도탄에 빠져 백성들은 고통에 시달리고 있습니다. 태평도의 난을 평정한 후 조금 안정되나 했더니, 이제 새로이 성혼단이라는 사교집단이 창궐하고 원술과 조조 등이 전쟁을 일으켜 더 큰 혼란이 찾아왔습니다. 조정은 이미 유명무실해졌으며, 성혼단에게 공격받던 백안 공을 도와주지도 못했습니다."

잠깐 쉰 곽가가 다시 말을 이었다.

"주공께서는 업성을 잃었음에도 불구하고, 백안 공의 뒤를 이어 유주목이 되셨습니다. 탁군과 동북평 또한 우리 손에 들어와 있고, 관도의 조자룡 장군과 청하국의 동소도 건재하니, 곧 반격의 발판이 될 것이고, 이는 유례없이 넓은 지역입니다. 허나 제대로 다스리기에 제도는 낡았으며 제약도 많습니다. 이에 새로운 나라를 만들어, 주공을 왕으로 추대하고자 합니다."

미리 협의된 상황이었기에 용운은 놀라지 않았다. 일부러 놀라는 척하거나 거절하지도 않았다. 그러기에는 순욱을 비롯한 가신들이 너무 똑똑했으니까. 어설픈 연기는 거부감만 키울 뿐이었다. 다들 이미 돌아가는 상황을 짐작했으리라.

곽가의 말이 일으킨 파장은 작지 않았다. 대전에는 순식간에 소란이 일었다. 그러나 예상보다 반발은 적었다. 아니, 아예 대놓고 반대하는 자는 없었다. 다들 업성에서 용운의 이상적인 통치를 겪어온 이들이기 때문이다. 이 사람이 만드는 나라라면, 백성들이 살 만해지지 않을까, 혼돈에 빠진 천하를 안정시킬 수 있지 않을까, 하는 기대감이 든 것이다.

제일 먼저 찬성을 표한 이는 사마랑이었다.

"저, 저는 찬성입니다. 사실 업성에 계실 때부터 먼저 제안하고 싶었던 일입니다."

그는 긴장한데다 존재감 없음에도 불구하고 바람잡이 역할을 잘해냈다.

뒤를 이어 최연소 가신인 사마의가 흡족하다는 듯 웃으며 말했다.

"드디어 주공께서 제가 원하던 길을 가시는군요."

이번에는 최고 연장자 종요가 입을 열었다.

"저 또한 탁월한 결정이라 봅니다."

장료와 장합, 마초 등 장수들은 용운이 왕 아니라 황제가 된다 해도 무조건 찬성일 터였다. 원래 군부는 더 맹목적으로 용운을 따르는 경향이 있었다. 가신들이 차례로 동의하는 가운데 순욱은 마지막까지 침묵을 지켰다.

'역시.'

용운은 그의 고뇌를 충분히 짐작했다. 정사에서 오랜 시간 조조를 섬겼으면서도 그가 위왕을 칭하자 반대한 끝에 자살을 강요받은 순욱이었다. 황실에 대한 충성이 뼛속 깊이 밴 선비인 것이다. 순욱은 한참 후에야 일그러진 표정으로 물었다.

"주공, 그것은 황실에 대한 반역입니까?"

그의 말에 대전은 찬물을 끼얹은 듯 조용해졌다. 이미 유명무실한 황실이었으나, 유교적 가치를 최우선으로 여기는 선비들에게는 여전히 정신적 지주였다. 역시, 한 번에 가는 것은 무리가 있었다. 용운은 미리 생각해둔 답변을 했다.

"봉효의 설명이 좀 부족했군요. 제가 왕을 칭하겠다는 것은 조정에 반하는 나라를 세우겠다는 뜻이 아닙니다. 비록 황가의 혈육은 아니나, 유주 전체를 국으로 삼아 국상이 되겠다는 뜻입니다. 정확히 말하면 유주국상이 되겠네요."

"아아, 그랬군요."

순욱은 안도의 한숨을 내쉬었다. 최염과 진림 같은 이들도 마찬가지였다.

후한의 행정단위 중 '국(國)'은 황가의 일원에게 봉토로 내주는, 국이라는 글자의 뜻 그대로 일종의 나라였다. 서양식으로 치자면 국상은 '대공'과 비슷했다. 즉 황제가 다스리는 제국에 속하되, 독립된 자치권을 가진 작은 나라인 것이다. 역사적으로도 큰 공적을 세운 장군이나 대신들은 후(侯)에 봉해지는데, 이는 후작의 개념이었다. 그런 거라면 이미 전례가 있는 이상, 반역은 아니었다.

"주공께서는 작고하신 백안 공과 친조부지간 같은 사이였으니, 그 뜻을 이어받아 유주왕을 칭하실 자격이 충분합니다."

첫 번째 안이 어려울 때, 두 번째로 내세우기로 한 명목을 종요가 얼른 읊었다.

이제 납득한 가신들이 일제히 찬동을 표했다. 어쩌면 그들도 알고 있었을지 모른다. 그 왕과 곽가가 말하는 왕, 즉 용운이 되려는 왕이 같지 않다는 것을. 그러나 때로는 명분이나 허울이라는 게 필요했다. 예를 들어, 자신의 신념과 모시는 이의 생각이 충돌하더라도 그를 떠나고 싶지 않을 때라거나.

"쳇."

그 소란 중에 사마의는 김샜다는 듯 작게 혀를 찼다. 그는 순욱과 최염 등 선비들의 면면을 눈에 담아두었다.

'후일 대업에 방해가 될지도 모르겠군.'

잔치에 이어 용운이 국상이 됐음을 축하하는 행사가 며칠에 걸쳐 열렸다. 국상을 표방했으나 실제로는 유주왕이었다. 용운은 더 이상 예전의 나약한 면이 있던 그가 아니었다. 그의 나약함은 유비와 조조, 원술 등에게 빌미를 주었고, 그것은 상실로 되돌아왔다. 이제 그는 철혈의 길을 가고자 했다. 왕좌에 앉은 용운은 진궁의 마지막 말을 떠올렸다.

─주공께서 새로운 천하를 만드십시오.
─저는 업성에서 제가 꿈꾸던 세상을 보았습니다. 황실이 통치할 때는 도탄에 빠져 신음하던 백성들이 주공의 다스림 아래에서는 모두 웃었습니다.

'진궁, 지켜봐줘요. 이제 시작했어요.'

서기 197년 3월, 기주목 겸 유주목인 진용운은 임의대로 유주를 국으로 바꾸고, 스스로 국상에 올라 유주왕이 되었다. 또한 거기서 그치지 않고 중원의 제후들이 경악할 행보를 이어갔으니, 바로 요동 너머로 직접 움직여 고구려와 접촉한 일이었다.

천하를 진동시킨 유주왕, 진용운의 등장이었다.

그 소식은 곧 중원 전체에 알려졌다. 이에 질세라 원술은 모시고 있던 황제를 폐위하고 스스로 황제임을 천명했다. 조조는 원술을 역적이라 몰아붙이며 위왕을 칭했다. 유비 또한 남피와 평원에 이르는 넓은 지역을 차지하고 위세를 떨쳤다. 손책은 갑자기 대대적으로 침공해온 유표를 맞아 힘겨운 싸움을 시작했다.

바야흐로 중원은 새로운 난세에 접어들고 있었다.

(9권에 계속)

·8권을 끝으로 1부가 마무리되었습니다. 9권부터는 2부가 시작됩니다.

8권의 주요 사건 연표

193년

- 조조와 오용의 계략으로 진궁 사망.
- 진용운, 조조와 오용에게 복수를 결심, 오용을 제거하려 했으나 병마 용군 경의 방해로 실패.

194년

- 조조, 업성을 공격하다가 패배.

195년

- 검후, 순심의 술수에 위험해진 용운을 구하다 죽음. 순심도 이때 사망.
- 용운군이 원소 정벌 중인 틈을 타 조조군 업성 재침공.
- 원술, 진류와 허창 점거.
- 유우군과 성혼단, 유주에서 격돌.
- 태사자, 남피성을 지키려다 관우의 칼에 맞아 사망. 향년 30세.
- 유비군, 용운이 점령한 남피성을 빼앗음.

196년

- 조조군, 용운이 비운 업성을 차지함.

- 용운군, 원소를 치고 정양성 접수. 원소와 그의 세 아들 모두 사망.

- 진한성, 노준의와 싸우다 함께 사라짐.

- 유우, 용운에게 유주자사 자리를 물려주고 세상을 떠남.

 197년

- 3월 용운, 유주를 국으로 바꾸고 스스로 국상에 올라 유주왕이 됨.

- 원술은 황제를 폐위하고 스스로 황제가 됨.

· 조조는 위왕을 자칭했고 유비 또한 위세를 떨침.

· 손책, 갑자기 침공해온 유표를 맞아 싸움 시작.

주요 관련 서적

• **삼국지 정사(三國志 正史)**

중국 서진의 역사가이자 학자인 진수(陳壽)가 저술한 삼국시대의 역사서. 위서 30권, 촉서 15권, 오서 20권, 총 65권으로 이뤄졌으며 위나라를 정통 왕조로 보는 시각에서 쓰였다. 내용이 엄격하고 간결해 정사 중의 명저로 손꼽히나, 인용한 사료가 지나치게 간략하거나 누락되어 훗날 남북조시대에 배송지(裵松之, 372~451)가 주석을 달았다.

• **삼국지연의(三國志演義)**

중국 명나라 말기에서 원나라 초의 사람 나관중(羅貫中, 1330?~1400)이 진수의 《삼국지》를 바탕으로, 전승되어온 설화 등을 더하여 재구성한 장편소설이다. 후한 말의 혼란기를 시작으로, 위, 촉, 오 삼국의 정립시대를 거쳐 진나라가 천하를 통일하기까지, 유비, 관우, 장비 삼형제의 무용과 의리 그리고 제갈공명의 지모를 중심으로 서술했다. 《수호전》, 《서유기》, 《금병매》와 함께 중국 4대 기서의 하나로 꼽힌다. 중국인들에게 오랫동안 애독되었고 한국에서도 16세기 조선시대부터 매우 폭넓게 읽혔다. 현대에도 영화, 게임, 애니메이션 등으로 활발히 재생산

되고 있다. 정사와 다르다는 지적이 많은데, 그 이유는 애초에 정사를 참고한 소설인 까닭이다.

• 한서(漢書)

중국의 역사학자 반고(班固)가 편찬한 전한의 역사서. 한 고조 유방이 한나라를 세운 기원전 206년부터 왕망의 신나라가 망한 서기 24년까지의 역사를 다루었다. 총 100편, 120권으로 이뤄졌다.

• 후한서(後漢書)

남북조시대 송나라의 학자 범엽(范曄)이 후한의 역사와 문화를 정리한 책. 서기 25년부터 220년까지의 시기를 다루었으며 본기 10권, 열전 80권, 지 30권으로 이뤄졌다. 후한서 동이열전에 '동이'에 대한 언급이 있는데, 고구려, 부여와 더불어 일본이 동이로 분류되어 있다.

• 수호지(水滸志)

중국 명나라 때 시내암(施耐庵)이 처음 쓴 것을 나관중이 손질한 장편소설. 북송시대 양산박에서 봉기한 호걸들의 실화를 바탕으로 각색하였다. 우두머리 송강을 중심으로, 별의 운명을 이어받은 108명의 협객들이 호숫가에 양산박이라는 근거지를 만들어, 부패한 조정 및 관료에 대항해 싸워 민중의 갈채를 받는 이야기다. 특히, 《금병매》는 이 《수호지》의 일부를 부분적으로 확대하여 재생산한 것이다.

호접몽전 8

1판 1쇄 발행 2020년 2월 27일

지은이 최영진
펴낸이 윤혜준
편집장 구본근
고 문 손달진
본문 디자인 박정민

펴낸곳 도서출판 폭스코너 | 출판등록 제2015-000059호(2015년 3월 11일)
주소 서울시 마포구 월드컵북로 400 문화콘텐츠센터 5층 15호(우 03925)
전화 02-3291-3397 | 팩스 02-3291-3338 | 이메일 foxcorner15@naver.com
페이스북 www.facebook.com/foxcorner15 | 블로그 https://blog.naver.com/foxcorner15

종이 일문지업(주) 인쇄 수이북스 제본 국일문화사

ⓒ 최영진, 2020

ISBN 979-11-87514-31-2 (04810)
ISBN 979-11-87514-00-8 (세트)

• 이 도서의 국립중앙도서관 출판예정도서목록(CIP)은 서지정보유통지원시스템 홈페이지
  (http://seoji.nl.go.kr)와 국가자료공동목록시스템(http://www.nl.go.kr/kolisnet)에서
  이용하실 수 있습니다.(CIP제어번호: CIP2020004405)